顾随文集

顾随 著

上

图书在版编目(CIP)数据

顾随文集／顾随著. —上海：上海古籍出版社，
2022.08（2023.11重印）
 ISBN 978-7-5732-0183-6

Ⅰ.①顾… Ⅱ.①顾… Ⅲ.①中国文学—古典文学研究—文集 Ⅳ.①I206.2-53

中国版本图书馆 CIP 数据核字（2021）第 247126 号

封面题签　冯　至

顾随文集
———
（全二册）
顾随　著

上海古籍出版社出版发行
（上海市闵行区号景路 159 弄 1-5 号 A 座 5F　邮政编码 201101）
（1）网址：www.guji.com.cn
（2）E-mail：guji1@guji.com.cn
（3）易文网网址：www.ewen.co

印刷　江阴市机关印刷服务有限公司印刷
开本　787×1092　1/32
印张　24.875　插页 8　字数 473,000
印数　3,101—4,200
版次　2022 年 8 月第 1 版
　　　2023 年 11 月第 2 次印刷
ISBN 978-7-5732-0183-6/I·3601
定价：128.00 元

顾随像（一九三三年）（图一）

作者摄于一九五四年春（图二）

顾随一九四三年为周汝昌钞《东坡词说》词目（图三）

顾随一九四六年致叶嘉莹函（图四）

顾随一九四七年致叶嘉莹函（图五）

出版说明

顾随（一八九七至一九六〇年），字羡季，别号苦水，晚号驼庵。一九二〇年毕业于北京大学。毕生从事大学教育、学术研究与文学创作。

顾随先生既是一位专注于古典文学与文艺理论研究的学者，又是一位天才骏发的诗人、作家。生前著述、创作颇丰，然不轻易刊发，故刊行者较少。十年动乱中，部分手稿又下落不明，殊为可惜。二十世纪八十年代，叶嘉莹教授及顾随先生之女顾之京教授多方访求遗稿，期间得到多位前辈学者的帮助，终成《顾随文集》，由我社于一九八六年出版。

《顾随文集》系顾随先生著述、创作文字的首次系统整理出版。正式出版后的三十六年间，顾随先生著作又陆续出版多种，他的研究与创作成就，也已较为全面地展现在了读者面前。

此次推出的新版《顾随文集》，较一九八六年版，内容编次一仍其旧：上编收录"东坡词说""稼轩词说""揣籥录"等研究性文字,下编收录"词选""诗选""杂剧选"等创作性文字,附录收录叶嘉莹教授撰写的长篇纪念文章和顾之京教授的后记。

主要变化有三:

一、由顾之京教授依据原印本或手稿、原手抄稿,对文集重新细细校订一过;

二、为便于当代读者阅读,将繁体竖排改为简体横排;

三、附录"驼庵诗话"部分,因版权问题删去。

综上,本书不失为顾随先生的文字精粹之编,有其纪念意义。望读者飨之。

上海古籍出版社
二〇二二年七月

目录

上 编

东坡词说 003
稼轩词说 055
说辛词《贺新郎·赋水仙》
　　——糟堂笔谈之一 114

关于诗 124
曹操乐府诗初探 133
东临碣石有遗篇
　　——略谈曹操乐府诗的悲、哀、壮、热 146
读李杜诗兼论李杜的交谊 155
朗诵了杜甫《自京赴奉先县咏怀五百字》以后
　　写给中文系三年级同学的一封公开信 159

关汉卿和他的杂剧 194
论关汉卿《诈妮子调风月》杂剧 203

元明残剧八种（辑佚校勘） 附录一种	221
看《小五义》	
——不登堂看书札记之一	270
看《说岳全传》	
——不登堂看书札记之二	281
小说家之鲁迅	291
《彷徨》与《离骚》	307
《文心雕龙·夸饰篇》后记	313
揣籥录	322
佛典翻译文学选	
——汉三国晋南北朝时期	419

下 编

词选	467
诗选	611
杂剧选	655
垂老禅僧再出家	656
祝英台身化蝶	671
陟山观海游春记	687

附 录

纪念我的老师清河顾随羡季先生／叶嘉莹　　733

后记／顾之京　　782

上 编

东坡词说

前　言

　　吾自学词，即不喜东坡乐府。众口所称《念奴娇》"大江东去"一章，亦悠忽视之，无论其他作。旧在城西校中，偶当讲述苏词，一日上堂，取《永遇乐》"明月如霜"一首，为学人拈举，敷衍发挥，听者动容，尔后渐觉东坡居士真有不可及处，向来有些孤负却他了也。今年夏秋之交，说稼轩词既竟，无所事事，更以读词遣日。初无说苏词之意，案头适有龙榆生笺注本，因理一过，乃能分疏坡词何处为佳妙，何处为败阙，遂选而说之。吾之说辛，其意见则几多年来久蕴于胸中，不过至是以文字表而出之耳。兹之说苏，则大半三五日中之触磕。如谓说辛为渐修，则说苏其顿悟欤？二三子得吾之说而读之者，宜先依词目，尽读其词，每一首，首宜速读，以遇其机，次则细读，以求其意，最末，掩卷思之，以会其神，必有好有不好，有解有不解，然概念既得，好者解者无论矣，若其不好者亦勿弃置，不解者更不必穿凿，然后取吾之说，仍先阅原词一过，略一沉吟，意若曰：彼苦水将奚以说耶？于是乃逐字逐句读吾之说，以相与印证焉。如是读者为得之。不然者，一得是编，流水看毕，是则不独孤负东坡，亦且孤负苦水，孤负学人自己矣。又凡为学之事，不可随人脚跟，亦不可先有成见。如读吾说则遂谓其铁案如山，苦水并不欢喜，只有叫屈。诚如是，苦水将置学人于何地，学人又将何以自处乎？如读吾说而乃谓其信口开河，苦水虽不烦恼，却亦不甘。审如是，学人将置苦水于何地，而苦水又将何以自处乎？苦水虽无马祖振威一喝，百丈直得三日耳聋底本领，学人也须如同临济参了大愚，重归黄檗之后，须向黄檗随声便掌方得也。非然者，大家钝置，何日是了期耶？吾之说词，虽似说理，意只在文。学人首须去会，不可徒事求解，解得许多张长李短，不会得古人文心，有甚干涉？如有所会，且莫须问苦水肯不肯，须知苦水首先要问学人肯去会不肯去会也。学人亦须自悟自证。即如苦水说词，一无可取，何必睬他？若有可取，又是那个先生教底也？至于说词之外，时复拈举一两则公案，一两个话头，与学人商量，学人又须会得苦水苦心，勿作节外生枝看也。虽然，吾上所云云，为二三子从余游者言之耳。若是明眼大师，辣手作家，吾文现在，赃证俱全，一任横读竖看，薄批细抹，印可棒喝，苦水无不欢喜承当。

　　　　　　　　　　　　　卅二年仲秋苦水识

词 目

永遇乐 明月如霜

洞仙歌 冰肌玉骨

木兰花令 霜余已失长淮阔

西江月 照野弥弥浅浪

临江仙 忘却成都来十载

定风波 莫听穿林打叶声

南乡子 寒雀满疏篱

南乡子 回首乱山横

蝶恋花 簌簌无风花自堕

减字木兰花 双龙对起

附 录

念奴娇 大江东去

水调歌头 明月几时有

水龙吟 似花还似非花

蝶恋花 花褪残红青杏小

卜算子 缺月挂疏桐

永遇乐 徐州夜梦觉登燕子楼作

明月如霜,好风如水,清景无限。曲港跳鱼,圆荷泻露,寂寞无人见。紞如三鼓,铿然一叶,黯黯梦云惊断。夜茫茫、重寻无处,觉来小园行遍。　　天涯倦客,山中归路,望断故园心眼。燕子楼空,佳人何在,空锁楼中燕。古今如梦,何曾梦觉,但有旧欢新怨。异时对、黄楼夜景,为余浩叹。

坡仙写景,真是高手,后来几乎无人能及。即如此词之"明月"八字、"曲港"八字,"紞如"十四字,写来如不费力,真乃情景兼到,句意两得。但细按下去,亦自有浅深层次,非复随手堆砌。"明月""好风""如霜""如水",泛泛言之而已,"曲港""圆荷""跳鱼""泻露",则加细矣。曲港之鱼,人不静不跳;圆荷之露,夜不深不泻。虽是眼前之景,不是慧眼却不能见,不是高手却不能写。更无论钝觉与粗心也。至于"紞如三鼓,铿然一叶",明明是"紞如",明明是"铿然";明明是有声,却又漠漠焉,霭霭焉,如轻云,如微霭,分明于数点声中看出一片色来。要说只此八字,亦还不能至此境地。全亏他下面"黯黯梦云惊断"一句接联得好,"黯黯"字、"梦云"字、"断"字,无一不是与前八字水乳交融,沆瀣一气,岂只是相得益彰而已哉?至于"惊"字阴平,刚中有柔,故虽含动意,而与前八字仍是相反而又相成。读去,听去,甚至手按下去,无处不锋芒俱收,圭角尽去。好笑世人狃于晁以道"天风海雨逼人"之说,遂漫以豪放目之,动与辛幼安相提并论,可见于此等处不曾理会得半丝毫也。者个且置。譬如苦水如此说,颇得坡老词意不?若说不,万事全休,只当苦水未曾说。坡词俱在,苦水之说,亦何尝损其一毫一发?若说得,难道老坡当年填词时,即如苦水之所说枝枝节节而为之耶?决不,决不。只缘作者生来秉赋,平时修养,性情气韵中有此一番境界,所以此时此际,机缘触磕,心手凑泊,适然来到笔下,成此妙文。若不如此,又是弄泥团汉也。所以苦水平日为学人说文,尝道:苦水今日如此说,正是个说时迟;古人当日如彼写,正是个那时快。当其下笔,兔起鹘落,故其成篇,天衣无缝。若是会底,到眼便知,次焉者,上口自得,又其次者,听会底人读过,入耳即通。若不如此,纵使苦水老婆心切,说得掰瓜露子,饶他听苦水说时,直喜得眉开眼笑,又将苦水所说,记得滚瓜烂熟,依旧是"君向潇湘我向秦"。闲话揭开,如今且说坡仙此词,开端"如霜""如水",两个"如"字,不免着迹。"跳鱼""泻露","跳"字、"泻"字又不免着力。总不如"纨如"十四个字浑融圆润。"清景无限",

"寂寞无人见"，苦水早年总疑是坡老败阙。以为若作者觉得不如此写不足兴，便是作者见短。若读者觉得不如此写不明了，便是读者低能。总之，此等处于人于己两无好处。于今却不如此想，何以故？且待说了"夜茫茫，重寻无处"二句再说。"寻"字承上"梦云"而言。此时人尚未清醒，亦并未起床，只是在半醒半睡中寻绎断梦。所以下句方是"觉来小园行遍"也。说到者里，再回头追溯开端"明月"直至"无人见"六句二十五个字所写之景，不独是觉来行遍之所见，而且是觉了行了见了之后，方才悟得适间睡里梦里，外面小园中月之如霜，风之如水，与夫鱼之跳，露之泻，早已好些时候了也。嗟嗟，人自睡里梦里，月自如霜，风自如水，鱼亦自跳，露亦自泻。人生斯世，无边苦海，无限业识，将幻作真，认贼为子，且不须说高不可攀处、远不可及处，只此眼前身畔，有多少好处，交臂失之，不得享受。真乃志士之大痛也。然则"清景无限""寂寞无人见"两句，写来一何其感喟，而又一何其蕴藉，谓之败阙，如之何则可？苦水当年失却一只眼，今日须向他坡老至心忏悔始得也。如问"梦云"之"梦"，果何所指？苦水则谓：梦只是梦而已，不必指其名以实之，或任指一名以实之亦无不可。但决不是梦关盼盼。静安先生诗曰："不堪宵梦续尘劳。"苦水则说，宵梦更非别有，只是尘劳。坡老此处，亦是此意。所以苦水于此词录题时，拟删去"登燕子楼"四字。词中并无登意也。然则只是"夜梦觉"便得，何必又标

"徐州"？苦水盖以为若无此二字，词中之"燕子楼空"，则又忒杀突如其来矣。有一本题作"夜宿燕子楼，梦盼盼，因作此词"。郑大鹤诃之曰居士断不作痴人说梦之题，是已。然郑又取王案说，谓是梦登燕子楼，翌日往寻其地作。此又是刻舟求剑了也。学人将疑不知苦水见个什么？便说得如此斩钉截铁。不知只是学人不肯细心参详，并非苦水无事生非。试看老坡此词过片，曲曲折折写来，只道得个人生之痛，半点也无儿女之情，已是自家据实自首，不须苦水再为问案追赃。"天涯"三句，叹息人生无蒂，不如落叶犹得归根。"燕子"三句，说得不拘遗臭流芳，凡是前人生涯，只不过后人话靶。"古今"三句更是说他苦海众生，业识茫茫，无本可据。结尾则是由燕子楼联想到黄楼，后人千载而下，见燕子楼，便想到盼盼，而不禁感慨系之。黄楼是老苏所创，后人亦将见之而想到东坡，系之感慨。辗转流传，何时是了？正所谓后人复哀后人也。如此写来，尽宇宙，彻今古，号称万物之灵底人也者，更无一个不是在大梦之中，更无觉醒之期。然后愈觉睡里梦里，而月如霜，风如水，鱼之跳，露之泻为可悲可痛也。夫如是，与登燕子楼，梦关盼盼，有甚干系？具眼学人且道：坡仙作此词时，梦醒也未？莫是仍在梦里么？若然，则苦水更是梦中说梦也。于古有言：啼得血流无用处，不如缄口度残春。

洞仙歌

余七岁时,见眉山老尼姓朱,忘其名,年九十岁。自言尝随其师入蜀主孟昶宫中。一日大热,蜀主与花蕊夫人夜纳凉摩诃池上,作一词。朱具能记之。今四十年,朱已死久矣,人无知此词者。但记其首二句,暇日寻味,岂《洞仙歌令》乎?乃为足之云。

冰肌玉骨,自清凉无汗。水殿风来暗香满。绣帘开、一点明月窥人,人未寝,欹枕钗横鬓乱。　起来携素手,庭户无声,时见疏星渡河汉。试问夜如何,夜已三更,金波淡、玉绳低转。但屈指、西风几时来,又不道流年,暗中偷换。

论词者每以苏、辛并举,或尚无不可。且不得看作一路。如以写情论,刻意铭心,老坡实大逊稼轩。然辛之写景,往往芒角尽出。神游意得,须还他苏长公始得。固缘天性各别,亦是环境不同。即如此《洞仙歌》一首,真乃坡老自在之作。饶他辛老子盖世英雄,具有拔山扛鼎之力,于此也还是出手不得。"冰肌玉骨,自清凉无汗",真乃绝世佳人。刘彦和曰:"粉黛所以饰容,而倩盼生于淑姿。"淑姿便了,倩盼作么?唐人诗曰:"却嫌脂粉污颜色,淡扫蛾眉朝至尊。"蛾眉自好,淡扫则甚?总不如此二语之淡雅自然。冰、玉二字,不见怎的,清凉恰好，尤妙在"自"。自来诗家之写佳人，写面貌，写眉宇，写腰肢，写神气，却轻易不敢写肉。写了，一不小心，往往俗得不可收拾。此二语却竟写肉。岂只雅而不俗，简直是清而有韵。写至此，倘若有人大喝：住，住！苦水错了也！者个是蜀主底，不是老坡底。苦水则亦还他一喝：管甚你底我底，文章天地之公，大家有分。老坡尚说一部陶诗是他所作，一句两句，分甚彼此？若说作之不易，但鉴赏亦难。老坡能鉴赏及此，亦自非凡，更不须说他自首减等也。者个揭开去。下面"水殿风来暗香满"，总该是东坡自作。既曰今日大热，且道风来是热是凉？水殿外想来有荷，且道暗香是人是花？若分疏得下，许你检举苏胡子，若分疏不下，还是大家葫芦提好。自家屋里事，尚且无计刮划。舍己耘人，陈米糟糠，替他古人算什么闲账？过片"起来"至"河汉"三句，写出夏之大，夜之静。写静夜尚易，写大夏却难。写大夏有何难？要将那热忽忽、潮渌渌，静化得升华了，不但使人能忍受，且能欣赏玩味之却难耳。所以自来诗文写春、写秋、写冬底多，而且好底确是不少。写大夏底便少，而好底更为稀有。家六吉极推《楚辞》之"滔滔孟夏"，与唐人之"薰风自南来，殿阁生微凉"。然《楚辞》是大处见大，唐人是大处见小，惟有老坡此处，乃是小处见大，风格固自不同。"试问夜如何"以下直至结尾，一句一转换，有如此手段，方可于韵文中说理用意。不则平板干瘪，纵使辞能达意，只是叶韵格言，填词云乎哉？若单论此处，长公与幼安，大似同条生，但辛老子用时多，苏长公用时少，而且方圆生熟，截然两事，仍是不同条死也。学人自会去。此外尚有一则公案，苦水分明举似，再起一番葛藤。有不识惭愧者流，改坡公此词，为七言八句，更有不知好歹底人，便说彼作远胜此词，且不用说音律乖舛，世上没有恁般底《玉楼春》。只看"起来琼户启无声"，只一"启"字，便将坡词"庭户无声"之大气，缩得小头锐面，趣味索然。更不须说他首句"清无汗"之删去"凉"字之不通，与结句之改"又不道"为"只恐"之平庸也。眼里无筋，皮下无血，何其无耻，一至于此？

日昨往看同参颖公，具说已选得东坡乐府十余首，将继稼轩长短句而说之。颖公劈头便问：可有《贺新郎》"乳燕飞华屋"一首么？苦水答曰：无有。但是选时确曾费过一番斟酌。不曾收入，并非遗漏，亦非嫌弃。说辛词时，曾经说明苦水词说，原备学人反三之助，所以选外仍有佳词；不过苦水之所欲言，已尽于现所入选之数首，不必重叠反复。譬如颖公所举之《贺新郎》，"乳燕飞华屋"五字又是写夏日底名句，情象原不怎的。但读后令人自然觉得有一种夏日气息扑面打鼻而且包身而来，直至"悄无人，庭阴转午"，依旧暑气不退。待到"晚凉新浴"，方才有些子凉意。所以"手弄生绡白团扇，扇手一时似玉"之下，便自然而然地"渐困倚、孤眠清熟"也。然而仍是逃暑，并非是清凉。眼前情事，写得如此韵致。又是非老苏不办。但自此以下，尤其是过片而后，直至结尾，因为直咏榴花，苦水却觉得无甚可说。况且《洞仙歌》之"庭户无声，时见疏星渡河汉"，足足敌得过此"乳燕"以下数语。而"冰肌玉骨，自清凉无汗"，也实实好似他"手弄生绡白团扇，扇手一时似玉"也。所以既收《洞仙歌》之后，终于舍此《贺新郎》。然而道是不说，不说，也终竟是说了。不怨他颖公多口多舌，只怨苦水拖泥带水，自救不了。

木兰花令 次欧公西湖韵

霜余已失长淮阔。空听潺潺清颍咽。佳人犹唱醉翁词，四十三年如电抹。　　草头秋露流珠滑。三五盈盈还二八。与余同是识翁人，唯有西湖波底月。

不知可确，据说会泅水底人，想要跳水自杀却非易事，以其浮而不沉故。说也可笑，平时惯浮，及其自杀有意求沉，却仍旧是浮。后天底习或可以变易先天底性，而一时之意却难左右后天底习也。者个且置。至如长公为词，擒纵杀活，在两宋作者之中，并无大了得。只是出入之际，他深深理会得一个出字诀。者个他亦未必有意，只是天性与学力所到，自然而然有此神通。所以作来不拘长调小令，悲愁欢喜，总还你一个宽绰有余。文心无迹，书法有形。只看他作字便知。后来学书人，一为苏体，往往模糊一片，更无一个能及得他疏朗清爽。有人说：长公诗文书法，俱似不十分着力。苦水则谓：这也还是那个出字诀在那里作用着。亦复即是开端所说，会泅水底人跳在水里，虽在有意自杀之时，也仍旧浮而不沉也。此一章《木兰花令》，是和六一翁之作。说起六一翁，不独是坡老前辈，而且在文字上，也有一番香火因缘。在文学震撼一世，及身享名这一点上，两人又正复相同。如今老坡移守颍州，正是六一翁四十三年以前旧治。抚今追昔，常人尚尔，何况坡老一代才人，与欧公又非泛泛之交乎？据年谱，坡老是年五十六岁。盖亦已垂垂老矣。此词虽是和作，莫只看他技巧，且复理会几个入声韵是何等凄咽。开端"霜余"两句，分明是凛凛深秋。当此之际，追念昔者，心中又是何等感喟。若是别个，便只有能入而不能出，然而又非所论于长公也。前片四句，一口气读下去，不知怎的，沉着之中，总溢出飘逸，而凄凉之中，却又暗含着雄壮。若说长淮之阔虽然已失，毕竟点出阔来，何况清颍正在潺潺，而"霜余"二字又暗示天宇之高，眼界之宽乎？若如此说，未必便孤负作者文心。但"佳人犹唱醉翁词，四十三年如电抹"两句之中，并无与前二语中类似字样，何以仍旧如彼其飘逸而雄壮耶？"犹唱"者何？前人不见也，"如电"者何？去日难追也。字法如此，固宜伤感到柔肠寸断、壮志全消矣，而仍旧如彼其飘逸与雄壮者何耶？读者于此，非于字底形、音、义三者求之不可。看他"佳"字、"翁"字，何等阔大。"人"字、"电"字，何等鲜明。"三年"两字，何等结实。"抹"字是借得欧公底，且不必说他真形容得日月如石火驹隙也。若谓苦水如此说词，何异三家村中说子路，则何不将此二句试改看：歌儿还自唱欧词，四十载来空一抹，总还不失作者原意，但读来岂但不复是词，简直不成东西。如此说来，难道那两句词便似贾阆仙一般驴背上推敲出来底么？真个是不，不，一点也不。此义已于说《永遇乐》章"纵如"三句时说过，此处不再絮聒。夫长公当此境地，所作之词，依然不为悲伤所制，而别具风姿，岂不又是出字诀底神通作用？又岂非一如没人跳水自杀，依旧浮而不沉乎？而苦水所云，后天底习或可变易先天底性，而一时之意，却难左右后天底习者，岂不又可于此消息之乎？坡仙追悼欧公之词，此章之外，尚有一首《西江月》："三过平山堂下，半生弹指声中。十年不见老仙翁。壁上龙蛇飞动。　欲吊文章太守，仍歌杨柳春风。休言万事转头空。未转头时皆梦。"据龙榆生笺，是老苏四十四岁之作。大约尚在壮年，豪气能制悲感，所以作来金钟大镛，满宫满调，学人容易理会得出，故弃之而取此《木兰花令》。至于《西江月》歇拍两句，"万事转头空"者，言现在既成过去，日后回想，与梦无殊也。"未转头时皆梦"者，即身处现在，俗人俱认为非梦者，而有心之士亦以为皆梦也。就词论词，或者不见怎底，若以意旨而论，却是坡老底擅场，学人又不可忽略过去。

又龙笺引傅注引《本事曲集》，谓：六一翁《木兰花令》原唱与坡公和作"二词皆奇峭雅丽"。苦水曰：欧词足足当得起此四字，若坡作，奇峭雅有之，丽则未也。

西江月

顷在黄州，春夜行蕲水中，过酒家饮，酒醉，乘月至一溪桥上，解鞍曲肱，醉卧少休，及觉已晓，乱山攒拥，流水铿然，疑非尘世也，书此语于桥柱上。

照野弥弥浅浪，横空暧暧微霄，障泥未解玉骢骄。我欲醉眠芳草。　　可惜一溪明月，莫教踏碎琼瑶。解鞍欹枕绿杨桥。杜宇数声春晓。

笔记载：长公与黄门既各南谪，相遇于途中。同在村店中食汤饼。黄门微尝，置箸而叹，长公食之尽一器，谓黄门曰："子尚欲咀嚼耶？"大笑而起。千载而下，读此一节，长公风姿尚可想见。学人于此一重公案，且道坡老此等处为是豪气？为是雅量？学人如欲加以分疏，首先须对豪气雅量加以理会。要知豪气最是误事，一不小心，便成颠顶，再若左性，即成痛痒不知，一味叫嚣。雅量亦非可强求，须是从胸襟中流出，遮天盖地始得。倘若误会，便成悠悠忽忽，飘飘荡荡，无主底幽灵。要说坡公天性中，原自兼有此二者。早期少年，逞才使气，有些脚跟不曾点地，亦不必为之掩饰。待到屡经坎坷，固有之美德，加以后天之磨砻，虽不能如陆士衡所谓"石蕴玉而山辉，水怀珠而川媚"，亦颇浑融圆润，清光大来。所以老坡豪气雅量虽然俱有，学人亦且不得草草会去，致成毫厘相差，天地悬隔。此《西江月》一章，小序已佳，大约前人为词，不曾注意及此。先河滥觞，厥维坡老，后来白石略能继响。然一任自然，一尚粉饰，天人之际，区以别矣。苦水平时常为学人分说，文人学文，一如俗世积财，须是闲时置下忙时用，且不可等到三节来至，债主临门，方去热乱。所以鲁迅先生说："不是说时无话，只是不说时不曾想。"苦水亦常说：文章一道，不可以无心得，不可以有心求。亦复正是此意。大凡古今文人，一到有意为文，饶他惨淡经营，总不免周章作态。惟有不甚经意之时，信笔写去，反能露出真实性情学问与世人相见。吾辈所取，亦遂在此而不在彼。坡公书札、题跋与词序之所以佳妙，高处直到魏晋，亦复正是此一番道理。若有人问：苦水本是说词，扯到词序，已是骈拇枝指，今更扯到书札、题跋，岂不更是喧宾夺主？苦水则曰：要知北宋人词之妙处，与此亦更无两致。他们原个个有诗集行世，推其意，亦自矜重其诗。若夫小词，大半是他们酒席筵前信手写来分付歌者之作。其忒煞率意者，浅而无致，亦并非没有。若其高者，则又其诗所万不能及者也。此亦犹如右军之《乐毅论》《东方画赞》，虽是笔笔着力，字字用心，倒是《兰亭》一序，冠绝平生，又其短帖，亦往往得意外之意也。一首《西江月》字句之美，有目共赏。苦水若再逐字逐句，细细说下去，便是轻量天下学人，罪过不小。不过须要注意者，坡老此词，乃酒醒人静，旷野水边，题在桥柱上面底。即此，便与彼伸纸吮毫与人争胜之作不同。更与彼点头晃脑、人前卖弄者异趣。如说此词虽写小我，而此小我与大自然融成一片，更无半点牴触枝梧，所以音节谐和，更无罅隙。这也不在话下。但所以致此之因，却在坡老此时确具此感。维其感得深，是以写得出，遂能一挥而就，毫无勉强。如问：苦水见个什么，便敢担保东坡确实如此，更无做作？苦水则曰：诗为心声，惟其音节谐和圆妙，故能证知其心与物之毫无矛盾也。不见《楞严经》中，佛问："汝等菩萨及阿罗汉，从何方便，入三摩地？"憍陈那五比丘即白佛言："于佛音声，悟明四谛。"又言："我于音声得阿罗汉。佛问圆通，如我所证，音声为上。"夫音声尚可以入佛，何至诗人所作之韵文，吾辈读之而不能得其文心哉？古亦有言：声音之道感人深矣。苦水曰：如是，如是。世人动以苏、辛并称，而苦水则以苏为圭角尽去，而以辛为锋芒四射。然其所以致此之因，苦水仍未说破。于此不妨再行漏逗。老辛一腔悲愤，故与自然时时有格格不入之叹。饶他极口称赞渊明，半点亦无济于事。老苏豪气雅量化为自在，故随时随地，露出无入而不自得之态。乡村野店，一碗面条子，其于坡老也又何有？如此说了，更不烦再说苏、辛二人之于词有方圆生熟出入难易之分也。

临江仙 送王缄

忘却成都来十载，因君未免思量。凭将清泪洒江阳。故山知好在，孤客自悲凉。　　坐上别愁君未见，归来欲断无肠。殷勤且更尽离觞。此身如传舍，何处是吾乡。

诗之为用，抒情写景，其素也。渐而深之为说理，抑扬爽朗，而情与景于是乎为宾。扩而充之为纪事，纵横捭阖，情辅景佐，包抱义理，蔚为大观。词出于诗，而其为体，纪事为劣，说理或可，亦难当行，苟非大匠，辄伤浅露。惟于抒情、写景二者曲折详尽，乃能言诗所不能言。然大家之作，多为寓情于景，或因景见情。若其徒作景语而能佳胜，亦不数觏。西国于诗，抒情一体，区分独立。华夏之"词"，总核名实，谓之相副，无不可者。顾情之为辞，乃是总名。疆分界画，累楮难尽。详而长之，请俟异日。若其写之于词，普遍通常，伤感而已。平居常谓：伤感也者，人所本有。故虽非作者，而见月缺以情移，睹花落而心悲，上智下愚，或当别论，吾辈具是凡夫，陷此大网，鲜能脱离。若其施之诗词，尤为抒情诗人之所共具。惟其一触即发者，每失肤泛，不堪回味。至其衷心回荡酝酿，发之篇章，温馨朗润，感人之力，至不可忤。或出不中规，言过其实，卤莽灭裂，乃成嘶嗄。是则小泉八云氏所谓痉挛，非所论也。亦有搔首弄姿，竞趣巧丽，浮漂不归，空洞无实。如是之作，尤无取焉。此《临江仙》一章，龙笺引朱彊村先生曰："按本集，'仲天贶、王元直自眉山来见余钱塘，既行，送之诗。'施注：'王箴字元直，东坡夫人同安君之弟也。'王緘未知即箴否。"苦水曰：当是也。何以故：吾尝举此词与《江城子》"十年生死两茫茫"一章，为长公极度伤感之代表作。老坡平日见解既超，把握亦牢，苟非骨肉亲戚之间，生死别离之际，所言必不如此。且两章俱用阳韵，几如失声痛哭。如非情不自禁，当不至是。于此可知人类无始以来，八识田中有此一种本惑种子，复加熏习，遂乃滋生，有如乱草，雨露所濡，蔓延无际，吾人堕落日以益深。《遗教经》言："譬如老象溺泥不能自出，真可痛也。"夫以坡老如彼才识，尚复如此，况在中下，宁有既乎？或问：子为是言，类出世法，与词何有？苦水则曰：此无二致。伤感虽为抒情诗歌创作之源，而诗家巨人，每能芟除，或以担荷，或以透出。前者如曹公，如工部，后者如彭泽。故其壮美也，有似海立而云垂；其优美也，一如云烟之卷舒。不同小家数者，利用伤感，蛊惑读者，又如恶疾专事传染已。夫食以养生，苟其无食，一日则饥，十日则死。此其重要当复何若？而袁安雪中忍饥高卧，又有人焉，学道辟谷，乃成飞仙。苦水虽曰伤感实为创作源泉，究其重要，非食于生。姑云云者，不独为是向中人说，亦且令学人慎重鉴彼曹公、少陵与渊明者，知所取则，虽未刈除类如辟谷飞仙，亦当忍耐如彼袁安也。或者又曰：此词结尾二句"此身如传舍，何处是吾乡"，坡公固已透出矣。苦水曰：不然，人有丧其爱子者，既哭之痛，不能自堪，遂引石孝友《西江月》词句，指其子之棺而詈之曰："譬似当初没你。"常人闻之，或谓其彻悟，识者闻之，以为悲痛之极致也。此词结尾二句与此正同。若能于此悟入，心死一番，或有彻悟之时。遂谓此为是，未见其可也。集中尚有《临江仙·送钱穆父》"一别都门三改火"一章，若以词致论，似较胜于今兹所说之作。其结尾曰"人生如逆旅，我亦是行人"，虽未必即到庄子所谓"送君者自涯而返，而君自此远矣"之境界，但亦悠然有不尽之意。其透出伤感，亦远过于适间所说之二语。苦水之终于弃彼取此者，其故有二。一者，彼为朋友，此为懿亲，己象他象之际，情感不免有厚薄之分，而透出遂亦不无难易之别。二者，兹余所选，不尽佳词，前已言之。但能藉彼篇什，尽我言说，足矣。苦水尚不敢轻量天下士，其敢遂以只手掩尽天下人耳目哉！

定风波

三月七日,沙湖道中遇雨。雨具先去,同行皆狼狈,余独不觉。已而遂晴,故作此。

莫听穿林打叶声。何妨吟啸且徐行。竹杖芒鞋轻胜马。谁怕。一蓑烟雨任平生。　　料峭春风吹酒醒。微冷。山头斜照却相迎。回首向来萧瑟处。归去。也无风雨也无晴。

吾观大家之作,殆无不工于发端。不独孟德之"对酒当歌"、子建之"明月照高楼"也。此在作者未必有意,推其命篇之意,尤不必在此发端,竟工至如是者,殆以不甚经意之故。盖当其开端之时,神完气足,愈不经意,愈臻自然。至于中幅,学富才优者,或不免于作势,下焉者竟至于力疲。所以者何?有意也。迨及终篇,大家或竟罗掘,下者直落败阙。所以者何?意尽也。元乔梦符之论制曲,有凤头、猪肚、豹尾之说,盖亦叹其难于兼备。吾谓此岂独然于曲,凡为夫文,莫不胥然矣。夫坡公之为是《定风波》也,其意在"一蓑烟雨任平生"与"也无风雨也无晴"乎?世人之赏此词也,其亦或在二语乎?苦水则以为妙处全在发端之"莫听穿林打叶声,何妨吟啸且徐行",而尤妙在首句。即以此为潘大临之"满城风雨近重阳"，亦殆无不可，或竟过之，亦未可知。何以故？潘老未免凄苦，坡仙直是自在也。且也曰穿，曰打，而风之穿林与雨之打叶，不徒使读者能闻之，且使如竟见之也。而冠之以莫听，继之以何妨，写景与用意至是乃打成一片。千载而下，吾人遂直似见风雨中髯翁之豪兴与雅量也。学人试持此与辛幼安《鹧鸪天》之"莫避春阴上马迟，春来未有不阴时"，比并而读之，则于吾所谓出入与透出担荷者，或亦不复致疑矣乎？"一蓑"七字，尚无不可。然亦只是申明上二语之意。若"也无风雨也无晴"，虽是一篇大旨，然一口道出，大嚼乃无余味矣。然苦水所最不取者，厥维"竹杖芒鞋轻胜马，谁怕"二韵。如以意论，尚无不合。惟"马"、"怕"两个韵字，于此词中，正如丝竹悠扬之中，突然铜钲大鸣；又如低语诉情，正自绵密，而忽然呵呵大笑。此且无论其意之善恶，直当坐以不应。所以者何？虽非无理取闹，亦是破坏调和故。是以就词论词，"料峭春风"三韵十六字，迹近敷衍，语亦稚弱，而破坏全体底美之罪尚浅于"马"、"怕"二韵九字也。学人如谓苦水为深文周内，则苦水将更吹毛求疵。夫竹杖芒鞋之轻，是矣，胜马奚为？晚食当肉，安步当车，人犹谓其心目中尚有肉与车在，则此胜马，岂非正复类此。拖泥带水，不挂寸丝之谓何？透网金鳞之谓何？若夫"谁怕"，此是何事而用怕耶？或者将曰：此言谁怕，是不怕也。苦水则曰：无论不与非不，总之不能用怕。当年黄龙公举拳问学人曰：唤作拳头则触，不唤作拳头则背。东坡于此，纵使不背，亦忒煞触了也。吾不能起髯苏于九原而问之。学人如不肯苦水，则请别下一转语。莫只道苦水不识惭愧，只会去呵佛骂祖也。

南乡子 梅花词和杨元素

寒雀满疏篱。争抱寒柯看玉蕤。忽见客来花下坐，惊飞。踏散芳英落酒卮。　　痛饮又能诗。坐客无毡醉不知。花谢酒阑春到也，离离。一点微酸已着枝。

杨诚斋绝句曰："百千寒雀下空庭，小集梅梢话晚晴。特地作团喧杀我，忽然惊散寂无声。"苦水早年极喜之，以为写寒雀至此，真不孤负他寒雀也。"特地作团"四字，令人便直头听见唧啾即足之声，说"喧杀我"，遂真喧杀我。"忽然惊散"四字，又令人直头觉得群雀哄然一阵，展翅而去，说"寂无声"，遂真个耳根清净，更没音响也。而持以与此《南乡子》开端二语相比，苦水不嫌他杨诗无神，却只嫌他杨诗无品。"寒雀满疏篱，争抱寒柯看玉蕤"，"满"字、"看"字，颊上三毫，一何其清幽高寒，一何其湛妙圆寂耶？便觉诚斋绝句二十八个字，纵然逼真杀，纵然生动煞，与苏词直有雅俗之分,又岂特上下床之别而已?便是"忽见客来花下坐,惊飞,踏散芳英落酒卮",亦高似他"忽然惊散寂无声"。苦水并非压良为贱,更非胸有成见,一双势利眼直下看他杨万里,高觑他苏胡子。何以故?杨诗"惊散"之下,而继之以"寂无声",是即是,只是死却了也,不然,也是淡杀了也。苏词"惊飞"之下却继之以"踏散芳英落酒卮",虽不能比他"高馆落疏桐",亦自余韵悠然。烂不济,亦比杨诗为宽绰有余。若道这个又是诗词之分,苦水听了,便只有大笑而起,更不置辩,一任具眼学人自去理会。若道苦水颟顸,杨诗意在写雀,故如彼,苏之《南乡子》,明题作"梅花词",故而如此也。于此,苦水若说诚斋不是明明道他"小集梅梢"么,便是缠夹,不免另竖起葛藤桩子。辛稼轩《瑞鹤仙·赋梅》曰:"倚东风、一笑嫣然,转盼万花羞落。"苦水向日亦极喜之,以为从来写梅者不曾如此写,辛老子如此写了,真乃又使梅花既不失品格,而又活生生地与世人相见也。记得当年明公曾问苦水:此不是写杏花耶?尔时苦水便休去。及今思之,倚风嫣然,或是杏花,万花羞落,杏花纵转盼煞,却万万不办。然持以与此《南乡子》开端二语相比,又觉稼轩写来吃力,着色太浓,不如坡老笔下自在,情韵淡雅。学人或者又曰:老辛正面攻杀,老苏侧击旁敲,故尔如然。苦水曰:车行舟行,两可到家,吾辈只看他到家与否便得,分甚舟之与车?若说侧击旁敲,原自不无。但亦不过论文之士方便说法,立此假名,学人切勿执为实有，以致东西悠荡，不着边际也。此义大长，如今急于说词，姑止是。一首《南乡子》，高处妙处，只此开端二语。"忽见"二韵十六个字，苦水虽曾以之压倒诚斋之诗，与前两句衡量之，已有自然与人力之差，最糟是过片之"痛饮又能诗，坐客无毡醉不知"。"坐客无毡"自可，"醉不知"也去得，然已自嫌他作态自喜矣。若"痛饮又能诗"，则决是糟。不知怎地，后来诗人作品中只一说到自家之饮酒赋诗，纵不出丑，也总酸溜溜地。以文论之，到此之际，十九有拼补凑合之迹。且不可举他老杜之"此身饮罢无归处，独立苍茫自咏诗"。须看"无归处"是甚底情境？"立苍茫"是何等气象？到此田地说不说俱得。否则一说便不得也。又且不可举他彭泽老子之篇篇说酒。今且不须检阅全集，只如"忽与一觞酒，日夕欢相持"，后来那个又有此胸襟情韵耶？老苏作此词时，虽曰纪实，亦不合草，以至今日竟向苦水手里纳却败阙也。至于歇拍两韵，有底喜他"一点微酸已著枝"一句。苦水却不然。学人问这"不然"么？苦水原拟待汝一口吸尽西江水时，再与汝说。如今也不必了。还记得苦水说《西江月》"照野弥弥浅浪"一章，论及词序、书札、题跋处否？倘若并不记得，只仍参此章开端二语亦得。参禅衲子好问：西来何意？这个与我辈今日无干。只今且道：那寒雀十二个字是何意？

南乡子 送述古

回首乱山横。不见居人只见城。谁似临平山上塔，亭亭。迎客西来送客行。　　归路晚风清。一枕初寒梦不成。今夜残灯斜照处，荧荧。秋雨晴时泪不晴。

坡公伤感之词，吾所选录，前此已有《木兰花令》及《临江仙》，并此一章，鼎足而三。然生离死别，其迹近似，出入变化，内容实殊。《临江仙》之送王缄，情溢乎辞，纯乎其为伤感者也。《木兰花令》笔力沉雄，气象阔大，盖于伤感有似超出，且加变化。说已详前，兹不复赘。至于斯篇，前片既叹人不如塔，亭亭无觉，迎送来去，后片复写残灯初寒，秋雨或歇，泪雨难晴。夫如是，则其伤感当至深矣。而试一观其命辞构语，工巧清丽，盖已不纯置身伤感之中，一任包围，但听支配；而已能冷眼情感之旁，细心观察，加意抒写。推究根源，一则任情，一则有想。夫情之与想，势难两大。此仆彼起，彼弱此强。当情盛时，想不易起。及想炽时，情必渐杀。古今中外，法尔如然。此则送述古之情固浅于送王缄，而《南乡子》之辞较工于《临江仙》者也。《孝经》有言，丧言不文。老聃亦云，美言不信。丧言不文者，意不暇及也。美言不信者，华过其实也。然则文事，难言之矣。言之无文，文之谓何？过饰藻丽，情或近伪。必也情经滤净，辞能称情，施之篇章，庶乎近之。是故伤感虽为创作源泉，苟无羁勒，譬彼逸马，即有骏足，适能覂驾。若其情不真挚，修辞虽巧，藻绘粉饰，徒成浮漂，吾于说词，屡及之矣。夫创作之源，厥本乎情，遣辞之工，实基于想。顾今所谓情、想二名，借自释氏，善巧方便，即何敢言。能近取譬，或助参悟。而哲人之想，一本理智，排斥感情。有如恶木遮山，伐木而山方出；乱草侵花，刈草而花始繁。其旨务在以想杀情。是其为想力求真实，排除虚妄，总归一有。若文士之想，间或不无藉助理性。要其本旨，乃在显情。有如画月者，月无可画，画云而月就。绘风者，风本难绘，绘水而风生。是其为想，今世所谓幻想、联想。固亦求真，而与彼哲人，标的不同，取径亦异。籀而绎之，判然别矣。苦水于是乃说坡词，藉资证明。临平山上，一塔亭亭，固已。若夫送迎去来，塔本无知，于彼何有？是则亭亭为真，而送迎也者，词人之想。秋雨曰晴，是已。泪既非雨，何有晴否？是则秋雨为真，而泪雨不晴，又词人所想也。以上二处，持较《临江仙》之"凭将清泪洒江阳，故山知好在，孤客自悲凉"，如以情论，则前者多伪，而后者多真。如以词论，则又前者较胜，后者较逊也。若是，其果伪者为优，真者为劣耶？丧言不文，美言不信，亶其然乎？然真者诚真，而伪者果伪耶？厨川白村之论文也，文学之真，科学之真，区分为二。世有二真，殆类戏论。吾兹窃谓：二者之外，当更别立哲理之真。真乃有三，大似呓语矣。自惭小智，屡经思维，迄于终竟，不得不尔。析其奥微，俟之明哲。而在英国淮尔德氏，乃复致慨于彼说谎之衰颓。是则于文，以伪立论。与吾中土古圣所谓修辞立诚，大相径庭。淮氏制作，未臻上乘。若其品性，时涉乖僻。至于斯论，虽类诡辩，实有可采，未可遽尔以人废言。吾国诗教，温柔敦厚。溯在往古，允当斯旨。汉魏以来，不失平实。洎乎六代，宗老、庄者惟旷达，崇释氏者尚空无。其有志于文之士，善感锐察，又刘彦和氏所谓"窥情风景之上，钻貌草木之中"者也。独于纪事长篇，奇情壮彩，推波助澜，甚苦无多。《孔雀东南飞》，《木兰辞》，自推巨擘，终似贫弱，降及唐代，诗称极盛。其有作者，少陵之《北征》，"奉先咏怀"，而其中心，究为小我。纵极张皇，亦伤局促。"三吏""三别"，虽近客观，既无主名，非纯叙述。自兹而下，益等自郐。白乐天氏之《长恨歌》，体制近是。而抒写铺叙纵使详明，补缀破碎，究未闳阔。众口脍炙，余无取焉。遥观西国，希腊之剧，荷马之歌，夐乎远矣。莎翁之巨制及十八世纪仿古之名作，吾国至今，仍属阙如。推其大原，何其非说谎衰颓之所致欤？顾维兹义，非数言可了。吾今说词，沿流讨源，聊发其端。因念坡公在黄州时，强人说鬼，昔者以为无聊，以为风趣，及今思之，情为作因，而想以佐情，伪以显真。此正坡老之文心，而说谎之妙用也。若然，则此临平之一塔，泪雨之不晴，殆尚其豹之一斑，而龙之半爪耶？

蝶恋花 暮春别李公择

簌簌无风花自堕。寂寞园林，柳老樱桃过。落日多情还照坐。山青一点横云破。　　路尽河回人转舵。系缆渔村，月暗孤灯火。凭仗飞魂招楚些。我思君处君思我。

一部《东坡乐府》，苦水只选他十首，人或不免嫌其太苛。而此一首《蝶恋花》居然入选，人将更笑苦水之抛却真金抱绿砖也。不须学人指摘，如今苦水且先自行检举一番。词题曰《暮春别李公择》，俨然是个截搭题。要说惜别本可包括时令，何须别标暮春？可见老坡于此，自己亦觉悟到前后片之少联络，盖前片之写暮春，既不露惜别，与后片之写惜别，更不见暮春也。为文终非写八股，只要过渡下去，便可打成两橛。计出无奈，只好写成恁样一个题目，聊作解嘲。学人莫捉苦水败阙，说：稼轩岂不亦有"读庄子闻朱晦庵即世"底一首《感皇恩》乎？何以日前说辛时如彼招，如今说苏时便如此搦耶？且莫致疑于苦水之一眼看高，一眼看低。试看老辛前半阕之"忘言""知道",眼光直射到后半阕之"《玄经》遗草",后半阕之"江河流日夜,何时了",神情直回到前半阕之"梅雨霁,青天好",便可证知他针线密缝,不似老苏此词之拆开来,东一片,西一片也。既如是,果何所取而录此词耶?也只爱他发端高妙耳。夫写春而写暮春,写花而写落花,诗人弄笔,成千累万,老苏于此,有甚奇特?试参他第一句"簌簌无风花自堕","簌簌"字、"自"字,真将落花情理写出,再不为后人留些儿地步。尤妙在无风,便觉落花之落,乃是舒徐悠扬,不同于风雨中之飘零狼籍。及至"堕"字,落花乃遂安闲自在地脚跟点地了也。"簌簌无风花自堕"之下,而继之曰"寂寞园林,柳老樱桃过"。澹泡之春光已去,清和之初夏将临。一何其神完气足?"落花相与恨,到地一无声",妙句也。硬扭他落花,相与客情作么?"一片花飞减却春,风飘万点正愁人",健句也,减春愁人,将何以堪?更有进者,"簌簌无风花自堕,寂寞园林,柳老樱桃过",直透出天地之妙用,自然之神机,自然而然,行乎其所不得不行。人力既无可施,造化亦只任运。更不须说瓜熟蒂落,水到渠成也。到这里,虚空纵尚未成齑粉,而悲戚欢喜早已一齐百杂碎了也。不说品之高,即只此韵之远,坡公以前以后,词家有几个到得?学人莫只道他写景好。苦水当日读简斋诗,极喜他"归鸦落日天机熟"一句。今日持较苏词,嫌他简斋老子一口道破,反成狼藉耳。如论蕴藉风流,仍须是髯公始得也。大凡大英雄行事,岂必件件尽属惊天动地，但总有一二事，作到前人作不到处。大文人之作，岂必句句震古铄今，但总有一二语，说到前人说不出处。若不如是，屋上架屋，床下安床，纵非依草附木底精灵，也是贼德害道底乡愿。争怪得苦水为此两韵，录此一词？但两韵之后，"落日多情"十四字，读来总觉得硬骨碌地，不似坡公平日笔致之圆融。过片"路尽"两韵，吾观宋人之词，送别之作，往往写送客一程，居人独归之情景，坡词于此，想亦是也。"月暗孤灯火"，火字须是明字，修辞格律始合。今以为韵所牵，易明为火，不得，不得。如谓灯火二字合成一名，原无不可。但只着一孤字形容，未免凑合。结尾之"我思君处君思我"，虽乏远韵，亦自去得。但上句之"凭仗飞魂招楚些"，又何耶？《水浒传》里李铁牛大哥见了罗真人归来之后，乃云不省得说些甚底。苦水于苏词此处亦复不省得苏胡子说些甚底。或当是楚些招飞魂之意。若然，则又是削足适履了也。老坡此词，如是败阙。苦水今日一一分明举似学人，岂是苦水才情高似东坡，苦水更别有说在。赏观名家之作，一集之中，往往有几篇，一篇之中，往往有数语，简直一败涂地。数语在一篇，瑕不掩瑜，且自听之。几篇之在全集，何似删之为愈？如说前人有作，后人编集，不免求备，故有斯愚，则作者当时何如不作？作了又何必示人？这个便是中土文人颟顸处，不经意处。极而言之，不自爱惜处。何况词在北宋，尚未列入正统文学之中乎？然而有一利必有一弊底反面，却又是有一弊也有一利。

更不用说短处即是长处。古人神来之笔,不必另起葛藤,即此《蝶恋花》发端两韵,苦水再三赞美而不能已者,也还是此颠顶,此不经意,此不自爱惜。刘彦和《文心雕龙·总术》篇曰:"执术驭篇,似善弈之穷数。弃术任心,似博塞之邀遇。"又曰:"博塞之文,借巧傥来,虽前驱有功,而后援难继。"又曰:"善弈之文,则术有恒数,按部整伍,以待情会,因时顺机,动不失正。数逢其极,机入其巧,则义味腾跃而生,辞气丛杂而至。"论文之文,善巧方便,一至于此,而其行文,亦复大有"义味腾跃而生,辞气丛杂而至"之乐。苦水只有顶礼赞叹,而又虽不能至,心向往之矣。但苦水却亦有小小意见,要共耆位慧地大师理会一向。博塞之文,不如善弈之文,此在学人参修,原自不误。若大家创作,神游物化,却不拘拘于此。所以陆士衡曾说:"或竭情而多悔,或率意而寡尤"也。若邀遇绝对不如穷数,陆氏便不如是说了也。诚如彦和所云善弈强似他博塞,何以下文又说"以待情会,因时顺机"乎?所谓情会与时机者,岂非仍有类于博塞邀遇底"遇"耶?如只任术便得,尚何须乎机与会之顺与待耶?即以博弈而论,谚亦有云:棋高无输,牌高有输。其故亦在穷术与任运。饶你赌中妙手,无如牌风不顺,等张不来,求和不得,仍是大败亏输。若棋则不然,高手决不会输。若偶尔漏着,输却一盘,定是棋术尚未十分高妙也。然而此亦言其常耳。若是手气旺盛,则虽赌场雏手,无奈他随手掷去,尽成卢雉。此则东坡词中所谓六只骰子六点儿，赛了千千并万万者。饶你多年经验，不免向他雏手手中，落花流水一般纳败阙也。若是著棋却不然。纵使高手，倘遇劲敌，所差不过一子半子，即便费尽心机，赢则决定是赢，而所赢仍不过此一子半子，决定不会楸枰之上，黑子尽死，白子全活也。虽曰文事不能全类博弈，然而那颟顸，那不经意，甚至那不自爱惜，有时如着棋，真能输却全盘。若是如赌博，忽然大运亨通，合场彩物便尽归他一人手里。若然则坡老此词之开首两韵，其博塞之遇来，是以如有神助，而其以下直至歇尾，又其弈棋之术疏，是以全军俱覆也乎？

减字木兰花

钱塘西湖有诗僧清顺，所居藏春坞，门前有二古松，各有凌霄花络其上，顺常昼卧其下。时余为郡，一日屏骑从过之。松风骚然，顺指落花求韵，余为赋此。

双龙对起。白甲苍髯烟雨里。疏影微香。下有幽人昼梦长。　　湖风清软。双鹊飞来争噪晚。翠飐红轻。时下凌霄百尺英。

两株古松，上络凌霄，而清顺却常昼卧其下，者位阇梨，忒煞风流。而东坡又屏骑从过之，且为此作小词，者位太守，也忒煞好事。虽公案分明，而往事成尘，如今也不索战敠。且就此小词，与学人葛藤一番。"双龙对起"，妙哉，妙哉，便真有拔地百尺，突兀凌云之势也。"白甲苍髯"，着迹矣，尚自可。"烟雨里"，倘不是真指烟雨，便不知其何所指，倘真指烟雨，不与"昼梦长"牴触耶？如谓"烟雨里"谓特殊有雨之时，"昼梦长"言其常也。然则常之与殊，于此连续说之，不益相矛盾耶？"疏影微香"，其指凌霄花矣，"下有幽人昼梦长"，此大似隐士，岂复是和尚，殆欲逃禅矣乎？"湖风清软"，恰好，恰好。若只是两株古松，着此四字，不得，不得。为是松上络有凌霄花，得也，得也。"双鹊飞来"，无不可，但何必定是双？若再一边树上一个，不足呆相，亦是笑话了也。"争噪晚"，着一噪字，与清软之湖风又牴触矣，是又大不可者也。若道尔时，恰值有双鹊在松上争噪，苦水于此，将大喝一声：有也写不得。而况"疏影微香"之中，幽人梦长之际，噪已不可，争个什么？一争，一噪，好容易拈出清软，与影与香与人与梦融成一片，至是，俱被他搅得稀糟，使不得也。此又是苏长公颠顶处、不经意处、不自爱惜处。苦水亦不复替他谦了也。夫如是，苦水之于此词，半肯半不肯，选而说之，何为也？只为他"翠飐红轻，时下凌霄百尺英"二韵，割舍不得而已。学人莫只看翠之飐，红之轻。若只如是，又是错认驴鞍桥作阿爷下颏。近代修辞论文，有所谓形容与描写之二名也者。苦水不怨此二名误尽天下苍生，却只惜有许多学人错认却定盘星,以致自误。处处寻枝摘叶,时时撅斤播两。自夸形容之工,描写之细,其实十足地心为物转,将境杀心,沉沦陷溺,永无觉醒,熏习日甚,只成诗匠,更非诗人,简直自救不了,说甚超凡入圣?所以苦水平日堂上说诗,每每拈举韩翰林"惜花"一章,警戒学人。若说此诗之"皱白离情高处切,腻红愁态静中深",亦自煞够工细。亦自为他贴将去,脱不开,死却了,不肯活,更无半点高致,不须再检举他无神韵也。有一塾师出杜诗"好雨知时节"题,令其弟子作五言八韵底试帖诗,即得时字。一本卷子中有一联曰:"不先还不后,非早亦非迟。"说时迟,者老夫子一见此诗,便扯将那学生子过来,教他自读此十字一过;那时快,更不说甚青红皂白,便痛痛地与他二十戒尺。完了方说:"我只打你个不先还不后,非早亦非迟。"若说不先不后,非早非迟,岂不扣得那杜诗"好"字、"知"字、"时节"字,严严地、密密地?但二十戒尺打得定是,决不冤枉那学生子也。至如苏词之"翠飐红轻",岂可与此学生子之低能相提并论?亦尚还不至如致尧那二句之呆板。苦水何必如此神经过敏,哓哓不休?不见道涓涓不塞,将成江河。又道南辕北辙,发脚便错。只缘婆心,遂成苦口耳。至于"时下凌霄百尺英",又是前说所谓坡老底赌运亨通。王静安先生说宋景文之"红杏枝头春意闹"曰:"着一'闹'字,而境界全出。"难道苦水于此不好说:着一"下"字而境界全出耶?一个"下"字,抉出神髓,表出韵致,无意气时添意气,不风流处也风流。尚何有乎形容与描写，何处更着得工与细耶？学人于此会得，苦水得好休时便好休。倘不，苦水更有第二杓恶水在。北宋以后，词人咏物之作，正文不露题字。苦水曰：他自作灯虎，我无闲心哄他猜谜；他自绕弯子，莫更怪我不陪他吃螺蛳也。坡公于此，明点出凌霄花，吾辈今日难道不能赏其"下"字之妙耶？夫凡花之落，皆可曰下，此有甚奇特？然而须理会得此是凌霄花百尺之英，自古松白甲苍髯里，徐徐坠落，所以是下也。莫又怪苦水何以知其徐徐，不曰："湖风清软"乎？准物理学，苟无空气之阻隔，物之下坠，同此迟速，无分重轻。但大气之中，花体本轻，高处坠落，只缘阻隔，更觉徐徐。且凌霄之花朵较大，花色金红，而其落也，不似他花碎瓣离萼，而为全朵辞枝，试思昼卧百尺之树下，仰见苍髯之枝间，忽然一点金红，悠悠焉，渐降渐低，愈落愈近，安然而及地焉。盖良久，良久，而又一点焉。良久，良久，而又一点焉。不说"下"，而将奚说耶？莫又怪苦水何以知其是良久一点也。苦水于此，更自叹息，说词至是，惹火烧身。夫文士为文，亦须格物。凌霄之落，既不是风飘万点之愁人，亦不似桃花乱落之红雨。凡夫落朵而不落瓣之花，当其落也，盖无不是如此之良久，良久，而始一点也。不道是"下"，道个什么？苦水说时，用坠、落、降等字，只是不得已而用之。先自供出，省得又被告发。"时下"，本或作"时上"。大错，大错，决不可从。试问甚底上？又上个甚底？莫是双鹊上他凌霄么？

笑杀，笑杀。两个野鹊上在花上，有甚风光？若再问：者个较之上章"簌簌无风"一句，何如？苦水则曰：那个多，者个少。者个是朵，那个是瓣。那个若是自然底大机大用，者个只是道心底虚空昭灵。不会么？不会，者里尚有个末后句在：者个只是个无意。莫见苦水如此说，便又大惊小怪。不见古德说达摩西来，也只是个无意。好好一首《减字木兰花》，今被苦水说东话西，支解车裂，真真何苦。其实一部《东坡乐府》，其中好词，亦俱不许如此说。然而苦水十日之间，居然说了整整十首。虽然心不负人，面无惭色，也须先向他东坡居士忏悔，然后再向天下学人谢罪。

附　录

　　吾拟说苏词，选目既定，细检一过，而觉诸选家所俱收，或盛脍炙人口而未入吾录者，得五首焉。夫诸家俱选，且盛脍炙矣，是有目共赏之作也，将不须吾之说耳。初故舍之。然吾于此五章，亦不无欲言者在。故终取而略说之。汇为说苏之附录云尔。卅二年九月霍乱预防之际，苦水识于净业湖南之倦驼庵。

念奴娇　赤壁怀古

　　大江东去，浪淘尽、千古风流人物。故垒西边，人道是三国周郎赤壁。乱石穿空，惊涛拍岸，卷起千堆雪。江山如画，一时多少豪杰。　　遥想公瑾当年，小乔初嫁了，雄姿英发。羽扇纶巾，谈笑间、强虏灰飞烟灭。故国神游，多情应笑，我早生华发。人间如梦，一尊还酹江月。

　　坡公以此词得名。世之目坡词为豪放，且以苏与辛并举者，亦未尝不以此词也。吾于论词，虽不甚取豪放之一名，然此《念奴娇》，则诚豪放之作。"大江东去，浪淘尽、千古风流人物"，本极可悲可痛之事，而如是表而出之，遂不觉其可悲可痛，只觉其气旺神怡。即其过片"故国神游"以下直至结尾，亦皆如是。更无论其"江山如画"两句，及"遥想公瑾当年"以下直至"灰飞烟灭"之两韵也。然谓之豪放即得，遂以之与稼轩并论，却未见其可。辛词所长：曰健，曰实。坡公此词，只"乱石"三句，其健、其实，可齐稼轩。即以其全集而论，如谓亦只有此三句之健、之实，可齐稼轩，亦不为过也。全章除此三句外，只见其飘逸轻举，则仍平日所擅场之"出"字诀耳。即以飘逸轻举论，亦以前片为当行。若过片则浮浅率易矣，非飘逸轻举之真谛也。公瑾之雄姿英发，何与小乔之嫁？然如此说，尚无不可。若夫强虏，顾可谈笑间使之灰飞烟灭耶？昔读左太冲《咏史》诗曰："左眄澄江湘，右盼定羌胡。功成不受爵，长揖归田庐。"以为功成身退或尚不难，若江湘左眄而澄，羌胡右盼而定，遂开文士喜为大言之风气，窃尝笑其如非欺人，定是不惭也。坡词于是，虽谓周郎，而非自谓，然其神情，无乃类之。至"故国神游"想指三国。"多情应笑"，其谓公瑾乎？"早生华发"，则自我矣。然三语蝉联，一何其无聊赖耶？稼轩之"不恨古人吾不见，恨古人不见吾狂耳"，人或犹嫌之，而况此之空肤耶？煞尾二句，更显而易见飘逸轻举之流为浮浅率易。至于后人学之不善，成为滥调，则后人自负其责。苦水尚不忍以是为坡公罪。

水调歌头

丙辰中秋,欢饮达旦,大醉,作此篇,兼怀子由

明月几时有,把酒问青天。不知天上宫阙,今夕是何年。我欲乘风归去,又恐琼楼玉宇,高处不胜寒。起舞弄清影,何似在人间。　转朱阁,低绮户,照无眠。不应有恨,何事长向别时圆。人有悲欢离合,月有阴晴圆缺,此事古难全。但愿人长久,千里共婵娟。

东坡之作,举世所钦,震铄耳目,首推前篇。沦浃髓骨,厥维此章。何者?《念奴娇》篇,大气磅礴,易于骇俗;《水调歌头》,情致圆熟,善中人意也。以余观之,此章精华乃在前片之琼楼玉宇,高处自寒,起弄清影,人间可住耳。西国诗人,信道之士,时或赞美大神,倾心天国,唾弃现实,向往永生。其有抱愤怀疑,崇情尚智,又复鄙薄往生,别寻乐土,执着地上,歌咏人间,窃谓二者俱非所论于中土。则以吾国智士,习论性天,否亦喜庄列者每任自然,崇释氏者辄宗空无。虽有三别,实归一玄。缀文之士,专命骚雅,逊世之士,托身岩阿,大都不免纵情诗酒,流连风月。至于发愤抒情,慷慨悲

歌，献酬奉酢，歌功颂德，尚匪所论。综上以观，韵文神致，西国中土，实不同科。故夫高举者既非同乎热烈之信仰，而住世者仍有异于现实之执着也。吾曩者读苏词此章前片之"不知"以下直迄"人间"，颇喜其有与西洋近代思想相通之处。及今思之，坡公之意，若有若无，惟其才富，故纵情而言，自具高致。与彼西士有意入世，固自不同。朱敦儒《鹧鸪天》词曰"玉楼金阙慵归去，且插梅花醉洛阳"，与此相近。惟朱语浅露，易见作态；坡词朗润，遂更移人。究其源流，尚非异致。韩吏部诗曰："我能屈曲自世间，安能从汝巢神山？"则语意愤激，未若坡老情致酝藉矣。过片而后，圆融太过，乃近甜熟。此在长公，放情称意，不失本色。从来学人步趣失真，滋多流弊，吾意弗善，不复费辞。

水龙吟 次韵章质夫杨花词

似花还似非花，也无人惜从教坠。抛家傍路，思量却是，无情有思。萦损柔肠，困酣娇眼，欲开还闭。梦随风万里，寻郎去处，又还被，莺呼起。　　不恨此花飞尽，恨西园、落红难缀。晓来雨过，遗踪何在，一池萍碎。春色三分，二分尘土，一分流水。细看来，不是杨花，点点是，离人泪。

静安先辈之论词，吾所服膺，其论咏物之作，首推是篇。又曰："和韵而似元唱。"苦水则不以其似元唱而喜此词。或吾于诗词，不喜咏物之作之故耶？总之，不复能强同于王先生而已。少陵之诗有拙笔而无俗笔，太白有俗笔矣。稼轩之词有率笔而无俗笔，髯公有俗笔矣。此或以才虽高，而学不足以济之，即李与苏之于诗词，稍不经意，犹不免于俗耶？吾于上章，不取过片，即嫌其近俗，然犹未至于俗也。至于是篇，直俗矣。前片开端至"呼起"，滥俗类如元明末流作家之恶劣散曲。"抛家傍路"，"寻郎去处"，其尤显而易见者也。过片"不恨"两句，可。然曰"恨西园、落红难缀"，则无与于杨花也。"晓来雨过"，"一池萍碎"，好。虽不免滞于物象，乏于韵致，而思致微妙，可喜也。嫌他"遗踪何在"一句楔在中间，累玉成瑕耳。"春色"三句，苦水不理会这闲账。结尾"是离人泪"，苦水直报之曰：不是，不是，再还他第三个不是。几见离人之泪如斯其没斤两也耶？亏他还说是细看。因知老坡言情并非当家。刻骨铭心，须让他辛老子出一头地。

蝶恋花

花褪残红青杏小。燕子飞时,绿水人家绕。枝上柳绵吹又少。天涯何处无芳草。　　墙里秋千墙外道。墙外行人,墙里佳人笑。笑渐不闻声渐悄。多情却被无情恼。

笔记谓朝云每歌"枝上柳绵"二句,便如不胜情。又谓其随坡至南海,日诵二语,病极犹不释口。而朝云既没,子瞻亦终身不复听此词。吾意此说或当不虚。然陆平原曰:"落叶俟微风以陨,而风之力盖寡。孟尝遭雍门以泣,而琴之感以末。何者?欲陨之叶,无所假烈风;将坠之泣,不足繁哀响也。"彼朝云之有动于此二词也,此物此志也夫。而王渔洋氏乃曰:"枝上柳绵,恐屯田缘情绮靡,未必能过,孰谓坡但解作'大江东去'耶?髯直是超伦绝群。"夫超伦绝群,或者不无,若缘情绮靡,直恐未必。何者?心与物既为缘,情与致即俱生。二语致过于情,是以出而非入。虽曰柳绵渐少,芳草遍生,有情于此,不免伤春。然柳绵之少,无大重轻,芳草青青,至可玩赏,况乃天涯无处而非芳草,则吾人随地皆可自怡,吾之所云致过于情、出而非入者,不益信耶?试再以辛词"待得来时春尽也,梅结子,笋成竿",与此相较,则吾之言不益明耶?

苟其吹毛求疵，挦章摘句，不独天涯芳草，已嫌于损情而益致，而枝上柳绵尤为不揣本而齐末。此不当云枝上柳绵耶？枝为遍名，总赅万木，柳乃特举，何有众枝？虽然，吾如是说，聊为学人修辞警戒，非于坡公深文周内。彼自豁达，不妨疏润耳。至于过片，如非滥俗，亦近轻薄，说详上章，不复述焉。

卜算子 黄州定慧院寓居作

缺月挂疏桐，漏断人初静。谁见幽人独往来，缥缈孤鸿影。　　惊起却回头，有恨无人省。拣尽寒枝不肯栖，寂寞沙洲冷。

附录五篇，吾肯此章。如是短什复三"人"字，豁达可想，无事吹求。"缺月"二语，境况幽寂，幽人之幽，坡老自道。鸿影缥缈，既实指鸿，又以自况。"惊起"者何？人为鸿惊也。"回头"者谁？东坡老人也。"有恨"者，人与鸿同此恨也。"无人省"者，坡公有触，他人不省也。结尾二语，谓鸿不栖树，自宿沙洲，无枝叶之托庇，有霜露之侵陵也。所谓"恨"者，其指此也。于是而人之与鸿，一而二，二而一，不复可辨也。若是，则吾于此词殆全肯矣。竟不入选而归附录者，抑又何耶？吾于是几无以自解。然而有说焉。以文字之表现论，如是即可。如以意境论，则是固吾国诗人千百年来之传统，而非坡公之所独有也。文士之文，固不可刻意怪险，以致自外于天理人情；亦不可坠落坑堑，以致无别于前贤旧制。坡老此作，尚不至如吾后者所云。然格调既暗合乎曩篇，即酸咸乃无殊乎众味。况乎风骨未甚遒上，以诏后学，易生枝蔓者哉。如曰：苦水虽复哓哓苦口，亦属鳃鳃过虑。人娶少妻，极相爱悦，既见妻母皤然一婆，归而出妻。亲朋诧异，询其何说。乃云："日后吾妻必类其母。"苦水于此，正复如然。顾学者立身，希圣希贤，释者发心，成佛作祖。取法乎上，仅得乎中。防微杜渐，着眼不妨略高耳。此自吾意，不关苏词。私心不满，匪宁惟是。忆吾每诵此章，辄觉虽非恶鬼森然扑人，亦似灵鬼空虚飘忽，只有惝恍，了无实质。即彼天仙不食烟火，吾犹弗喜，矧此鬼趣无与人事者哉？或曰：《楚辞·山鬼》，子亦将如是说之耶？则曰：屈子之作，离忧后来，艰难辛苦，命曰《山鬼》，实皆世谛，未似苏公之虽曰"幽人"，乃只幽灵，虽曰"有恨"，徒成幽恨也。吾如是说，人或不谅。言发由衷，吾意至诚，岂独于苏词，轩轾殿最一准乎是，吾于一切前贤篇什，无不如此。即吾个人学文，创作批评，取径发足，亦复胥然也。

后　叙

苦水既说辛词竟，于是秋意转深，霖雨间作，其或晴时，凉风飒然。夙苦寒疾，至是转复不可聊赖。乃再取《东坡乐府》选而说之，姑以遣日。所幸事少身暇，进行弥速，凡旬有二日而卒业。复自检校，不禁有感，乃再为之序焉。《典论》之论文也，曰："文以气为主。"而继谓："气之清浊有体，不可力强而致。"曰"清浊"，曰"有体"，曰"不可力强"，则子桓所谓气者，殆气质之气，禀之于文者也。吾读《论语》，不见所谓气，至孟氏乃曰："我善养吾浩然之气。"王充《论衡·自纪》篇曰："养气自守。"吾于浩然无所知，姑舍是。若仲任之意，乃在养生，与子舆氏似不同旨。以气论文，文帝之后则有彦和。《文心雕龙》，篇标《养气》。盖至是而子桓之气，孟氏之养，并为一名，施之论文。顾刘氏曰："神之方昏，再三愈黩，是以吐纳文艺，务在节宣。清和其心，调畅其气，烦而即舍，勿使壅滞。"语意至显，义匪难析，约而言之，气即文思，故其前幅有曰"志盛者思锐以胜劳，气衰者虑密以伤神"也。是与子桓亦正异趣。至唐韩愈则曰："气盛则言之长短高下皆宜。"至是气之于文，始复合流孟子所言浩然之气。故苏子由直谓气可以养而至。自是而后，文所谓气，泰半准是。子桓言气，授自先天，韩氏曰盛，苏氏曰养，尽须乎养，养之始盛。是则后天熏习，大异文帝所云不可力强者矣。及其末流，乃复鼓努为势，暴恣无忌，自命豪气，实则客气。施之于文，既无当于立言，存乎其人，尤大害于情性。吾于论词，不取豪放，防其流弊或是耳。世以苏、辛并举，双标豪放，翕然一辞，更无区分。见仁见智，余不复辩。今所欲言，乃在二氏之同异。吾于说中已建健、实之二义，为两家之分野。说虽非玄，义尚未晰，今兹聊复加以浅释。东坡之词，写景而含韵；稼轩之作，言情以折心。稼轩非无写景之作，要其韵短于坡。东坡亦多言情之什，总之意微于辛。至其议论说理，统为蹊径别开。而辛多为入世，苏或涉仙佛。说中所立出入二名，即基乎是。世苟于是仍不我谅，我非至圣，亦叹无言矣。吾尝稽之史编，汉、魏以还，庄、列之说，变为方士，极之为不死，为飞升。大慈之教，蜕为禅宗，极之为参学，为顿悟。其继也，流风所被，举世皆靡，善玄言者以之为指归。说义理者，藉之见心性。而诗家者流，未能自外，扇海扬波，坠坑落堑。即以唐代论之，太白近仙，摩诘宗佛，其著者矣。其在六代，翘然杰出，不随时运，得一人焉，曰陶元亮。其为诗篇，平实中庸，儒家正脉，于焉斯在，醇乎其醇，后难为继。其有见道未能及陶，而卓尔自立，截断众流，诗家则杜少陵，词人则辛稼轩。虽于世谛未能透彻，惟其雄毅，一力担荷，不可谓非自奋乎百世之下，而砥柱乎狂澜之中者矣。至于东坡，虽用释典，并无宗风。故其诗曰："溪声便是广长舌，山色岂非清净身。"又曰："两手欲遮瓶里雀，四条深怕井中蛇。"若斯之类，于禅无干，吃棒有分。倘其有悟，不为此言矣。即其词集，凡作禅语，机至浅露。如《南歌子》"师唱谁家曲"一章与"浴泗州雍熙塔下"之《如梦令》二章，虽非谰言，亦属拾慧。固知髯公于此，非惟半途，直在门外也。昔与家六吉论苏诗，六吉举其《游金山寺》之"怅然归卧心莫识，非鬼非人定何物"，谓为老坡自行写照。相与轩渠。夫非鬼非人，殆其仙乎？其诗无论。即吾所选，如《南乡子》之"争抱寒柯看玉蕤"，《减字木兰花》之"时下凌霄百尺英"，皆净脱尘埃，不食烟火。又凡其词每作景语，皆饶仙气，而非禅心。吾向日甚爱其《水龙吟》之"推枕惘然不见，但空江、月明千里"，与《满江红》之"忧喜相寻，风雨过、一江春绿"，谓有禅家顿悟气象。今则以为前语近是，然集中亦只此一处。后者仍是词家好语，作者文心，特其阔大有异恒制耳。然则东坡之词，于仙为近，于佛为远，昭然甚明。远韵移人，高致超俗，有由来矣。或曰：在道在禅，同出非入，意态至近，区分胡为？则以禅家务在透出，故深禅师致赞美透网金鳞。明和尚谓："争如当初并不落网？"深师诃之以为欠悟。若夫道流务在超出，故骑鲸跨鹤，翼凤乘鸾，蝉蜕尘埃，蹴踏杳冥，沧溟飞过，八表神游。虽亦不无神通变化，衲子视为邪魔外道者也。至两家于"生"，町畦尤判。道曰长生，佛曰无生。道家为贪，佛家为舍矣。纵论及此，实属赘疣，自维吾意在说韵致。学人用心，其详览焉。抑吾观东坡常不满于柳七，然《乐章集·八声甘州》之"霜风凄紧，关河冷落，残照当楼"，坡尝誉之，以为此语于诗句不减唐人高处。坡公此言，或谓传自赵德麟，或谓传自晁无咎，赵晁俱与苏公过从甚密，语出二子，皆当可谓。然则坡所致力，可得而言。夫柳词高处，岂非即以高韵远致，本是成篇，故其写悲哀，既常有以超出悲哀之外；其写欢喜，亦复不肯陷溺于欢喜之中。疏写景物，遥深寄托，情致超出，于是乎见。柳词既为坡公所誉，坡公为词时，八识田中必早具有此种境界，可断言也。今吾所选，若《木兰花令》之"霜余已失长淮阔"，《蝶恋花》之"簌簌无风花自堕"，以及集中凡作景语，高处皆然。至《永遇乐》之前片，又其变清刚而成绵密，去圭角以为圆融者也。向说辛词《青玉案》之"众里寻他"三句，以为千古文心之秘。而辛词混杂悲喜而为深，故当之人。苏词超越悲喜而为高，故偏之出。吾如是说二家之词，豪放之义早已不成，豪气一名，将于何立矣？是故稼轩非无景语，要在转景以益情；东坡亦有情语，要在抒情以寄景。吾于说中已略及之，学人于是将更不疑吾为戏论也。夫写情之词，而有耆卿，出语淫鄙，为世诟病。宋人诗话载：东坡谓少游曰："不意别后，公却学柳七作词。"少游曰："某虽无学，亦不如是。"东坡曰："'销魂当此际'，非柳七语乎？"审如是，则东坡于词，其作情语，所立标的，亦可准知。顾情之一名，义有广狭。凡夫生缘所遇，感动触发，举谓之情，此则广义。至若男女两性悲欢离合，是所谓情，乃是狭义。广狭虽分，渊源无别。取其易晓，始举后者。孔子说诗，其谓"《关雎》乐而不淫"，《大序》乃曰："不淫其色。"混淆视听，殊乖蕉旨。金圣叹氏卤莽灭裂，遂谓好之于淫，相去几何。以吾观之，中土文人每写女性，既轻蔑其人格，遂几视为异类。声色狗马，同为玩好；子女玉帛，尽等货币。其在前古，尚不至是。降自六代，遂乃同声。则以文人多习官妓之歌舞，尽忘良家之德性，坏心术，伤风化，庸讵尚有甚于是者乎？诗教滋衰，民族不振，自命风雅，实则淫鄙。唐代之诗，尚多蕴含；宋代之词，至成扇炀。有心之士，作品之中务避异性，欲求雅正，乃成枯淡。先圣有言："食色，性也。"意在创作，至忘本性，缘木求鱼，是之谓夫。伟哉居士，呵彼屯田，不唯具眼，实乃自爱。然吾读其词，除"十年生死两茫茫"之《江城子》外，缘情之作，未臻骚雅。即非玩弄，亦为玩赏。不过昔者视如犬马，坡公拟之琴鹤，较之柳七，五十步百步之间耳。佛法平等，既未梦见，儒曰同仁，复乎远矣。以视稼轩之作，苏公不独逊其真情，亦且无其卓识。是以吾取稼轩写情，东坡写景。世乃于苏徒喜其铁板铜琶；于辛亦只赏其回肠荡气。口之于味，即有同嗜，味之在舌，乃复异觉。则吾之说辛、说苏，真有孟氏所云不得已者在耶？自维素性褊急，习成疏阔，学识既苦谫陋，思想亦未成熟。篇中立说或有矛盾。二三子须会马祖前说即心即佛，后说非心非佛之旨。务通意前，勿死句下。孟氏有言："人之患在好为人师。"如苦水者，敢居表率唱导之列？然舌耕为业，既已有年，会众听讲，为数不鲜。德不称师，迹实无别。古亦有云："师不必贤于弟子。"诸子有超师之见，吾之是说，譬之椎轮大辂可，以之覆瓿引火亦无不可。如其不然，不得错举。至于行文，体每苦杂，语时不达。则以平生学文，鲜为散行，七载以来，衣食逼迫，疾病纠缠，愈少余暇，留心此事。今兹说词，每于率兴信手，辄复逾闲荡检。或亦稍求工整，亦非务事艰深。盖仿诸语录者，成之稍易，疏乃滋甚。自觉此病，一至古人篇章理致细密，情趣微妙，吾之说即专用文言，力排语体，下笔较迟，用心庶密耳。复次，口语用字，含义未周。未若文言，所包为广。纪述情事，或尚不觉，说明义理，方知其弊，维兹短说，并非宏著。文章得失，尚在其次。所冀海内贤达，见其俳谐之辞，不视为戏论；遇其恢诡之笔，勿目为怪诞。鉴其至诚，知其苦心，庶乎彼此两不相负。然而不虞求全，责虽在我，报毁致誉，岂能自必。言念及此，弥深慨叹矣。至吾自视，说苏较之说辛，用心较细，行文较畅。此是我事，无关他人。又凡书之有序，类冠诸篇之前。吾之是序，乃置诸文后。吾向于说辛之序，曾有所谓综合、补足与恢宏者。此序之旨亦复如是。夫既曰综合、补足与恢宏矣，自应后附，方合条贯。若夫前贤之作，马迁之自序，班氏之叙传，体既弗同，岂敢援以为例。《论衡》之《自纪》,《雕龙》之《序志》,意亦有殊,不必引以解嘲。盖吾之自叙,实等于结论尔。至其泛滥枝蔓,吾亦自知之。

卅二年九月十日苦水自叙于旧京净业湖南之倦驼庵

稼轩词说

自 序

苦水曰：自吾始能言，先君子即于枕上口授唐人五言四句，令哦之以代儿歌。至七岁，从师读书已年余矣。会先妣归宁，先君子恐废吾读，靳不使从，每夜为讲授旧所成诵之诗一二章。一夕，理老杜《题诸葛武侯祠》诗，方曼声长吟"遗庙丹青落，空山草木长"，案上灯光摇摇颤动者久之，乃挺起而为穗。吾忽觉居室墙宇俱化去无有，而吾身乃在空山中草木莽苍里也。故乡为大平原，南北亘千余里，东西亦广数百里，其地则列御寇所谓"冀之南汉之阴无陇断焉"者也。山也者，尔时在吾，亦只于纸上识其字，画图中见其形而已。先君子见吾形神有异，诘其故，吾略通所感。先君子微笑，已而不语者久之，是夕遂竟罢讲归寝。吾年至十有五，所读渐多，始学为诗，一日于架上得词谱一册读之，亦始知有所谓词。然自是后，多违庭训，负笈他乡。廿岁时，始更自学为词。先君子未尝为词，吾又漫无师承，信吾意读之，亦信吾手写之而已。先君子时一见之，未尝有所训示，而意亦似听之也。顾吾其时已知喜稼轩矣。世间男女爱悦，一见钟情，或曰宿孽也。而小泉八云说英人恋爱诗，亦有前生之说。若吾于稼轩之词，其亦有所谓宿孽与前生者在耶？自吾始知词家有稼轩其人，以迄于今，几三十年矣。是之间，研读时之认识数数变，习作之途径亦数数变，而吾每有所读，有所作，又不能囿于词之一体，时而韵，时而散，时而新，时而旧，时而三五月至三五年摈词而不一寓目，一著手。而吾之所以喜稼轩者或有变，其喜稼轩则固无或变也。意者稼轩籍隶山东，吾虽生为河北人，而吾先世亦鲁籍，稼轩之性直而率，戆而浅，故吾之才力、之学识、之事业，虽无有其万之一，而性习相近，遂终如针芥之吸引，有不能自知者耶。噫，佛说因缘，难言之矣。然自是而友好多目余填词为学辛，二三子从余治词者亦或以辛词为问，而频年授书城西校中，亦曾为学者说稼轩长短句。卅年冬，城西罢讲，是事遂废。会莘园寓居近地安门，与吾庐相望也，时时过吾谈文。一日吾谓平时室中所说，听者虽有记，恐亦不免不详与失真。莘园曰："若是，何不自写？"吾亦一时兴起，乃遴选辛词廿首，付莘园钞之。此去岁春间事也。然既苦病缠，又疲饥驱，荏苒一载将半，始能下笔，作辍廿余日，终于完卷。亦足以自慰，足以慰莘园，且足以慰年来函询面问之诸友也。夫说辛词者众矣，吾尝尽取而读之，其犁然有当于吾心者，盖不数数遘。吾之说辛，吾自读之，亦自觉有稍异夫诸家者。吾之视人也既如彼，则人之视吾也，其必能犁然有当于心也耶？彼此是非，其孰能正之？虽然，既曰说，则一似为人矣。吾之是说，如谓为为人，则不如谓为自为之为当。此其故有三焉。其一，吾廿余年来读辛词之所见，零星散乱，藉此机缘，遂得而董理之。其二，吾初为上卷时，笔致甚苦生涩，思致甚苦艰辛，情致甚苦板滞，及至下卷，时时乃有自得之趣。其三，吾平时不喜为说理之文，于是亦得而练习之。为人之结果若何，吾又乌能知之，若其自为，则吾已有种豆南山之感矣。胜业虽小，终愈于无所用心耳。或有笑既以自为而非为人，又何必词说之为？曰：既非为人而以自为，又何不可为词说也？陶公诗时时言酒，而人谓公之意不在酒，藉酒以寄意耳，夫其意在酒，固须言酒；若其意不在酒，而陶公之诗乃又不妨时时言酒也。且夫宇宙之奥，事物之理，吾人其必不能知耶？苟其知之，吾人又必能言之耶？孔子为天纵之圣，释迦为出世之雄，是宜必能知矣。孔子循循善诱，诲人不倦，而曰："予欲无言。"释迦在世，说一大藏教，超度众生，而曰："若人言如来有所说法，即为谤佛。"以圣人与大雄，尚复如是，则说之难欤？抑说之无益欤？月固月也，人不识月，而吾指以示之，则有认指为月者矣。水固水也，析之为氢二氧，无毫发虚伪于其间也，说之确当无加于是矣。然既氢二氧矣，又安在其为水也？若是夫说之难且无益也。孔子与释迦所说者道，而今吾所欲言者文。道无形而文有体，则说道艰而说文易。古来说文之作，吾所最喜，陆士衡《文赋》，刘彦和《雕龙》，是真意能转笔，文能达意者。然士衡曰："是盖轮扁之所不得言，故亦非华说之所能精。"又曰："盖所能言者，具于此云尔。"则有欲言而不能言者矣。至刘氏之《文心雕龙》，较之《文赋》，加详与备。然其《序志》亦曰："虽复轻采毛发，深极骨髓，或有曲意密源，似近而远，辞所不载，亦不胜数。"以二氏之才识与思力，专精于文，尚复如是，吾未见说文之易于说道也。是故知之愈多，言之愈寡；知之弥邃，说之弥艰；文与道无殊致也。彼孔子与释迦，陆机与刘勰，皆知道与知文者也，宜其言之如是。吾于道无所知，自亦不言，至今之说辛词，词亦文也，说词亦岂自谓知文？陆氏与刘氏，维其知文，虽不能忘言，要不肯易言，故有前所云云耳。若夫苦水维其不知文，故转不妨妄言之，是亦陶公饮酒之别一引申也。夫子之言性与天道，不可得而闻。彼村氓山樵，释耒弛担，田边林下，亦间谈性天。此岂能与夫子并论？彼村氓山樵，不独无方圣人之意，亦并无自谓有知性天之心，要之，亦不能不间或一谈而已，亦更不须援刍荛之言，圣人择焉而为之解嘲也。于是乃不害吾说文，又不害吾说辛词也。而吾又将奚以说也？于古有言：文以载道。若是乎文之不能离道而自存也。然吾读《论语》《庄子》及大雄氏之经，皆所谓道也，而其文又一何其佳妙也？《论语》之文庄以温，《庄子》之文纵而逸，佛经之文曲以直，隐而显。如无此妙文，则其书将谁诵之？而其道又奚以传？若是乎道之有赖于文也。彼载道之文，且复如是，则为文之文将何如邪？古亦有言：诗心声也，字心画也。夫如是，则学文之人将如何以涵养其身心，敦励其品行乎？殆必如儒家之正心诚意，佛家之持戒修行而后可。虽然，审如是，即超凡入圣，升天成佛，于为文乎何有？且吾即将如是以说耶？则虽谈天雕龙，辨析秋毫，于说文又何有？奈学文者又决不可忽视上所云之涵养与敦励。然则如之何而可？于此而有简当之论，方便之门，夫子之忠与恕，初祖之直指本心，见性成佛是。所谓诚也。故曰："修辞立其诚。"故曰："诚于中，形于外。"吾尝观夫古今之大文人大诗人之作，以世谛论之，虽其无关于道义之处，亦莫不根于诚，宿于诚。稼轩之词无游辞，则何其诚也。复次，文者何？文也，文彩也。无彩，即不成其为文矣。吾之所谓文彩，非脂粉薰泽之谓。脂粉薰泽，皆自外铄，模拟袭取，非文彩也。而欲求文彩之彰，又必须于文字上具炉捶，能驱使，始能有合。小学家之论小学也，曰形，曰音，曰义。今姑借此固有之假名，以竟吾之说。曰义者，识字真，表意恰是，此尽人而知之矣。然所谓识字，须自具心眼，不可人云亦云。否则仍模袭，非文彩也。曰形者，借字体以辅义是。故写茂密郁积，则用画繁字。写疏朗明净，则用画简字。一则使人见之，如见林木之蓊郁与夫岩岫之杳冥也。一则使人见之，如见月白风清，与夫沙明水净也。曰音者，借字音以辅义是。故写壮美之姿，不可施以纤柔之音；而宏大之声，不可用于精微之致。如少陵赋樱桃曰"数回细写"，曰"万颗匀圆"。细写齐呼，樱桃之纤小也；匀圆撮呼，樱桃之圆润也。以上三者，莫要于义，莫易于形，而莫艰于声。无义则无以为文矣，故曰要。形则显而易见，识字多则能自择之，故曰易。若夫音，则后来学人每昧于其理，间有论者，亦在恍兮惚兮、若有若无之间，故曰艰。曰要，曰易，曰艰，以上云云，就知之而言也。若其用之于文也亦然。虽然，古来大家，其亦果知之耶？要亦行乎其不得不然，不如是，则不慊于其文心而已。今吾亦既再三言之，则亦似知之矣，而吾之所作，其果能用之耶？即能用之，其果能必有合耶？吾尝笑东坡"魂飞汤火命如鸡"一句之非诗，其义浅而无致，其形粗而无文，其声则噪杂而刺耳。东坡世所谓才人也，而其为诗，乃有此失，其他作家，自宋而后，虽欲不等诸自郐以下不可得也。若夫往古之作，"三百篇"、《楚辞》、《十九首》，曹孟德、陶渊明，于斯三者，殆无不合。李与杜，则有合有离矣。然其高者，亦殆无不合。今姑以杜为例。七言如"风吹客衣日杲杲，树搅离思花冥冥"，如"子规夜啼山竹裂，王母昼下云旗翻"，如"骏尾萧梢朔风起"，如"万牛回首丘山重"，五言如"重露成涓滴，疏星乍有无"，如"露从今夜白，月是故乡明"，如"云卧衣裳冷"，如"侧目似愁胡"等等，皆于形、音、义三者，无毫发憾。学人有心，细按密参，自有入处，不须吾一一举也。稼轩之词，亦有合有离矣。其合者，一如老杜，即以今所选诸词论之，如《念奴娇》之"凄凉今古，眼中三两飞蝶"，如《沁园春》之"叠嶂西驰，万马回旋，众山欲东"，如《鹧鸪天》之"红莲相倚浑如醉，白鸟无言定自愁"，如《南歌子》之"月到愁边白，鸡先远处鸣"等等，学人亦可自会，又不须吾一一说也。虽然，吾上所拈举，聊以供学人之反三云尔。吾非谓二家之合作即尽于是，亦非谓其有句而无篇也。即今所选辛词二十章，亦岂遂谓足以尽稼轩哉？抑吾尚有不能已于言者，凡夫形、音、义三者之为用也，助意境之表达云尔。是故是三非一，亦复即三即一。一者何？合而为意境而已。一者何？即三者而为一而已。故视之而睹其形，诵之而听其声，而其义出焉。又非独唯是也，听其声而其形显焉，而其义出焉。若是则声之辅义更重于形也。三即一者，此之云尔。且三者之合为文而彰为彩也，不可以无心得，不可以有心求。稍一勉强，便非当家。古之作者，其入之深也，常足以探其源而握其机。故能操纵杀活，太阿在手。其出之彻也，又常冥然如无觉，夷然如不屑。故能左右逢源，行所无事。于是而所谓高致生焉。吾乃今然后论高致。吾国之作家，自魏、晋、六朝迄乎唐、宋，上焉者自有高致；其次知求之，有得不得；其次虽知求之，终不能得；若其未梦见者，又在所不论也。稼轩之为词，初若无意于高致，则以其为人，用世念切，不甘暴弃，故其发而为词，亦用力过猛，用意太显，遂往往转清商而为变徵，累良玉以成疵瑕，英雄究非纯词人也。然性情过人，识力超众，眼高手辣，肠热心慈，胸中又无点尘污染，故其高致时时亦流露于字里行间。即吾所选二十首中，如《水龙吟》之"楚天千里清秋，水随天去秋无际"，《鹊桥仙》之"看头上风吹一缕"，《清平乐》之"谁似先生高举，一行白鹭青天"，皆其高致溢出于不觉中者也。义已详《说》中，兹不赘。问：既曰高致，则作品所表现，亦尝有关于作者之心行乎？曰：此固然已。而吾又将乌乎论之？且此宁须论也？且吾前此拈心画、心声时不已稍稍及之矣耶？故于此亦不复论。若高致之显于作品之中也，则必有藉乎文字之形、音、义与神乎三者之机用。是以古之合作，作者之心、力既常深入乎文字之微，而神致复能超出乎言辞之表，而其高致自出。不者，虽有，不能表而出之也。而世之人欲徒以意胜，又或欲以粉饰熏泽胜，慎已。吾如是说，其或可以释王渔洋之所谓神韵，王静安之所谓境界乎？虽然，吾信笔乘兴，姑如是云云耳。吾年来于是之自悟、自肯也，亦已久矣。即与两家所标举之神韵与境界无一毫发合焉，吾之自肯如故也。即举世而不见肯，吾之自肯仍如故也。吾之为此词说也，岂有冀于世之必吾肯也？二三子既有问，吾适有所欲言，聊于此一发之云尔。吾说而无当也，则等于大野之风吹，宇宙空虚，亦何所不容。其当也，又岂须吾说之耶。上智必能自合之；次焉者，研读创作，日将月就，必能自得之。若是者又奚吾说之为耶？下焉者，虽吾说，其有稍济耶？且四十九年，三百余会，一部大藏经，亦何尝非说？而其终也，世尊拈花，以不说说，迦叶微笑，以不闻闻。二三子虽求知心切，欲得顿悟，来相叩击，希冀触磕，吾亦已不能无言，而果能言之耶？言所以达意，而果能达耶？即达矣，二三子之所会，果为吾意耶？嗟夫，初祖西来，教外别传，直指本心。而六祖目不识丁，且谓诸佛妙理，非关文字，顾尚有坛经。马祖初而曰即心即佛，继而曰非心非佛；虽其言之简，固亦不能无言也。弟子大梅谓其惑乱人未有了日，宜哉。后来子孙，拈槌竖拂，辊球弄狮，极之而棒，而喝，而打地，而一指，苦矣，苦矣。吾尝推其意，盖皆知其不能言而又不能不有所表现以示来学，所谓不得已也。出家大事，如此纠纷，亦固其所。若夫词说，有何重轻。谓之说稼轩长短句可，谓之非只说稼轩长短句亦可。谓之为人可，即谓之自为亦可。谓之意专在说可，即谓之意不在说，尤大无不可。漆园老叟，千古达人，而曰呼我为牛者应之，呼我为马者应之。庄子果牛与马耶，即不呼不应，庄子之为牛马自若也。果非牛与马耶，人呼之即应之，庄子之为庄子自若也。嗟嗟，释迦有言：万法唯心。中哲亦言：贪夫殉财，烈士殉名。吾辈俱是凡夫，生于斯世，心固不能不有所系维。苟有以系维吾心，而且得以自乐焉，斯可矣。呼牛与马可应之，而名之与财，又奚以区而别之也耶？至是而吾之自序，亦将毕矣。自吾初著手为此序，未意其冗长如是。而终于如是冗长者，欲稍稍综合《说》中之言，一。欲稍稍补足《说》中之义，二。欲稍稍恢宏《说》中之旨，三也。虽然，冗长至如是，而所谓综合、补足与恢宏也者，吾自读此序一过，仍觉有欲言而未能言与夫言之而未能尽者。则亦不能不止于是矣。稼轩长短句自在天壤之间，读之者而好之者，会之者，大有人在，将不待吾之选之、说之、序之也。至于文则一如道。道无不在，而文亦若中原之有菽。学文之士自得之者，亦大有人在，更不需吾之说也。法演禅师谓陈提刑曰："提刑少年曾读小艳诗否？有南句颇相近：'频呼小玉元无事，只要檀郎认得声。'"吾姑抄此，以结吾序。

词 目

卷上

贺新郎 凤尾龙香拨

念奴娇 龙山何处

沁园春 叠嶂西驰

满江红 莫折荼蘼

水龙吟 楚天千里清秋

八声甘州 故将军饮罢夜归来

汉宫春 春已归来

祝英台近 宝钗分

江神子 宝钗飞凤鬓惊鸾

破阵子 醉里挑镫看剑

卷下

感皇恩 案上数编书

青玉案 东风夜放花千树

临江仙 手撚黄花无意绪

鹧鸪天 枕簟溪堂冷欲秋

鹊桥仙 松冈避暑

鹊桥仙 溪边白鹭
西江月 明月别枝惊鹊
清平乐 溪回沙浅
南歌子 世事从头减
生查子 悠悠万世功

　　右所选稼轩词凡二十章。词中之辛，诗中之杜也。一变前此之蕴藉恬淡，而为飞动变化，却亦自有其新底蕴藉恬淡在。世之人于诗尊杜为正统，于词则斥辛为外道，何耶？杜或失之拙，辛多失之率。观过知仁，勿求全而责备焉，可。学之不善而得其病，则不可。善乎后村之言曰："公所为词，大声镗鞳，小声鏜鞳，横绝六合，扫空万古，其秾丽绵密者，亦不在小晏、秦郎之下。"镗鞳鏜鞳者，吾之所谓飞动变化者也。世人所认为镗鞳鏜鞳者，太半皆其糟粕也。无已，其于秾丽绵密求之乎，吾之所谓新底蕴藉恬淡也。莘园且为吾抄之，吾将细为之说。卅一年四月苦水记。

后 记

去岁拟说稼轩词时,选词既定,曾有记如右。比莘园钞来,竟不曾说。今日再阅一过,回想尔时胸中所欲言者俱已幻灭,如云如烟,不可追求。但约略记得其时颇有与诸家理会一向之意。今所写,则极力避免与前人斗口,若其间有不合则固然耳,与去岁无以异。吾甚幸去岁之不曾说,省却多少口舌是非。吾又甚悔去岁之不曾说,事过境迁,遂致曾无踪迹可证吾之学力与识力有无进益也。旧说既无有,而今吾所说又稍稍异前所见,又旧所选不曾分卷,今厘而二之,上卷多飞动之作,下卷所选稍较恬静。又于下卷中弃《临江仙》"金谷无烟"一首,《鹧鸪天》"晚日寒鸦"一首、"有甚闲愁"一首。而补以今之《青玉案》《感皇恩》《清平乐》。则旧记本可不存。而仍存之者,敝帚自珍之外,意者小小意见,或亦有可供二三子参会处耶。自吾初著笔为此《说》,时在中伏,日长天暑,今虽立秋,仍在三伏,秋老虎之余烈,犹未稍减。吾之病躯虽较旧时为健,而苦思久坐,头之眩,腰之楚,亦屡屡迫我停笔卧床。至于挥汗如雨,倦目生花,可无道矣。吾写至此,《词说》真将卒业矣。虽曰自喜,终竟惭愧。圜悟和尚问其弟子宗杲曰:"达摩西来,将何传授?"杲曰:"不可总作野狐精见解。"

又问:"据虎头,收虎尾,第一句下明宗旨。如何是第一句?"杲曰:"此是第二句。"吾今兹之《词说》,其皆野狐精见解与第二句乎?卅二年八月十二日记于净业湖南之倦驼庵。

卷 上

贺新郎 赋琵琶

凤尾龙香拨,自开元霓裳曲罢,几番风月?最苦浔阳江上客,画舸亭亭待发。记出塞黄云堆雪。马上离愁三万里,望昭阳宫殿孤鸿没;弦解语,恨难说。　　辽阳驿使音尘绝,琐窗寒,轻拢慢撚,泪珠盈睫。推手含情还却手,一抹凉州哀彻。千古事云飞烟灭。贺老定场无消息,想沉香亭北繁华歇。弹到此,为呜咽。

读辛老子词,且不可徒看他横撞直冲,野战八方。即如此词,看他将上下千古与琵琶有关的公案,颠来倒去,说又重说。难道是几个典故在他胸中作怪?须知他自有个道理在。原夫咏物之作,最怕为题所缚,死于句下;必须有一番手段使他活起来。狮子滚绣球,那球满地一个团团转,狮子方好使出通身解数。然而又要能发能收,能擒能纵,方不至不可收拾。稼轩此作,用了许多故实,恰如狮子辊绣球相似,上下,前后,左右,狮不离球,球不离狮。狮子全副精神,注在球子身上。

球子通个命脉,却在狮子脚下。古今词人一到用典咏物,有多少人不是弄泥团汉。龙跳虎卧,凤翥鸾翔,几个及得稼轩这老汉来?虽然如是,尚且不是辛老子最后一着。如何是这老子最后一着?试看换头以下,曲曲折折,写到"轻拢慢撚","推手""却手",已是回肠荡气;及至"一抹凉州哀彻",真是四弦一声如裂帛,又如高渐离易水击筑,字字俱作变徵之声。若是别人,从开端至此,费尽气力,好容易挣得一片家缘,不知要如何爱惜维护,兢兢业业,惟恐失去。然而稼轩却紧钉一句:"千古事云飞烟灭。"这自然不是"曲终人不见,江上数峰青"。但是七宝楼台,一拳粉碎,此是何等手段,何等胸襟。真使读者如分开八片顶阳骨,倾下一瓢冰雪水。又如虬髯客见太原公子,值得心死两字也。要会稼轩最后一著么?只这便是。然而若认为是武松景阳冈上打虎的末后一拳,老虎便即气绝身死,动弹不得,却又不可。何以故?武行者虽是一片神威,千斤膂力,却只能打得活虎死去,不会救得死虎活来。辛老子则既有杀人刀,亦有活人剑,所以不但活虎可以打死,亦且死虎可以救活。不信么?不信,试看他"贺老定场无消息,想沉香亭北繁华歇"十五个字,一口气便呵得死虎活转来了也。

念奴娇 重九席上

龙山何处？记当年高会重阳佳节。谁与老兵供一笑？落帽参军华发。莫倚忘怀，西风也解点检尊前客。凄凉今古，眼中三两飞蝶。　　须信采菊东篱，高怀千载，只有陶彭泽：爱说琴中如得趣，弦上何劳声切？试把空杯，翁还肯道：何必杯中物？临风一笑，请翁同醉今夕。

　　稼轩性情、见解、手段，皆过人一等。苦水如此说，并非要高抬稼轩声价，乃是要指出稼轩悲哀与痛苦底根苗。凡过人之人，不独无人可以共事，而且无人可以共语。以此心头寂寞愈蕴愈深，即成为悲哀与痛苦。发为篇章，或涉愤慨。千万不要认作名士行径，才子习气。彼世之所谓名士才子者，皆是绣花枕，麒麟楦，装腔作势，自抬身分，大言不惭，陆士衡所谓"词浮漂而不归"者也。即如明远太白，有时亦未能免此，况其下焉者乎。稼轩即不然，实实有此性情、见解与手段，实实感此寂寞，且又实实抱此痛苦与悲哀，实实怪不得他也。

　　此词起得不见有甚好，为是是重九席上，所以又只好如此起。迤逦写来，到得"谁与老兵供一笑，落帽参军华发"两句，便已透得些子消息。老兵者谁？昔之桓温，今之稼轩也。

桓温当年面前尚有一个孟嘉，可供一笑。稼轩此时眼中却并一个孟嘉也无。往者古，来者今，上是天，下是地，当此秋高气爽，草木摇落之际，登高独立，眇眇余怀，何以为情？所以又有"莫倚忘怀，西风也解，点检尊前客"三句，是嘲是骂，是哭是笑，兼而有之。却又嫌他忒杀锋芒逼人，所以今日被苦水一眼觑破，一口道出。直到"凄凉今古，眼中三两飞蝶"，写得如此其感喟，而又如彼其含蓄；纳芥子于须弥，而又纳须弥于芥子。直使苦水通身是眼，也觑不破；遍体排牙，也道不出。英雄心事，诗人手眼，悲天悯人，动心忍性，而出之以蕴藉清淡，若向此等处会得，始不孤负这老汉；若一味向卤莽灭裂处求之，便到驴年也不会也。

稼轩手段既高，心肠又热，一力担当，故多烦恼。英雄本色，争怪得他？陶公是圣贤中人，担荷时则掮起便行，放下时则悬崖撒手。稼轩大段及不得。试看他《满江红》词句，"天远难穷休久望，楼高欲下还重倚"，提不起，放不下，如何及得陶公自在。这及不得处，稼轩甚有自知之明，所以对陶公，时时致其高山景行之意。一部长短句，提到陶公处甚多。只看他《水调歌头》词中有云："我愧渊明久矣，犹借此翁湔洗，素壁写《归来》。"真是满心钦佩，非复寻常赞叹。古今诗人，提起彭泽，那个又不是极口赞叹，何止老辛一人？然而他人效陶和陶，扭捏做作，只缘人品学问，不能相及，用尽伎俩，只成学步，捉襟见肘，百无是处。稼轩作词，语语皆自胸臆流出。深知自家与陶公境界不同，只管赞叹，并不效颦。所以苦水不但肯他赞陶，更肯他不效陶；尤其肯他虽不效陶，却又了解陶公心事。此不止是人各有志，正是各有能与不能，不必缀脚跟，拾牙慧耳。只如此词后片，忽然借了重九一个题目，一把抓住彭泽老子，大开顽笑，不但句句天趣，而且语语尖刻。即起陶公于九原，恐亦将无以自解。且道老辛是肯渊明，不肯渊明？若道不肯，明明说道高情千古。若道肯，却又请他"试把空杯"。不见道：只因爱之极，不觉遂以爱之者谑之。又道是："故将别语恼佳人，要看梨花枝上雨。"苦水如此说，甚是不敬，只为老辛顽皮，所以致使苦水轻薄。下次定是不敢了也。

沁园春 灵山齐庵赋时筑偃湖未成

叠嶂西驰，万马回旋，众山欲东。正惊湍直下，跳珠倒溅；小桥横截，缺月初弓。老合投闲，天教多事，检校长身十万松。吾庐小，在龙蛇影外，风雨声中。
争先见面重重。看爽气朝来三数峰：似谢家子弟，衣冠磊落，相如庭户，车骑雍容。我觉其间，雄深雅健，如对文章太史公。新堤路，问偃湖何日，烟水濛濛？

读辛词，一味于豪放求之，固不是；若看作沉着痛快，似矣，仍未是也。要须看他飞针走线，一丝不苟，始为得耳。即如此词，一开端便即气象峥嵘，局势开拓，细按下去，何尝有一笔轶出法度之外？工稳谨严处，便与清真有异曲同工之妙。笑他分豪放婉约为两途者之多事也。

闲话且置。即如此词，如何是辛老子一丝不走处，一毫不曾轶出法外处？看他先从山说起，次及泉，及桥，及松树，然后才是吾庐，自远而近，秩秩然，井井然。换头以下，又是从庐中望出去底山容山态。然后说到将来的偃湖。脚下几曾乱却一步。虽然苦水如是说，仍不见得不曾辜负稼轩这老汉。何以故？步骤虽然的的如此，却不是稼轩独擅，即亦不能以此为稼轩绝调。一切作家，谁个笔下又不是有头有尾，有次第，有间架？谁个又许乱说来？他人如是，稼轩亦如是。丈夫自有冲天志，不向如来行处行。且道如何又是稼轩所独擅的绝调。自来作家写山，皆是写他淡远幽静，再则写他突兀峻厉。稼轩此词，开端便以万马喻群山，而且是此万马也者，西驰东旋，踠足郁怒，气势固已不凡，更喜作者羁勒在手，故能驱使如意。其乃倒流三峡，力挽万牛手段。不必说是超绝千古，要且只此一家。但如果认为稼轩要作一篇翻案文字，打动天下看官眼目，则大错，大错。他胸中原自有此郁勃底境界，所以群山到眼，随手写出，自然如是，实不曾有心要与古人争胜于一字一句之间，又何曾有心要与古人立异？天下看官眼目，又几曾到他心上耶？虽然，是即是，终嫌他太粗生。稼轩似亦意识及此，所以接说珠溅、月弓，是即是，却又嫌他太细生。待到交代过十万松后，换头以下，便写出"磊落""雍容""雄深雅健"，有见解，有修养，有胸襟，有学问，真乃掷地有声。后来学者，上焉者硬语盘空，只成乖戾；下焉者使酒骂座，一味叫嚣。相去岂止千里万里，简直天地悬隔。而且此处说是写山固得，说是这老汉夫子自道，又何尝不得。写到此处，苦水几番想要搁笔，未写者不复再写，已写者也思烧去。饶我笔下生花，舌底翻澜，葛藤到海枯石烂，天穷地尽，数十页《稼轩词说》，何曾搔着半点痒处？总不如辛老子自作自赞，所供并皆诣实。读者若于此会去，苦水词说，尽可以不写，亦尽不妨写。若也不然，则此词说定是烧去始得。

满江红

稼轩居士花下与郑使君惜别，醉赋。侍者飞卿奉命书

莫折荼蘼，且留取一分春色。还记得青梅如豆，共伊同摘。少日对花浑醉梦，而今醒眼看风月。恨牡丹笑我倚东风，头如雪。　　榆荚阵，菖蒲叶，时节换，繁华歇。算怎禁风雨，怎禁鹈鴂？老冉冉兮花共柳，是栖栖

者蜂和蝶。也不因春去有闲愁,因离别。

花下伤离,醉中得句,侍儿代书,此是何等情致。待到一口气将九十许字读罢,有多少人嫌他忒煞质直。杜少陵诗曰:"黄四娘家花满蹊,千朵万朵压枝低。"杨诚斋诗却说:"霜干皴裂臂来大,只著寒花三两个。"若只许他蜀中黄四娘家千朵万朵,不许他绍兴府学门前寒花霜干,得么?换头自"榆荚阵"直至"怎禁鹈鸠",虽非金声玉振,要是斩钉截铁,一步一个脚印,正是辛老子寻常茶饭,随缘生活。及至"老冉冉兮花共柳,是栖栖者蜂和蝶",多少人赞他前用《离骚》,后用《论语》,真乃运斤成风手段。苦水却不如是说。若谓冉冉出屈子,栖栖出圣经,所以好,试问花共柳、蜂和蝶,又有何出处?上面怎么冠冕堂皇,底下怎么质俚草率,岂非上身纱帽圆领,脚下却着得一双草鞋?须看他"老冉冉兮花共柳"是怎的般风姿?"是栖栖者蜂和蝶"是怎的般情绪?要在者里,体会出一个韵字来,方晓得稼轩何以不求与古人异,而自与古人不同;何以虽与古人不同,却仍然与古人神合。隔岸观火之徒,动是说:"如教坊雷大使之舞,虽极天下之工,要非本色。"苦水却笑他如何不说:虽非本色,要极天下之工乎?且夫所谓本色者何也?山定是青,水定是绿,天定是高,地定是卑,若是之谓本色欤?大家如此说,我不如此说,便非本色。苟非真切体会,纵如此说了,又何异瞎子所云之"诸公所笑,定然不差"？假如真切体会了，便不如此说，亦何尝不是本色？且稼轩如此写，岂非正是稼轩本色乎？若谓只是太粗生，则何不思：无性情之谓粗，没道理之谓粗，稼轩此词，至情至理，粗在甚么处？你道涂粉抹脂，便是细么？揭起那一层涂抹，十足一个黄脸婆子，面疱雀斑，青痣黑疤，累积重叠，细在甚么处？

水龙吟 登建康赏心亭

楚天千里清秋，水随天去秋无际。遥岑远目，献愁供恨，玉簪螺髻。落日楼头，断鸿声里，江南游子，把吴钩看了，阑干拍遍，无人会，登临意。　休说鲈鱼堪脍，尽西风季鹰归未？求田问舍，怕应羞见，刘郎才气。可惜流年，忧愁风雨，树犹如此。倩何人唤取，红巾翠袖，揾英雄泪？

千古骚人志士，定是登高远望不得。登了望了，总不免泄漏消息，光芒四射。不见阮嗣宗口不臧否人物，一登广武原，便说："时无英雄，遂使竖子成名。"陈伯玉不乐居职，壮年乞归，亦像煞恬退。一登幽州台，便写出"念天地之悠悠，独怆然而涕下"。况此眼界极高，心肠极热之山东老兵乎哉？

此《水龙吟》一章，各家词选录稼轩词者，都不曾漏去。读者太半喜他"落日楼头"以下七个短句，二十七个字，一气转折，沉郁顿挫，长人意气。但试问此"登临意"，究是何意？此意又从何而来？倘若于此含胡下去，则此七句二十七字便成无根之木，无源之水，与彼大言欺世之流，又有何区别？何不向开端两句会去？此正与阮嗣宗登广武原、陈伯玉登幽州台一样气概，一样心胸也。而且"千里清秋"，"水随天去"，浩浩落落，苍苍茫茫，一时小我，混合自然，却又抵拄枝梧，格格不入，莫只作开扩心胸看去。李义山诗曰："花明柳暗绕天愁，上尽层楼更上楼。欲问孤鸿向何处？不知身世自悠悠。"与稼轩此词，虽然花开两朵，正是水出一源。此处参透，下面"意"字自然会得。好笑学语之流，操觚握笔，动即曰，无人知，没人晓，只是你自己胸中没分晓。试问有甚底可知可晓？即使有人知得晓得了，又有甚么要紧？偏偏要说无人知没人晓，真乃痴人说梦也。

前片中"遥岑"三句，大是败阙。后片中用张翰事，用刘先主事，用桓温语，意只是说，欲归又归不得，不归亦是空度流年。但总不能浑融无迹。到结尾"红巾翠袖，揾英雄泪"，更是忒煞作态。若说责备贤者，苦水词说并非《春秋》，若说小德出入，正好放过。

八声甘州

夜读《李广传》不能寐因念晁楚老杨民瞻约同居山间戏用李广事以寄之

故将军饮罢夜归来,长亭解雕鞍。恨灞陵醉尉,匆匆未识,桃李无言。射虎山横一骑,裂石响惊弦。落魄封侯事,岁晚田园。　谁向桑麻杜曲?要短衣匹马,移住南山。看风流慷慨,谈笑过残年。汉开边、功名万里,甚当时健者也曾闲?纱窗外,斜风细雨,一阵轻寒。

《白雨斋词话》曰:"稼轩词中之龙也。"因忽忆及小说一则:一龙堕入塘中,极力腾踔,数尺辄坠,泥涂满身,蝇集鳞甲。凡三日。忽风雨晦冥,霹雳一声,龙便掣空而去云云。苦水读辛词,虽不完全肯《白雨斋词话》,但于此《八声甘州》一章,却不能不联想到小说中所写之堕龙。看他开端二语,夭矫而来,真与一条活龙相似。但逐句读去,便觉此龙渐渐堕落下去。"匆匆"者何也?或是草草之意耶?"匆匆未识",以词论之,殊未见佳。"桃李无言",虽出《史记·李广传》后之"太史公曰",用之此处,不独隔,亦近凑。"落魄"两句便是囫地一声堕入泥中。《传》中明说,李广不言家产事;"田园"二字,作何着落?换头云"谁向桑麻杜曲",是又不事田园也。

"短衣匹马"出杜诗，是说看李将军射虎，非说李将军射虎也。"匹马"字与前片"雕鞍"字、"一骑"字重复，是龙在塘中，泥涂满身，蝇集鳞甲时也。"风流慷慨，谈笑过残年"，纵然极力腾踔，仍是不数尺而坠。直至"汉开边"十五个字，方是风雨晦冥，霹雳一声，掣空而去。龙终究是龙，不是泥鳅耳。至"纱窗外，斜风细雨，一阵轻寒"，则是满天云雾，神龙见首不见尾矣。昔者奉先深禅师与明和尚同行脚，到淮河，见人牵网，有鱼从网透出。师曰："明兄，俊哉，一似个衲僧。"明曰："虽然如此，争如当初不撞入罗网好？"师曰："明兄，你欠悟在！"苦水今日，断章取义，采此一节，说此一词，得么？虽然，似即似，是则非是。

汉宫春 立春

春已归来，看美人头上，袅袅春幡。无端风雨未肯收尽余寒。年时燕子，料今宵梦到西园。浑未办黄柑荐酒，更传青韭堆盘。　　却笑东风，从此便熏梅染柳，更没些闲。闲时又来镜里，转换朱颜。清愁不断，问何人会解连环？生怕见花开花落，朝来塞雁先还。

苦水于二十年前读此词时，于换头"却笑"直至"连环"六句，悟得健字诀。今日不妨葛藤一番，举似天下看官。看他三十六个字，曲曲折折写来，逐句换意，不叫嚣，不散涣，生处有熟，熟中见生。说他劲气内敛，潜气内转，庶几当之无愧。尤妙在说"不断"，说"连环"，此三十六个字，便真有不断与连环之妙。若只见他声东击西，指南打北，而不见他谨严绵密，岂非既负古人，又误自己。苦水于此处有个悟入，决不敢说从此一切珍宝皆归吾有。然而亦颇有一番小小受用。不过今日若遇有人来共苦水商略此词，苦水却要举他前片开端二句。若论"春已归来"，实实不见有甚奇特。但"美人头上，袅袅春幡"八字上，加之以"看"，却何等风韵，何等情致。夫美人头上，金步摇，玉搔头，尚矣。又若簪花贴翠，亦其常也。今日何日？忽然于金玉花翠之外，袅袅然而见此春幡焉。春归来乎？诚哉其归来也。况且虽曰立春，而余寒尚烈，花未见其开也，柳未见其青也，又何从得见春之归来乎？今不先不后，近在目前，突然于美人头上，见此春幡之袅袅然，则一任余寒之尚烈，花之未开，柳之未青，而春固已归来矣。亦何须乎寒之转暖，而梅之薰与柳之染也耶？近代人论文，动曰经济，即此便是经济。动曰象征，即此便是象征。动曰立体描写，即此便是立体描写。古人曰："状难写之景，如在目前，含不尽之意，见于言外。"亦复即此便是。《四库书目提要》说辛老子词"于翦翠刻红之外，别立一宗"。别立一宗且置，即此岂非剪翠刻红底真本领？一般又道辛词非本色，即此又岂不是稼轩底惟大英雄能本色也？葛藤半日，只说得"美人头上，袅袅春幡"，尚漏去"看"字未说。要会这个"看"字么？但看去即得。

周止庵说："稼轩由北开南；梦窗由南追北。"开南不见得，要且屹然于南北之外。但"年时燕子"十一字，却是南宋词人气味，思致既深，遂成为隔。集中此等处，时时而有。要一一举来，即是起哄，且休去。

祝英台近 晚春

宝钗分，桃叶渡，烟柳暗南浦。怕上层楼，十日九风雨。断肠点点飞红都无人管，更谁劝啼莺声住。　　鬓边觑。试把花卜归期，才簪又重数。罗帐灯昏，哽咽梦中语：是他春带愁来，春归何处，却不解带将愁去。

有人于此词，特举他结尾三句，说是出自赵德庄《鹊桥仙》，而赵又体之李汉老咏杨花之《洞仙歌》云云。又解之曰："大抵后辈作词，无非前人已道底句，特善能转换耳。"苦水谓此论他人词或者也得，然非所论于稼轩。因为这老汉处处要独出手眼，别开蹊径也。偶而不检，落在古人窠臼里，却是他二时粥饭，杂用心处。学人如何得在此等处认取他？苦水廿年前读此词，于前片取"怕上层楼"九字，于后片亦取此结尾三句。近日看来，俱不见有甚好。一首《祝英台近》，只说得没奈何三个字。说起没奈何来，自韦端己、冯正中，多少词人跳这个圈子不出。稼轩这位山东老兵拈笔填词，表现手段，有时原也推倒智勇。但一腔心绪，有时也便与古人一鼻孔出气，也还是没奈何三字。不过前片"怕上"九字，后片结尾三句，没奈何尚是是物而非心；尚是贫无立锥，不是连锥也无。既是怕上，不上即得；春既不曾带得愁去，也只索由他。所以者何？权非己操，即责不必自负也。今日看来，倒是"试把花卜归期，才簪又重数"十一个字，是心非物，是连锥也无，真是没奈何到苦瓠连根苦。夫花本所以簪之也，词却曰"才簪又重数"，则其簪之前，固已曾数过矣，已曾卜过归期矣。若使数过卜过而后簪，如今又复摘下重数，则其于花，意固不专在于簪也。意不在于簪，故数过方簪，簪过重数。则其重簪之后，谁能必其不三数三簪，四数四簪，且至于若干簪若干数，若干数若干簪耶？内心如此拈掇不下，如此摆布不开，较之风与雨，春与愁，其没奈何固宜有深浅之别矣。六祖曰："非风动，非幡动，仁者心动。"其斯之谓欤？

此章与前《汉宫春》章，有人说俱是讽刺时事。苦水谓如此说亦得。但苦水却决不是如此说。所以者何？譬如伤别之人，见月缺而长吁，睹花落而下泪，其心伤原不专在月之圆缺，花之开谢，但机缘触磕，学者又不可放过花月，一味捉住伤别，去打死蛇。否则是只参死句，不参活句也。杜少陵即使真个每饭不忘君，也须是情真见实，方才写得好诗。若情不真，见不实，只按定"每饭不忘君"五字作去，便是村夫子依高头讲章作应举制义，揸黑豆和尚傍文字说禅伎俩。诗法未梦见在。

江神子

宝钗飞凤鬓惊鸾，望重欢，水云宽。肠断新来翠被粉香残。待得来时春尽也，梅结子，笋成竿。　　湘筠帘卷泪痕斑，珮声闲，玉垂环。个里柔温，容我老其间。却笑平生三羽箭，何日去，定天山。

此章是稼轩和韵之作。看他集中此调前一章也是这几个韵脚，明明注出"和陈仁和韵"，便可证知。步线行针，左右逢源，直似原唱，技术之高，固已绝伦，而性情之真，尤见本色。只如"待得来时"十三个字，又是值得读者身死气绝底句子也。夫所思者而不来，真乃无地可容，此生何为。若所思者而既来，则不只是哑子掘得黄金，而且天下掉下活龙，固宜一切圆满，无不如意矣。稼轩却曰"春尽也，梅结子，笋成竿"

焉。是则一错既铸，百身莫赎，直合天地，可世界，成一个没量大底没奈何也，如何而使读者不身为之死气为之绝乎哉？不过不免又有人说是性情语，非学问语。若有人真个以此为问，苦水则答之曰：所谓学问者何也？学问如有别解，则吾不敢知。若是会物我，了生死，明心性之谓，则稼轩此等处，虽非学问语，却正是德山棒，临济喝手段。会底自然于喝下、棒下大澈大悟去在。若于棒喝下死去，虽未得向上关捩子，尚不失为识痛痒。若既不能死，又不肯活，痛痒亦复不知，正是所谓佛出也救不得，一个山东大兵，又好中底用？若谓苦水于此，是为老辛辩护，即又不然。苦水原不曾说这个便是学问语。但是，千古诗人，说到学问，怕只有彭泽老子一位。李太白，杜少陵，饶他两个"瘖寐思服"，有时也还是"求之不得"。争怪得稼轩一人？况且稼轩一说到陶公，便一力顶礼赞美，顶礼得自然是心悦诚服，赞美得也是归根究底，莫只道他没学问好。

后片大意是说住在温柔乡中，便没日去定天山。苦水却不肯他。温柔乡住得住不得，干他定天山何事？若是定得天山底人，住得温柔乡，也不碍去定。如其不然，纵然不住温柔乡，天山依旧定不得。但如此说了，老辛还是不服输。要使他服输，不如说他文彩不彰。且道如何是彰底文彩？开端"宝钗飞凤鬓惊鸾"是。亦且莫看他凤钗鸾鬓。"飞"字"惊"字是句中眼。要识取稼轩句法字法，且不得放过。

破阵子 为陈同甫赋壮词以寄之

醉里挑镫看剑,梦回吹角连营,八百里分麾下炙,五十弦翻塞外声,沙场秋点兵。　马作的卢飞快,弓如霹雳弦惊,了却君王天下事,赢得生前身后名。可怜白发生!

右一章各家词选太半收录。苦水选时,几番想要割爱,终于保留。比来说词,又几番想要剔出,此刻仍然未能放过。有人读此词,嫌他直率,有人却又爱他豪放。是非未判,爱憎分明。苦水于此词,既是一手抬,一手搦,于上二说亦是半肯半不肯。看他自开首"醉里"一句起,一路大刀阔斧,直至后片"赢得"一句止,稼轩以前作家,几见有此。若以传统底词法绳之,似乎不谓之率不可得也。苦水则谓一首词前后片共是十句,前九句真如海上蜃楼突起,若者为城郭,若者为楼阁,若者为塔寺,为庐屋,使见者目不暇给。待到"可怜白发生",又如大风陡起,巨浪掀天,向之所谓城郭、楼阁、塔寺、庐屋也者,遂俱归幻灭,无影无踪,此又是何等腕力,谓之为率,又不可也。复次,稼轩自题曰"壮词",而词中亦是金戈铁马,大戟长枪,像煞是豪放。但结尾一句,却曰"可怜白发生"。

夫此白发生，是在事之了却、名之赢得之前乎？抑在其后乎？苦水至今尚不能明了老辛意旨所在。如在其前，则所谓金戈铁马大戟长枪也者，仅是贫子梦中所掘得之黄金，既醒之后，四壁仍然空空，其凄凉怅惘更不可堪。如在其后，则虽是二十年太平宰相，勋业烂然，但看看钟鸣漏尽，大限将临，回忆前尘，都成虚幻，饶他踢天弄井本领，无奈他腊月三十日到来，于此施展手脚不得。此又是千古人生悲剧，其哀苦愁凄，亦当不得。谓之豪放，亦是皮相之论也。夫如是，则白发之生于事之了却名之赢得之前之后，暂可勿论。总而言之，统而言之，稼轩这老汉作此词时，其八识田中总有一段悲哀种子在那里作祟，亦复忒煞可怜人也。其实又岂只此一首？一部《稼轩长短句》，无论是说看花饮酒，或临水登山，无论是慷慨悲歌，或委婉细腻，也总是笼罩于此悲哀的阴影之中。此理甚明，倘无此种子在八识田中作祟，亦无复此一部《长短句》也。不须苦水饶舌，读者自会去好。

抑更有进者，陶公号称千古隐逸诗人之宗，苦水却极肯朱晦庵所下豪放二字批评。又有一好友告我：昔时或逢愁来，不得开交，取陶诗读之，心便宁静。如今愁时读了，愈发摆布不下。此语于我心有戚戚焉。此理亦甚明，如果渊明老子只是一味恬适安闲，亦便不须再写诗也。同例，世人于老辛之为人，动是说他英雄，于其为词，动是说他粗豪，已是知人知面不知心，又有人说他填词是散仙入圣，世之人要且只会他散仙，不会他入圣。如何是入圣底根苗？不得放过，细会去好。倘若会不得，画蛇添足，恰好有个譬喻。玄奘法师在西天时，见一东土扇子而生病。又有一僧闻之，赞叹道："好一个多情的和尚。"病得好，赞叹得亦是。假如不能为此一扇而病，亦便不能为一藏经发愿上西天也。周止庵曰："稼轩固是才大，然情至处后人万不能及。"又曰："稼轩敛雄心，抗高调，变温婉，成悲凉。"苦水曰：如是，如是。

秦会之有言："作官如读书，速则易终而少味。"此语甚妙。如引而申之，不独似惜福之言，且亦大似见道之言也。张宗子为其弟燕客作传，亦引会之此语，且病燕客以欲速一念，受卤莽灭裂之报，趣味削然，不堪咀嚼。而结之曰："孰意吾弟之智，乃出秦桧下哉？"宗子是妙人，固应又有此妙语。这也不在话下。苦水则谓秦会之此语，不独是作官与读书之名言，如改速为好尽，亦可以之论文。要说辛老子为人，才情学识，原自旷代难逢。其填词亦尽有不朽之作。他原是谥忠敏底人，似乎不好与缪丑公并论。但其填词的技术，有时大不如会之作官的体会。所以老辛有时亦如宗子令弟之趣味削然，不堪咀嚼。于此将不免为缪丑公所窃笑也。大概作文固当应有尽有，亦须应无尽无。稼轩之于词，大段不及晚唐之温韦，北宋之晏欧，或者是他只作到应有尽有，而不曾会得应无尽无之故，亦未可知。好好一部《稼轩长短句》，好好一位辛幼安，今日被苦水拉来，说东话西，且与会之相比，冤枉杀，冤枉杀。圣人有云:"不得中道而与之,必也狂狷乎。"静安先生不亦曰"稼轩词中之狂"乎。学人莫错会苦水意好。况且苦水如今写此词说,尚作不到应有尽有,有甚嘴脸说他辛老子作不到应无尽无。

上卷说毕。续说下卷。

卷　下

感皇恩　读庄子，闻朱晦庵即世

案上数编书，非"庄"即"老"：会说忘言始知道；万言千句，不自能忘，堪笑。今朝梅雨霁，青天好。一壑一丘，轻衫短帽，白发多时故人少。子云何在？应有《玄经》遗草。江河流日夜，何时了？

曩与家六吉论诗，六吉主无意，当时余颇不然之。比来觉得无意两字，实有至理。盖诗一有意，非窄即浅，为意有竟故。王静安先生论词，首拈境界，甚为具眼。神韵失之玄，性灵失之疏，境界云者，兼包神韵与性灵，且又引而申之，充乎其类者也。樊志厚为《人间词乙稿》作序，则又专标意境；且离意、境为二义。其言曰："古今人词之以意胜者，莫若欧阳公。以境胜者，莫若秦少游。至意、境两浑，则惟太白、后主、正中数人足以当之。"其评静安先生词曰："意境两忘，物我一体。"是樊之所谓意境者可知也。六吉之无意，其即两忘与一体之谓乎？必能如是，乃始合乎静安先生所谓之有境界耳。老辛之词，决不傍人门户，变古则有之，学古则不肯。（集中虽亦有效"花间"，效易安之作，只是兴到之笔，却并非其致力所在。）令人真觉有"不恨古人吾不见，恨古人不见吾狂"之概，全仗一意字。但有时率直生硬，为世诟病，亦还是被此意字所累。才富情真，一触即发，尽吐为快，其流弊必至于此。如以此攻击稼轩，则何不思求全责备，古今能有几个完人？况且观过知仁，也正不必为老辛回护。苦水写此词说，有时偶尔乘兴，捉他败阙，其本意却在洗出庐山真面，与世人共鉴赏之也。

此《感皇恩》一章，题曰《读庄子，闻朱晦庵即世》，明明是个截搭题。若就文论文，此二事原本不必缠夹。譬如良朋高会，看花饮酒，其间不妨更衣便旋，如写之于文，纪之以诗，便只有看花饮酒，而无更衣便旋也。今也稼轩却故故将两件并不调和之事，扭在一起，则其有意可知。则其有意要作非复寻常追悼伤感的文字，亦复可知。再看他开端五句，一把抓住庄子（老子是宾，庄子是主，看题可知），轻轻开一玩笑，遂使这位大师，几乎从宝座上倒头撞下，也只是一个意字底作用。难道稼轩是不肯庄子？决不然，决不然。须知正是极肯他处。试看"今朝梅雨霁，青天好"，真正达到得意忘言境界，真正抉出蒙叟神髓，难道不是极肯他？而且辛老子于此收起平日虎帐谈兵声口。忽然挥起麈尾，善谈名理，令人想起韩蕲王当年骑驴湖上，寻僧山寺风度，果然大英雄非常人也。又有进者，吾人平时，一总是眼罩鱼鳞，心生乱草，遂而捏目生花，扭直作曲。即不然者，亦是许多知解情见，兴妖作怪。今也稼轩于"不自能忘"之下，轻轻将葛藤桩子放倒，放出"今朝梅雨霁，青天好"八个字。古德有言："此是选佛场，心空及第归。"即此二语岂非即是心空？古德又言："与桶底脱相似。"即此二语岂非即是桶底脱？仅仅说他意境两忘，物我一如，已是屈他，若再作恬适安闲会去，屈枉杀这老汉了也。待到过片，"一壑一丘，轻衫短帽"，徐徐而来；"白发多时故人少"，渐渐提起；"子云何在，应有《玄经》遗草"，轻轻落题；"江河流日夜，何时了"，微微叹息。辛老子于此，真作到想多情少地步。吾人难道还好说他有性情，没学问？若说虽有《玄经》遗草，而无补于江河日下，是稼轩对道学先生之微辞，若说稼轩此时既痛道学之无补，同时又悲自身功业之无成，所以一则曰"故人少"，再则曰"江河流"。苦水曰：也得，也得。要如此会，但不可仅如此会。若说此词好虽是好，只是有欠沉痛在。苦水曰：不然，不然。不见当年邓隐峰到沩山后，见沩山来，即作卧势。沩归方丈，师乃发去。少间，沩山问侍者："师叔在否？"曰："已去。"沩曰："去时有甚么语？"曰："无语。"沩曰："莫道无语，其声如雷。"苦水于此，曾下一转语曰：何必如雷？总之，不是无语。如今要会取稼轩此词沉痛处么？向这一段公案细参去好。

青玉案 元夕

东风夜放花千树,更吹落星如雨。宝马雕车香满路。凤箫声动,玉壶光转,一夜鱼龙舞。　　蛾儿雪柳黄金缕,笑语盈盈暗香去。众里寻他千百度,蓦然回首,那人却在,灯火阑珊处。

静安先生《人间词话》曰:"古今之成大事业大学问者,必经过三种之境界。'昨夜西风凋碧树。独上高楼望尽天涯路':此第一境也。'衣带渐宽终不悔,为伊消得人憔悴':此第二境也。'众里寻他千百度。回头蓦见,那人正在,灯火阑珊处':此第三境也。"此三种境界,若依衲僧参禅工夫论之,则一是发心,二是行脚,三是顿悟。苦水如此说,且道是会不会?是具眼不具眼?若道不会不具眼,苦水过在什么处?请会底与具眼底人别下一转语。假若苦水是会,是具眼,纵然得到静安先生印可,与上举三段词,又有甚交涉?静安亦曾理会到此,所以又道:"遽以此意解释诸词,恐为晏欧诸公所不许也。"如今苦水亦只好就词论词,另起一番葛藤。一首《青玉案》,题目注明是《元夕》,写烟火,写鳌山,写游人,写歌舞,写月光,写闹蛾儿与雪柳,若是别一个如此写,苦水便直截以热闹许之。但以稼轩之才情,之工力论之,苦水却嫌他热闹不起来。莫道老辛于此江郎才尽好。须知他当此之际,有不能热闹起来底根芽在。要会这根芽,只看他结尾四句便知。夫曰"众里寻他千百度",则其此夕之出,只为此事,只为此人,彼烟火、鳌山、游人、歌舞、月光、闹蛾儿与雪柳也者,于其眼中心中也何有?此人而在,此事而成,烟火等等,有也得,无也得。此事而不成,此人而不在,烟火等等,只见其刺目伤心而已。热闹云乎哉?烟火等等,今也亦姑置之,而那人固已明明在灯火阑珊处矣,又将若之何而可?稼轩平时,倾心吐胆与读者相见,此处却戛然而止,留与读者自家会去。吾辈且不可孤负他。夫那人而在灯火阑珊处,是固不入宝马雕车之队,不逐盈盈笑语之群,为复是闹中取静?为复是别有怀抱?为复是孤芳自赏?要之,不同乎流俗,高出乎侪辈,可断断言。此亦姑置之。若夫"蓦然回首",眼光霍地一亮,而于灯火阑珊之处而见那人焉,此时此际,为复是欣慰?为复是酸辛?为复是此心踌跳,几欲冲口而出?不是,不是,再还他一个不是。读者细细体会去好。莫怪苦水不说。倘若体会不出,苍天,苍天!倘若体会得出,不得呵呵大笑,不得点点泪抛,只许于甘苦悲欢之外,酿成心头一点,有同圣胎,须得好好将养,方不孤负辛老子诗眼文心。东坡谓柳仪曹《南涧》诗,"忧中有乐,乐中有忧",千古绝调。试移此评以评此词,并持柳诗与此词相较,依然似是而非,嫌他忒煞孤寂,有如住山结茅。杜少陵诗曰"摘花不插鬓,采柏动盈掬,天寒翠袖薄,日暮倚修竹"。似之矣,嫌他忒煞客观。韩翰林诗曰"轻寒着背雨凄凄,九陌无尘未有泥,还是平时旧滋味,漫垂鞭袖过街西"。似之矣,嫌他忒煞寒酸。有一比丘尼得道之后,作得一偈曰"镇日寻春不见春,芒鞋踏遍岭头云;归来笑撚梅花嗅,春在枝头已十分"。最近之矣,嫌他忒煞沾沾自喜。虽然,纵使苦水写得手酸腕痛,说得舌敝唇焦,要不是末后一句。倘遇好事者流问:末后一句如何说,如何写?苦水将不惜口孽,分明说似,谛听,谛听:"众里寻他千百度,蓦然回首,那人却在,灯火阑珊处"聻。

结尾尚有不能已于言者,画蛇仍要添足。其一,静安先生虽说是第三境,且不可做第三境会,此与大学问大事业无干。其二,苦水为行文便利,用此语录体裁,且不可作禅会,此与禅宗没交涉。其三,此是文心中一种最高境界,千古秘密,偶被稼轩捉来,于笔下露出些子端倪,钉住虚空,截断众流。苦水词说,只是戏论,堪中底用?学人且自家会去。

临江仙

　　手撚黄花无意绪,等闲行尽回廊。卷帘芳桂散余香,枯荷难睡鸭,疏雨暗池塘。　　忆得旧时携手处,如今水远山长。罗巾浥泪别残妆。旧欢新梦里，闲处却思量。

一首《临江仙》六十个字，而前片"手撚"，后片"携手"，复"手"字；前片"等闲"，后片"闲处"，复"闲"字；后片"旧时""旧欢"，复"旧"字；"携手处""闲处"，复"处"字。稼轩才大如海，其为长调，推波助澜，担山赶日，不曾有竭蹶之象，何独至此小令，遂无腾挪？岂能挟山超海而不能折枝乎？此正是辛老子豁达处，细谨不拘，大行无亏也。

"枯荷难睡鸭，疏雨暗池塘"，纯是晚唐人诗法。出句写得憔悴，对句写得凄凉，"难"字"暗"字，俱是静中一段寂寞心情底体验。学辛者一死向粗处疏处印定去，合将去，何不向这细处密处，一着眼，一用心耶？然而苦水如是说，只是借此十字，因病下药，一部《稼轩长短句》，要且不可只在一联两联佳句上会去。老辛岂是与人争胜于一字一句底作家？所以苦水平时又说：与其会佳句，不如会警句。佳句只是表现情景一点小小文学技术，若于此陷溺下去，饶你练到宜僚弄丸，郢人运斤手段，也还是小家子气。若夫警句，则含有静安先生所谓意境者在。警句二字，亦是假名，又不可认定警字，一味向险处怪处会去。即如此《临江仙》一章，与其取此"枯荷"一联，何如细参开端"手撚黄花无意绪，等闲行尽回廊"两句？"无意绪"之上，冠之以"手撚黄花"，"回廊"之上，冠之以

"等闲行尽",不独俨然是葩经"爱而不见,搔首踟蹰"气象,而且孤独寂寞之下,绵密酝藉之中,又俨然是灵均思美人、哀众芳底心事。如但震于"枯荷"一联之烹炼,而忽视开端二语之淡雅,殊未见其可。

鹧鸪天 鹅湖归病起作

枕簟溪堂冷欲秋,断云依水晚来收。红莲相倚浑如醉,白鸟无言定自愁。　书咄咄,且休休,一丘一壑也风流。不知筋力衰多少,但觉新来懒上楼。

曹公诗曰:"老骥伏枥,志在千里;烈士暮年,壮心不已。"真是名句,必如是乃可谓之为慷慨悲歌耳。然而虽曰"志在千里",无奈仍是"伏枥"。虽曰"壮心不已",其奈已到"暮年"。千古英雄,成败尚在其次。惟有冉冉老至,便是廉颇能饭,马援据鞍,一总是可怜可悲。倒是稼轩此《鹧鸪天》一章,有些像一个老实头,既本分,又本色,遂令人觉得"志在千里""壮心不已"之为多事也。且道如何是稼轩老实头处?《老学庵笔记》记上官道人之言曰:"为国家致太平与长生不死,皆非常人所能。然且当守国使不乱,以待奇才之出。卫生使不夭，以须异人之至。不乱不夭，皆不待异术，惟谨而已。"苦水理会得甚的叫作治天下与长生？今日且权假此一则话头来谈文，且与天下学人共作个商量。大凡为文要有高致，而且此所谓高致，乃自胸襟见解中流出，不假做作，不尚粉饰，亦且无丝毫勉强，有如伯夷柳下惠风度始得。不然，便又是世之才子名士行径，尽是随风飘泊底游魂，依草附木底精灵，其于高致乎何有？但奇才异人，间世而一出，吾人学文固须识好丑，尤不可不知惭愧。是以发愿虽切，着眼虽高，而步武却决不可乱，则谨是已，所谓老实头也。耳之所闻，目之所见，心之所感，虽一草一木，一花一叶，一毫端，一微尘，发而为文，苟其诚也，自有其不可磨灭者在，又何必定要鞭笞鸾凤，呼吸风雷，始为惊世骇俗底神通乎？依此努力，堆土为山，积水成河，久而久之，自有脱胎换骨白日飞升之日。否亦不失为束身自好之君子。如其不然，躁急者趋于叫嚣，庸弱者流于肤浅；自命为才情，自号为风雅，其俗更不可耐，则不肯守国使不乱，卫生使不夭之害也。尚何有乎治天下与长生不死也耶？葛藤半日，毕竟于此小词，何处见得稼轩之谨，之老实？夫稼轩之人为英雄，志在用世，尽人而知。今也谢事归来，老病侵寻，其为此词，微有叹惋，无大感慨，已自难能。且也不学仙，不学佛，是以既不觅长生不死之药，亦不求解脱生死的禅，只将老年情味，酿作一杯清酒，结成一个橄榄，细细品嚼吞咽下去，亦常人，非仙佛故，亦英雄，能担荷故。总之老实到家而已。所以开头二语，尽去渣滓，大露清光。"红莲"一联，更为婉妙。夫"红莲相倚"之"如醉"固已；至若"白鸟"之"无言"，何以知其是愁，且又加之以"定"耶？然而说"定"便决是定也。换头以下三句，不见得好，承上启下，只得如此。待到结尾两句，却实在好。但细按之，此有何好？亦只是不谎，不诈，据实报销，又是道道地地老实头也。况蕙风曰："'不知'二句入词佳，入诗便稍觉未合，词与诗体格不同处，其消息即此可参。"苦水曰：如此没要紧语，说他则甚？假使真个向者里参去，即使会了，又有甚干涉？倒是《白雨斋词话》说他"信笔写去，格调自苍劲，意味自深厚，不必剑拔弩张，洞穿已过七札"：有些儿道着也。

鹊桥仙 己酉山行书所见

松冈避暑，茆檐避雨，闲去闲来几度。醉扶怪石看飞泉，又却是前回醒处。　　东家娶妇，西家归女，灯火门前笑语。酿成千顷稻花香，夜夜费一天风露。

周止庵曰："苏辛并称，苏之自在处，辛偶能到；辛之当行处，苏必不能到。"知言哉，知言哉。稼轩性情、思致、才力，俱过人一等，故其发之于词也，或透穿七札，或光芒四照，而浑融圆润，或隔一尘，故宜其多当行而少自在。即如此《鹊桥仙》一章，岂非可谓为作之自在者，然而细按下去，便觉得仍是当行有余，自在不足。夫"松冈""茅檐"，"避暑""避雨"，旧时数曾"闲去闲来"，岂非自在？然而"醉扶怪石看飞泉"，只缘"怪"字"飞"字，芒角炯炯，遂使"扶"字"看"字，亦不免着迹露象。至"又却是前回醒处"，草草看去，亦只是寻常回忆，但"又却是"三个极平常字，使人读之，又觉得有如少陵所谓"万牛回首丘山重"。如此小景，如此琐事，如此写去，狮子搏象用全力，搏兔亦用全力，如是，如是。至于过片"东家娶妇，西家归女"，本是山村中极热闹场面，"灯火门前笑语"，短短一句，轻轻托出，而情景宛然，岂非自在？但"酿成千顷稻花香，夜夜费一天风露"两句，虽极力藏锋，譬之颜平原书小字《麻姑仙坛记》，浑厚之中，依然露出作大字时握拳透爪意度。所以稼轩此处用"酿成"，用"费"，用"千顷"，用"一天"，仍是当行而非自在。要其功力情致，能以自举其坚，世之人遂有只以自在目之者耳。若以恬适视之，则去之益远。所以者何？稼轩这老汉有时虽能利用闲，却一生不会闲。但如要说他不会，不如说他不肯会。这老汉如何肯在无事甲里坐地乎？苦水平时读山谷诗，最不喜他"看人获稻午风凉"一句。觉得者位大诗人不独如世所谓严酷少恩，而且几乎全无心肝。获稻一事，头上日晒，脚下水浸，何等辛苦？"午风凉"三字，如何下得？可见他是看人，假使亲手获稻，还肯如此写，如此说么？苦水时时疑着天下之所谓恬适者，皆此之类。试看陶公"种豆南山下"一章诗，是怎的一个意态胸襟？便知苦水说山谷全无心肝之并非深文周内也。闲话休提，如今且说稼轩此二语所以并非恬适，不是自在底缘故。夫"娶妇""归女"，"灯火""笑语"，像煞一个太平景象矣。然而要"千顷稻花香"，也须是费他夜夜"一天风露"始得。不见六一《丰乐亭记》道："幸生无事之时也。"若是常人，幸生便了，稼轩则非常人也，自然胸中别有一番经纶，教他从何处自在起？从何处闲起？从何处恬适起？然则辛词只作到个当行即得，不自在也罢。

鹊桥仙 赠鹭鸶

溪边白鹭，来吾告汝：溪里鱼儿堪数。主人怜汝汝怜鱼，要物我欣然一处。　　白沙远浦，青泥别渚，剩有虾跳鳅舞。听君飞去饱时来，看头上风吹一缕。

词中有所谓俳体者，颇为学人诟病。苦水却不然。窃以为俳体除尖酸刻薄、科诨打趣及无理取闹者外，皆真正独抒性灵之作也。以其人情味独重故。词之初兴，作者本无以正统文学自居之观念，且亦无取诗而代之之野心。俳体虽不为士大夫所尚，而亦不为士大夫所鄙弃，间有所作，其高者真有当于温柔敦厚之旨。如只以清新活泼目之，尚是皮相之论也。自白石梦窗而后，一力趋于清真雅正，吾亦不识其所谓清真雅正，果到如何程度。要之学力日深，天机日浅，而吾之所谓俳体者，乃遂窒息以死于士大夫之笔下矣，是真令人不胜其惋惜之至者也。即如稼轩此词，忽然对着鹭鸶，大开谈判，大发议论，岂不即是俳体？然而何其温柔敦厚也。是盖不独为俳体词之正宗，即谓为一切词皆应如此作，一切诗文皆应如此作，即作人亦应如此作，亦何不可之有？开端二语，莫单单认作近代修辞学中之拟人格，情真意挚，此正是静安先生所谓之"与花鸟共忧乐"，而亦即稼轩词中所谓之"山鸟山花好弟兄"也。"溪里鱼儿堪数"，写得可怜，便有向白鹭告饶之意。至"主人怜汝汝怜鱼，要物我欣然一处"，辛老子胸襟见解，一齐倾倒而出，不须苦水饶舌。然白鹭生性，以鱼为养，如今靳其食鱼，岂非绝其生路？主人怜鱼，固已。若使鹭也怜鱼，则怜鹭之谓何也？是以过片又听其飞去沙浦泥渚，尽饱虾鳅，且嘱其饱食重来，何以故？怜之也。此等俳体，是何等学问，民胞物与，较之谈风月，说仁义，是同是别？不此之会，而徒以游戏视之，错下一转语，五百世堕野狐身，更不须说，吃棒有分。或有人问：审如辛言，为主人，为鹭，为鱼，计已三得。奈虾鳅何？不见当年世尊在宣罗筏城只洹精舍，为大众演说戒杀，亦令比丘食五净肉。且曰："如婆罗门地多蒸湿，加以沙石，草莱不生。我以大悲神力所加，因大慈悲，假名为肉，汝得其味。"如今辛老告彼白鹭听饱虾鳅，亦同此义。然如此说，是出世法。如依世法，则彼虾鳅，只堪鹭食。譬如莳花，必芟恶草，佳花始茂。倘若怜草，如何怜花？倘若怜花，无须怜草。鹭饱虾鳅，其义犹是。颇有人问：葛藤至是，有剩义无？苦水应曰：今我所说，至是为止，皆是剩义，非第一义。如何方是其第一义？俟于下节，续起葛藤。

夫苦水之说此词也，先从论俳词入手，此自是论俳词，何干于稼轩之此词？继之又论稼轩之见解，有如说教，何干于稼轩之此词？若此词之所以为词，其第一义，其画龙点睛处，则结尾之"听君飞去饱时来，看头上风吹一缕"是已。昔支道林爱马，或病道人畜马不韵。支曰："道人爱其神骏。"妙哉此言，必如是乃可以超凡入圣，可以解脱生死，可以升天成佛。世之学佛学道者动曰：我心如槁木死灰。信斯言也，则槁木死灰之悟道成佛也久矣，有是理也哉？明乎此，则白鹭头上之一缕风吹，虽非神骏，然一何俊耶？明乎此，则主人怜汝之怜为非阿私也。明乎此，则作文须有高致者，又岂特思过半而已哉？吾之所谓第一义者，于是乎在。盖必有是，乃可成为词，无前此之"物我欣然"无害也。苟其无是，则不成其为词，虽有前此之"物我欣然"，干巴巴地说道谈理，不几于学佛学道者之心如槁木死灰乎哉？以是而曰民之吾胞，物之吾与，其孰能信之？于是苦水说此词第一义竟。

忆苦水幼时曾闻先君子举一首打油诗，亦是咏鹭鸶者，曰："好个鹭鸶儿，毛羽甚皎洁：青天无片云，飞下一团雪。"试以此无名氏之打油诗，较诸辛稼轩之《鹊桥仙》词，学人将无不笑苦水为刻画无盐，唐突西子。然而请勿笑也。往古来今所有咏物诗，不类如此打油诗之刻舟求剑，以致于木雕泥塑者几何哉？

西江月 夜行黄沙道中

明月别枝惊鹊，清风半夜鸣蝉。稻花香里说丰年，听取蛙声一片。　　七八个星天外，两三点雨山前。旧时茅店社林边，路转溪桥忽见。

作诗词而说明月，滥矣。明月惊鹊，用曹公"月明星稀，乌鹊南飞"句，亦是尽人皆知之事，不见有甚奇特。但曰"明月别枝惊鹊"，则簇簇新底稼轩词法也。作诗词而曰清风，滥矣。清风鸣蝉，则王辋川诗固已云"倚杖柴门外，临风听暮蝉"矣，亦不见有甚生色。但曰"清风半夜鸣蝉"，则簇簇新底稼轩词法也。而此尚非稼轩之绝致也。至"稻花香里说丰年,听取蛙声一片",则苦水虽曰古今词人惟有稼轩能道,亦不为过。鼻之于香也,耳之于声也,那个诗人笔下不写?今也稼轩则曰"稻花香",曰"蛙声"。稻花亦花,而与诗词中常见之花异矣。至于蛙声,则固已有人当作一部鼓吹,或曰"青草池塘处处蛙"矣。而皆非所论于稼轩也。所以者何?彼数少,此数多;彼声寡,此声众故。即曰不尔,而彼虽曰一部,曰处处,其意旨固在于清幽寂静。今也稼轩于漫漫无际静夜之下,漠漠无垠稻田之中,而曰"听取蛙声一片",其意旨则在于热闹喧嚣,而不在于清幽寂静也。若是则此所谓蛙声与他人所谓蛙声也者,又异已。夫稼轩于此,其意果只在于写阵阵稻花香之扑鼻,阵阵鸣蛙声之聒耳乎哉?果只如是,不碍词之为佳词,果只如是,则稼轩之所以为稼轩者何在?稼轩之词,固以意胜。以意胜,则不能无所谓。此稻花香中蛙声一片,固与《鹊桥仙》中之"千顷稻花""一天风露",同其旨趣。然彼曰"酿成",此曰"丰年",彼为因,为辛苦,此为果,为享受。"稻花香里说丰年,听取蛙声一片",真乃鼓腹讴歌,且忘帝力于何有,千秋之盛事,而众生之大乐也。而稼轩之所以为稼轩者乃于是乎在。尚何须说"别枝惊鹊""半夜鸣蝉"之簌簌新,与夫稻花鸣蛙之于鼻根耳根,异乎其他诗人词人所染之香尘声尘也耶?复次,过片"七八个星天外,两三点雨山前"一联,粗枝大叶,别具风流。元遗山《论诗绝句》盛称退之

《山石》句之有异于女郎诗。持以较此，觉韩吏部虽然硬语盘空，而饰容作态，尚逊其本色与自然。此种意境，此种句法，入之小词，一似太古遗民，深山老农，布袄毡笠，索带芒屩，闯入措大堂上歌舞场中，举止生硬，格格不入，而真挚之气，古朴之容，有使若辈不敢哂笑者在。又如闭关老僧，千峰结茅，破衲遮身，嘴与瓶钵，一齐挂壁，使口里水漉漉地谈心说性之堂头大和尚见之，亦似蚊子上铁牛，全无下嘴处。如谓此非词家正宗，何不一读杜少陵之七言绝句？如谓工部七绝亦不见怎的，亦非诗家正宗，则苦水亦只有自恨虽不能如云门老汉一棒将世尊打煞与狗子吃，也将老杜活埋却了，图得个天下太平也。如今莫惹闲气，且说此词末尾之"旧时茅店社林边，路转溪桥忽见"。学人且不可说辛老子至此理屈词穷，貂不足，将狗尾续也。试思旅途深夜，人困马乏，突然溪桥路转，林边店在，则今宵之茶香饭饱，洗脚上床，便有着落，此是何等乐事？盖一首小词，五十个字，无不是写一乐字。这老汉先天下忧，后天下乐，词中写没奈何处，比比皆是。若夫乐则固未有乐于是篇者矣。或曰：苦水何以便知稼轩今夜定歇此店？情知有此问。不见"茅店"二字之上，明明冠以"旧时"乎？浮屠尚不三宿桑下，况乎辛老性情过重，感觉极敏，夜行之际，而见此旧时之茅店焉，则眷念往日于此，曾有一碗粗茶，三杯淡酒之因缘，今夕纵不宿此，中心亦安能恝然而已乎？

清平乐 书王德由主簿扇

溪回沙浅,红杏都开遍。鸂鶒不知春水暖,犹傍垂杨春岸。　　片帆千里轻船,行人想见欹眠。谁似先生高举:一行白鹭青天。

渔洋论诗,力主神韵。静安先生独标境界,且以为较神韵为探其本。苦水则谓境界可以包神韵,而神韵者,不过境界之一种,但不可曰境界即神韵,譬之马为畜,而畜非马也。苦水于古大家之诗,不喜渔洋。二十年来,并渔洋所主之神韵,遂亦唾弃之。近年始觉渔洋之诗,诚不足以言神韵,而渔洋对神韵之认识,亦只在半途,故不独其身后无多沾溉,即其生前,门下亦寂若寒灰。然论中国诗,神韵一名,终为可取而不可废。盖神者何?不灭是。韵者何?无尽是。中国之诗,实实有此境界,如渊明之"采菊东篱下,悠然见南山",韦苏州之"落叶满空山,何处寻行迹",孟襄阳之"微云淡河汉,疏雨滴梧桐",谓之玄妙,谓之神秘,谓之禅寂,举不如神韵二字之得体。此说甚长,且俟他日有机缘时,另细详之,今姑舍是。

苦水平日为学人说词,常谓词富于情致,而乏于神韵。神韵长，情致短，是以每论词未尝不引以为憾。今得辛老子此小令一章，吾憾或可以稍释乎？题中注明是书王主簿扇，恐是席上匆匆送王罢官归去之作。前片写景，皆泛语浅语，然过片"片帆千里轻船，行人想见敧眠"，情致已自可念；至"谁似先生高举，一行白鹭青天"，高情远致，不厉不佻，脱俗尘，透世网，说高举便真是高举。笑他山谷老人"江南春水碧于天，中有白鸥闲似我"之未免拖泥带水行也。夫"一行白鹭"之用杜诗，其孰不知之？但若以气象论，那一首七言四句，排万古而吞六合，须还他少陵老子始得。若说化板为活，者位山东老兵，虽不能谓为点铁成金，要是胸具锤炉，当仁不让。"一行白鹭青天"，删去"上"字，莫道是削足适屦好。著一"上"字，多少着迹吃力。今删一"上"字，便觉万里青天，有此一行白鹭，不支拄，不牴牾，浑然而灵，寂然而动，是一非一，是二非二。莫更寻行数墨，说他词中上句"高举"两字，便替却"上"字也。盖辛词中情致之高妙，无加于此词者。如是而词中之情致，可以敌诗中之神韵，而苦水之夙憾，亦可以稍释矣。

记得十五年前，苦水尚在行脚，同参有纯兄者，为说默师当年上堂，曾拈此二语示弟子辈。可惜苦水尔时未得列席，未审老师如何举扬。今姑臆说如上，留待异日求师印可。

稼轩词说

南歌子 山中夜坐

世事从头减,秋怀彻底清。夜深犹送枕边声,试问清溪底事未能平。　　月到愁边白,鸡先远处鸣。是中无有利和名,因甚山前未晓有人行。

者老汉真是可笑。如此小词,也要复"底"字、复"事"字、复"清"字、复"边"字、复"未"字、复"有"字。更可笑是苦水廿余年读稼轩此词,一见便即成诵,直到如今,时时戥戤,还是此刻手写一过,才觉察出。若说苦水于辛老子是相赏于牝牡骊黄之外,苦水不免惭惶。若说辛老子胆大心粗,更是罪过。何以故?大体还他肌肤好,不擦红粉也风流。

苦水平日披读诗文,辄复致疑:如是云云者,果生于其心,而绝非抄袭与模拟耶?果为由衷之言,而无少粉饰与夸张耶?读"三百篇"、《离骚》、《古诗十九首》与《陶渊明集》,无此疑矣。最后则读稼轩长短句亦然。苦水非谓辛词即等于"三百篇"、《离骚》、"十九首"与"陶集"也。要之,无疑则同然耳。即如此词,稼轩曰"世事从头减",苦水即谓其"从头减"。曰"秋怀彻底清",苦水即信其"彻底清"。此不几于武断盲从乎哉?曰:不然,苟稼轩而非"世事从头减,秋怀彻底清"也，则过片"月到愁边白，鸡先远处鸣"，何为其然而奔赴于辛老子之笔下耶？世之人填胸满腹，万斛俗尘，妄念狂想，前灭后生，即置身于玉阙蟾宫，亦不觉月之为白。今稼轩则曰"月到愁边白"。此所谓愁，岂梦如乱丝之苦心焦虑哉？静极生愁，静之极也。曹子桓曰："乐往哀来，怆然伤怀。"所谓哀，亦即所谓愁。岂李陵所云"晨坐听之不觉泪下"之哀哉？鲁迅先生曰："静到听出静底声音来。"当此之际，"世事从头减"之诗人，未有不愁者也。于是乃益感于白月之白也。六一词曰："寂寞起来搴绣幌，月明正在梨花上。"寂寞者何？愁也。月上梨花者何？白也。若夫"鸡先远处鸣"者，抑又何也？老杜诗曰："遮莫邻鸡下五更。"曰"邻"，则近也。世之人而有耳，而不聋，而五更头不盹睡如死汉者，固莫不闻近处之鸡鸣矣。至于远处鸡声之先鸣，则固非"世事从头减，秋怀彻底清"之大诗人不能闻之也。且山中静夜，独坐无眠，而远处鸡声，忽首先破空穿月而至，已复沉寂于灏气清露之中，一何其杳冥也？一何其寥廓也？而且愈益增加世事之减、秋怀之清也。夫如是，将不独苦水无疑于辛老子之"世事从头减，秋怀彻底清"，盖举天下之人，殆无一而不信之者也。

至于前片之后二语，与后片之后二语，不知何以稼轩于事减怀清之际，乃忍于出此。是殆举"世事"十字"月到"十字所缔造之境界，酿成之空气，尽摧拉之而无余也。虽然，稼轩之所以为稼轩，亦可于此消息之。观过知仁，苦水前已数言之矣。

生查子 题京口郡治尘表亭

悠悠万世功,矻矻当年苦:鱼自入深渊,人自居平土。　红日又西沉,白浪长东去。不是望金山,我自思量禹。

悠悠之功,矻矻之苦,何也?鱼之入渊,人之居陆,是已。盖水之行地中,民之不昏垫者,于兹三千有余岁矣。翳何人,何人,何人?则禹是已。稼轩有用世之才之心,故登京口郡治之尘表亭,见西沉红日之冉冉,东去白浪之滔滔,遂不禁发思古之幽情,叹禹乎?自伤也。

具眼学人,且道一首小词,苦水如此拈举,为是会不会?为是孤负不孤负这作者?不须学人肯苦水,苦水早已先自肯了也。所以者何?词意自明,稍一沉吟,便已分晓,自无错会。虽然错即不错,虽然孤负即不孤负,而苦水拈举此首之旨,却不在乎此。苟审如吾前此之所言,此词固又以意胜,即使力透纸背,不几于有韵之散文乎?词之所以为词者安在?苟审如吾前此之所言,则前片四句与后片结尾二句之间,楔入"红日又西沉,白浪长东去"十个大字,又奚为也?如曰:登高望远,对此茫茫,百感交集,而举头又见依依之落日,滚滚之江涛,吊古悲今，益觉无以为怀，有此二语，便觉阮嗣宗之登广武原尚逊其雄浑，陈伯玉之登幽州台尚逊其悍鸷也。如是说，最为近之。然而脚跟仍未点地在。具眼学人又何不于"又"字"长"字会去？"又"者何？一日一回也。"长"者何？不舍昼夜也。传神阿堵，颊上三毫，尚不足以喻之。稼轩真词家大手笔也。夫必如是说，此词乃可成为词，而不同乎有韵之散文。然而稼轩作词，虽句有句法，字有字法，而者老汉又岂与人较量于字法句法者哉。然则是又不可如此会也。自会去好。苦水说不得。

于是苦水说稼轩词竟。

说辛词《贺新郎·赋水仙》
——糟堂笔谈之一〔一〕

云卧衣裳冷。看萧然、风前月下,水边幽影。罗袜生尘凌波去,汤沐烟波万顷。爱一点、娇黄成晕。不记相逢曾解佩,甚多情、为我香成阵。待和泪,收残粉。

灵均千古《怀沙》恨。记当时,匆匆忘把,此仙题品。烟雨凄迷僝僽损,翠袂摇摇谁整?谩写入、瑶琴《幽愤》。弦断《招魂》无人赋,但金杯、的砾银台润。愁滞酒,又独醒。

冯正中、李后主于词高处只是写而不作,珠玉、六一间有作,而脍炙人口之什亦多是写。自此而下,大抵作多而写少,甚或只作而不写;等而下之,只能作而不能写,又下者并作亦不会,写更无从梦见在。略说之:耆卿滥作,清真软作,白石硬作,梦窗木作,其余小作或不成作。

东坡、稼轩其也作否?

曰：也只是作。然冉公是随意作，辛老子却是精意作。随意作，故自在；精意作，故当行。然辛老子亦有随意作时，苏却不能精意作，者就是所以苏之自在处辛偶能到之，辛之当行处苏必不能到也。至于辛之随意作，大失检点而成为率意作（虽然不好说是滥作），说他细行不检也得，泥沙俱下也得，说他彼榛楛之勿剪，累良质而为瑕亦无不得。吾辈固不可不知，要不必介意。效颦之流专学此病，譬之学孔子专学其不撤姜食，学鲁大师专学其吃醉了酒大闹五台山，一等是没分晓钝汉，香臭也不知，说它则甚（也毕竟是说了，糟堂此刻自行检讨，言兄幸勿再托败阙）。

如今且说正中、后主、大晏、六一之词之所以是写而非作，原故是其辞无题（关于无题，王静老已有说，此不絮聒），一有题便非作不可，专去写便不能成篇。言兄明人不须细说，故竟不说。

辛老子者一首《贺新郎》，不但有题，而且是赋物，者就迫使辛老子非作不可，纵使他平日专爱写，何况此老平日之专爱作乎？他既然于千载之上作，而且精意作，吾辈今日且看，而且高着眼看他是争生个作法。

先说赋物。

赋物之作当然怕赋成不是物，然而又怕赋成只是个物，最好是赋成物物而不物于物。不是物不消说得，病在它已经不是物了，说也无从说起；只是物也不消说得，病在它已经只是物了，还说它则甚？到了物物而不物于物，神光离合，乍阴乍阳，周规检矩，离圆遁方，乍看来不是物，再看来也只是个物，而又不仅于只是个物，是物不是物，不是物是物，非此物，是此物，即此物，离此物，物物而不物于物，斯乃所以成其为赋物之作也。

毕竟要争生个赋法乃可以成为物物而不物于物底赋耶？

曰物有生死动静之别，一等可怜是它无灵魂、无感情（无生物），或有感情焉，而无思想（动植物），总而言之，它不是人。大作家笔下所赋之物即不如然，它有灵魂，有感情，有思想，总而言之，它是人。必如是夫而后赋物之时乃可以物物而不物于物。例证大有在，不必旁征博引，老杜诗篇万口流传，赋鹰赋马，篇什不少，其在事，世间不必定有如是鹰，如是马；其在理，老杜笔下所赋之鹰之马，却必须是如是鹰如是马。在事，鹰与马纵有感情却无思想，即有思想，岂有灵魂？即有灵魂，决是非人。老杜赋来，不独全有，而且是人。所以故？老杜不肯使其全无而且非是，而必欲使其全有而且真是。于是老杜乃给与以情感、以思想、以灵魂，又不宁唯是，而又给与以人底情感、人底思想与夫人底灵魂，使之成为特出的鹰马，之外又复具有完全真正的人格焉。此其所以赋物而能物物而不物于物也。

于此，赋物底"赋"字似不当训作铺叙之赋，而当解作给予之赋。此非文字游戏，更非诳语，非妄语，所以者何？宗教家言：上帝造人，赋以灵魂。以彼例此，作家笔下于所赋物正复如然。

准上说，辛老子者一首《贺新郎》之赋水仙，正与老杜赋鹰赋马同一精神同一意匠同一手腕。词中所赋底者一水仙是人，是水仙那样底人，同时又是人那样底水仙也。

赋物之作而至于是，乃可以使读者讽咏之，玩味之，而增意气、而开心眼、而养品质焉。赋物云乎哉！赋物之作写而至于是，乃全乎其为"人类灵魂之工程师"焉，赋物作家云乎哉！

于是糟堂谈此词竟，以下是赘语。

廿九日写至此

"云卧衣裳冷"是老杜诗。这一句子，依前人说，是格意高古；若依现在说法，只是个写实。云是云，卧是卧，衣裳是衣裳，冷是冷，如此而已。辛老子信手拈来，随手放下，仍旧是五个大字，与老杜元作丝毫无别。然而稼轩词中底"云卧衣裳冷"却彻头彻尾大差于少陵诗中底"云卧衣裳冷"：因为云不是云，衣裳不是衣裳，只有卧与冷似，仍仍旧贯，然而杜诗中所表现者是老杜之高古，辛词中却是水仙之幽娴。"君向潇湘我向秦"，毫无一点相干处，想见李光弼将郭子仪军之壁垒一新，是又岂杜陵老子当初着笔时所能逆睹者哉！

接着是"看"到"幽影""萧然"，好，除却水仙极难有第二种花当得起此"萧然"两字。"水边幽影"是常，"风前月下"是变,有变无常,失却本色,有常无变,绝少意态。然而也还只是个静中境界(此种境界稼轩词中虽非绝无,却是极少),所以下面紧跟是"罗袜生尘凌波去",此句来源自然出于曹子建《洛神赋》,但读者却万不可向上六字死去,如此只能见得曹赋,却不见得辛词。着眼字应在末一字"去",有此一去,不独动了起来,而且便是蒙叟所谓"而君自此远矣"。远而不可以无所至极也,于是乎"汤沐烟波万顷",而渺然焉,而浩然焉矣。

"汤沐"语源出汤沐邑,借用双关,巧而不纤;"烟波万顷"亦夸而非诞,随笔提及,非意所在。兹所欲言者,辛老子写此六字时,意识中或不免有山谷诗"坐对真成被花恼,出门一笑大江横"两句子在。然而黄诗抛开水仙抒写自我,辛词不出自我专写水仙,固自不同;况夫稼轩此词自开端"云卧"一句迤逦至此,譬如云腾致雨,势所必至,鞭策驱使,不得不然。故纯是作。然而种因收果,水到渠成,则所谓不得不然者,乃成为自然而然,虽作也而近乎写。是则黄诗之所不能与较,而尤非一般作词者之所能梦见焉。

所不能轻放过者,自发端至此,虽然愈钩勒愈自然,愈转折愈贯串,却只是客观描写,吾辈读之,只见辛老子争生个赋水仙,却不见他为甚的赋水仙。辛老子为词,一向是披肝沥胆,决不肯藏头露尾。(吾辈今日好道他是不打自招?)所以"万顷"之下便说出"爱一点娇黄成晕"。"娇黄"者何?水仙之花黄，而伊人之额黄也。适间之人那样底水仙，至是乃成为水仙那样的人焉。于是乎一口气唱出"不记相逢曾解佩，甚多情、为我香成阵。待和泪，收残粉"来。者虽不必值得读者馨香拜祷，却实实值得吾辈衷心感谢。所以者何？倘无此二十一字，吾辈自"云卧"读至"万顷"，只能看出稼轩翁赋水仙赋得能好，而看不出（至少是不易得看出）此翁何以赋水仙赋得能好。比及读了此二十一字，便恍然大悟：元来此翁心目中早已具有水仙那样的人，所以自"云卧"至"万顷"能写出那样底水仙来也。法门如此细大，而学者乃成叫嚣，糟堂今日只恨后人胡涂，更不复为此老叫屈也。

二十一字以上总说之，以下将分说：

"解佩"用《列仙传》汉皋神女与郑交甫事，如今且莫只赞叹他水仙故实用得好，如此会去，去辛老子心事大远在，大远在。须知"不记"七字乃是说旧时一向缘浅，而"甚多情"八字乃是说今日一见钟情。如此说来，缘浅纵输于缘深，相见总胜于不见。然而紧接是"待和泪，收残粉"六个大字，于是而回天无术徒唤奈何矣。"残粉"者何耶？水仙底人之年之迟暮欤？之身之将丧欤？词无明文，史无例证，糟堂此际不敢臆说，但九九归一，痛苦到深处、悲哀到极点则可断言。于是而吾辈乃不独看出稼轩翁赋水仙赋得能好，而且更恍然大悟此老何以赋水仙赋得能好也。

赘说至此亦辞意俱尽，所以者何？辛词至此亦已辞意俱尽故；稼轩当日既已啼得血流，糟堂此刻亦使得力尽故。

然而尚有过片在。于词，稼轩不能不作；于文，糟堂亦不能不说，他争生作，我便争生说。

换头"灵均"七字，似是劈空而来，实非无因而至。二十五篇屈原赋（特别是《离骚》），多是歌咏香草美人，自然而然地与辛词中之人底水仙、水仙底人应节合拍。（节外生枝为是与言兄共语，不妨援引希腊神话中之 Nacissus，说灵均也是水仙。当然糟堂如此乱道，又岂稼轩着笔时所能逆睹？）"记当时"十一字情生文、文生情，顺口为水仙呼冤；"烟雨"七字不见怎的；"翠袂摇摇谁整"，大好，水仙之美元不尽在于花，叶亦自有风致。亏得此老指出，而且一发看出水仙底人与夫人底水仙来。若说，者莫是"天寒翠袖薄"一句子在作用着乎？糟堂曰：也得、也得，不必、不必，以不独无修竹可倚，抑且倚不得修竹故。（"摇摇谁整"不是倚修竹底姿态也。）"漫写入瑶琴《幽愤》"，当然不指在水仙操（辛老子纵有率笔，从不乱道），亦无甚奇特，好在是兴起下面之"弦断《招魂》无人赋，但金杯、的砾银台润"，虽亦只是前片"残粉"之重说与引申，而"金杯""银台"刻划水仙，有声有色，其妙在触。白石《暗香》《疏影》之咏梅，生怕触着，反而死去，不似辛老子之参赞造化，推倒智勇，尽管触去，而且愈触而愈活也。

歇拍是"愁滞酒，又独醒"，多少人嫌它（糟堂旧日亦复不免）结得忒煞质直，更无弦外之音（集中此等结法不一而足）。今日看来，多少人胶柱鼓瑟（糟堂旧日亦复不免），死死粘住"曲终人不见，江上数峰青"也，如今不说曲终人杳、江上峰青之流弊必至于毫无心肝、不知痛痒，且道作家能无论在甚底环境之中、甚底情形之下，当在结时，老去翻曲终人杳、江上峰青底板么？证之往古，"三百篇"不如此，汉乐府、《十九首》不如此，即在唐代，李太白、杜少陵当其情思郁积爆发沉着痛快，亦并不如此，奈之何而强我稼轩之必如此也？援今证古，野马索性跑到外国去，难道马耶可夫斯基作《列宁》、吉洪诺夫作《基洛夫与我们同在》，其于结时，亦必责之以曲终不见、江上峰青么？非于事于势有不可，乃于情于理则不可也。稼轩作此《贺新郎·赋水仙》，抚今追昔，叹老伤逝，着他作结时如何能曲终人杳去？何能江上峰青去？

然而，"弦断《招魂》无人赋"以至"愁滞酒，又独醒"，毕竟是病，糟堂今日亦不死死为贤者讳。病不在于其不能曲终人杳、江上峰青，而在于重复了前片底"待和泪，收残粉"。上文已说过：此词写到"待和泪，收残粉"早已辞意俱尽，只缘于词必有过片，遂使拔山扛鼎底辛老子向灰头土面底糟堂手里纳尽败阙也。此则形式文学之大病，而又非尽属辛老子之病矣。

倘若本诸春秋责备贤者之义，则辛老子此词之病不仅于此"愁滞酒，又独醒"六字，通篇亦有病。其病维何？曰：没奈何而已。又不仅于止此一篇而已，集中诸作往往而有，然此病又初不仅于止辛老子一人而已，"三百篇"、楚辞、汉乐府、《十九首》中即亦不免，自此而下，饶他曹孟德之雄强，陶彭泽之淡宕，李太白之飘逸，杜少陵之坚实，说到没奈何一病，也还是同坑无异土。若曰：此乃时为之、势为之，正好一齐放过。彼亦何不幸，而不生于今之世也。

夫所谓时与势者何耶？宿命论者所谓"运命"者耶？宗教家所谓"天意"者耶？

曰：否，不然。旧时不合理之社会积重而难返，志士仁人而不奋斗斯成俘虏，必欲奋斗终趋灭亡，所以者何？彼众而我寡，而且诸志士仁人又每每不知联结同心，发动群众，徒思以个人底善良之志愿、高尚之品质、坚强之意志与彼无作不恶、铤而走险者流之集团，作殊死战焉，其亦止有殊死而已耳。如其不死，静夜良辰，山边林下，言为心声，发为篇章，于是乎虽不欲说没奈何不得也矣。夫然，则稼轩之病又非唯稼轩之病，而又不足为稼轩及稼轩外古昔诸大作家之病矣。曰时为之、势为之者以此。

者一首词，也有人民性么？

糟堂情知有此一问。

糟堂虽向释迦头上着粪，也不在稼轩脸上贴金，说辛老子这一首《贺新郎·赋水仙》之如何如何地富有人民性。

假若吾辈承认者乃是辛老子自写私生活底供状，吾辈可能说它有一丝一毫反人民性么？

糟堂今日且不暇说辛老子之于词每写女性必极尽其尊重之能事是何等底超越时流，突破往古，只看一首《贺新郎》，百一十六字是何等底富有人情，而且是至情。者人情，者至情，也就正是辛稼轩底人性。齐宣王不忍牛之觳觫若无罪而就死地，孟子曰："是心足以王矣。"玄奘大师在天竺见一东土扇子而病，有人说他倘此际不能为扇子而病，当年也决不能为一大藏教，发愿来西天取经。（者一公案，八年前说辛时已曾拈举。）是故说感性认识发展而成为理性认识，倘不，理性认识便是无根之木、无源之水。人民性属后者，人情、至情则属前者，夫岂有人民性而不出于人情、至情与夫人性者乎！然则者一首《贺新郎》本身即不富于人民性，恰恰正是人民性底大好根芽与基础在。（糟堂如是说，倘若仍然有人致疑，便请他读了普希金的《奥尼金》了再来理会。野马又跑到外国去了也。）

糟堂毕竟说此词已毕已竟。

一九五四年六月卅日写讫

〔一〕此文原是顾随先生写给他的学生周汝昌的。文中几处提及之"言兄"，即周汝昌。顾随先生晚年曾自号"糟堂"。

说辛词《贺新郎·赋水仙》

关于诗

（卅六年八月十四日在北平的一次讲演稿）

今天的题目颇觉广泛，但也并非信手拈来。自从约好前来讲演一次之后，就时时想到题目。自然，讲演一如作文，没有题目便无从下手。但我想除此而外，还有一个问题：即是诸君年级不同，系别各异，拟的题目，太高太低、太深太浅都不免有厚此薄彼之嫌。而况太低太浅，不是卑之无甚高论，便是老生常谈，未免糟蹋诸位宝贵的时间与精力。太高太深，则我个人的学力与见解亦俱办不到。加之几日本有些琐事萦心，思想不能集中；立秋以来，天气潮热，时苦骨痛，兴致亦复大减。所以想来想去，想了这么一个题目。意思是尽我所知，想到哪里，说到哪里，仿佛谈天似地不受拘束；诸君听着也许不至于太觉枯躁。但又希望不使其成为信口开河的所谓乱谈者是。

但立刻又觉得大非易事。你们邀我来谈诗，一定以为我懂得诗。而且我当面答应了来讲诗的，其时我自觉也颇知道一点诗似的。然而诗这个东西，本身真有点古怪。在我不说它时，我自以为有点儿懂得；但待到想说时，我又茫然了。诸位是正受着高等教育的人，于诗也并不生疏而隔膜；但在未听我讲说之前，你们个个人都似乎对诗有点儿了解认识，待到听我说时，或之后，一定要感到又莫名其妙了。但今日实逼处此，事不获已，我不妨姑妄言之，诸位也稍安勿躁，姑妄听之吧。

首先要讲的是何谓诗，也就是说诗是甚么？甚么是诗的定义？《毛诗·大序》上说得好："诗者，志之所之也。在心为志，发言为诗。"若简括言之，便是"诗言志"。诗与志是一而二、二而一者也。甚么又叫做志呢？古来于志字所下的定义是：志者，心之所之也。说得明白一点，便是《大序》所谓"情动于中"。说得哲学一点，就是：心是体，志是用。又：如果说心是喜怒哀乐之未发；而志便是已发了也。亦即是佛家所谓"心生种种法生"之心生。不过单单有此心之所之，情动与心生，也还不成其为诗；因为这只是内在的动机。又必须出之于口，笔之于纸，而后整个的诗乃能成立：这便是外在的形式。（此刻还顾不得详说。）

复次，这心之所之，情动与心生，必须是纯一的，无一丝毫羼假始得。这便是中国所谓修辞立其诚的那个诚字。《中庸》曰："不诚无物。"连物都没有，那里得有诗来？你饿了，想吃饭：这个是心之所之，是情动，是心生；也就是诚。饿了想吃饭，焉有不诚之理。渴了，想喝水：这个是心之所之，是情动，是心生，也就是诚。再如夏天燥渴，想吃冰淇淋，亦复如然。孟子说"知好色则慕少艾"，也就是此个道理。余俱准此，不再絮聒。以上所说底诚，也即是诗。

又，以上所讲诚字是无伪义。本已具足圆满。但我还想画蛇添足，即诚字尚有专一义。此本不必别立一义，为是要引起诸位注意，所以不觉辞费。专一者何？《论语》有言曰："造次必于是，颠沛必于是。"即是此义。亦复即是佛说阿弥陀经所说之一心不乱；赵州和尚云，老僧四十年别无杂用心处，如是，如是。譬如你饿了时，既想吃饭，又想吃面，渴了时既想吃西瓜，又想吃冰淇淋，不用再说别的，只这个便是心乱，杂用心，不专一，也就是不诚。恐怕如此想吃想喝，亦未见得是真饿与真渴。不见《石头记》中人物刁钻古怪地想出许多吃的喝的东西，难道俱是饿出来的、渴出来的见识么？决不，决不！须知这正是不饿不渴时的想头也。"知好色则慕少艾"，亦然。爱到了白热化时，对方一人便即占据了整个的心灵，更无些许空隙留与第二人。西洋有一位作家曾说："我只需要一个女子；其余的都可以到魔鬼那里去。"于此，你不可再问：那么，连他底母亲也在内吗？这个便是诗，这个便是诚，也就是所谓诚的专一义。

以上说诚有二义，一者无伪，一者专一。中外古今底诗人更无一个不是具有如是诗心。若不如此，那人便非诗人，那人的心便非诗心，写出来的作品无论如何字句精巧，音节谐和，也一定不成其为诗的作品。倘若说诚字未免太陈旧，又是诚，又是无伪，又是专一，未免有些儿三心二意，于此，我再传给你一个法门：诗心只是个单纯。能作到单纯，《诗经》的"杨柳依依"是诗，《离骚》的"哀众芳之芜秽"也是诗，曹公的"老骥伏枥"是诗，曹子建的"明月照高楼"也是诗，陶公的"采菊东篱"是诗，他的"带月荷锄"也是诗，李太白的"床前明月光"是诗，杜少陵的"麻鞋见天子，衣袖露两肘"也是诗。等而下之，"月黑杀人地，风高放火天"也不害其成为诗。扩而充之，不会说话的婴儿之一举手、一投足，一哭、一笑，也无非是诗。推而广之，盈天地之间，自然、人事、形形色色，也无一非诗了也。我如此说了，诸君可觉得奇怪吗？试想诗如不在人世间，不在生活中，将更在甚么处？

诸君也许觉得从吃饭、喝水等等一直说到自然、人事之形形色色，不免有点儿不单纯了吧。我再告诉你这一切依然是单纯。我的立义是单纯，假若所举例证是复杂，岂不是证龟成鳖？我虽胡涂到不知二五是一十，亦还不至于如是之荒唐。是的，这一切依然是单纯。你如以为不单纯，那便是你自己不肯作到单纯。玉泉山的水号称"天下第一泉"，据说泡茶吃最好不过。者水在泡了茶之后，已经有了茶的色香味质在内，当然并不单纯。即在未泡茶之前，我们假使用化学分析法分析那水，恐怕轻二养一之外，还有其他矿质在内，又何尝是单纯？但在这轻二养一与其他矿质按了一定的量数组合而成为玉泉水这一点上，便已是单纯化了也。又如日光，以肉眼看来，岂不是白色？岂不是单纯？但我们的物理学老师曾讲解给我们听，又试验给我们看过：日光分明是七色。者岂不又是复杂？然而在七色组合为日光时，那却又早是地地道道地单纯了也。即如你们这许多人，人人有其性情，人人有其面貌，这岂不又是复杂？然而纪律严明，精神团结，而并非一盘散沙，这又早已单纯了也。即如我今日在此胡说乱道，颠倒翻覆，且莫认作复杂；须知我只说一个字：诗。单纯，单纯，单纯之极了也。总而言之，统而言之，世间一切，摄于诗心，只是个单纯，只是个诚，只是无伪与专一。举一反三，闻一知十，不再多说。

试问诗心如何作到单纯，单纯又到何种田地？则将答之曰：只需要一个无计较心；极而言之，要作到无利害，无是非，甚至于无善恶心。佛家好说第一义，者个与我们今日无干，诗心并非第一义，而是第一念。何谓第一念？譬如诸君从西苑进城，路上遇着乞丐向你乞讨，那么，由于儒家的恻隐之心也好，佛家的慈悲心也好，普通所谓人类同情心也好，总之是有一种内在的力量鼓动着你，使你自然而然地不得不然地将些钱或物给与那乞丐，者个便是单纯的诗心，所谓第一念。倘若以为不给便不道德，者已是第二念。若再以为同伴给过了，自己不给，面子上不好看，或再有心比同伴多给，以图得乞丐的感谢，道旁行人的赞叹，者个便即是杂念，更无一丝毫诗心了也。你且不可说这又与诗有什么相干。你不觉得曹子建的"明月照高楼"，陶渊明的"悠然见南山"，也便是此种第一念底张口呼出吗？可怜，可怜。世上许多许多诗匠们一定要死死认定平上去入、五言七言之类是诗，而一般皮下无血眼里无筋之流，亦以为除此外更无别有，真乃罪过弥天，万劫不得人身。中国的诗一直向者个路子上死却了也。

你或者又要问无计较心、无利害心之为诗心尚可，无是非善恶之心怕是成不得。这一问怕是错会意到无是无善即将成为非与恶两个字。于此，我再告你：是与善尚且没有，非与恶更从何来？世谛立名是相对的；诗心却是绝对的。饿了想吃，渴了想喝，见了乞丐想帮他钱物，日本侵略中国，我们抗战：这一切只是个第一念，有甚是非善恶好讲？佛家所谓"不思善，不思恶"，儒家所谓"喜怒哀乐之未发谓之中，发而皆中节谓之和"，正是这一番道理。但如此说诗，虽未必即是误入歧途，却亦不免玄之又玄。如今却另换一种说法，其实也更别无新义，只是重复一回前面所说之诚。只要你们做到诚的境界，自然无计较、无利害、无是非、无善恶、更无丝毫走作，步步踏着，句句道着，处处光明磊落，只此一团诗心作用着，说甚么佛法儒教，要且莫干涉。

说到这里，假使有人问：那么，恶人的杀人放火又当如何呢？那心是否诗心？是否第一念？不知我只向你说诗心是无道德（Non-morality），而并非说是不道德（Im-morality）。况且他已自成为恶人了，你还让我同他说些甚的？我自愧并非生公说法能使顽石点头。难道诸君真好意思让我抱了琴对牛去弹？须知恶人性近习远，以后天薰习之故，失掉诗心，已自成为恶人了，你教我从何说起？然而如此说，却又不免落在世谛中。若细细按下去，触类而长之，则真正恶人未始没有诗心。即以杀人放火而论，《水浒传》里的铁牛李大哥岂但以之为业，简直以之为乐，十足的一位真命强盗也。你且看他平时言谈举动是何等风流自赏，妩媚可喜。风流自赏是名士；妩媚可喜是美人，教人不禁不由地衷心里爱他。那原因即在于李大哥从来不曾口是心非。只是一个诚，只是一团的无伪、专一与单纯。至如宋公明却被金圣叹那位怪物骂了个狗血喷头，就因为他口里是替天行道，考其行实满不是那么一回子事也。所以说真小人胜于伪君子，就是这个道理。又如孟老夫子是精于义利之辨的，他所定的君子小人之分野即在此义利二字上。他道是："鸡鸣而起，孳孳为义者，尧之徒也；鸡鸣而起，孳孳为利者，跖之徒也。"这岂不是冰炭不同炉、薰莸不同器？但是除开义利两字，与尧之徒、跖之徒两个名辞，你只看那鸡鸣而起，孳孳而为，君子与小人，又岂不是同此一个诚字，岂不是一般无二地无伪、专一与单纯。庄子曰："盗亦有道。"我于此亦不妨说，恶人亦仍旧有诗心也。你只要不站在世谛的立场上去看，去想，去批评，便一定不以我为信口开合了也。

说到这里，诸位便可了然于中国旧诗古来原是好的，何以后来堕落到恁般地步。作诗者只晓得怎样去讲平仄，讲声调，讲对仗与格律，结果只是诗匠而并非诗人，因为他压根儿就不曾有过诗心。以此之故，所以他虽然点头晃脑，自命雅人，其实却从头顶至脚跟毫无折扣的一个俗物。又因为不诚，所以没有真性情，真感情，真思想，而只成为一个学语之徒，动是说我学陶渊明，我学杜少陵；漫说学得不像，即使像了，也只是大户人家的一个听差，饶他腆了个大肚子倚在朱红的大门旁，坐在光漆的板凳上，自觉威风，明眼人看来，适不又是《水浒传》上石勇所说的"脚底下泥"之流耶？像这样人的笔下的作品，岂但非诗，简直是一堆一堆的垃圾！我之读诗作诗者已四十余年，为甚么将旧诗说得如此不堪？只为四十余年之读作，直到白发盈头、百病交集的今天，方才发觉自身深受此病，真是悔之晚矣。所以今日借此机缘，大声疾呼不愿别人再受此病，拟得一味独参汤，拈出一个诚字来共大家商量。明知刍荛之力未必即能回天，但愿中国的诗人与其作品从此日臻康强，毫无病态。诸君不要以为诗心只是诗人们自己的事，与非诗人无干；亦不可以为诗心只是作诗用得着，不作诗时便可抛掉；苟其如此，大错，大错。诗心的健康，关系诗人作品的健康，亦即关系整个民族与全人类的健康；一个民族的诗心不健康，一个民族的衰弱灭亡随之；全人类的诗心不健康，全人类的毁灭亦即为期不远。宋儒有言：我虽不识一个字，也要堂堂地作一个人。我亦要说：我们虽不识一个字，不能吟一句诗，也要保持及长养一颗健康的诗心。我们不必去作一个写了几千首诗而没有诗心的诗匠。我不愿再去打落水狗，梁鸿志不也作了许多诗，王揖唐不也作了许多诗，汪精卫不也作了许多诗

关于诗

吗。诸君再放眼去看社会的黑暗岂不俱是因了没有诗心的缘故吗?

我本想由诚再说到仁。由诗心再说到诗的内容要有力,外形要简单。但时间有限,而我的精力也不支。北平洋车夫的一句话:带住。但我还要引《论语》孔圣人的话来为自己壮一壮门面:

> 诗可以兴,可以观,可以群,可以怨;迩之事父,远之事君;多识于鸟兽草木之名。

有劳诸君久坐,谢谢。

卅六年八月十三日夜八时写讫

曹操乐府诗初探

（一）

东汉末年是一个政治腐败、赋税繁重、权势横行、土地兼并极为严重的时期。结果则是大规模农民起义的爆发和群雄割据。最后，统一的汉王朝分裂为三国鼎峙。这可以说是历史上一个动荡变乱的时代。曹操自其初入仕途以至爵封魏王，就在这时代里生活着，应该说是斗争着。

曹操虽然出身于封建统治官僚地主阶级，但在最初，他的名位则较低。当时社会上早已形成一种重视门第的风气。他的门第又不多么高贵。首先，他的父亲不拘做过什么官，但总是宦官的养子，连本姓也不甚了然（一说姓夏侯）。这一点就很容易招致当时人们的轻视。曹操当然感觉到这点，所以他一出仕做地方官，就专门与贵戚、豪族为敌。这自然也算为老百姓做了一点好事。但他毕竟是个官僚地主，所以他不能不镇压黄巾起义。

曹操的创业也是很艰苦的。在初期平定中原、消灭群雄时,地盘狭小和兵力薄弱是他最大的劣势。在后期三分天下时,他遭遇到孙权和刘备那么两个劲敌。纵使他满可以"挟天子",却绝对不能"令诸侯"。便是在朝廷上,他也是时时在与异己分子作斗争。前一种形势使他刻意于练兵、屯田和招致贤才。而后一种形势则使他成为一个猜忌多疑,甚至于忮刻、好杀的人。

鲁迅先生在评价曹操的为人时,曾说他"是一个很有本事的人,至少是一个英雄"。又说:"无论如何是一个精明人。"(《魏晋风度及文章与药及酒之关系》)古语说:"时势造英雄。"马克思列宁主义哲学认为人的意识是社会发展的产物;它是物质的反映、存在的反映。依此看来,把曹操作为一个历史人物,鲁迅先生给与他的评价大体上是公允的。

把曹操作为一个文学史上的人物,即作为一个作家,鲁迅先生给与他的评价就更高一些。鲁迅先生首先说"他自己能作文章"。又说:"曹操本身,也是一个改造文章的祖师,可惜他的文章传的很少。他胆子很大,文章从通脱(案:即解放思想,不拘于传统弊习之意)得力不少,做文章时又没有顾忌,想写的便写出来。"(同上)。鲁迅先生语焉不详,他为什么说曹操是"改造文章的祖师"呢?但也露出了一点线索,那就是:他说曹操在"文章方面,成了清峻的风格。——就是文章简约严明的意思"(同上)。这清峻的风格就形成了一代的风气,成为后来所谓"建安风骨"。

可惜鲁迅先生不曾提到曹操的诗。

(二)

曹操的诗流传下来的也并不多。丁福保所辑《全汉三国晋南北朝诗》里所收的共只二十四首。其中有三两首还很难确定为曹操所作;那么,剩下来的就不过二十首左右。《三国志》注引《魏书》说曹操"登高必赋",想来他平生所作当不止于此数。

曹操的诗都是乐府诗。上古诗与歌不分,凡诗皆可以歌唱,可以入乐。汉代始有乐府之名。能歌、能入乐的诗谓乐府;否则只叫做诗,后来或谓之为"徒诗"("徒"与"只"同义,言其只是诗而不是歌)。自汉而后,直至有唐,仍而不改,虽然古乐府已经名存而实亡。汉至六朝,乐府诗作可分为三大类。一是封建统治阶级在祭祀、宴飨时所用的乐府诗。这是他们装门面、吓唬人的玩艺儿,严格说来,根本不能叫做诗。又其一则是民歌。这是人民群众的创作,内容或揭发统治阶级的黑暗与腐败;或叙述老百姓的现实生活。这才是真正的乐府诗。其三则是上层知识分子采取了民间乐府即民歌的作风、语言乃至其形式而又加之以自己的创造所写成的乐府诗。其中好坏不等,须要分别看待。曹操的乐府诗当然属于第三类,而且多半可以说是好的作品。

曹操的乐府诗显而易见是受到民歌的影响。他的作品有的是五言，但有一些则是四言和长短句，这可是民歌的句法。其次则是其语言之朴素，譬如《短歌行》中的"月明星稀，乌鹊南飞；绕树三匝，何枝可依？"如是等等的句子所在多有，简直"明白如话"。钟嵘《诗品》说他"古直"，正指此点而言。但曹操又是个好学而博学的人。曹丕就曾说："上（曹操）雅好诗书文籍，虽在军旅，手不释卷。"（《典论·自叙》）曹操自己也"常言：'人少好学则思专；长则善忘。长大而能勤学者，唯吾与袁伯业耳。'"（同上）因此，他的作品显而易见受到了古代诗歌的影响。他的作品中有许多篇都引用了故典或经书，而且在《短歌行》中，他还一字不易地征引了《诗经》的原句。（当然，这些句子的涵义都和原诗不同。）我们可以说曹操乐府诗的来源是民歌和古诗。但这不等于说曹操只是在模仿民歌和古诗。正如同一切大诗人一样，他不能不有所继承；但更为重要的是有所创作，有所发展。他的作品有他自己的内容思想，有他自己的独特风格。

（三）

有人认为曹操是一位大军事家，但更为重要的是：他还是一位大政治家。在政治上，他不但有实践，而且有理论、有理想。这里抛开他的散文，单看他的诗。

他认为汉末中央政府之垮台由于用人之不当。在《薤露行》中，一开头他便说："惟汉二十世，所任诚不良：沐猴而冠带，知小而谋强。"其结果则是："荡覆帝基业，宗庙以燔丧。"有鉴于此，所以他在当权和创业时，时时流露出"求贤若渴"之意。这散见于他前后所下的"令"文里，例不胜举。便是他的《短歌行》中所高唱的"山不厌高，水不厌深，周公吐哺，天下归心"，也就可见一斑了。作领袖，创大业，必须知人善任，这有一部分真理，特别是在旧的封建社会里。

他主张以俭治国。《度关山》一首诗里，就写出了"侈，恶之大；俭为共德"。奢侈为最大的罪恶，而节俭则为共同遵守的美德：这可又教他说着了。在同诗里，他还反对滥用民力，奴役百姓。他叹息于后世君主之"劳民为君，役赋其力"。总上两点，曹操是主张以俭治国，要惜财爱民，而不可以劳民伤财：这不是完全正确的政治理论吗？

他深切致慨于乱世人民之痛苦。《蒿里行》一诗中，他写出了"铠甲生虮虱，万姓以死亡，白骨露于野，千里无鸡鸣。生民百遗一，念之断人肠！"这样被后人称为"诗史"的句子。当然不能因此就说忮刻、好杀的曹操有爱民之心，甚至具备伟大人道主义精神。然而正如鲁迅先生所说，曹操是一个精明的人。他深知道老百姓遇到了兵荒马乱、民不聊生（就像《蒿里行》所写的那种情形）的时候，国将不成其为国，君也难乎其为君了。封建时代的皇帝坐天下，也不能是"空军司令"，也必须有人民，必须让老百姓有饭吃，能活下去。作为政治家的曹操倘若见不及此，不但算不得政治家，也不成其为精明人，直是一个胡涂虫了。是的，他是个精明人。他虽不能与老百姓同命运，共呼吸，但他晓得客观存在的真实性，他自己的理智逼迫着他不能忘怀于老百姓，多少要给他们作点儿好事，实际还是为了他自己的利益，为了他自己的事业。于是他也就写出了如上所述一类的诗篇。

如果说上述一类的政治诗俱偏于理论，在题作《对酒》的一篇乐府诗里，曹操可就明白具体地表达出他的政治理想。曹操的前半生可以说是饱经乱离。他的父亲曹嵩及其家属就曾遭到敌人的杀害。他自己在战场上，几度出生入死；而他的子（子修）侄（安民）就死在乱军之中（见曹丕《典论·自叙》）。本身感受及政治主张（如上文所说）使得他非常向往于太平盛世。由于历史和阶级的局限，他把导致太平的主导力量完全归于上层封建统治阶级。而老百姓被统治着，只要遵守礼法（这样，就不至于"犯上、作乱"），种地打粮食（这样，就完全是"治于人者食人"），此外就"完"事大吉了。所以《对酒》篇一开头就说："对酒歌，太平时：吏不呼门；王者贤且明；宰相股肱皆忠良；咸礼让，民无所争讼；三年耕有九年储，仓谷满盈。"这只能说是曹操的一厢情愿。试问：在旧的封建政治制度之下，在阶级社会里，如何能保证每一个君主无不贤明，所有官吏都是忠良呢？这且不说。从表面看来，在诗中所叙述的情形之下，好像老百姓满能够安居乐业了。但这样的安房乐业只能使最高的统治者的江山永保，子孙万代。而这一点却正是曹操主要意图。说得再清楚点儿，他之所以向往于"太平时"，不是为了人民，而是为了自己的子孙。即使我们不如此"深文周内"，曹操所说的"民无所争讼；三年耕有九年储，仓谷满盈"，以及后面所说的"路无拾遗之私；囹圄空虚"和"人耄耋，皆得以寿终"，如是等等的太平景象，与其说是曹操的理想，毋宁说是他的空想。在那一历史阶段，在整个儿的阶级社会的时代，不管如鲁迅先生所说他是个有本事的人，也不能使之成为现实。然而曹操究竟想得好。他所想像的太平景象却又绝对可以实现，不过那是在现在、在我们的社会主义（进而为共产主义）社会里。平情而论，《对酒》篇中所写的老百姓、特别是农民所过的那种太平生活，就算是曹操的空想吧，毕竟也不失其为大政治家兼大诗人的伟大的空想。

（四）

在旧日，最为脍炙人口的曹操的乐府诗还是属于抒情诗一类的作品，其中尤为有名的是《短歌行》和《苦寒行》。这两首诗自经萧统收录在《文选》之后，历代选录古诗的从来就不曾遗弃过，而研读古诗的也几乎人人读得口熟。现在先说《短歌行》。

余冠英同志在其所编的《三曹诗选》里，解释《短歌行》的主题是"对贤才的思慕"，这相当正确，但仍有其不足之处。说是"思慕"，不免有偏于消极之嫌；而曹操在这首诗里所表现的则是积极的求贤若渴、爱才如命的情绪和态度，其目的则在于使贤才闻风而来，为之奔走效命。要说明这点，怕须稍费笔墨。

首二解八句，不得说曹操对于人生抱着虚无主义。正是因为人生短促，所以才急于在有生之时，做出一番事业，正如同《离骚》所谓"惟草木之零落兮，恐美人之迟暮"。举大事，成大业，必须有贤才之相助；而在旧社会里，又常苦于"才难"。所以"慨""慷"之后，继以"忧思"。第三解中之"子"和"君"俱指贤才。"悠悠我心"和"沉吟至今"则是念之不能去心。第四解引用《诗经·小雅·鹿鸣》篇诗句，而涵义不同。原诗是宴乐嘉宾，是写实；这里则是招待贤士，是虚拟（因为贤士尚未到来）。第五解中之"忧"仍是思贤之心。思贤而不得见，其忧心之"不可断绝"正如天边明月不可摘取。这是诗人加深、加重地写出自己之思贤；同时，结束了前四解，而引起了以下三解。第六解中，思想成为行动，变消极的思贤而为积极的访贤；所以开头便是"越陌度阡，枉用相存"。以下"契阔"两句写出访贤者对贤士的情谊之殷勤。至此，总合以上六解，可以说俱是围绕着求贤这一主题而写成，但还不曾达到主题的凸出点，即是一首诗还不曾发展到它的高峰。凸出点或高峰在结尾的七、八两解。分别说之。

第七解"月明星稀"四句是有名的诗句，曾被后来许多诗人征引、融化在他们的作品里。这四句可以被理解为写实：诗人同贤士"谈䜩"到夜深时所见之景，但已流露出诗人在天下荒荒时的感触和感受。它们也可以被理解为象征。《文选》五臣注，张铣注说："忠信之士游行，当择其栖托之便矣，若不得其所依，则患害之必至。亦如乌鹊匝树，求其可托之枝。"但还可以更进一步，那就是：良禽择木也并不容易；倘若南飞，即使费尽气力，也还是找不到栖身之所——"何枝可依"者，无枝可依之谓也，这样就暗示：贤士倘若南去（姑且这么说，孙权在东南，刘备在西南），也还是找不到可事之主，不如来投我（曹操）吧。但这不是诗中主题的最凸出或其最高峰。

最末一解是："山不厌高，海不厌深。周公吐哺，天下归心。"意思是说：大自然中最高的山并不因为自己之高而拒绝再添一块石头、一堆土；最深的海也不因自己之深而拒绝再添一点一滴的水。在旧时，公认为大圣人的周公在周朝开国曾树立下大功勋，但也并不因为自己"之才、之美"（见《论诸》）而拒绝召纳贤士；甚至在吃饭时听说有贤士来见，他也立刻吐出口里的食物而出去接见；所以得到天下人的爱戴。这四句象是客观地写出山之高、水之深、周公"之才、之美"，但通过这些，诗人自己之高、之深和"之才、之美"也形象地、生动地呈现于我们眼前。曹操的意图当然并不在此。他是要当时"天下"贤士看见了，"归心"于自己。这才是《短歌行》一诗的最凸出之点或其最高峰；而且把求贤这一主题抒写得面面俱到。艺术手腕之高超不必说。在意识和思想方面，曹操可是过于突出了个人。

《苦寒行》是曹操最成功的一首古典现实主义五言古诗。首先写太行山之高峻，次写路途之艰险，末幅的"迷惑失故路，薄暮无宿栖。行行日已远，人马同时饥。担囊行取薪，斧冰持作糜"，就不止于纪实而已。这六句，特别其中的末两句还象征着曹操这位英雄人物在困难的客观环境中作艰苦卓绝的斗争的精神。这是曹操作为诗人最可佩服、最值得我们学习的地方。就诗论诗，其题材、技巧和风格已扩大了汉代五言诗的范畴，为后来古典现实主义诗人开辟了新途径。唐代号称诗圣的杜甫，不能说是模袭曹操，但其五古中有些篇章就很近似《苦寒行》，特别是发秦州、入西川那些篇。而杜甫给予曹操的评价是：一则曰"英雄割据"，再则曰"文采风流"（见《丹青引》）。他很可能受到曹操的影响。

为什么《苦寒行》全篇结句"悲彼《东山》诗，悠悠使我哀"却又提出了"悲"和"哀"呢？

不错，曹操可以算得是一位敢于和困难作斗争的英雄。不过他毕竟是千余年前的人物，世界观的局限，他决不可能有革命的乐观主义精神。他所搞的事业也不是为国家、为人民，而是为自己。因此，我要说他是个人主义者，甚至是一个个人英雄主义者（《短歌行》一诗可证）。同时，他处境艰难（本文第一节已曾提及），时时有非干不可、干来不易的预感。而猜忌多疑的人又每每苦于自己之孤立。孟子说："惟孤臣孽子，其操心也危，其虑患也深。"曹操虽不能说是个十足的孤臣孽子，但环境所迫，却使他之"操心""虑患"十足地"危"和"深"。他在作到大丞相、武平侯时，曾下令说："欲孤便尔委捐所典兵众，以还执事，归就武平侯国，实不可也。何者？诚恐己离兵，为人所祸也。既为子孙计，又已败则国家倾危，是以不得慕虚名而处实祸。"（《让县自明本志令》）"为人所祸"，这时他尚且这么"操心""虑患"，则这之前以及创业之初，更可想而知。以上所说种种原因就是曹操的悲哀之由来；而且习与性相成，根深而蒂固，以致随时随地，一触即发。诗为"心声"，所以不独《苦寒行》，便是其他篇章也往往流露出忧伤愁苦之思。钟嵘《诗品》说他"甚有悲凉之句"，不是没有道理的。

至于《短歌行》和《苦寒行》之所以古今传诵，当然是由于其艺术性较高于本文第三节中所举诸篇。但这两篇也并非没有政治性；《短歌行》更为显而易见。

（五）

毛主席的《浪淘沙·北戴河》词的后片说：

往事越千年，

魏武挥鞭，

东临碣石有遗篇。

萧瑟秋风今又是，

换了人间。

毛主席所谓魏武"遗篇"指的是曹操的《步出夏门行》的第

一解（或单题作《观沧海》），其开端第一句即是"东临碣石"。毛主席之所以举此一首，意在于"换了人间"，即是说，今胜于古。此外，虽无明文，想来毛主席对曹操此诗也颇为欣赏；不然，就想不起来，也写不进词里去了。

就曹操这篇乐府诗来说："东临碣石，以观沧海"，不过是"点题"（或说是"破题"）。"水何澹澹，山岛竦峙"，开始写观沧海之所见：水是低处所见，山岛是高处所见。"树木丛生，百草丰茂"，是山岛上的景物，写来虽然郁郁葱葱，却不是主题所在；而且写的是静止的形象，这不是曹操写景的本色（或说不是他的特殊风格）。接着"秋风萧瑟，洪波涌起"，这才是沧海的景象，而且动起来了，但这还不是主题。曹操之意不在于写海的外貌，不管是动的或是静的。到了结尾的"日月之行，若出其中，星汉灿烂，若出其里"，这才是主题，这才于沧海的外在面貌之外，写出了沧海的宏伟的气派及其内在的伟大的精神。这气派和精神又和作者的相消息着。相传孔子曾经登泰山而小天下。于此可说，曹操观沧海而胸罗万象。还有值得提出的一点：这一首《观沧海》里，不见了屡屡出现于曹操诗作中凄怆的情调和气氛。

余冠英同志曾说，"这一章写登山望海，是建安时代描写自然的名作"。（《三曹诗选》）说得对。但他不止于是建安时代的名作而已。我国海岸线有一万多公里之长。虽然流传着"观于海者难为水"这么一句古语，可是"临清流而赋诗"的多，观沧海而赋诗的少。曹操这一首不但是开山之作，而且是以稀为贵了。不止于此。在这一篇里，诗人不仅仅记事、写景，他结合了眼前面对的客观现实，运用丰富的想象，而显现出作者的伟大情感和崇高理想。（这里，再批判曹操一句，这首《观沧海》与《短歌行》同样有突出作者的个人英雄主义之嫌。我们在接受时，须加小心。）

再次，在好的诗篇里，作者的情感有如涨潮时的水，拍打着堤岸，仿佛要漾出来；作者的思想有如树上枝头熟透了的、色香味俱佳的果实，仿佛要落下来。曹操的代表诗作，姑且就算它是《观沧海》或《短歌行》吧，的确具有以上所说的两种境界。这值得我们学习。至于都是些什么样的情感和思想，是香花还是毒草？或者两者并生而共茂？我们当然要细加区分，不可以一揽子包下来。

我们在伟大英明的党和领袖的领导之下，正处于一个新的时代里，作着前人未有的事业。我们这一时代的诗人倘若没有深广的生活、丰富的想象、伟大的情感和崇高的理想，以及现实主义和浪漫主义相结合的艺术手腕，那就一定落后于现实，写不出和这一伟大的时代相称的诗篇，而曹操的有些诗的确可供我们"借镜"。至于马克思列宁主义哲学的世界观，我们的诗人定然胜过曹操，因为毕竟是"往事越千年"，"换了人间"了。

（写于一九五九年，刊于《天津师范大学学报》一九五九年第一期）

东临碣石有遗篇

——略谈曹操乐府诗的悲、哀、壮、热

> …………
> 往事越千年,
> 魏武挥鞭,
> "东临碣石"有遗篇。
> 萧瑟秋风今又是,
> 换了人间!
>
> ——毛泽东《浪淘沙·北戴河》

近来报刊上出现了不少评价曹操的文章。有人主张洗掉他千百年来被涂在脸上的白粉。有人说:不行,白粉应该保留。我不是学历史的,谈不到"知人论世"。但我老早以来,就想洗掉曹操脸上的白粉。这样想法有它的来源。

小时候在私塾里念《唐诗三百首》,念杜甫的七古《丹青引·赠曹将军霸》开头第一句,便是"将军魏武之子孙",当时我想,曹操并不见得怎样坏,至少不像《三国演义》写的那

么坏。倘若很坏,杜甫还能说曹霸是曹操的子孙吗?接着读下去,便是:

英雄割据虽已矣,
文采风流今尚存。

这是说曹操既是"英雄割据",又是"文采风流"。及至到了曹霸,前者完了,后者依然保存。曹霸不说,单说曹操,倘若抹上白粉脸,还算得什么"文采风流"呢?从第一次读杜诗《丹青引》二十年之后,见到鲁迅先生的《魏晋风度及文章与药及酒之关系》。文章开头的第二段里就说:"……我们讲到曹操,很容易就联想起《三国志演义》,更而想起戏台上那一位花面的奸臣,但这不是观察曹操的真正方法。"后面又说:"其实,曹操是一个很有本事的人,至少是一个英雄,我虽不是曹操一党,但无论如何,总是非常佩服他。"先生还称曹操为"也是一个改造文章的祖师"。又说:"我想他(曹操)无论如何是一个精明人,他自己能做文章。"(见《而已集》)

啊,原来鲁迅先生也是不赞成曹操被抹白脸的。我就更觉得应该洗掉曹操脸上的白粉了。

但是,我写这篇小文,用意却不在此。

作为一个历史人物,曹操需要翻案。作为一个文学史人物、一个文人或诗人,曹操是用不着翻案的,因为历来古典文学批评家、理论家,对于曹操总是推崇的,至少是褒多而贬少。虽然有一些褒辞,我觉得还不甚恰当。

今天要谈的就是这一点。鲁迅先生只注意到曹操的散文，不知何以不曾提到他的诗歌。古来的文艺理论家倒是只说他的诗，而不提他的文章。也许正因为如此，鲁迅先生就特别提出他的散文。不过，鲁迅先生对曹操的散文评价十分中肯，譬如说曹操在"文章方面，成了清峻的风格。——就是文章要简约严明的意思"。又说："曹操本身，也是一个改造文章的祖师，可惜他的文章传的很少。他胆子很大，文章从通脱（要解放思想，不拘于清规戒律的意思——作者注）得力不少，做文章时又没有顾忌，想写的便写出来。"以上几句很短的话，说明了曹操的文章风格、艺术手法，以及注重思想内容。我们假如要研究曹操的散文，从鲁迅先生这些话出发，由此及彼，总可以得到一个正确的认识。

今天我所要说的只是关于曹操的诗。

梁朝的刘勰在他的有名的《文心雕龙》的《明诗》篇里，论及汉末建安时代的诗，只提出了曹丕、曹植，而不曾提到曹操。《明诗》在刘勰书中是专门论诗的一篇，其中竟不提曹操，并非刘氏认为曹操的诗无足轻重。刘氏那时（六朝），乐府和诗是不混为一谈的。曹操的诗都是乐府——可以入乐，可以歌唱的诗歌。所以同书的《乐府》篇里，才提出了三祖：曹操、曹丕、曹叡。他批评曹操的乐府诗，说："观其'北上'众引"，"辞不离于哀思，虽三调之正声，实《韶》《夏》之郑曲也。"说曹操乐府诗不离哀思，不能说是完全错，虽然也不完全对。至于"《韶》《夏》之郑曲"（郑曲即郑声，《论语》上说，"郑声淫"），说曹家另外二"祖"没什么不可以，说曹操也是如此，那就大错特错！曹操的《苦寒行》（刘勰的文章所谓"北上"）里充满了与大自然中的恶劣环境作艰苦斗争的意志和精神，譬如"行行日已远，人马同时饥。担囊行取薪，斧冰持作糜"。纵然未离"哀思"，纵然不同于"韶""夏"，可是这怎么能说是"郑曲"呢？尽管刘勰是一位古典文学理论大师，尽管《文心雕龙》是一部名著，其中确有不少可以供我们学习的理论。可是在批评曹操乐府诗这一点上，我们以为他可犯了错误。我们决不能相信这样说法，决不能允许他对曹操的诗作出这样的评价。不过，刘勰也并非完全否定了曹操的乐府诗，他毕竟说曹操的作品是"三调之正声"。所谓"正声"，是说曹操这样的作法，在乐府的平调、清调和瑟调（"三调"）上，是完全对的。不过不合乎雅乐（韶夏）而已。

和刘勰同时，还有一位钟嵘。他作过一部《诗品》，对他以前的诗人都作了评价，又按照他们在诗作上成就的大小，而分成上中下三等（品）。他也不大看得起曹操的诗，竟把他列在下品。后来就有不少论诗的人都对钟嵘不满，都替曹操抱屈。

老实说，我从来不把《诗品》和《文心雕龙》同等看待。钟嵘的论诗大不如刘勰之论文多有可取（我是说在古为今用方面）。他不把诗看作反映现实、揭露现实或阶级斗争武器。他却说:"使穷贱易安,幽居靡闷,莫尚于诗。"这等于把诗看成了麻醉剂,使人不去治疗苦痛,而去忘掉苦痛,忍受苦痛。这可万万要不得。

不过如今只说《诗品》中的曹操一案。

我们看看钟嵘是怎样评价曹操的乐府诗的。《诗品》里说:

> 曹公古直,甚多悲凉之句。

先来咬文嚼字一番。

"古"是简(简单)古。直是质(质朴)直。这好像说得有点对头。然而不然。曹操的诗的风格和艺术表现手法,并不止于简古朴素而已。说曹公只是"古直",这就把曹操的诗简单化了。钟嵘只看见曹公把他的所见、所闻以及其亲身的感受,如实地写进诗里去,好像并不加以修饰,而且也不用华丽的词句,便以为是"古直"了。这是只知其一,不知其二。更没有看到(好像也并不懂得)曹公的诗的取材、造句、立意是多么雄健而豪放。"老骥伏枥,志在千里;烈士暮年,壮心不已"(《步出夏门行》)等等的诗篇,就仅仅是"古直"而已吗!没有的话!

钟嵘说的"甚多悲凉之句",这与刘勰所说"辞不离于哀思"合拍了,而且好像又说对了些。其实这样说法完全没有作到"由表及里"。钟嵘只看到曹操的"表",而没有看到、也不懂得曹诗的"里"。曹诗表面是"悲",骨子里却是壮;表面是"凉",骨子里却是热。钟嵘不懂得曹诗于悲歌之中,有一往直前、艰苦奋斗的气概和意志,用了现代的话说,即是消极之中,有其积极的因素。如其有名的《短歌行》这首诗,凡是选曹操诗的都要选上它,甚至《三国演义》也将它抄录进去了。大概钟嵘读这首诗,只看到了前头的"对酒当歌,人生几何?譬如朝露,去日苦多"的悲凉,即消极;而不曾注意到"山不厌高,水不厌深。周公吐哺,天下归心"那样招揽贤才、治理国事的勃勃雄心和积极的精神。

然而,有些地方,我到底不能不同意刘勰和钟嵘对曹诗所作的批评:"哀"和"悲"。

曹操在其《短歌行》里有这么两句:"慨当以慷,忧思难忘。"这是他的"自明本志",我们也可说这是曹操的自我批评。曹操是一位诗人中的英雄,同时也是英雄中的一位诗人。生当汉末,天下大乱,群雄四起,他想要活下去,不用说要想作一番事业了,就必须要与天下异己分子作一番你死我活的斗争。因为他的名位比较低,凭借比较小,在"振臂一呼,应者云集"这方面,他就不如四世三公的袁术兄弟,也不如三代据有江东的孙权。而在环境的压迫之下,他又不能不挺身而出。他的"慨当以慷"是最自然不过的情感(慷慨是意气激昂的意思)。但是,他又为什么那样"忧思难忘",以致写出诗来,使得刘勰和钟嵘说他是"悲""哀"呢?

这是因为个人主义,甚至个人英雄主义在他的思想感情里作怪的缘故。

东临碣石有遗篇

从个人主义出发，发展而成为个人英雄主义，那是必然的规律。这也不止于曹操为然。在旧的阶级社会里，不管一个人的思想是多么进步，总不免或多或少地含有个人主义的成份。也不管一个人是一位多么有澄清天下之志的英雄，他的身上总不免流露出个人英雄主义的气息。事实如此，毫无例外。一个人若想避免、去掉个人主义或个人英雄主义，除非他掌握了马克思列宁主义哲学世界观，具有为人民服务、为无产阶级战斗的精神。曹操的为人当然谈不到这些个，我们也不能反历史，拿这些个来要求曹操。

个人主义者和个人英雄主义者是孤立的人。易卜生说："最孤立的人是最坚强的人。"这话不十分正确。我要说：最孤立的人是最容易感到悲哀的人。个人主义者以及个人英雄主义者总是自以为高人一等，高高在上还不算，同时，他们还脱离群众，不能相信群众，乃至除了自己而外，不敢相信其他任何人。他们没有朋友，没有知己（旧时更谈不到同志），没有可与共患难、共忧乐的人。这是孤立，这是孤寂。人是群居的动物，孤寂是不容易忍受的痛苦，于是乎悲哀跟踵而至，成为他的影子，他走在哪里，它就跟在哪里。

马卡连柯说："老实说，过去的文学就是人类的痛苦的一本老账簿。"（马卡连柯：《论共产主义教育》）痛苦是一切悲哀的根源。一个人没有痛苦（精神上或肉体上的）就没有悲哀。曹操是个人英雄主义者。曹操是孤立、孤寂的人。因此他的精神是痛苦的。何况他又是一个诗人，而诗人对于痛苦又是非常敏感的，于是乎他感到了悲哀，也写进了诗里去。我们也就怪不得刘勰和钟嵘说他的诗是"悲""哀"。

然而，曹操的诗毕竟并非止于悲哀而已。上文已经说过，曹诗表面是悲，骨子里却是壮；表面是凉，骨子里却是热；消极之中，有其积极的因素。毛泽东同志在他的《浪淘沙·北戴河》一首词里，曾说："魏武挥鞭，'东临碣石'有遗篇。"这个"东临碣石"指的是曹操的《步出夏门行》里边的《观沧海》一篇。这一篇诗，我们就不能说它是悲哀。

这一篇诗一上来的八句，不过是记实、写景。余冠英同志编的《三曹诗选》曾说："这一章写登山望海，是建安时代描写自然的名作。"这说得很好。我却更以为，这不仅是建安时代的名作而已。在描写沧海这样的题材上，后来所有的古典派诗人没有一个能赶得上他。这一篇诗的前八句的记实、写景虽然好，后来古典派大诗人或者还可以写得出。到了结尾四句："日月之行，若出其中，星辰灿烂，若出其里"，那一种伟大的景象，就只有像曹操这样英雄诗人才能写得出。这是因为只有具有伟大感情、伟大理想的人，才能淋漓尽致地表现伟大的景象。相传孔夫子曾经登泰山而小天下。在这里，我们可以说，曹操观沧海而胸罗万象。这不仅只是记实、写景，而是结合了伟大的景象而显现出作者的伟大情感和伟大理想。在这里，我们就看不见有半点悲哀的影子。

东临碣石有遗篇

可惜，就只有这么一篇。曹操其他的诗作里，就多多少少地含有悲哀的成份了。我们只好批判地接受，就是说，剔除了其中的消极因素，而采取其积极因素。

我再说一遍，可惜就只有这么一篇。然而，假如善善从长，我们就不能对一个旧时代的诗人作过分的要求，虽然我们也不能不作深入的批判。这一篇《观沧海》究竟是一篇杰作。这恐怕就是毛泽东同志写词的时候所以提到的一个缘故吧！

（写于一九五九年，刊于《河北日报》一九五九年四月十二日）

读李杜诗兼论李杜的交谊

唐代两大诗人李白与杜甫,生既同时,交亦至厚,这是一件很有意义的事。我们不必旁征博引,只翻一翻少陵诗集,看了他赠李白的诗就有十首之多(其他关于李白之诗尚不在此数内)。且不用说尽人皆知的《梦李白》二首是如何情文兼至,只看他"余亦东蒙客,怜君如弟兄;醉眠秋共被,携手日同行"四句,我们也应该觉察出两人非复寻常的朋情了。

《旧唐书·杜甫传》却说:

> 天宝末,诗人杜甫与李白齐名。而白自负文格放达;讥甫龌龊,而有"饭颗山头"之诮。

"饭颗山头"是怎的一回事呢?《韵语阳秋》上说:

> 李白论杜甫则曰"饭颗山头逢杜甫,头戴笠子日卓午。为问因何太瘦生?只为从来作诗苦",似讥其太愁肝肾也。

《鹤林玉露》则谓:

> 太白赠子美云:"借问因何太瘦生?只为从前作诗苦。"苦之一辞,讥其困雕镌也。子美寄太白云:"何时一

樽酒,重与细论文?""细"之一字,讥其欠缜密也。

那么,我们诗坛上这两位巨头似乎也不免有"文人相轻,自古而然",也就是所谓"同行是冤家"的嫌疑了。

不过我总怀疑于太白那四句诗的真实性,虽然号称正史的《旧唐书》上已经那么明明地记载着。李、杜诗风格的确不同,依旧说,则前者是飘逸,而后者是沉郁;依近代之说,则一位像是"L'art pour l'art"一位像是"L'art pour la vie"。但从古今中外的文学史上看来,凡生在同时而又是好友的大文人,作风却向来不一定一致;而这不一致却又并不妨害彼此的互相了解而缔结了至深的友谊的。所以即便太白真地写了那么四句送与老杜,也未必即是《韵语阳秋》与《鹤林玉露》之所谓的"讥"。吾人常常对于所至亲爱的人们开一个小玩笑,也就是所谓"爱之极,不觉遂以爱之者谑之"的。至于老杜那两句"何时一樽酒,重与细论文"(《春日忆李白》),我倒并不——而且也不能怀疑它的真实性。但是,必须得两个人的意见不同,才可以"细"论文吗?志同道合的朋友不一样地可以吗?用了一个"细"字,便说老杜是"讥"太白作品之欠于缜密,罗大经未免有点儿小气;也就是说以小人之心,度君子之腹了。

然而我要说的还不在乎此。

我的一位好友常常对我说:"我总觉得太白仿佛对不起老杜似的:老杜为太白写了那么多的诗,而且又是那样的好,而太白却只写给了老杜一首。"是的，太白只写过一首诗给老杜，我没法替太白辩护。但是我却以为如不论量而论质，那一首诗的斤两也并不轻，虽然不一定抵得住老杜为太白写的十几首。口说无凭，举出便见。

> 我来竟何事，高卧沙丘城。城边有古树，旦夕连秋声。鲁酒不可醉，齐歌空复情。思君若汶水，浩荡寄南征。（李白：《沙丘城下寄杜甫》）

也许有人以为这四十个字并不见得怎样的高明。可是我总觉得七、八两句，那气象之阔大、情绪之沉郁、意境之雄厚（恕我只能用这样抽象的字眼），不但与李翰林平素飘逸的作风不同，简直和老杜一鼻孔出气。而老杜的《春日忆李白》则曰："白也诗无敌，飘然思不群，清新庾开府，俊逸鲍参军，渭北春天树，江东日暮云。"这之下，便该是前面所举的"何时一樽酒，重与细论文"那两句了。通首读来，也并不是老杜平素的厚重的风格，而又很像太白一般地飘逸了。假使两个人交谊不厚，了解不深，怕不能息息相通地起了共鸣到如此的田地的。

况且老杜如果真个地不满意于太白之作风，而以为他有欠于缜密，何以劈头便说"白也诗无敌"呢？难道是"将欲取之，必姑与之"的手法，"将欲抑之，必姑扬之"吗？别人也许如此作，老杜却不是这样的一个人。试看他在成都之日，严武的威势，炙手可热，他一不满意，也还是破口大骂。假若他不满意于太白,又何必取那种"取"、"与","抑"、"扬"的手段呢?

两位作家的交谊,竟至影响到彼此作品的风格之相通:这就是我所谓"很有意义的"的一件事。

卅五年十二月三十一日在北平

(刊于《天津民国日报》一九四七年四月四日)

朗诵了杜甫《自京赴奉先县咏怀五百字》以后写给中文系三年级同学的一封公开信

同学们：

十月二十七日，我曾为你们全班朗诵了杜甫的《自京赴奉先县咏怀五百字》，不知你们听了，有什么印象和感想。其实我倒觉得我在朗诵前的谈话或者可供同学们学习古典诗歌的参考；至于我的朗诵，则反在其次了。

但是我因为准备得不够充分，以致有些话说得不够明白，甚至于辞不能达意。现在趁着四年级同学们在实习，而我没有课上的时间，写这封信，作为补充。

抒情诗主要是作者的情感的表达。不过有一点必须注意，就是：它决不可能不表达作者的思想。抒情诗，特别是伟大的抒情诗人的作品，俱都是情感结合着思想，思想结合着情感；一句话，情感和思想水乳交融。倘不，那作品便不能成为伟大的诗篇，而那作者也不能成为伟大的诗人。然而我们又必须知道：在抒情诗里，作者的思想是透过了作者的情感而显现出来的。这样，它才可以不至于成为有韵的哲学论文；也就是说，不至于干燥无味，不至于概念化、教条气。此外，为了增加作品的动人（使人受感动）力，说服力，诗人在其抒情诗作里，还利用了他的写景、纪事的艺术手腕。而这写景和纪事又并非为了写景而写景，为了纪事而纪事。抒情诗之所以要写景和纪事，只是要使所写的景、所纪的事加强思想和情感的表达。（其实，一切不朽的散文作品也莫不如此，即是说，其中结合着情、思、景、事；只是四者的成分的轻、重、多、寡不同乎抒情诗歌而已。马克思的《资本论》，毛主席的政治和哲学论文就是显著的例；更不用说鲁迅先生的杂文了。不过我只是顺便一提而已，文章写到题外去了。）

作品的思想内容越深刻、越伟大，就越需要作者的艺术表现力。就为了这原故，一位哲学大师一定是一个语言大师，即：大作家，决没有例外。世界上可曾有过辞不达意（意，等于思想）的哲学大师吗？

但这还不是我们此刻所要提的问题。

作者的感情越深厚、越伟大，当其发而为作品（特别是抒情诗）的时候，也就越需要作者的艺术表现力。不用说，一位伟大的抒情诗人也一定是一个语言大师。这也决没有例外。世界上可曾有过不能表达自己深厚、伟大的情感的大诗人吗？

然而问题还不在这里（因为这根本不能成为问题）。

问题在于：一个大哲人在表达他的深刻、伟大的思想的时节，和一个大诗人在表达他的深厚、伟大的情感的时节，哪一个更为艰难些？

这确乎是一个不容易解答的问题。

自古至今，还不曾有过一个既是大哲学家，又是大抒情诗人的作家（自然，这是就其最严格的意义来讲；倘若就广义地来讲，上文已说过：抒情诗人不可能不表达思想；而大思想家的散文里面也自有着诗意）。倘有，我们或者可以就他的两种不同的作品加以分析和体会，而得出一个比较合理的、近于事实的答案来。然而竟没有，这就难了。

倘若我自己既是思想家，又是诗人，即使并不伟大也罢，或者根据平时创作的经验，而得出一个比较合理的、近于事实的答案来。然而我当然绝对并不是，这就又难了。

不过我还是想本着我平素读书的一点一滴的体会，试着来解答这一问题。

答案很简单：后者难于前者。

二十八日写至此

一切思想的来源皆是客观事物的反映。一切正确的、成熟的（不用说深刻的、伟大的了）思想也是个知识问题，所以它也就属于科学问题。

正确、成熟的思想是由最初的、甚至一点的感性认识成长起来的。它可能经过漫长的岁月和曲折的途径。这最初的一点感性认识经过思想家搜集所有有关的材料,结合了生活实践,考察客观事物的运动过程及其发展规律,缜密地、全面地去思考和分析,而得到综合性的结论。

这一运动、发展以至于成长和成熟的过程当然极其复杂;而且其复杂恰与思想之深刻、之伟大成为正比例,即是说,那思想越深刻、越伟大,那过程就越复杂。

不过不管那过程是多么复杂,多么样的千头万绪,其思路之脉络却非常之清楚。可以断说,成熟了的正确思想永远源出于清楚的思路。倘若那思想的脉络有一丝毫的模糊、混沌,到综合而为结论的时候,必然导致思想的全盘错误,或有着某种程度的偏差。

毛主席在其《实践论》里告诉我们:"要完全地反映整个的事物,反映事物的本质,反映事物的内部规律性,就必须经过思考作用,将丰富的感觉材料加以去粗取精、去伪存真、由此及彼、由表及里的改造制作工夫。"(着重点是我加的——随)这所谓"思考作用",我在上文把它叫作复杂的思想过程。至于"去粗取精、去伪存真、由此及彼、由表及里的改造制作工夫",我此刻则拟称之为思想家的手段。思想而曰"手段",似乎欠通。但因为思想家处理思想的方法正一如事业家处理事务的手段,所以我说"思想的手段",同学们尽可以不以辞害志。一个思想家必须具备这"去粗取精、去伪存真、由此及彼、由表及里"的手段。而且也只有如此，才能够使思想的脉络清楚，才能够得出无偏差、不错误的结论来。

写到这里，我得作个自我批评：我之不是一个思想家，正如同我之当不起一位抒情诗人，虽然我曾写过不少类似乎抒情诗的东西；所以说来说去，怕是越说越不得明白。不过我还是自信有一点作得绝对正确：那就是上文引用了毛主席所说的"去粗取精、去伪存真、由此及彼、由表及里"。这是我在这里第四次引用这十六个大字了，这十六个大字不好说是儒门的"十六字心法"，可实在称得起是"十六字真言"，就"真言"这一词的字面的意义，而不是就其宗教的、传统的意义来讲。我们必须"如是说"，"如是信、如是行"。在其前、其后，其余的我所说，就算它是"白说"了也罢。

但我还是得说下去。

那清楚的思路之脉络和这正确的思想之"手段"也只是一回子事。有了后者就不愁没有前者；正要有前者就必须先掌握住后者。

尧之时，九年大水。一般人看来，只是一片白茫茫；或者引用《尚书》的话："荡荡怀山襄陵。"但在"神"禹"刊"、"奠"的时节，他是清楚地看出"天下"之水的来龙去脉的。水自水，山自山。而"神"禹却随顺着山势而疏导了水路：夫然后，才能使"水由地中行"。这是何等地"去粗取精、去伪存真、由此及彼、由表及里"的思路和手段（我在这里是第五次引用了毛主席那十六个大字了）！

朗诵了杜甫《自京赴奉先县咏怀五百字》以后写给中文系三年级同学的一封公开信

一位思想家也正是如此。

思想的成长及其成熟,其根源也就在于此。

"神"禹治水,受尽了辛苦,遭遇了不少艰难,难道一位思想家在其思想过程中,不也正是如此吗?

我之所以费尽了笨力气,说不清也试着去说思想过程和思想方法(这一点,我倒放心,因为有毛主席的文章在),总之在于要说:思想家虽然不无辛苦,不无困难,但过程如彼,方法如此,来龙去脉,有条不紊,则在表现而为语言、文学的时节,由浅及深,自卑登高,由简单而趋于复杂,再由复杂而化为单纯:似乎还不至于太困难(自然,相当的困难也不可能绝对没有,譬如使用语言、文字的技巧)。

三十日
三十一日以事未续写

情感也是客观存在的反映。它是感性认识这一阶段的产物。而感性认识又是理性认识(即思想的)木之本、水之源(毛主席《实践论》),就为了这原故,深厚的、伟大的情感就往往孕育着深刻的、伟大的思想。

深厚的、伟大的情感同时也是正当的、真挚的(在某一历史阶段和某一阶级的条件之下)情感。但我们必须把前者同后者区分开;因为并不是所有一切正当的、真挚的情感都是深厚的、伟大的。

我们试一分析伟大抒情诗人的诗篇,在剥去其情感的外衣之后,就往往发见其深刻、伟大的思想的核心。而且这思想之伟大正与情感之伟大成为正比例。换言之,即是:伟大的感情一定含有伟大思想的成份;即是:没有伟大思想的成份就不能成其为伟大的情感;甚至于可以说:没有了伟大的思想成份,也就没有了伟大的情感。

(伟大的抒情诗篇《离骚》就是最显著的例证。)

深厚的、伟大的感情在其最初,也只是一点。其所以终成为深厚、伟大,也自有其运动、发展的过程:这也要经过漫长的岁月,甚或曲折的路径,尤其是要结合着丰富的生活经验和体会。庄子说:"水之积也不厚,则其负大舟也无力。"情感之所以深厚而伟大,也正为它"积"得"厚"。最初的一点情感,一触即发,不拘用了何种形式,总是如昙花之一现,胰子泡之腾空,纵然一时之间,光辉灿烂,但为时不久,便归幻灭,决到不了深厚、伟大的境地。

同学们都知道"雪崩"这一名词。在拔海几千公尺的高山顶上,有一块雪团突然崩落下来,这在当初原本是小小的一块。但当其辗转下坠,沿途没有一刻停留,随时也就没有一刻不粘附了沿途的积雪而增大了体积。就这样,经过了一个相当的时期,经过了几千公尺的高度,待到它降及平地的时节,它就成为具有雷霆万钧之力的"庞然大物",这时山下所有首当其冲的城镇、村落、人畜、庐舍便都被它全部掩埋,甚至整个儿摧毁了。

朗诵了杜甫《自京赴奉先县咏怀五百字》以后写给中文系三年级同学的一封公开信

深厚、伟大的情感在其发生以至形成的过程中，恰恰有类乎此。

我在上文说情感孕育着思想；但它毕竟不是思想（纵然可以上升为思想）；它和思想有着根本的区别。

它纵使并非"混然一气"，而且决非"漆黑一团"，但它总是属于综合性的，不像思想之那么具有条理。

（我只是说情感不像思想之那么具有条理，并不是说情感没有条理。情感也自有它的来龙去脉，而且有条不紊。不过古来的伟大抒情诗人往往行乎其所不得不行，止乎其所不得不止，几乎是自发而不是自觉；这就更使人乍一见，觉得他的情感不那么具有条理了。）

正如同大思想家在其著作中表现其深刻、伟大的思想，大诗人也在其抒情诗篇中表现其深厚、伟大的情感。但大诗人却不能像大思想家之分析其思想似地去分析他的情感。他甚或不能像大思想家之认识其思想似地去认识他的情感。大诗人的情感越深厚、越伟大，则其分析它、认识它，也就愈发不容易。他只是感觉到它无一时、无一刻不在鼓舞着他。

因此，我说，一位诗人在其诗篇中表现其深厚、伟大的情感难于一位思想家在其作品中表现其深刻、伟大的思想。

十一月一、二日写

现在，我来试着作个小结：

思想属于"已知",所以说来"左右逢源",头头是道。情感有时属于"未知"(因为它还没从感性认识上升为理性认识);即使知,也免不得知其然而不知其所以然。世间决没有写不出来的知(写不出,只是不知);却确乎有说不出来的情。作家有时说:"非笔墨所能形容。"这虽然近似乎否定了自己的创作才力,否认了文字的表现功能,但我们却未尝不可以原谅他的苦衷。一个人在情感激动的时节,就往往语无伦次。大诗人当然不至于此。然而驾驭情感、驱使语言,在大诗人也并不是没有麻烦。抒情诗人要写他的情感,大约须在心境较为平静之后,才能分析情感的来源,识认情感的过程,而作成诗篇。这就不仅只属于感情问题,而兼属于知识问题了。这就是鲁迅先生之所以说:"陶渊明作乞食诗的时节,大概醺然有点酒意了。"在西洋,有一句成语:"接着吻的口不能唱歌。"也就是这个道理。屈原是我们大家公认的伟大的抒情诗人,而《离骚》是我们大家熟读的伟大的抒情诗篇。在未写《离骚》之先,屈原固已长时期地目睹其祖国政治之腐败,官僚之昏庸,与夫国运之日薄西山,民生之水深火热,而又莫可如何,他的情感炽热得心血都沸腾起来了。在他写《离骚》的时节,他的情感仍然是炽热的,他的心血也继续在沸腾,所以写出来的辞句,不但内容洋溢着热情,其文字也就往复回环,有时且近于重沓、烦絮。重复是修辞学的大忌。中外古今的作家无不竭力避免。只有屈原的《离骚》是个例外。重复在别的作家是缺点。在屈原，它却成了优点。譬如重山叠水之往还回互，又譬如天际层云之舒卷堆积，能使得游者、观者之情思亦随之而转移、而起落。这不专因为屈原的文学天才特富，写作技巧特高，还是我们常说的那句话：内容决定形式。别的作家在写作时的重复是因为内容贫乏。屈原的《离骚》的重复则是由于内容的丰富，也就是庄子所说的"积也厚"。自然，也由于作者有着丰富的生活经验和丰富的字汇、语汇，这就使得他在辞意重复的时候，仍然具有不同的表现方法；这也就使得我们读者只觉其语气之加重，重点之突出，而并不觉得如别的作家的重复之可厌：因为作者的情感不但不是一句两句说得出，而且还不是一遍两遍所能表现得尽的。这样的作品不只是字缝里有字，而且字背后有字。（于此，历来古典文学批评所用的术语如"弦外之音""下笔镇纸"等等都用不上。必不得已，"力透纸背"庶几乎近之。）这丰富的内容、也就是"积也厚"的情感，未始不是作者的生活上痛苦（当然，我这是就旧的不合理的社会里有正义感而受着压迫的人们而说的），同时在写作上也使得他有困难。

三日未写，四日写至此

以上为一节，说作品何以字背后有字。

下节就杜甫的《自京赴奉先县咏怀五百字》略作分析。

杜甫的《自京赴奉先县咏怀五百字》是一首抒情诗，而且是一首伟大的抒情诗。其所以是抒情诗，因为古人所谓"咏怀"，恰相当于现在我们所谓"抒情"。其所以是伟大，则因为内容洋溢着深厚、伟大的情感。

老杜的这首诗写于唐玄宗天宝十四年（公元七五五），是在安禄山叛变的前夕；其明年，"渔阳鼙鼓动地来，惊破霓裳羽衣舞"，玄宗便出奔西蜀了。冯至《杜甫传》说："这正是唐朝成立以来统治集团的奢侈生活与人民所受的剥削痛苦都达到前此未有的时刻"；"但他（老杜）当时并不知道，安禄山已经起兵范阳，而唐代的社会从此便结束了它的盛世，迈入了坎坷多难的时期。"这具体地说明了这首诗的产生的时代背景。

所有抒情诗的核心内容毫无例外地是诗人主观地抒写自己的情感。但人的情感不能无因而生，它有着产生它的客观存在；情感也是客观事物之反映。但普通的抒情诗人所抒写的情感常常是"悲欢不出于一己；忧乐无关乎天下"。大诗人则不然。大诗人不但是人民的儿子，而且是人民的喉舌：他的自我作为"个体"是血肉般密切地联系着，不，混合在全人民的"整体"之中的。他在其诗篇里所抒的情是全人民要说而说不出来，要说而说不清楚的情。就因此，他所抒写的悲欢、忧乐也正是全人民的悲欢、忧乐。总而言之，一句话，他表白了他自己，同时，也就表白了全人民。

屈原的《离骚》是这样的作品。老杜的"咏怀五百字"也是这样的作品。（用不着说，凡是伟大的抒情诗篇都是这样的作品。）

朗诵了杜甫《自京赴奉先县咏怀五百字》以后写给中文系三年级同学的一封公开信

不必怀疑，老杜绝对读过《离骚》，而且还是熟读和精读（他自己说过："熟精文选理"；而《文选》里面就有《离骚》）。他也不能不受屈原的影响。"咏怀五百字"之中，特别是在前十六韵（一百六十字）里、即从开端至"放歌破愁绝"一段里，就有几处（我只是说：有几处）很近似乎《离骚》。为了让同学们便于参考，列表如下：

咏　怀	离　骚
许身一何愚， 自比稷与契？	汤禹俨而求合兮， 挚、咎繇而能调。
穷年忧黎元， 叹息肠内热。	长太息以掩涕兮， 哀民生之多艰。
生逢尧舜君， 不忍便永诀。	余固知謇謇之为患兮， 忍而不能舍也。 指九天以为正兮， 夫惟灵修之故也。
顾惟蝼蚁辈， 但自求其穴。	众皆竞进以贪婪兮， 凭不厌乎求索。
以兹误生理，	宁溘死以流亡兮，

独耻事干谒;　　　　　余不忍为此态也。
兀兀遂至今,
忍为尘埃没。

杜甫决不是模仿屈原。我们的先贤在两千余年以前,就曾说过:"勿抄袭;勿雷同。"既是创作,便不能有一丝毫模仿的痕迹,何况又是大作家如老杜其人。但"咏怀"和《离骚》却有些地方如此之近似,这只能说是"巧合";而这"巧合"并非偶然性的,而是必然性的。我在上文说过:在未写《离骚》之先,屈原固已长时期地目睹其祖国的政治之腐败、官僚之昏庸、与夫国运之日薄西山、民生之水深火热,而又莫可如何,他的情感炽烈得心血都沸腾起来了。在他写《离骚》的时节,他的情感仍然是炽热的,他的心血也继续在沸腾。难道杜甫在写"咏怀"之先、之时,不也正是如此吗?客观的环境相同,主观的情感相同,则其写作时之驱使文字有些地方近似,即便说是巧合吧,也自有着必然性的。

老杜之写"咏怀"和屈原之写《离骚》,不但客观的环境相同,主观的情感相同,而且创作动机和主题思想也相同。屈原在《离骚》里面说:"岂余身之惮殃兮?恐皇舆之败绩。"老杜的"咏怀"也正是如此。有了这一相同,就更使得《离骚》和"咏怀",面貌各异,精神相通。(附带说几句:中国历代抒情诗人下笔便是"叹老悲穷"。有的文学批评家发现了这一点，于是追本穷源，就把"始作俑者"的罪名加在屈原或老杜的身上，这真是冤哉枉也。不错，屈原和老杜在其作品里，确曾叹过老、悲过穷。然而他们的叹老悲穷，却处处联系着被压迫、被剥削的人民大众，而不是专为了"小我"：这就不能和二、三流的抒情诗人相提并论。谁若是只看见他们叹老悲穷，而看不见他们联系着人民大众，谁就是个近视眼；从此出发而作出的批评也就成了"一面之辞"。)

然而"咏怀"与《离骚》毕竟有着根本的不同：如果说后者富有幻想的色彩和气氛，前者则是纯粹的古典现实主义作品。关于这，下文将随时予以说明。

七日写

"咏怀五百字"可分为三段。自开端至"放歌破愁绝"为第一段：作者序述自天宝五年（公元七四六）至天宝十四年（公元七五五）这十年中客居长安的抱负和遭遇，也就是追述动身赴奉先县以前的生活状况。自"岁暮百草零"至"惆怅难再述"为第二段：序述自长安启程的情形以及路过骊山的见闻和感触。自"北辕就泾渭"至末尾为第三段：序述旅程的艰苦以及到家后的悲痛。显而易见，这一首五百字的长诗是结合着情、景、事物以及思想而写成的。

一首五百字的长诗就这么简单吗？是的，就这么简单；但又不这么简单。

若是二、三流作家在这样的遭遇、这样的辛苦旅程、这样的悲痛的家庭环境之下，或者也大有可能写出一篇动人的诗歌来。但他写来写去，其结果一定写得集天下最大之不幸于自我一人之身：这样，即使他能写成一篇真挚的、使人同情的作品，但却决不能写成一篇伟大的、不朽的作品。

当然，在这样的境况里，老杜也不能说自己是幸福的。我们也不能要求他具有革命的乐观主义精神。他在生活上的失败和不得志，就从他客居长安时算起吧，到他写诗时，也有十来个年头儿了。这抑郁、悲愤的情感"积"得不可谓之不"厚"。有了预先存在的这一因素，再加之以当前的经历和见闻，就点燃着了"千子鞭"夹杂着"双响""雷子"、甚至于"流星""起火"，劈拍、乒乓、砰訇地爆发了、震响了似地发而为诗。但在当时的历史条件之下，这爆发、这震响总是受着外界的压迫和内心的抑制而不能尽情地、痛快淋漓地爆而且响。不错，这个"千子鞭"确是爆了、响了。但听来总觉得有如浓厚的层云之外的沉雷，纵使是像《诗经》所说的"殷其雷"，虽然未尝不轰轰然、窿窿然，但终究是闷雷，而不是焦雷。老杜自己也感觉到了这一点，所以他在中篇叹息着说："惆怅难再述"；而在篇末又大书了"忧端齐终南，颒洞不可掇"。（颒洞与混沌、鹘突、胡涂、荒唐诸词音义俱相近。）

可以说，"咏怀"与《离骚》一样是字背后有字的作品。

但在同是字背后有字这一点上,"咏怀"也不同乎《离骚》。

我在上文用了重山叠水和层云堆积来形容《离骚》之字背后有字;方才则用了闷雷来说明"咏怀"之字背后有字。不知同学们听了,可有同感。不过即使同感,我还是不曾真正解决了这一问题;因为这只是就两篇的风格来讲,纵然讲得或者不差,也只是讲出个"其然",而不曾讲出"其所以然"。

《离骚》之所以如彼,"咏怀"之所以如此,有着两种原因:

屈原的时代(历史阶段)不同乎老杜,虽然两人都生活在阶级社会里面。屈原时,君权还不曾发展到极权的程度,所以他用以表达情感的语言的限度就较之老杜为宽一些、大一些。自来注释"楚辞"的人都把"灵修"一词当作君王的代称。但屈原还可以说:"伤灵修之教化";"怨灵修之浩荡兮,终不察夫民心";其尤为明显的则是:"哲王又不寤。"至于他攻击当时当权的官僚们的辞句,如:"众女嫉余之娥眉兮,谣诼谓余以善淫";"众皆竞进以贪婪兮,凭不厌乎求索;羌内恕己以量人兮,各兴心而嫉妒"(例繁,不备举):就更为不客气。

九日写

杜甫就不然。

杜甫生晚于屈原者将近千年。而且自秦迄唐,封建政治制度已经有八九百年之久，君权业已发展到了极权的程度。"积习"之下，再加之以作者自身的阶级局限，他的表达情感的限度就较之屈原为狭一些、小一些。天宝时代的"明皇"实已成为"昏君"，而老杜一则曰"尧舜君"，再则曰"圣人"。杨国忠祸国殃民，有哪一些能比得汉代的卫青、霍去病？而老杜却说："况闻内金盘，尽在卫、霍室。"明皇全不以国事为念，而老杜却说："圣人筐篚恩，实欲邦国活。"当时在朝廷的尽是一班"群小"，而老杜却说："多士盈朝廷，仁者宜战栗。"当然，这些都可以理解为讽刺，不便说是诗人的曲笔。我也不必说暴君治下臣民的冷嘲是言论不自由的一种病态现象；我也不必说冷嘲是奴隶的语言。但是无论如何，冷嘲总不如热骂之来得痛快，来得淋漓尽致。就为了这缘故，所以老杜在写出了"鞭挞其夫家，聚敛供城阙"和"朱门酒肉臭，路有冻死骨"这样惊心动魄的诗句之后，还慨叹于"惆怅难再述"。这"惆怅"、这"难再述"就说明了老杜于上举的那四句之外，尚有千言万语、千头万绪，更甚于那四句者，还没有说出来、写出来。他不曾说出来、写出来，不是因为他才短、或者偷懒，而是那时代、即历史的客观条件所造成的。

"咏怀"之不同乎《离骚》，此其一。

再就是创作方法的问题。

屈原的《离骚》，上文说过，富于幻想的色彩（或可直称之为：浪漫的色彩）。老杜的"咏怀"，上文也说过，则是古典现实主义的作品。幻想可以使作者上天下地，驰骋自由。而现实主义、特别是古典现实主义就往往使作者为客观存在、尤其是封建政治社会制度下的不合理的客观存在所拘束，而不能畅所欲言。这就又使得"咏怀"不同乎《离骚》。

有了这两种不同，我就说"咏怀"和《离骚》是面目各异。

但这面目各异却又不妨害其精神相通。

我曾举出《离骚》里的"岂余身之惮殃兮，恐皇舆之败绩"，断说"咏怀"和《离骚》之精神通。此刻我想再举出"咏怀"里的"实欲邦国活"，说这正与《离骚》之"恐皇舆之败绩"相当。这个"实欲邦国活"在"咏怀五百字"里，老杜虽然奉送给唐明皇，实则这并非明皇的意图，而是作者自己的愿望。为了"实欲邦国活"，所以老杜不但"自比稷与契"，而且"穷年忧黎元"；为了"实欲邦国活"，所以老杜想到了"彤庭所分帛，本自寒女出"，而且警告："多士盈朝廷，仁者宜战栗"；又绝叫出："朱门酒肉臭，路有冻死骨。"（这样，邦国就不能活了！）也就为了"实欲邦国活"，所以大诗人于家室饥寒，幼子夭折之际，仍然"默思失业徒，因念远戍卒"。这是悲欢"超"出乎一己，忧乐"有"关于天下的抒情诗。"咏怀五百字"之所以成为伟大的诗篇者，以此。

且又不仅于此而已。

大批的人民失业，大队的士卒远征，必然导致整个社会和整个国家的崩溃（古今中外，同此理，同此例）。诗人由于自身的不幸而想到了"失业徒"和"远戍卒"，这不但是伟大的人道主义，而且是伟大的政治思想。就算老杜那时只是感性认识也罢，但这是何等了不起的感性认识啊！

（说"咏怀五百字"是抒情诗，只是为了方便。这一首长诗实不止于抒情而已。老杜不曾作过史诗；但他的诗作历来就有"诗史"之称。"诗史"！这再恰当也没有了。因为老杜的许多诗都是一面、一面的镜子，反映出当时唐代政治、社会的腐败、崩溃的真正原因及其真实情况。）

十四日写

现在，我再来试着作个小结：

一篇作品是一个整体，它完整得有如一件完美的艺术品。这整体又是由若干个体组成：积字成句，积句成章（段），积章成篇。字与字、句与句、章与章密切地联系着，成为一连串的链索在运动着，在发展着：由低级到高级，由简单到复杂。在发展的阶段上，也自有其重要的环节。我曾说，老杜的"咏怀五百字"可分为三节（也就是章）。在第一节里，重要环节是："穷年忧黎元"；第二节，是"彤庭所分帛，本自寒女出"和"朱门酒肉臭，路有冻死骨"；第三节，则是"默思失业徒，因念远戍卒"。由第一环节的抽象概念出发，进而为第二环节的具体描写；再由第二环节的纪述京师之所见闻进而为第三环节的对于全国的关怀：也是在运动、在发展着的。这就表现出大诗人的伟大的情感，同时，这伟大的情感之中，也就孕育着伟大的思想；因之，而写成了伟大的诗篇。但我们也要注意到作者的伟大的艺术手腕。艺术手腕而说是伟大，就算它是我的夸张吧。但我以为在诗歌中，作者必须具有伟大的艺术手腕，才能完美地表现出他的伟大的情感和思想来。一篇之中，章无剩句，句无剩字，自不必说；选词造句，加工之后，复归于自然（也就是从群众中来，到群众中去），也不必说。我此刻要同学们注意的是：一个大诗人在写作时，除了留心于字的意义、字的形象之外，尤其留心于字的声音。他不但善于利用字义、字形来表现，而且还利用字音来表现他的情感和思想。苏联的教育家兼作家马卡连柯说："如果一个人记不得我们的优秀的诗人，听不出语言的音调和其中交错的旋律，他就不能成为一个很好的散文作家。"（《和初学写作者的谈话》）散文且然，而况于诗？杜甫这一首"咏怀五百字"之中，可以说是没有一字一句不是沉郁，不是有力量，不是轰轰然、隆隆然（在那些警句中，尤其突出）。这样，他就成功地表现出他的"积也厚"而又说也说不完、说也说不出的伟大的思想和情感来。这样，他就写出了既同乎《离骚》、而又不同乎《离骚》的、字背后有字的不朽的诗篇来。

十五日写

以上为一节,略析说杜甫的《自京赴奉先县咏怀五百字》。下节试说怎样朗诵作品。

作品朗诵的基础建筑在对于作品的了解和体会上。不可能想像:对于作品没有彻底的了解和甚深的体会,而能有成功的朗诵。

了解又是体会的基础。没有了解,就谈不到体会。不可能想像:根本不晓得一篇作品的思想性及其艺术性,而能体会它的精神。

于此,必须解释一下"体会"这一名词的涵义。

晓得一篇作品的思想性及其艺术性,这是了解。在熟读深思之后,作品的思想性及其艺术性不独属于作者,而融化在我们读者的思想和情感里,觉得作者在其作品里所写的、所说的一切都是读者所要写而写不出,所要说而说不好的:到了这时候,我们才可以说作到了甚深的体会;同时,也就达到了彻底了解的程度。

据说谭鑫培(叫天)当年曾说过:"我演空城计,就是诸葛亮;演卖马,就是秦琼。"这就是说,叫天对于剧本的内容和剧中的人物性格有着彻底的了解和甚深的体会,所以在演出时,并不是叫天在扮戏,而是诸葛亮和秦琼出现在台上而言语、行动,而喜、怒、哀、乐。这是叫天成为名震一时的演员的成功秘诀(其实也就是正确的方法)。叫天那么说,是老实话,而不是"故神其说"。

苏联的史楚金以扮演列宁而名闻世界。他曾写过一篇我怎样扮演布雷乔夫。布雷乔夫是高尔基的剧作《耶果尔·布雷乔夫及其他》里的主角。史楚金在这篇文章里,自述他在扮演布雷乔夫之先,如何地"想为自己的角色找寻大量的色彩、大量的素材";如何地"积累更多的素材,……能理解和捉摸到布雷乔夫的性格和形象作为活生生的人的特征":我在这里都无复述之必要。我只说:这就是史楚金事先要对布雷乔夫有彻底的了解。史楚金经过了一番辛勤的劳动之后,他在文章里说:"在一个夜晚,我觉得我所拟定的、所感觉到的、个别地获得的、并试图加以发挥的许多特征,突然在我身上结合了起来。我觉得,就是那时节,我真正开始用活的布雷乔夫的语言说话了,开始用布雷乔夫的眼光看周围的一切,用他的头脑来思考了。这与肉包子熟了,面团变成面包时的那一不可捉摸的瞬间是很相像的。"这说得非常好,因为他说出体会到了"瓜熟蒂落,水到渠成"的境界来。

不要说谭叫天和史楚金都是演员,所以才那么说。一个教师也是一个演员。教师是演员:这不是我说的,而是苏联的教育家兼作家马卡连柯说的。

马卡连柯说:一个教师是一个演员,要会用十五种不同的声调来说"到这儿来"这么一句短语。我想教别的学科的教师也许不必一定如此;若是语文教师,则必须如此。

一个演员对剧本的内容和主题，对于剧中的人物性格一定要先有彻底的了解和甚深的体会，然后才能使自己所扮演的人物形象活灵活现地出现在舞台上，并且使观众以为不是演员在表演那一个人物，而是那一个人物在那里生活着。

一个教师对于作品的思想性和艺术性，以及作品中的人物性格也一定要先有彻底的了解和甚深的体会，然后在讲解时，才能将作者的情感和思想，以及作品中的人物形象传达给听众；使他们如闻其声，如见其人：这岂不是同演员一样？

然而一个教师毕竟不是一个演员。

演员在表演时不只使用语言。他还有动作。若是古典歌剧，他还利用唱歌和舞蹈来显现剧中人物的外表、内心活动；此外，又有布景和音乐；而且一出戏很少是独角演唱，主角可以有配角，帮衬之下，相得益彰：如此等等，都给演员以便利。

一个教师就不成。

他没有以上说的那些便利。

首先，他演的是一出"独角戏"；有时还要表演两个以上的人物。

其次，要表达作者的思想、情感，以及作品中人物性格等等，一个教师所使用的工具只有语言，普普通通的语言，不是唱歌，更谈不到音乐。自然，除语言之外，他可以借助于动作，如手势、眼神、面部的表情以及身上的姿态等等，以补语言之所不及，或增加语言的力量。然而其限度却比演员小得多，小到百分之一，甚至千分之一；略一过火，便成了笑话。（例如：歌剧演员演到剧中人物"痛哭流涕"或"放声大笑"的情节，他可以哭，可以笑。教师就不行。倘若他讲到作品中"痛哭流涕"或"放声大笑"的地方，真地痛哭或大笑起来，那只有大糟而特糟，不可能有第二种结果。）

教师较之演员为占便宜的例也有一件：讲解。但讲解假如只是枯燥的、呆板的、教条式的说明，那就没有感染力；因之，也就没有说服力。在讲文学课时，尤其是如此。

演员有舞台艺术。教师也有讲台艺术。二者有其相通之点；而这相通却又决非等同。

后者更难于前者，至少，半斤八两，后者决不易于前者。

我不是向同学们讲文学教学法，还是赶快谈谈朗诵吧。

说到朗诵，它可是更难于讲解。因为讲解时所用的说明、分析等等都使不上了，只剩下了语言，特别是语调。手势、眼神、表情和姿态当然可以利用；但其限度较之讲解更其小，不用说演戏了。

朗诵者的工具（也就是武器）只有语调：我说的是语调的高低、强弱、长短、粗细。在这一点上，朗诵和歌唱有其相通、而不是等同的处所。朗诵者就使用高低、强弱、长短、粗细的语调这一工具来传达、来表现作者的情感和思想以及作品中所有的人物形象和性格。

要完美无缺地使用这一工具或武器而极度地发挥出它的功能,不用说,事先必须对于所朗诵的作品下一番彻底了解和甚深体会的工夫。而为了了解和体会,朗诵者最好先具有文学的修养和科学的知识,特别是逻辑学、文法学、修辞学、语言学诸学科的知识。

有了了解和体会,有了文学的修养和科学的知识,也不见得就能朗诵到尽美尽善的地步。朗诵者还必须掌握运用语调的技术——说是艺术,怕要更恰当些。

这技术,即艺术,最重要的有三项:

一、念字;

二、重音;

三、运气。

所谓念字,是说朗诵时不要一个字一口呼出,而要如明代唱曲家似地念出它的头、腹、尾来。譬如"念"这个字,要清晰地、接连地读出 n、i、an 三个音。自然,中国字并不是每一个都具备声母、介母和韵母。有的只有声母和韵母;有的则只有韵母。但在朗诵时,即使遇到后两种类型的字,也要念出它的头、腹、尾来。普通话以北京音为基础,特别需要口齿有力,每个字在发音时,都要首先叼住它,然后嚼住它,最后才将它喷出去。如其不然,一个字一口呼出,纵使是大声疾呼,听者也只是听得这个字的韵母嗡嗡作响,而不能清楚地听出是个什么字来。

所谓重音,是说一句之中,在朗诵时,有一个字或几个字念得特别响亮而有力,高出乎其它诸字之上。这不是可以随便乱来的;要依着这一句的内容涵义而定。鲁迅先生在一篇文章里曾说:为了怕得罪人而老说"我爱你"也不成;因为这可以被了解为只许我爱你而不许别人爱你,或我只爱你而不爱别人。的确,这三个字组成的一句简单的话可以兼有此两种涵义,特别要看重音放在哪一个字上。譬如放在"我"字上,是前义;放在"你"字上,是后义。但假如放在"爱"字上,还可以有第三义:那就是我只是爱你而不见得恭敬你或信服你等等。凡是句中重音读出的字,特别要叼、噙、喷的工夫,念出它的头、腹、尾来。

所谓运气——怕我也说不明白;因为我只是在朗诵时,感到有此需要,而这一感性认识此刻还不曾上升到理性认识的阶段。现在姑且试说。上文说过,一篇好作品是一个完美的整体:这就要求朗诵者需要如瓶泻水,从头至尾,一气读完。然而一篇作品不是一句话,生理的限制,一个人一口气读完它是不可能的,势须换气(喘息)。上文也说过,一篇作品之为整体,乃由若干个体,字、句、章三者集合而成。其间自然不无停顿、休止之处:这正是朗诵者换气、喘息的地方。但又不要忘记一篇之中,字与字、句与句、章与章之间,虽其停顿、休止之处,换气了,喘息了,而那语调的气势也须上下、前后相关联:使听众听来,依然是一气呵成。换言之,即换气处不可成为俗说的"大喘气",或者"断了气"。

三十日写

以上我说得也许不够明白,我的能力限制我只能说到这个程度。不过我还得说下去。

没有平铺直叙的好作品。作者以及作品中人物的思想和情感有高潮,也有低潮,正如岗岭之有起伏,水流之有缓急。因此,朗诵者必须与之相消息、相呼应,随之而起伏、而缓急。这消息、这呼应在读书时,成为体会;在朗诵时,则成为语调。也就为此,读者、朗诵者决不能,也不应该不受作者及其作品的感染、甚至蛊惑。我说是蛊惑,绝不是坏意思。这蛊惑表现在感受者方面为倾倒、为信服;表现在作者及其作品方面,则为说服力,魅人力。

说是受感染、受蛊惑,那么,读者和朗诵者(包括作为讲解者的教师)就俱都是站在被动者的地位吗?那却又不必尽然。在对一篇作品的感性认识还没有上升为理性认识的时节,读者确是被动的:他的情感和思想依随着作者及其作品内容而变动着。待到有了彻底了解和甚深体会的时节,也就是到了理性认识的阶段,他就能主动地掌握作者及其作品内容的情感、思想的运动、发展的规律,而去讲解那作品、朗诵那作品了。朗诵是以了解、体会为基础的:这就根本具有主动性。而且朗诵者在朗诵时,必须是主动的,就仿佛作者亲口读自己的作品似地,甚至可以说,如同说自己的话似地。在这一点上,朗诵者等同了演员。谭叫天在未演"空城计""卖马"之前,他一定先是被诸葛亮、秦琼的情感、思想感染了;及至于排演成熟,登台之后,叫天就不是叫天,而是诸葛亮、秦琼:这就成为主动的了。史楚金之为布雷乔夫亦然。

十二月一日写

复次,有了了解和体会作为基础,善能运用念字、重音的技术,朗诵也不见得能到十全十美的地步。朗诵还要具有热情。有了热情,虽不必如舞台演员之真哭、真笑,而朗诵者却能将先前从作品中受到的感染、蛊惑传达给听众,使其同受此感染,同受此蛊惑;使听众的思想和情感跟随着朗诵的语调,而与作品内容相消息、相呼应,随之而起伏、而缓急。

是的,朗诵必须具备热情。

然而这热情又须加以控制,不能让它成为兴奋、紧张。兴奋、特别是紧张往往使人丧失了理智,失掉了主动性,因之而不能正确地掌握客观事物的发展规律,其结果就把事物处理得一团糟。热情是一匹骏马,它可以"奔逸绝尘";但又是一匹"劣"马,有时不但蹦、蹿、踢、咬,使骑者跌落、损伤,而且信足奔驰,逸出正途。马的驾驭,正如热情的控制,不是限制它,而是纳入正规,尽量发挥它的能力。这热情的控制,我也名之为运气:很近乎俗语所说"沉住气",但"沉"字未免近于消极，所以我不用"沉"而用"运"。

如果我把朗诵时的喘息叫作"运气"是属于生理作用，则上文我把热情的控制也叫作运气是属于心理作用，或精神作用。

朗诵要有主动性，要有热情，而且要能控制热情：这些而统名之为运气，或者不甚妥当；但我想不出一个更好的名词来，现在就姑且仍名之为运气。

再来一个小结。

朗诵者于朗诵之先，对于所要朗诵的作品熟读深思，达到了彻底了解和甚深体会：这是第一步工夫。善能运用技术将作品的内容念出来，使听众受感染、受蛊惑：这是第二步工夫。

必须记住：作品是客观存在。

如果讲书是用了说明和分析来表达这一客观存在在我们脑中的反映，朗诵则用语调。所有念字、重音和运气都必须严密地符合于作品的内容：这也就是存在决定意识。

必须辩证地、灵活地运用念字、重音、运气这三种技术，而不能是机械地、公式式地。

二日至三日写

以上为一节，略说怎样朗诵作品。

下节略说我在朗诵杜甫的《咏怀》诗时所遭遇的困难，便作结束。

朗诵了杜甫《自京赴奉先县咏怀五百字》以后写给中文系三年级同学的一封公开信

旧时学塾的学生最重视朗诵，那是为了背诵和记忆。旧时代的文人最爱朗诵，那是为了"玩味"名作的风格，或者熟习名作家的笔调以便于自己写作时的仿效。

总之，他们都是为了学习。

现在我们朗诵则是对了听众，用语调来表达作品内容及其艺术特点。

因此我在朗诵杜甫的"咏怀五百字"时，首先遭遇了三种困难：

其一、诗歌朗诵，七言较易于五言，杂言较易于五言和七言，因为一句之中，字数较多，则音节较繁，且长短句尤富于变化。而"咏怀"则是一首五古，自首至尾，五字一句，朗诵起来不免平板。

其二、假如这首诗是用现代汉语写成，而所写的又是现代社会现象，朗诵起来也许容易得多。而老杜所用的可是古汉语，所写的又是唐朝的事情。

其三、诗歌有韵，这本是朗诵上的一种便利。老杜这首诗押的是入声韵。我是河北人，嘴里根本没有入声，即使勉强读出，终不自然。照着说普通话的发音朗诵，则有些句子的韵脚听去就不能互叶。

但这三者还不成其为主要的困难。

我把"咏怀"体会为字背后有字的诗作。

同时,我又把朗诵认为是只用了语调来表达作品内容及其艺术特点的。

这在我的朗诵,是一个对立的矛盾,也就造成我在朗诵上的主要困难。

诗作里的字背后的字只有用了讲解,即分析和说明,才可以表达得出。朗诵只能依着原文读下去,一个字也不能有所增减。我又并不像马卡连柯所说,能使用"十五种"不同的声调。纸面上的字有时尚且念不好,字背后的字如何能表达得出来?因此,我想,假如这首诗谱成了一支歌,由一个有修养的天才歌手去唱,再加之以音乐的伴奏,绝对可以把那些字背后的字唱出来,使听众听出来。但歌唱能办到的事,朗诵有时简直无能为力。现在是朗诵,不是唱歌。"咏怀"是一首诗,不是一支歌。何况我又并非一个歌手,即使它是一支歌,我也不会唱。因此,我又想,也漫说我体会不出这首诗的字背后的字,即使体会得彻头彻尾,丝毫不差,我也不能用了语调将我所体会的完全表达出来。

这是个矛盾。

同时,这也就是我朗诵这首诗所遭遇的最大的困难。

我感到,这矛盾,我没法使之统一,而这困难,我也无力克服。

但事先我已经答应了同学去朗诵这首诗了,所以到时我也只有硬着头皮出席、上台。老实说,我是预感到我的失败,即抱了失败主义去朗诵的。当然这并不意味着我就潦草塞责,敷衍了事。我在朗诵时,是尚心尚意地运用我所能运用的语调想念出我对"咏怀五百字"的体会,即这首诗的字背后的字来的。倘若同学们听了,当时觉得有点儿意思,至今还有点儿印象的话,这也不能算在我的账上,而应当归功于同学们之预先对这首杰作有着一定程度的了解和体会。

陆机说得好:"落叶因风而陨,而风之力盖寡;孟尝遭雍门以泣,而琴之感以末。何者?欲陨之叶,无所假烈风;将坠之涕,不足烦哀响也。"

现在可真到了作总结的时候了。

朗诵在学习上,特别是语文学习上,的确是一道要紧的工夫。旧时学童及文人的朗诵习惯倒也未可厚非,虽然也不可完全效法。

在我书斋窗外的小树林里,常常有俄语系的同学捧了课本,念出声来。我想这是对的。朗诵可以帮助记忆、了解和运用语言。

我以为我们中文系同学们在学习古汉语和古典文学时,也应该养成朗诵的习惯;而且我相信有些同学已经养成了。

古语说:"读书百遍,其意自见(现)。"这句话说得很好,不过需要辩证地去了解它。

有口无心,滑口读过,这样,即使千遍万遍,"其义"也不会"自见"。

朗诵可以帮助了解。但其基础仍然建筑在了解上。即是说，朗诵之先，对于一篇作品的字句已经搞通了。倘不，即使背诵得滚瓜烂熟，又能诵出个什么道理来呢？

古语又说："口而诵，心而维（思）。""诵"一定要结合着"维"。一方面，口里念着作品的字句；一方面，心里琢磨着其内容的思想性和其语言的艺术性，日积月累，我们就能达到彻底了解、甚深体会的时候。这也就是个从量变到质变。

同学们的专业是语文，而且不久的将来便要去作语文教师。

一个语文教师应该记住：在讲授文学课时，朗诵是讲解的很好的助手。讲解带有分析性，而朗诵则带有综合性。逐字、逐句、逐段地讲解了之后，听者对作品已有初步的了解；教师再将作品从头至尾朗诵一过，听者对作品便容易得到一个完整的印象。

不过倘若讲解的不清楚，听者没有初步的了解，朗诵决不会起任何作用，只可谓之曰"白费"。特别在讲授古典文学作品时，尤其如此。

我们作教师的不可偏废朗诵，但也不可过于倚仗朗诵。朗诵能补助讲解之所不及，但它决不能代替讲解。

朗诵了杜甫《自京赴奉先县咏怀五百字》以后写给中文系三年级同学的一封公开信

至于在朗诵会上所作的朗诵，也有和上述相仿佛的情形。假如听众根本听不懂朗诵的是什么，那么，朗诵者纵使对于所朗诵的作品有着彻底了解和甚深体会，加之以热情，再运用上语调的技术，听众依旧"不知所云"；于是很好的朗诵也还是成了"白费"。

朗诵也要看对象，尤其是在朗诵古典文学作品时；因为古汉语虽然绝对不是外国语，但和现代语毕竟有距离：群众文化程度和文学修养的深浅也决定着朗诵者的成败。

苏联的马雅可夫斯基恐怕要算得起一位朗诵自己的诗作次数最多的诗人，同时又是朗诵得最成功，且获得最多的听众的。一九二七年，他曾在九个大城市里，三十次朗诵他的长诗《好!》。在莫斯科，有一次"在政治技术博物馆的挤满了人的大厅里举行的……集会上，马雅可夫斯基刚念完了第九章的几句——

列宁在我们脑中，

　　枪在我们手中——

听众中有一位年青的红军战士从座位上站起来说：'还有您的诗在我们心中，马雅可夫斯基同志！'"（科洛斯科夫：《马雅可夫斯基传》）

这可真算得是诗歌朗诵史上最动人的场面。这是跟他的诗作的思想性和艺术性、跟他的天赋的嗓音和声调、跟他的朗诵技术和他的热情分不开的。

但还有一件,我们不要忘记:马雅可夫斯基的诗是用人民大众的语言加工而写成的。所以听众在"声入、心通"之下,受了感染,受了蛊惑;而那位青年战士当时就情不自禁地发出了赞叹。不用说,马雅可夫斯基的诗倘用了古代俄语写成,朗诵时就不会得到如此成功。又假如他朗诵给不懂俄语的人听,一定也是徒劳。

朗诵会上朗诵的成败,有它的主、客观条件。

朗诵者对于作品的了解和体会、朗诵的技术和热情属于前者。

作品和听众则属于后者。

这封信断断续续地写了一个月,而且我不久就要上课,就此打住。

祝同学们学习进步。

十二月五日写讫

(刊于天津师范学院《教学与科学研究通讯》第十期、第十一期,一九五七年五月二十日、六月十日)

朗诵了杜甫《自京赴奉先县咏怀五百字》以后写给中文系三年级同学的一封公开信

关汉卿和他的杂剧

我国伟大的现实主义剧作家关汉卿生于祁州（今河北安国县）；因长期居住在大都（今北京），所以多以为是大都人。他由金入元，也有人称他为元代的"金之遗民"。他生存于十三世纪一十年代至十三世纪八十年代（确实的生卒年月不可考），享年约七十余岁。

元朝灭亡了金朝之后，废弃了自唐以来科举取士的制度，这就断绝了封建时代读书人"上进"的途径。同时，他们遭受着从古未有的轻视：当时有"九儒、十丐"之目；即是说，人有十等，读书人比乞丐略高一等，列在倒第二。而蒙古时代的汉族又因为种族矛盾，被严酷地压迫着、剥削着。在这样的客观环境下，作为汉族知识分子的关汉卿可以说是"一生潦倒"。

在元代大都，所谓"燕赵才人"，也就是不得志的读书人曾有"玉京书会"的组织，专门编写小说和剧本供给艺人的说唱和演员的演出。关汉卿也是这个书会的成员。因为元代手工业和国内外商业空前发达，促进了城市的繁荣，于是供市民娱乐的戏剧运动也就蓬勃地发展起来。由金朝继承流传下来的杂剧这一戏剧形式，尤其受到广大人民群众以及统治贵族阶级的欢迎和爱好。关汉卿的毕生精力也就花费在杂剧的创作上。

关汉卿的戏剧活动并不尽止于剧本的写作而已。元末贾仲名《录鬼簿续编》里的《吊词》曾写他的"驱梨园领袖、总编修师首、捻杂剧班头"。明代臧晋叔在《元曲选》里，更明显地说："关汉卿辈……躬践排场，面傅粉墨，以为我家生活，偶倡优而不辞。"这"捻杂剧"、这"践排场"的舞台经验既使得关汉卿更能精通、掌握杂剧这一戏剧形式，以从事于创作，而这"偶倡优"更证明了关汉卿背离了原来的士大夫阶级，而深入下层生活，了解了人民群众的痛苦，能和他们有着共同的思想感情和共同的语言，因而写出了史诗一般的伟大现实主义的剧作（这一点，在下文将随时加以申明）。

在蒙古时代剧作家中，关汉卿是一位行辈较高的剧作家。在戏剧史上，他还是一位最多产的剧作家。一生所作的杂剧，据记载，共有六十六本。可惜的是传流下来的只有十八本，其中还有两三本，还有人怀疑并非他的作品。这十八本今年已由中国戏剧出版社汇印成为《关汉卿戏曲集》。

乍看来，这十八本杂剧好像可分为三大类：属于历史故事的为一类；属于男女爱情的为一类；第三类则属于断案折狱，或叫做"公案"。这似乎没有什么不可以。但这只是从戏剧的人物和故事来看关汉卿的剧作，而加以分类；却并未曾触着关汉卿剧作的本质，即其思想内容。假如我们不单是从前者、而是从后者着眼，则简直可以不必分类。所有关汉卿的杰作都属于一类。说得具体一点儿，即是，一条红线贯串着他的杰作：不拘是历史故事，不拘是男女爱情，也不拘是断案折狱，其思想内容总是正义与非正义的斗争。作为一个伟大的现实主义而又具有伟大人道主义精神的剧作家，关汉卿的世界观和人生观是如此，他的创作方法及其创作意图也是如此。

以《单刀会》为例。这是一本历史剧。但作者的意图并不在于使"史实"重现舞台。据历史，鲁肃本有许多优点，作者却将他写成一个庸人。关羽本有许多缺点，却被写成一个智勇兼全的完人。这是不合"史实"的。问题不在这里。关汉卿立意要写，关羽认为荆州应属蜀汉，这是正义；而鲁肃的讨荆州则是非正义。在这点上，作者把关羽写得有信心，有勇气。于是剧中的关羽就唱出："我是三国英雄汉云长，端的是豪气有三千丈"；"大丈夫心别，我觑这单刀会似赛村社。"在全剧结尾，作者突出了主题，使关羽高唱出"百忙里趁不了老兄心，急切里倒不了俺汉家节"。

倘若再进一步的探讨，我们便不由得要问：难道关汉卿只是为了要写一个历史人物和一个历史故事而写成了《单刀会》这本杂剧的吗？作为一个伟大现实主义剧作家，其创作的动机决不会如此之简单。

王季思先生在他的一篇文章里曾说："作者在这剧本里强调了正统观念，……联系当时的现实来看，就不能不令人感到其中多少包含有关于汉族的民族意识的隐喻。"(《关汉卿研究论文集》五六页)这一个推论颇在情理之中。我们先不必"望文生义",说什么整本杂剧里的"汉"字俱都暗示着汉族。但在蒙古时代,汉民族因为种族矛盾而受着歧视和压迫,这是一个客观存在。且不说蒙古、色目的贵族是怎样地剥削、压榨汉族,即如当时法律就规定:蒙古人打死汉人,只断罚出征;汉人若杀死蒙古人和色目人,就一定处死刑,而且蒙古人殴打汉人,汉人不能抵抗,只有忍受。因此,关汉卿就借了关羽的口,唱出"百忙里趁不了老兄心,急切里倒不了俺汉家节"。因而说《单刀会》中"多少包含了有关于汉族的民族意识的隐喻",是在情理之中的。

其次以《窦娥冤》为例。窦娥这个人物,受了历史局限,是有着封建道德观念的;即如情愿屈招杀人凶手,免得婆婆遭受苦刑,就是明证。问题不在这里。《窦娥冤》里女主人公是一位为正义而战斗的英雄。她在黑暗的恶势力层层压迫之下,重重包围之中,奋不顾身地战斗着,一直到死亡,而且死了之后,还要战斗下去。她反对婆婆改嫁张驴儿的父亲。她决不改嫁张驴儿,纵然先有婆婆的劝诱,后有张驴儿用了人命来威逼。她忍受着"一杖下,一道血,一层皮"的严刑拷打,也不肯屈招自己是杀人凶手。后来,因为"若是我不死,如何救得你(蔡婆婆)",屈招了;但走向法场的时节,她还是唱出"不想天地也顺水推船。地也,你不分好歹难为地;天也,我今日负屈衔冤哀告天"！及至法场临刑，她仍然有信心、有勇气，立下了三桩愿："刀过处头落，一腔热血休落在地下，都飞在白练上者。若委实冤枉，如今是三伏天道，下尺瑞雪，遮了窦娥尸首。着这楚州亢旱三年。"这位为正义而战斗的英雄就是这样一直战斗到死，而且死了还要战斗下去的。

其实，不拘《救风尘》中的赵盼儿、《调风月》中的燕燕、《拜月亭》中的王瑞兰或《望江亭》中的谭记儿，甚至《哭存孝》中的邓夫人、《蝴蝶梦》中的王婆婆以及《谢天香》中的谢天香，都可以说是为正义而战斗的正面人物，虽然不能一概算作英雄，纵然其斗争性有大有小、有深有浅、有强有弱。

至于"公案"剧如《智斩鲁斋郎》和《蝴蝶梦》则明明写出包待制的不畏强暴、平反冤狱，其为正义和非正义的斗争，更为显而易见的了。这里附带说一句，两本"公案"剧里的包待制，虽然在故事情节上，都起着"杠杆"的作用，却不是以主角的身份出现于舞台。这也并非关汉卿创作时的避重就轻，舍难求易；而是由于作者长久生活在下层社会里，熟悉"被侮辱的和被损害的"人们的生活及其思想感情，同时，他对他（她）们又抱着极大的同情，所以主角就派在他（她）们身上，而不曾派在断案的官员身上，即使是少有的"清似水、明如镜"的好官，如包待制其人。换句话，即是说，关汉卿不是以旧文人、诗人抒写怀抱、高吟自乐的士大夫身份来写杂剧,而是背叛了本阶级,站在下层社会里被压迫、被剥削的人民群众的立场上来从事于戏剧创作的。关汉卿之所以成为不朽的剧作家,其剧作之所以成为我们的宝贵文学遗产,主要原因就在于此。

自然,杂剧中的主角,不拘是男性的末和女性的旦,都是以正面的人物的身份而出现的。但这不等于说关汉卿就忽略了对反面人物(在杂剧中多以净角身份出现)的描写。这不单单是艺术手腕的问题。这不单单是两种人物的对立可以加强戏剧内容的斗争性的问题。

我们都知道,现实主义是建筑在社会现实的基础上面的。关汉卿的剧作不会例外。元代政治之腐败、官僚贵族之贪暴、商人之重利盘剥,这出现在关汉卿笔下,就成为反面人物。他们有势、有钱,敢于骑在人民头上胡作非为。在《智斩鲁斋郎》里,则有鲁斋郎之嫌官小不做,嫌马瘦不骑,专意抢夺人家的财产,霸占人家的妻室。在《蝴蝶梦》里,则有坐在"阎王生死殿"里、"东岳摄魂台"上的官员和"手执无情棍,怀揣滴泪钱"的公人;还有自称"我是个权豪势要之家,我打死人不偿命"的葛彪。在《四春园》(或题《绯衣梦》)里,则由正旦王闰香唱出"罪人受十八重活地狱,公人立七十二恶凶神,如今富汉入衙门,便有那欺公事也不问";同时还出现了以富压人的王半州。在《望江亭》里,则有自称"街下小民闻吾怕,则我是势力并行杨衙内",为了杀害白士中、强娶谭记儿,他把皇家的势剑、金牌也胡弄在手里。这里必须注意,有了势剑、金牌,杨衙内便是皇帝的代表。同时,关汉卿的意思是说,作为奴隶主、地主头子的皇帝同这个"花花太岁","浪子丧门"的坏蛋衙内正是一路货色。在《窦娥冤》里,则有害人命、卖毒药的赛卢医;有游手好闲、欺侮孤寡的张驴儿父子;有"告状来的要金银"、"来告状的就是我衣食父母"、认为"人是贱虫,不打不招承"的贪虐的州官桃杌(他剧尚有,例不备举)。

如是等等的反面人物,关汉卿虽然只用了寥寥几笔来描绘他们,但这寥寥几笔却并不是"粗放",而是用了简劲的硬线条,入木三分地"钩勒"出他们内心和灵魂深处的肮脏本质,使其丑态毕露。我们现在读着剧本,对于他们,还禁不住发生甚深的憎恨,则当日人民群众看了演出,更应当是如何地切齿和唾骂!

关汉卿不是用了冷淡旁观的自然主义手法来写这些反面人物形象的。他爱憎分明地站在人民的一面,所采用的乃是现实主义手法。因此,所有这些坏蛋,其下场都——按照罪恶的大小,得到应得的惩罚。有的被正面人物主动地惩治了,如《救风尘》中的周舍、《望江亭》中的杨衙内。有的则假手于清正官员置之刑宪,如《智斩鲁斋郎》中的鲁斋郎和《四春园》中的裴炎及王半州。有的甚至用了死不瞑目的"不散"的冤魂来为自己声屈,使罪人伏法授首,如《窦娥冤》。这不是"善有善报，恶有恶报"的宿命论，这是伟大剧作家要表现人民为正义而斗争的勇气和信心；并且鼓励他（她）们相信正义一定胜利，压在人民头上的恶势力并非铜墙铁壁，绝对可以摧垮；而为人民所痛恶的恶人也并非不倒的金刚，绝对可以打垮。关汉卿之所以成为不朽的剧作家，其剧作之所以成为我们的宝贵文学遗产，其另一原因就在于此。

因此，关汉卿的杂剧就特别地源远而流长。现在昆剧团演出的《训子》《刀会》就是杂剧《单刀会》的第三、四折，虽然曲文略有节删，字句小有变动，但大体还是原来的旧制。《窦娥冤》由明人改编为传奇，直到清末，还在演出。此外，如京剧、梆子以及其它剧种，或仍名《窦娥冤》，或改名《六月雪》，在演出时，依然博得观众的同情，甚至感动得下泪。至于新近各剧种改编的《燕燕》（《调风月》）、《望江亭》、《拜月亭》、《救风尘》等等，也无不受到观众的欣赏和赞美。

我们要向这位伟大戏曲家学习：学习他的生活在人民群众中；学习他的具有人民的思想感情和运用人民的语言来写作；学习他的"蒸不烂、煮不熟、捶不扁、响当当、一粒铜豌豆"的坚强意志和战斗精神，甚至学习他的"行家生活"，精通剧本的创作规律，使之更富于戏剧性，而收到一定程度的舞台效果。

但是，生活在十三世纪的关汉卿不能不有着他的局限性。首先，他的创作就受着杂剧这一戏剧形式的局限。我们知道，一本杂剧只有四折（幕），最多不过再加上一个极其短小的楔子（场）；而且四折还限于一个角色（末或旦）来唱，其余角色只有说白。所有流传下来的关汉卿的杂剧都不曾打破这个清规戒律。而当时的剧团里又只有末、旦、净、杂四种角色。戏剧的形式既如此短小，演员的角色又如此之简单，这就妨害了大作家写出更复杂众多的人物形象、更瑰丽奇伟的舞台场面和更曲折错纵的故事情节。这还是次要的。

主要的是，关汉卿受着历史局限。他虽然站在人民立场上，他却不能给人民指出一条明路。为他们确定奋斗的目标。他还看不出人民的集体力量，他只能把希望寄托在一个英雄身上，寄托在清正的官员身上，甚至寄托在精诚不散的鬼魂身上。当然，我们不能反历史，但总不能不说关汉卿的创作有着历史的局限性。

我们要肯定关汉卿的伟大之处。我们要向他学习。但我们并不迷信。我们较之关汉卿，在戏剧创作和戏剧运动上，都具有更为有利的条件。我们生在一个伟大时代，头脑是用马克思列宁主义哲学武装起来的，我们在戏剧史上一定能写下光辉灿烂的一页。后来居上，青胜于蓝，这也是我们纪念我国伟大戏曲家、世界文化名人关汉卿的重要意义。

（写于一九五八年。刊于《河北日报》一九五八年六月二十九日。收入中国戏剧出版社《关汉卿研究》第一辑）

论关汉卿《诈妮子调风月》杂剧

关汉卿的《诈妮子调风月》杂剧,简称"诈妮子"或"调风月",各种刊本的及天一阁抄本的《录鬼簿》均著录。

钱南扬《宋元戏文辑佚》曾说明这一杂剧的本事如下:

> 有小千户作客于某氏家,某氏夫人叫侍妾燕燕去服侍他。燕燕是个聪明爽朗的女子,平常总笑人轻易和男子谈爱,但是见了小千户,觉得他的品貌很合自己心意,所以不能拒绝他的请求,两人有了私情。一日清明,小千户踏青回家,忽然落下一方手帕来,这分明是别人送他的表记。燕燕见了,觉得他用情不专,深自懊悔。后来小千户又向他的小姐求婚,燕燕非常气愤,想在小姐面前说他些坏话,望小姐不允这头亲事。谁知刚说得一句话,就碰了个钉子,原来小姐早愿意了。……后来大概由相公夫人作主,燕燕作了小千户的二夫人。(页二七三)

这一杂剧,现在所能见到的刻本只有日本帝国大学影印的《古今杂剧三十类》的一种本子(旧有中国影印本,但近来也不多见)。郑振铎所编的《世界文库》本、卢前所编的《元人杂剧全集》本所根据的也就是这日本影刊本。钱南扬说："可惜这个刻本，只有曲文，科白不全，不但看不到详细关目，除燕燕外，连人名也无从知道。"不错，这诚然"可惜"。但尤其可惜的是，曲文里有着错字和缺字，而且相当地多；而且也没有别的本子可以据作校、补。郑振铎和卢前在这方面曾作过一番工夫，但有一些显而易见的错字和缺字却没有改正和添补；至于他们所加的标点，则有时不合曲律，而成了所谓"破句"。

不过，所幸的是：即使曲文里面有着错误、残缺，我们只要耐心地、细心地读下去，仍然可以看出并且能够体会到古典现实主义的伟大剧作家怎样在那里塑造人物形象，怎样在那里运用文学语言。这篇短文所论及的也就是这两点。

以上是小引。

根据流传下来的关汉卿的杂剧，我们可以看出这位剧作家总爱替被压迫的、善良、正直的人们诉苦、抱不平，尤其是爱替"被侮辱的和被损害的"（用了陀思妥耶夫斯基的话）的女性诉苦、抱不平。可以说，在旧的男尊女卑的封建社会里，不少的有着进步思想的诗人们也曾这样地作了；但总不如关汉卿在其创作里，说起来的时节，说得那么慷慨陈词，那么义愤填膺。自然，这与他所使用的文学形式不无关系：因为戏曲这一形式，在创作上，较之其他旧的韵文更容易作到淋漓尽致。但更重要的是：关汉卿有着伟大的古典现实主义和人道主义精神。即如《钱大尹智宠谢天香》剧，作过歌妓的谢天香自述其来到大尹府内的苦况，曾唱出：

> 往常我在风尘，为歌妓，止不过见了那几个筵席；到家来须做个自由鬼。今日个，打我在无底磨、牢笼内。

（〔端正好〕）

把这支曲子译成了白话，就等于说：作歌妓不过以歌舞供人娱乐，席散回家，仍不失为"自由"之身。进得府来之后，毫无生趣，而且永无出头之日，生活简直不如歌妓了。在旧日的"男性中心"社会里，女子是男子的奴隶：一切听命于男子，没有独立自主的人格和权利。"在家从父；出嫁从夫；夫死从子"：这是"三从"，是女性生活的金科玉律；这就使得女性自少至老、从生到死，一直在披枷带锁，永世不得翻身。而且越是在所谓"好人家""大人家"，越是如此。谢天香说得好（也就是关汉卿说得好）：打在了"无底磨、牢笼内"！关汉卿借了谢天香的口，替两千年来千百万被压迫的女性叫起了"撞天屈"！

举此一例，以见一斑。此外，如《望江亭》剧中的谭记儿自道年少孀居之苦，第一折中所唱之"混江龙"（"我为甚一声长叹"）章；《拜月亭》剧中的王瑞兰怨恨其父，第三折中所唱之"三煞"之二（"则就那里先肝肠、眉黛千千结"）章，等等，此处不再一一举出。

《调风月》中的燕燕是官僚封建家庭里的一个婢女（雅称"侍妾"、贱称"丫头"），仿佛较之歌妓高出一筹。她曾自称为"半良半贱身躯"（见第二折"耍孩儿"章）。然而这样的身分的女性所受的压迫、摧残，比起歌妓来，并不见得少或轻，纵然是另一种方式的压迫和摧残。这一杂剧的第一折里，燕燕被老夫人派到书房里去伏侍小千户，在伺候洗脸时，她曾唱出了：

> 等不得水温，一声要面盆；恰递与面盆，一声要手巾；却执与手巾，一声"解钮门"！使得人无淹润，百般支分。（〔那吒令〕）

这一支曲子如闻其声、如见其人地画出了"主子"的派头、"底下人"的劳役。这写的当然只是一件小事——主人洗脸、奴才伺候而已。但举一隅，以三隅反，洗脸如此，他事可知。从早到晚，主人的行、住、坐、卧，凡是一举手、一投足之劳，一切俱由奴才来代办。劳力的剥削还要深到什么份儿去？一个奴隶谈不到有什么身份，即法律上的人格。他（她）如同犬马一样，主人喜欢，可以赏赐一点爱抚；不喜欢，打过来，骂过去，是家常便饭；还可以卖掉；甚至于处死（元代的法律：主人打死奴婢，并不偿命）。夸大一点，如果说旧时代的家庭妇女、包括太太和小姐之被压迫，是在第十八层地狱，那么，丫头又是服事太太和小姐的，则是在第十九层。

可以说，燕燕的环境生活较之"多见了几个筵席"的歌妓，好不到哪里去。

然而燕燕是一个有志气的女孩子，即：富有斗争性的女孩子——怎样的斗争是另一回事；斗争而失败，又是另一回事。

关汉卿笔下所塑造的燕燕，一出场便道出内心的悲苦："想俺这等人好难呵！""人"是"这等"人；"难"是"好难"。但在燕燕心中，虽然是"这等人"，毕竟是人；至少，自家也要作个像样儿的人；虽然"好难"，自家也不甘心为这"难"所压倒、所碾碎。第一支曲子便唱出：

> 半世为人，不曾交大人心困。虽是搽烟（胭）粉，子（只）争不裹头巾，将那等不做人的婆娘恨。（第一折〔点绛唇〕）

"搽胭粉"的是女人。"裹头巾"的是男子。在男尊女卑的时代，有志气的女人往往自恨非男子。燕燕也就是如此。她说，她自己较之男子，所差的只是"搽胭粉"而"不裹头巾"。她恨那些"不做人"的"婆娘"（元代女性之贱称）。怎样才算是"做人"呢？燕燕在第二支曲子"混江龙"里说：

> 普天下汉子尽□都先有意；牢把定自己休不成人。

这里的"不成人"即上一支曲子里的"不做人"。燕燕认为，要"休不成人"，必须先"牢把定自己"。两千年以前，女性在爱情与婚姻上所得的经验教训就是："吁嗟女兮，无与士耽！"（《诗经·氓》）因为"士之耽兮，犹可说也；女之耽兮，不可说也"！（同上）因此，燕燕之对于男性，不独有戒心，而且有敌意。其实这也不止燕燕为然。旧时代里所有一切有志气要"做人"、要"休不成人"的女性是无一而不如此的。燕燕只是一个典型。

燕燕把男子看作了专以玩弄、蹂躏女子为"职责"、为"事业"的人物。这怪不得她。历史的教训使她不能不这么想。客观的事实，她所耳闻目见的，使她不能不这么想。根据《调风月》的本事，也证明了燕燕最初的这种看法、想法是正确的。

鲁迅先生说："但愿不如所料，以为未必竟如所料的事，却每每恰如所料的起来。"（《彷徨·祝福》）燕燕和小千户的一段"罗曼斯"也正是如此。

燕燕之对于小千户，也未尝不怕他"竟如所料"，而且"恰如所料的起来"。她于应允小千户的请求之先，在内心里，自己同自己已自作了斗争。是（答应）呢？否（拒绝）呢？心理上的天秤的两个称盘交替着一个上来，一个下去。

……我煞待嗔。我便恶相闻。（〔上马娇〕）〔否。顾随注〕

……觑了他兀的模样、这般身分，若脱过这好郎君，（〔胜葫芦〕）交人道：眼里无珍一世贫。〔是。顾随注〕成就了，又怕辜恩。〔否。顾随注〕往常烈焰飞腾情性紧，这若一遭儿恩爱再来不问，枉侵了这百年恩。（〔么〕）〔是。顾随注〕

然而燕燕毕竟是个天真无邪、少不更事的幼女。她毕竟"眼里无珍"（元谚：眼光不够锐利之意；"珍"或作"筋"。顾随注）。这个小千户地地道道属于"背槽抛粪"、"负义忘恩"（见"后庭花草"章）之流，纵然燕燕将全部爱情倾注在他身上。所以到了这杂剧的第二折，燕燕发现了千户的手帕，知道他别有所爱的时节，就不由得十分怨恨、十分伤心。千户"薄行"之可恨，自不必说。使她伤心的是：她是个有志气的、下定决心要不受男子的欺侮的、用了她自己的话，就是一个"将那等不做人的婆娘恨"的女孩子；然而此刻现在，她自己本身竟成为她自己所深恶而痛绝的人了。这使得我们几乎很难断说，哪一方面的成分更多些，程度更深些：是恨自己？还是恨小千户？

于是燕燕的咒诅（我们当然不会忘记，这也正是伟大的古典现实主义剧作家替"被侮辱的和被损害的"、正直善良的女性所发出来的正义的呼声）就冰雹一般撒在小千户的头上：

……天果报无差移。子争个来早来迟。——限时刻。十王地藏、六道轮回、单劝化人间世。善恶天心、人意。人间私语、天闻若雷。但年高都是积善好心人；早寿夭都是辜恩负德贼：好说话，清晨；变了卦，今日；冷了心，晚夕！（〔哨遍〕）

这支曲子还是纯对着小千户说。说到自己的"被侮辱和被损害"，则有以下的几支曲子：

……你那浪心肠看得我忒容易：欺负我半良不贱身

躯。……（〔耍孩儿〕）

……我往常受那无男儿烦恼；今日知有丈夫滋味。（〔五煞〕）

待争来，怎地争？待悔来，怎地悔？怎补得我这有气分全身体？……（〔四煞〕）

而最为沉痛的则是：

明日索一般供与他衣袂穿；一般适与他茶饭吃。到晚，送得他被底成双睡。他做成暖帐三更梦；我拨尽寒炉一夜灰。有句话，存心记：则愿得辜恩负德，一个个荫子、封妻。（〔三煞〕）

但这还不止于沉痛。

一般地说来，我国古代有正义感的诗人、词人和作曲家笔下的被压迫的女性，其人物总被写成严霜、冷风里的小草，其言语总被写成为凉露、寒月里的虫鸣：荏弱得一丝两气，有如器乐上的一根眼下就要断折的弦。（杜甫的"佳人"好得多，但是大诗人这样的诗篇似乎少了些。）关汉卿就不然。他的剧作里的女性，像《望江亭》的谭记儿、《救风尘》的赵盼儿，为人则机智、勇敢，语言则坚决、爽朗，无论已。便是《窦娥冤》的女主人公，当他走进法场，临近杀头的时节，她也还是喊出了："若有那一腔怨气喷如火，定感得六出飞花滚似绵。"当然，这说不上什么乐观主义精神。我们不能以此来要求窦娥。同时，我们也不能要求关汉卿一定要借了窦娥的口说出这样的语言。但是，剧中人物那种至死不屈、失败了也还是继续斗争的意态以及其语言，总还是凛凛犹生，使人振奋。

燕燕之处境和为人，上不至于赵盼儿，更不至于谭记儿；下不至于窦娥。怨恨、伤心，诚然有之。但以她之为人，即在怨恨、伤心之下，也决不可能成为一根将断的弦。"则愿得辜恩负德，一个个荫子、封妻。"怨恨、伤心得意气峥嵘；语言则是"字向纸上皆轩昂"（韩愈诗句）；这是燕燕身上高贵的人格；这是关汉卿笔下独特的风格。

就这样发展下去，到了第三折，小千户于夜间再到燕燕房中时，她就唱出：

……本待麻线道上不和你一处行。（云）你依得我一件事！（唱）依得我，愿随鞭镫。（〔梨花儿〕）

你把遥天指定，指定那淡月、疏星。再说一个海誓山盟。我便收摄了火性，铺撒了人情，忍气吞声，饶过你那亏人不志诚。赚出门程，（入房科）呼的关上笼门，铺（噗）的吹灭残灯。（〔紫花儿序〕）

夫人叫她给小千户向小姐提亲时，她就唱出：

……老夫人随邪水性，道我能言、快语、说合成。我说波，娘七代先灵！（〔调笑令〕）

小姐许了亲事之后，她就唱：

女孩儿言着婚聘，则合低了咽颈，羞答答地喋声。划地面皮上笑容生，是一个不识羞伴等。俺那厮做事一灭

行;这妮子更敢有四星!……（〔鬼三台〕）

及至到了第四折,小千户和小姐业已拜堂成亲了,但燕燕在那位"老孤"面前,对小姐仍极尽其咒诅之能事。她说:"煞曾看（勘?）婚来!"而且唱:

> 勘婚处,恰岁数,出嫁后,有衣禄;若言招女婿、下财钱,将她娶过去,（〔乔牌儿〕）是个硬败家私铁篐篐,没些儿发旺夫家处。可更绝子嗣,妨公婆,克丈夫。脸上擎泪屠其理数,今年见吊客临,丧门聚。反阴复阳,半载其余。（〔挂玉钩〕）

司马迁说:"怨毒之于人,甚矣哉!"（《史记·伍子胥列传》）以上所举诸曲就是有着"怨毒"的人从心底里所发出来的"怨毒"的呼声,旧社会里"被侮辱的和被损害的"女性的呼声。

燕燕不过是一个典型。这一点,上文也已经说过了。

以上说燕燕的人物形象。

伟大的作家,不拘是散文家或诗人,无例外地都一定是语言艺术大师。关汉卿当然不会不是。我国古代的文艺理论家在衡量一位作家的时节,关心的往往并不是作品的思想内容如何,而是作家怎样驱使语言。元代曲家,自明代以来,共推关、白（仁甫）、郑（德辉）、马（致远）。不知王实甫何以不曾列入。汉卿虽居首位,但在明代曲家眼里,他的地位远不如王实甫和马致远。明初朱权（宁献王）在他的《太和正音谱》里，曾说汉卿是"琼筵醉客"。这句话的含义，我们颇难于捉摸。难道朱权以为汉卿有时如醉人，语"多谬误"吗？（陶潜诗："但恨多谬误，君当恕醉人。"）但还有一句："乃可上可下之才。"这很明显：朱权认为汉卿算不得第一流作家。近代王国维先生在他的《宋元戏曲考》里，对汉卿极致推崇，说他"一空倚傍，自铸伟词；而其言曲尽人情，字字本色，故当为元人第一"。王先生论曲，也不十分注意于作品的思想内容。他曾说："元剧最佳之处，不在其思想结构，而在其文章。"这是王先生本身有他的局限性；这当然不对。（即以汉卿的剧作而论，其思想之深、之广，已当得起是一位伟大作家；便是剧作之结构也是十分谨严，合乎事物发展的规律的。不过这不在这篇短文所论及的范围之内，故略而不说。）然而他对汉卿所下的评语却十分正确。关汉卿的语言艺术诚如王先生所说，是"一空依傍，自铸伟词"，是"曲尽人情，字字本色"。

其实这四个短语可以缩成两个，即："自铸伟词""曲尽人情"。因为既是"自铸"的"伟词"，当然"一空依傍"，而且当然是"字字本色"。反言之，倘若不能"一空依傍"（袭用陈辞烂调就是"依傍"），不能"字字本色"（朴素就是"本色"），也就谈不到"自铸伟词"。

何以见得关汉卿是"自铸伟词"呢？

尽人皆知，一个大作家必须有其独特的风格；而这独特风格之成立与其表现,又必有赖于这一作家的独特的语言技巧;即是说,离开了语言技巧,作家就无从具有其风格。

尽人皆知,曲这一古典韵文形式是晚出的:在它之前,早已有了诗和词。曲继承了诗,特别是格律诗,尚是间接的。它继承了词,则是直接的。继承之外,当然还有发展,而且最重要的是发展,因为没有发展,也就谈不上继承。不过这不是这篇短文此刻所要触及的论点。

就因为曲继承着诗和词,所以曲家在运用语言时,往往沿用了诗词的词汇和语法。这一点,明代曲家最推重的"花间美人"的王实甫、"神凤飞鸣"的马致远也还是有时未能免俗。自然,"有时"而已。并不是王、马两家老是在那里沿用着"陈言"。但总之,两家不如关汉卿所使用的语言那么简炼而富有弹力,朴素而并不浅薄,字句明白而意味深长。王、马以下,更在所不论。

是的,简炼而富有弹力、朴素而并不浅薄,字句明白而意味深长:这就是关汉卿剧作的语言艺术。这也就是王国维先生所谓"一空依傍,自铸伟词",所谓"字字本色"。

运用着这样的语言,"当为元代第一"的关汉卿的剧作就有着它独特的风格。

不过我们必须注意,"风格即是人格";而语言和思想有其不可分割的关系,甚至可以说,语言即是思想,有声的思想。

关汉卿的艺术语言之所以"当为元代第一",以及其所以达到了这样的境界,就因为他具有着其他剧作家所不曾具有的人格(可以这样说吗?),至少,也是别人所没有的思想。他的剧作,即以流传下来的而论,大半是为了"被侮辱的和被损害的"人们,尤其是妇女们鸣不平的。虽然他不曾给他们指出一条明路,历史的局限也自使他没有可能作到这一步,但是能为负屈的叫屈,衔冤的喊冤,同时揭露不合理的社会、政治制度之黑暗与腐败,这是何等的伟大人道主义精神、也就是何等的伟大人格、伟大思想。

关汉卿的语言艺术之所以"为元人第一",其原故即在于此,这并非单单由于他赋有极高的文学天才(当然有!),而且具备甚深的文学修养(当然具备!)。

例,我不想举,上文已举了不少,虽然那只是为了说明人物形象,而且只限于一个剧本;但我想,为了了解大作家的语言艺术特点,以及其独特风格,那些已经足够了。

但我想就关汉卿的语言艺术特点,再补充几句。

凡是一个作家,不拘其成就如何,当他在写作时,无不留心自己所使用的语言;也无不希图自己所使用的是文学的语言。而且,既然是一个作家,也不论其成就如何,就必然在语言的学习上,或深或浅地早下过一番工夫,在语言的运用上,也或多或少地早取得了一些经验。然而写出之后,他的语言往往却是那样地平板和疲软,纵然在字句的组织安排上,有工夫,甚至有技巧。这样的语言可以叫做没有生命力的文学语言。它没有多大的感染力。它不能给与读者以正直地、勇敢地生活下去的勇气和力量。

在上文,我曾用了韩愈的一句诗"字向纸上皆轩昂"来形容燕燕的语言、也就是关汉卿所用的文学语言。此刻,我想再解释一下"轩昂",即:解释一下大曲家的文学语言是怎样的一个"轩昂"法。老杜在他的一篇赋里,曾说:"九天之云下垂,四海之水皆立。"文学语言的字若不轩昂则已,轩昂起来,就是这样的轩昂法。

说文学语言"轩昂"得"海立"、"云垂",也许有人以为这是过分的夸张。

这不是夸张,更没有过分。

一篇作品倘若没有这样"轩昂"得"海立"、"云垂"的文学语言,就便谈不到感染力;同时,也就无从教育读者,给与读者以正直地、勇敢地生活下去的勇气和力量。

又必须注意,作家的语言之所以"轩昂"到如此的境界,收到了前面所说的效果,不是仅仅由于学习的工夫和创作的经验(没有这二者当然不行,而且也不可能没有),而主要地是由于作家的崇高、伟大思想和情感。作家语言之所以"轩昂",就因为作家的思想、情感之崇高而且伟大。而崇高、伟大的思想和情感又是互相结合着、互相推动着,而产生出轩昂得"海立"、"云垂"的文学语言。

自然,情感自情感,思想自思想,我们通常并不把他们混为一谈。但是，它们的确是互相结合着、互相推动着的。我国古代哲人的"子"书，近代鲁迅先生之小说和散文，那思想性自不必说，但字里行间，也未尝不洋溢着无限崇高、伟大的热情。屈原的《离骚》、杜甫的诗、辛弃疾的词，当然还有关汉卿的曲，热情之洋溢于字里行间自不必说，但时时处处却又闪闪地爆发出崇高、伟大的思想性的火花来。抛开了其作品之形式而专论其内容，不妨说：思想家就无一而不是个文学家或诗人；而文学家或诗人就无一而不是个思想家。

是的，情感和思想必须、也不能不互相结合、互相推动。这一现象在诗人的作品里尤其显而易见。说得再明白一些，没有感情的思想是没有电力和蒸气的马达；反之，则是没有马达，而空只有电力和蒸气。

大曲家关汉卿的文学语言，"轩昂"得"海立"、"云垂"，就是这个道理。

如上所说，崇高伟大的思想和情感可以被认作"轩昂"的文学语言的根源。但它们也不能是无根之木、无源之水。它们的根源是：一个人的生活的横宽与纵深；而且最好是下层生活的横宽与纵深。在旧社会里，一个文人和诗人只有深入下层生活，能与"被侮辱的和被损害的"同命运、共呼吸，能与他们有着同一的思想和情感，能与他们有着共同的语言，不但此也，还必须发掘并且发现"被侮辱的和被损害的"思想、情感之崇高、之伟大，夫然后，文人、诗人才能具有崇高、伟大的思想和情感；于是，在他的作品里，也就不愁没有"轩昂"得"海立"、"云垂"的文学语言，而他的语言艺术也就不愁达不到崇高、伟大的境界。

只有这一条路，没有别的路。

而这一点，旧时代和旧社会里的作家却非常之不容易作到，因为他们多数是中小地主阶级出身的，甚至属于封建政治集团的知识分子。要作到这一点，他们首须成为本阶级、本阶层的叛徒。倘不，即使生活在下层里，他们也依然不能具有崇高、伟大的思想和情感，也就决不能运用"轩昂"的文学语言。

号称"诗圣"的杜甫是如此。

王国维先生推为"元人第一"的关汉卿也正是如此。

由于"文献不足"，我们还不能全面地知道汉卿的生平。但根据所能掌握的材料，可以肯定说，他是旧社会上层中的知识分子。他作过官，虽然在旧日算不得"正途"（太医院尹）。他是由金入元的。但在元代，他也并不得志。他的好"冶游"，不独元人笔记中已有记载，他在自己的散曲里，也曾叙述过。贾仲名的《录鬼簿》里，又有"吊词"说汉卿是"捻杂剧班头"。这就是说，他演过戏，即使是个"票友"也罢。一位得志的知识分子是决不能时时狎妓，而且粉墨登场的。这生活上的不得志，特别是狎妓和演戏，就使得关汉卿有机会深入到下层社会，有机会多接触"被侮辱的与被损害的"人们。他能不能发掘并且发现"被侮辱的和被损害的"思想、情感之崇高、之伟大（退一步说，也是光明磊落）呢？答案是肯定的：能，发掘了，发现了。这有他的剧作为证，可以无须乎举例；而且这篇短文所论及的"调风月"这一杂剧以及燕燕就是很好的例子，虽然只是一个。

好了，说到这里，也就说明了关汉卿的文学语言为什么能够"曲尽人情"。我的意思是说，关汉卿既然有着横宽和纵深的下层生活，则他的剧作的文学语言之"曲尽人情"，便是自然而然的事，无须乎多说。

至于《调风月》这一剧本的结局，燕燕终于成为小千户的"二夫人"，有人颇以为嫌。但我以为这是燕燕的"历史的命运"。除了安心作"侧室"或自杀之外，她不可能有第三条路线。元朝法律，奴婢背主逃亡是有罪的；而且连收留他（她）的人也有罪，即使是他（她）的本生父母。燕燕既然生为侍妾，又在当日的客观环境之下，反抗而获得胜利，万万不能。其结果只有死亡和屈服。那么，关汉卿为什么不把燕燕写成终于自杀，以加重这一剧本的悲剧气氛呢？这只能说是大作家的阶级局限和历史局限。

不过，就这篇短文所涉及的范围而论，这还是题外的文章了。

(写于一九五八年，刊于天津师范学院《教学理论与实践》

一九五八年第一集)

元明残剧八种(辑佚校勘) 附录一种

引 言

余之搜集元明佚剧，盖源于搜集元人歌咏双生苏卿故事之散曲。嗣觉散曲内容至为贫弱，遂复中辍，而专致力于佚剧。顾所依据之书，只有《雍熙乐府》《词林摘艳》及《太和正音》《北词广正》二谱，参考既少，而又牵于课务，终未成书。及赵景深氏《元人杂剧辑逸》出版，觉余所发现者，赵氏太半已收，余之工作，大可停止，仅为文评，载诸天津《益世报·读书周刊》。而余对于曲之兴味，乃由欣赏考订而趋于创作矣。

今岁秋来，课事颇简，顾身心不能两闲，创作之途，竟尔茅塞。遂取旧稿，益以新得，整理而排比之，藉以消磨时日，排遣愁怀，遂成兹篇。凡为剧八种（附录一种），为套十有一。自一至六，皆余旧所考订，第七种《后姚婆》一剧，乃最近所假定。其中只《刀劈史鸦霞》，《望思台》，《后姚婆》三种，为马隅卿氏《录鬼簿新校注》所未收，余俱箸录。稿将成，于郑因百兄处见《暨南学报》二卷二号，复据郑西谛氏《词林摘艳里的剧本及散曲作家考》一文，补刘东生《世间配偶》剧正宫端正好一套，鲍吉甫《秦少游》剧正宫端正好一套，用特声明，并致谢意。至鲍剧正宫一套之所以列为附录，则以未见原刊本《词林摘艳》，复无旁证，仅据郑氏此文，未敢自信，非不信郑氏也。

至编辑体例，则先依《雍熙》录原文，而校以《摘艳》及《正音》《广正》二谱；一套之中，《雍熙》或有佚曲，见于《摘艳》及二谱者，据补；考订所见，附入跋语。所据书籍，具见文中，此亦不复胪举。凡赵氏辑逸所收各套，俱不重录；若赵氏所收为残章，而余辑有全套者，则录之。赵氏所辑，限于元人，而其中亦收无名氏之作；《太和正音谱》于无名氏诸剧，冠曰"古今"，恐亦未必尽属元作。余故命篇曰元明残剧，不独以收有刘东生一剧而已。

既脱稿，复读一过，不禁废然而叹。夫元人戏曲，自王静安先生《宋元戏曲考》出而论定，固已与唐诗宋词同其地位。然而不朽之作，亦自有数。好学之士，竞多尚奇，于是佚书秘籍之尚存于天壤者，罗掘殆尽；甚有流入异域，而重返中土者，乌乎盛已。然以文论之，举无有复加乎《汉宫秋》《梧桐雨》《西厢记》之上者，搜求之难既如彼，而所得之仅又如此，不亦不偿所失乎？此亦犹夫收藏家之古董，所争只在古今与有无之间耳。自维俭腹，更复寡闻，仅据通行之籍，集得数篇，诚大海之涓滴，太仓之稊米，讵敢谓一得之愚，有补于来学？不如谓为不作无益之事，何以遣有涯之生，尚足以自解也。二十六年十一月十四日苦水识于旧京东城之习堇庵。

目 录

一、从赤松张良辞朝 元王仲文

二、神龙殿栾巴噀酒 元李取进

三、死葬鸳鸯冢 元郑经

四、像生番语括罟旦 无名氏

五、刀劈史鸦霞 无名氏

六、望思台 无名氏

七、女学士三劝后姚婆 无名氏

八、月下老定世间配偶 明刘兑

〔附录〕王妙妙死哭秦少游 元鲍天祐

从赤松张良辞朝 王仲文

〔**仙吕点绛唇**〕散诞逍遥,个中玄妙,谁知道?惟有渔樵,一笑兴亡了。

〔**混江龙**〕从吾所好,水边林下把许由学。有道童随引,无俗客相邀。六甲风雷袖里藏,一壶春酒杖头挑。出家儿不忧贫贱,本性待学忧道。绳枢瓮牖,陋巷箪瓢。

〔**油葫芦**〕忙处人多闲处少,把光阴虚度了。我子待一心办道不临朝。你觑这巍巍海上蓬莱岛,索强如家家门外长安道。你子说有荣辱真紫襕,无拘束粗布袍,比及他钟声未响头鸡叫,你在那朝门外马萧萧。

〔**天下乐**〕怎如俺万里风头鹤背高。直睡到红日上花稍,尚兀自睡未觉,蒙头衲被熟睡着。甚的唤做海水潮?甚的唤做红日晓?不识个明星儿直到老。

〔**那吒令**〕闲来时迅脚,步崎岖野桥。闷来时共酌,看山猿树鹤。有时节醉倒,卧沙汀岸草。觉来时酒未醒,或朗吟开怀抱。这幽景难描。

〔**鹊踏枝**〕闲时节撅茯苓与泥炮,采灵枝带根烧。家绕着这溪口滩头,转过他这山隐山遥。醉归来把仙庄玩了,比人间景物逍遥。

元明残剧八种(辑佚校勘)

〔寄生草〕腰金带，衣紫袍，想人生一梦邯郸道。你聪明不肯回头早，怎如俺寻真误入蓬莱岛？俺这里白云绿水镇常闲，你那里春花秋月何时了？

〔节节高〕俺这里洞天深处，端的是世人不到。我子待埋名隐姓，无荣无辱，无烦无恼。你看那蜗角名，蝇头利，多多少少。我子待夜睡到明，明睡到夜，夜睡到晓。呀，不觉的刮马似光阴过了。

〔元和令〕我吃的是盘蔬，饮一瓢。穿的那布道服是一套。则待粗布淡饭且淹消。任天公饶不饶，我子待竹篱茅舍枕著山腰，掩柴扉静悄悄，叹人生空扰扰。

〔上马娇〕你子待家道兴，名分高，两件儿受煎熬。几时得舒心乐意宽怀抱？常子是焦，烦恼蹙两眉梢。

〔胜葫芦〕你子待日夜思量计万条，怎如我无事乐陶陶？俺这里春夏秋冬草不凋。倚窗寄傲，杖筇凝眺，看鹦鹉摘金桃。门外清风和气飘，元来是春酒酿葡萄。俺这里花不知名分外娇。我子待醉时一觉，醒时欢笑，直吃到红日上花梢。

〔后庭花〕俺山中过一宵，你人间过了几朝。恰才桃李三春放，又早梧桐一叶凋。叹节令不相饶，虚度了青春年少。怎如俺步烟霞闲迅脚，携琴书过野桥，采茶芽摘药苗，砍青松连叶烧，撅蔓菁和土炮，种胡麻绿水绕，采灵芝涧水浇——我其实年益高。

〔青哥儿〕拜辞了皇家宣诏，情愿待草履麻绦。出家儿贫不忧愁富不骄。我如今趁着年少，志诚学道，修炼丹药。我子待偎着岭，靠着山，近着水，傍着桥，盖一座无忧无虑草团瓢。稽首回归，索强似凌烟阁。

校勘

〔混江龙〕《北词广正谱》所录与此小异：

> 从吾所好，水边林下姿游遨。有道童随后，无俗客相邀。六甲风雷袖里藏，一壶春酒杖头挑。不忧贫，惟忧道，甘心受袁安瓮牖，颜子箪瓢。

〔油葫芦〕忙处人多《摘艳》作忙处得人多得字疑衍　比及《摘艳》作比强及

〔那吒令〕迅脚迅疑当作信　树鹤《摘艳》作树鸟

〔鹊踏枝〕与泥炮炮疑当作刨

〔节节高〕《北词广正谱》作村里迓鼓，曲文与此小有同异：

> 则向洞门深处，世尘不到。我则待埋名隐姓，无荣辱，也无烦无恼。我想蜗角名，蝇头利，都来多少；则这夜到明，明到夜，夜到晓，可早刮马也似光阴过了。

〔元和令〕《北词广正谱》所录与此小异：

> 我则待盘餐蔬饭一瓢，我则待衣服是布衣一套，我则待粗布淡饭且淹消。任天公饶不饶，我向竹篱茅舍枕着山腰，掩柴门静悄悄，叹人生空扰扰。

〔上马娇〕麂《摘艳》作簇

〔胜葫芦〕杖筇《摘艳》杖作携

〔后庭花〕迅疑当作信　炮疑当作刨

〔青哥儿〕稽首回归《摘艳》无回归二字

苦水案：《录鬼簿》王仲文下注大都人。贾仲明词曰："仲文踪迹住金华。"盖北人而流寓于南者。又所作剧《张良辞朝》下注"从赤松张良辞朝"。马隅卿《录鬼簿新校注》曰："曹本作汉张良辞朝归山。《永乐大典》卷二零七五零杂剧十四有目，作张子房弃职归山。有《北词广正谱》选仙吕调一首。"查《广正谱》所录仙吕村里迓鼓一章，下注"王仲文撰张子房剧"。又注："此章与黄钟节节高每互蒙其名。"盖一曲而二名，谱若谓入仙吕则曰村里迓鼓，入黄钟则曰节节高耳。《雍熙乐府》与《词林摘艳》俱有仙吕点绛唇（散筵逍遥）一套，《雍熙》题"归隐"，《摘艳》无题，其中之节节高一章，曲词与《广正谱》所录之村里迓鼓正复相类。因据定此套为王仲文《张良辞朝》之某一折。然《广正谱》所录混江龙（从吾所好）一章，及元和令第二格（我则待盘餐蔬饭一瓢）一章，曲词与此套中之混江龙元和令亦复大同小异。而谱俱注为李寿卿撰《叹骷髅》。然则此套之为王仲文《张良辞朝》，抑李寿卿《叹骷髅》，尚属疑问，惟是杂剧而非散曲则明甚。兹以青哥儿一章有"拜辞了皇家宣诏"之语，姑定为王作。赵景深《元人杂剧辑逸》则依谱录村里迓鼓一章归《张良辞朝》，录混江龙元和令二章归《叹骷髅》。

神龙殿栾巴噀酒 李取进

〔**南吕一枝花**〕茜红袍锦压襕,锁子甲金连贯,紫金冠簪獬豸,碧玉带扣狮蛮。风吹动兽带风翻。火星剑匣中按,我将这火葫芦背上拴。火骡子跳踢弯犇,火獭狲掺交上竿。

〔**梁州**〕火獭狲生扭断铁索,火驴子顿断了嚼环。这火焰焰腾腾黏著犯。我和那壬癸不睦,甲乙分颜。不比那渔灯古岸,鬼火空山,点动照石崖金丹。这火是炉中火炼老子金丹,这火是天上火照烈霞光,这火是太阳火照耀世间,这火是霹雳火拨断天关。五星中强要压班。轻轻的舒手将这云头按,观乾象,圣吉赞,不比那半瘦斩龙须一例看。你与我高挑灯竿。

〔**隔尾**〕早是这无明烈火应难按,镇压我的红旗则在这兽脊上安。我将这漳泗州的龟山做了冤愆。将四城门紧关,荒杀他上产。我则见轰霹雳的金蛇则在这半空里反。

〔**牧羊关**〕这火用筛搅黑雾长空暗。猛破古的狂风杀气寒。逼的那太白皓首苍颜,太阳星辐杳太阴星下班。教尾火虎拦住咸阳,教觜火猴截住眉山,教室火猪你与我屯蜀道,教翼火蛇横住剑关。

〔**贺新郎**〕火葫芦指甲弹轻弹,则这轰赤的金星半空中飞散。烈西风万道得金光灿。火块滚纵横自起,我则道通红了天上人间。焰光动欺大海,火气震爆了昆山。烟遮的这森罗万象无光灿。上冲着玉帝阙,下逼透鬼门关。

〔**牧羊关**〕虽不是改火钻燧,谩烧了纪信庵。这火是伤人火人马平安。火牛阵轻闲。韩王殿紧关。火烧了连云栈。八百里火焰山。举火诸侯戏,烧阿房宫壁未干。

〔**草池春**〕不索问转轮王把恩仇论,平等王算子摊。神不容奸。则为诸行百户厮攒,零碎杂物衔贩,金银器合挥踏,斛斗等秤巴旱,□□截大手悭,花开柳户妆扮,滥官污吏好闲,居民百姓涂炭。从来奸汉自瞒,呆汉都不分拣。今朝天晚,明日清旦,四围墙做了焦土胡烂。何难,情取哭长城四下里拾麸炭。不会乘云雾插翅天关,虽顽,假饶人心似铁,休想佛眼相看。

〔**尾声**〕准备着太行山底掏浮炭,便休想渭水河边等钓竿。南隔江,北枕山,东连秦,西靠燕,四隅头,马当拦。十字街,自跐番。人心荒,火气莽,火著风,烈焰番。铁钩镰柱了拴,铁猫儿挓了搬。麻搭钩柱了安,钩不着,拽不番。烟头绝,火气散。顺风耳,千里眼,骑著这火骡子四圣超凡;你便有八骏马,焰魔天上赶。

校勘

〔**一枝花**〕风吹动《摘艳》无此三字　火獬狖糁交上竿《摘艳》作火郎君撺梭健番

〔**梁州**〕火驴《摘艳》作火骡　点动照石崖金丹《摘艳》作不比那点灯火照释迦金坛　这火是《摘艳》无此三字　照烈霞光《摘艳》作焰腾腾烈万道霞光

拨断《摘艳》作刮刮的撩断　圣吉赞《摘艳》作胜祈赞　半瘦《摘艳》作半夜　龙须《摘艳》作龙沮　高挑《摘艳》作高挑起

〔隔尾〕《雍熙》移此章作尾声此依《摘艳》　上产《雍熙》作上山　半空里反反疑当作翻《雍熙》作半空赶

〔牧羊关〕用筛《摘艳》作用风筛　猛破古的狂风《摘艳》作狂梦婆鼓黄风　太白《摘艳》作太白星　辐杳《摘艳》作轮番　下班《摘艳》作压班　咸阳《摘艳》作前路　屯《摘艳》作屯合了

〔贺新郎〕弹轻《摘艳》作但轻　则这轰赤的《摘艳》作迸满地　烈《摘艳》作顺　万道得《摘艳》作万万道　自起《摘艳》作自赶　玉帝阙《摘艳》作玉皇府

〔牧羊关〕《摘艳》无此章

〔草池春〕《雍熙》《摘艳》俱遗此章据《北词广正谱》补

〔尾声〕《雍熙》无此章此依《摘艳》

　　苦水案：李取进或作李进取，《录鬼簿》谓是大名人，医大夫。所作剧《栾巴噀酒》下注："离火宫荧惑降灾，神龙殿栾巴噀酒。"马隅卿《录鬼簿新校注》曰："有《词林摘艳》选南吕一枝花套，双调新水令套；《北词广正谱》选中吕调三句，南吕调一首。"南吕双调两套，《雍熙乐府》亦收之，不独《词林摘艳》也。其新水令（五更朝马聚宫门）一套，赵景深《元人杂剧辑逸》已据《雍熙乐府》收入。南吕（茜红袍锦压褟）套，《摘艳》无题，《雍熙》则题"西蜀火灾"。

《神仙传》曰："巴为尚书，正朝大会，巴独后到。又饮酒西南噀之。有司奏巴不敬，有诏问巴。巴顿首谢曰：'臣本县成都市失火，臣故因酒为雨以灭火。臣不敢不敬。'诏即以驿书问成都。成都答言：正旦大失火，食时有雨从东北来，火乃息，雨皆酒臭。"则《雍熙》所题，不为无据。马氏定此套为《栾巴噀酒》，是也。今录《雍熙》曲文，而校以《摘艳》，则《雍熙》较《摘艳》多出牧羊关一章，而尾声则当依《摘艳》定为隔尾，《摘艳》之尾声，又《雍熙》所无。至《广正谱》所录之南吕草池春一章，与此套为一韵，词意亦相连属，决为一折。《雍熙》与《摘艳》摘录剧曲，或多节删，以尔时歌者，畏难就易，删繁趋简；而两书多就普通流行之曲词录之，不必尽依原本。草池春一章较为冗长，伶人既不歌，两书亦遂不录耳。今依元曲联套惯例，列此章于牧羊关之后，尾声之前。如是，则全套共有八曲，虽未必即复李氏原本之旧观，庶几近之。惟统观全套之语气，乃火神（荧惑）所唱，而非如双调一套之为栾巴所唱。盖元人剧曲，四折歌者必属同一角色；而此角色所饰者未必为一人，《黄梁梦》其显著之例也。李氏此作，盖亦如此。《录鬼簿》著录李氏剧目共三种，今俱不传，幸而此剧，尚存两折，尝鼎一脔，亦可知味。余尝谓元曲之咏物，甚近于赋，自汉赋绝响，铺陈之作，几于灭亡。元曲蹶起，遗貌取神，遂以复古。如此套直火灾赋耳，而又幻想多于写实，奇情壮采，乃成伟观。旧读《货郎旦》第四折之第五转,每叹其工。然彼仅一曲,此为一套,笔力之横恣为何如耶。惜《雍熙》所录,亥豕鲁鱼,几不可通;《摘艳》较胜,然仍有可商榷处;至《广正谱》之草池春,《摘艳》之尾声,错讹残阙,无可校补,亦俱仍之,不敢意为添改。每读一过,辄觉如云子饭中混杂砂砾,不禁怅恨不能已也。又《谱》所收中吕上小楼三句,兹亦附录,他日或有缘,当遇其全套:

明一会,暗一会,闭合天地。

死葬鸳鸯冢 郑 经

〔南吕一枝花〕柳拖烟翡翠柔,花过雨胭脂淡。扫蛾眉山频黛,分燕尾水柔蓝。峭峭巉巉,我本待闲散心临朱槛。把离人情意感:恨连天芳草争荣,愁成阵杨花乱糁。

〔梁州〕锦字稀人游在塞北,玉楼空梦绕在江南。怨天公不与离人鉴。眼睁睁红愁绿惨,闹垓垓燕两莺三。困腾腾游人勒马,笑吟吟仕女停骖。娇滴滴动人情春色醺酣,絮叨叨诉离情燕语呢喃。往常时守鸾帏万种愁烦,今日个临鸾镜十分瘦减。好著我孤闷恹恹,对莺花几度羞惭。把春光自览,恨东君不肯停时暂。少年心易坑陷。云髻髷松不欲簪,鬓发髟髟。

〔牧羊关〕羊羔被神獒唊,牡丹被野鹿衔。将一对并头莲生移在虎窟龙潭。窃玉的心忺,偷香的兴减。在生时不能勾同衾枕,死后也同棺函。离愁似天样阔,划地教寄相思书一缄。

〔骂玉郎〕春山蹙损蛾眉淡,畅好是忒魕魅。寻消问息无明暗。温不和翡翠衾,接不上碧玉簪,斗不合青铜监。

〔感皇恩〕呀,甘相思病已空耽,得团圆死而无憾。娇滴滴好花枝,疏剌剌风摇卸,闹炒炒燕莺搀。连理枝将钢刀来硬砍,并头莲探利爪偷删。子落的骨揸揸,黄乾乾,病恹恹。

〔采茶歌〕你看他冷相搀,热厮钻,不明不暗话儿甜。画地为牢撮合山。少年坑陷我合甘。

〔哭皇天〕研香翰把霜豪蘸，写不尽断肠词韵脚儿赸。离愁似天样阔，诗句里总包含。气吁做愁云荏苒。写不尽碧云笺上锦字书呈，千方百计，暮四朝三，我不合把相思、把相思一担儿担。

〔乌夜啼〕担不起相思一担，我不合当初自揽。望夫石当不的衡钢钻。似这般强风情地北天南，把盟山誓海神前忏，畅好是黑眼心馋，有苦无甘。临川县双渐把撅其搀，浔阳岸上风头难把扁舟缆。志诚心，咱批勘，相思易感，似这般哑禅，好著我难参。

〔尾〕金线池舍残生，拼死和他溘。姻缘簿看几行，排名儿厮对的岩。斩怪锹，撇闲刀，把钢蘸。演习来的吐谈，打熬成的怪胆，者莫你统阵马交锋硬厮砍。

校勘

〔一枝花〕柔蓝疑当作揉蓝　　峭峭《摘艳》作悄悄　　争荣《摘艳》作峥嵘

〔梁州〕怨天公《摘艳》作恨东君　　临鸾镜《摘艳》作意迟迟临妆奁　　好著我孤闷恹恹对莺花几度羞惭《摘艳》作到如今对莺花闷恹恹几度羞惭

〔骂玉郎〕斗不合《摘艳》作配不上

〔感皇恩〕搀《摘艳》作咱　　探利爪偷删《摘艳》作探爪见偷钐　　黄乾乾《摘艳》作愁慽慽

〔哭皇天〕荏苒《摘艳》作冉冉　　碧云《摘艳》作碧玉　　书呈《摘艳》作

书绒

《北词广正谱》所录与此小异：

研香翰把霜毫蘸,写不就断肠词将韵脚删。离愁天样阔,诗句总包含。气吁做愁云冉冉。写不就碧云笺上锦字书绒。看时节愁和闷雨泪相搀。我不合把相思一担儿担。今日个遭逢着坑陷,当初不自揽。

〔乌夜啼〕担不起相思一担,我不合当初自揽 《摘艳》以此二句归哭皇天尾作今日个遭逢着坑陷我不合当初自揽　钢钻 《摘艳》作铜錾《北词广正谱》同　似这般强风情地北天南把盟山誓海神前忏 《摘艳》与《广正谱》俱无此二句　黑眼 《摘艳》作眼黑《广正谱》同　浔阳岸上风头难把扁舟缆 《摘艳》作浔阳江上西风把兰舟揽《广正谱》作浔阳岸商妇把兰舟缆　咱批勘 《摘艳》作咱须鉴《广正谱》作你须鉴　似这般哑禅好著我难参 《摘艳》作哑谜难参《广正谱》同

〔尾〕看几行排名儿厮对的岩 《摘艳》作排门儿随机便厮嵌的嵓　演习来的 《摘艳》作打叠起　打熬成的 《摘艳》作收拾了　者莫你 《摘艳》无此三字

苦水按：邾经,或作朱经,字仲谊,或作仲义。贾仲明《续录鬼簿》云："陇人,号观梦道士,又西清居士（《录鬼簿》题词作西清道士）。以儒业起为浙江省考试官,权衡允当,士林称之。侨居吴山之下,因而家焉。……八分书极高,善琴操,德疑当作擅隐语。……有观梦等集行于世。"作剧三种,今俱佚。只《鸳鸯冢》一种尚存黄钟醉花阴（羞对莺花绿窗掩）一套及南宫一枝花（柳拖烟翡翠柔）一套,俱见《雍熙乐府》

及《词林摘艳》二书。醉花阴一套，赵景深《元人杂剧辑逸》已收；惟一枝花套，只据《北词广正谱》录玄鹤鸣一章及乌夜啼二章而未收全套。今依《雍熙》录出，而校以《摘艳》及《广正谱》。《雍熙》乌夜啼章起二句"担不起相思一担，我不合当初自揽"；据谱当是哭皇天（即玄鹤鸣）之末二句。《广正谱》于玄鹤鸣章下注曰："多有误移末二句在乌夜啼作头者"，是也。《太和正音谱》于玄鹤鸣录马致远《陈抟高卧》中一章为例，末二语为两四字句。此"相思一担，当初自揽"二句八字，恰与之相当，而"担不起"及"我不合"则衬耳。至乌夜啼本章自当由"望夫石当不过衡钢钻"起句，正格是七字句法；《正音谱》仍举《陈抟高卧》剧中一章为例，起句"幸然法正天心顺"，亦正是七字。《广正谱》乌夜啼第四格于"望夫石"句下，漏去"似这般强风情地北天南，把盟山誓海神前忏"二句，而注谓"本调自少首二句"，则大谬也。至《广正谱》乌夜啼第三格（你和他单丝不线）一章下，亦注《鸳鸯冢》。马隅卿《录鬼簿新校注》赵景深《元人杂剧辑逸》俱认为郑氏此剧之一章。然试置此章于全套中，词意殊不相联属。又此套用监咸韵，而此章则用先天，晚元作家用韵极严，似非一套。余颇疑为李玄玉之误注，故摈而不录。又《广正谱》黄钟卷内收神仗儿（一时被闪）一章，注朱仲谊撰《玉娇春》。赵景深即据录。马隅卿《录鬼簿新校注》亦据此于郑氏所作剧目中补《玉娇春》一种，并注"据《北词广正谱》

补。有《北词广正谱》选黄钟调一首。"余颇疑玉娇春乃王娇春之误刻，而《鸳鸯冢》一剧之本事即出于宋梅洞之《娇红记》小说。小说谓王娇娘、申生死后合葬为鸳鸯冢，则王娇春其即王娇娘乎？若然，则邦氏此剧当名曰"王娇春死葬鸳鸯冢"也。且《雍熙乐府》与《词林摘艳》所收《鸳鸯冢》第二折黄钟醉花阴一套，据《广正谱》套数举略，尚少古寨儿令，神仗儿，节节高犯，挂金索三章。是套为廉纤韵，而此神仗儿（一时被闪）一章，亦廉纤韵，或即同为一折，未可知也。若然，则此章应并入此套，马隅卿氏亦不应于邦氏所作剧目另补《玉娇春》一种矣。

苦水又按：钟丑斋《录鬼簿》有邦氏所题折桂令一章，作于至正庚子，为陈友谅称帝之年。雪蓑钓隐《青楼集》有邦氏序一篇，作于至正甲辰，为朱元璋称吴王之年，又三年而元亡。故序中有云："览是集者，尚感士之不遇时。"丑斋于元作家中，行辈已较晚，邦氏盖更晚于丑斋，故钟氏《录鬼簿》中无其名。贾仲明《续录鬼簿》曰："交余甚深，日相游览湖光山色于苏堤林墓间。"贾氏于明初，以曲子为燕邸上客，则邦氏或亦由元入明，特未出仕而已。晚元人之曲，亦犹晚唐人之诗。其高者词意浑融，臻于圆熟之境。其下者词浮于意，毫无生气。盖一种文体之将衰敝，其现象无不如是。今观邦氏黄钟醉花阴及南吕一枝花两套，陈言腐词，连篇累牍，以视元初作家之蒜酪风味，其犹乡愿与草莽英雄之别乎？二十六年十月二十五日，记于北平东城之习堇庵。

此稿既写定，于郑因百兄处得见郑西谛氏《〈词林摘艳〉里的剧本及散曲作家考》一文（载《暨南学报》第二卷第二号），因借来一读。郑氏据原刊本《词林摘艳》认黄钟醉花阴（行色匆匆易伤感）一套为《鸳鸯冢》杂剧之一折。但以此剧已有"羞对菱花绿窗掩"之醉花阴套，故郑氏于此亦颇致疑，曰："难道在一剧里，可以用同宫调的套数至两个么？难道元剧的规律，到这时便已经变动些了么？否则便是张氏有些错误了。"元人剧作，一剧之中，同一宫调可以用两次。李直夫之《虎头牌》曾两用双调，即其一例，但一用新水令，一用五供养，其中曲牌亦多不同耳。顾亦非所论于此两套醉花阴。晚元作家，于杂剧规律，至为讲求，更无变动之可言。考醉花阴（行色匆匆易伤感）一套中之醉花阴章，刮地风章及寨儿令章_{按此当据《谱》作塞雁儿}俱见《北词广正谱》，均注套数，曾瑞卿撰，后二章且兼注"行色匆匆"，是此套乃曾氏之散曲，而不当混入邾氏之杂剧也。复查《重刊增益〈词林摘艳〉》，此套未署题；余未见原刊本，意其下必注鸳鸯冢，若然，则张氏真"有些错误"矣。十一月六日苦水又识。

元明残剧八种（辑佚校勘）

像生番语括喦旦 无名氏

〔**中吕粉蝶儿**〕心下疑猜，俺男儿惯曾出外，受了些无人烟日炙风筛。一来是为邦家，二来因公干，三来与国家除害。好是伤怀。怎当那满怀愁，一天雪大。

〔**醉春风**〕飞柳絮，剪鹅毛，粉妆成银世界。琼花乱糁在空中，天气儿好歹、歹。身上单寒，肚中饥饿，站车搬载。

〔**红绣鞋**〕猛听的一声惊怪，莫不是俺官人认的明白。多管是军阵中受驱驰恰回来。雪迷了人踪迹，风吹我眼难开，常言道在家好敬客。

〔**穷河西**〕皓首苍颜老宣差，驾车的心怯都麻呢咬儿只不毛兀剌你与我请过来。倘或间些儿个无是么管待，休笑我女裙钗，触犯着你个官人也少罪来。

〔**播海令**〕哎，你个岸荅的官人你便休怪。若有俺那千户见了你个多才，这其间杀羊造酒，宰马敲牛，为男儿不在，帐房里没甚么、没甚么东西东西这的五隔。一来是为人在客，二来甫年高，三来是看上敬下，怎敢小觑俺这腰间明滴溜虎头牌？

〔**古竹马**〕齐上马离毡帐，赶站车尘步埃。虎芦站有妖怪；李陵站最难捱；罕虎芦站上平川地；阿阿站上不停鞋；白马河站上人烟少，走乏的那铺马最难捱。俺那里怨无这岭黑河水，淡烟笼罩李陵台。我说的话明白；你与我记心怀。老官人休笑粗鲁的旗婆到无甚么管待。安插二三秋，有朝一日来到俺沙陀，道是腾忔里取曲律撒银那颜，托赖著天地气力，帝王福荫，身奇安乐，马无疾病，岸苔官人哎，你个囊箧的房子里那颜咬儿只不毛兀剌你与我请过来。

校勘

〔**粉蝶儿**〕男儿《摘艳》作官人　人烟《摘艳》作人情

〔**穷河西**〕心怯《摘艳》作心哎怯《广正谱》同　少罪来《摘艳》作少罪责《广正谱》同

〔**播海令**〕岸苔《摘艳》作俺苔《广正谱》作淹苔　多才《摘艳》作官人《广正谱》同　一来是《摘艳》于此三字上有（么篇）二字疑误　甫年高《摘艳》作甫间年高《广正谱》作甫间年高

〔**古竹马**〕虎芦站《摘艳》作道是葫芦站《广正谱》同　罕虎芦《摘艳》作寒葫芦《广正谱》同　阿阿站《摘艳》作阿弥者《广正谱》同　白马河《摘艳》作白梨河《广正谱》同　铺马最难捱《摘艳》作铺马痛伤怀《广正谱》同　怨无《摘艳》作原无《广正谱》同　安插二《摘艳》作安插儿《广正谱》同　房子里《摘艳》里下有咬字《广正谱》同

苦水按：贾仲明《续录鬼簿》"诸公传奇失载名氏"者，有《括喦旦》，下注："风雪当站兀剌赤，像生番语括喦旦。"马隅卿《新校注》曰："《太和正音谱》作《喦喦旦》；《永乐大典》卷二零七四二，杂剧五，有目，作《像生番语罟罟旦》；钱目不载此目；《北词广正谱》作《罟罟旦》。有《太和正音谱》选正宫调一首；《词林摘艳》选中吕粉蝶儿套；《北词广正谱》选正宫调一首，中吕调二首。"今依《雍熙乐府》录全套，而校以《摘艳》；至《正音谱》所收正宫穷河西一章，据《广正谱》所考订，则讹谬过甚，即亦不复据校也。元人之剧或以角色名之，如《还牢末》则为末唱，《货郎旦》则为旦唱，而以旦名者尤夥，此《括罟旦》亦其一。括罟为蒙古妇人冠子。或作罟罟，《辍耕录》曰"承旨带罟罟娘子十有五人"，是也。或作顾姑，《蒙鞑备录》曰："凡诸酋之妻，则有顾姑冠，用铁丝结成，形如竹夫人，长三尺许，用红青锦绣或珠金饰之。"或作固姑，《辍耕录》载聂碧窗诗："江南有眼何曾见，争卷珠帘看固姑。"《元朝秘史》亦作固姑。或作故故，丘长春《西游记》曰："其末如鹅鸭，名曰故故。"括罟盖蒙古音译，依音署字，故多歧异。其蒙古谓鹅鸭曰故故耶？今俗谓鸡头上毛隆起者曰罟罟头，亦以突起像冠故名耳。至像生一词，吴自牧《梦粱录》有之，盖指剪采为花，其形像生。此云像生番语，其义当与《梦粱录》异。又《货郎旦》亦曰风雨像生。《货郎旦》剧中第四折之旦色，以说唱货郎儿词为生。货郎儿为荷担或推车售卖闺阁用物者，度其叫卖，或曼声叶韵。其后像其声演唱故事，遂名曰货郎儿词。若是则像生当作像声。今北平伎艺人有曰说相声者，时模效各地方言或小贩诃声以博笑乐,岂其流耶?余颇疑像生番语者,本非胡妇,而操番语极流利之谓。顾本事不详,未敢武断。至乌剌赤,盖蒙语马夫之意。此外篇中所引用蒙古语尚夥,未详其义,会有通人,加以诠释。兹姑缺疑。廿六年十月廿七日记。

刀劈史鸦霞 无名氏

〔**商调集贤宾**〕贪荒忙棘针科抓住战衣,险諕杀小河西。行不动山坡下歇息,立不住东倒西推。眼张狂有似捞菱,行不动一丝两气。那将军惯相持,能对垒,有军来谁敢和他迎敌?则听的摔天般发喊,震地凯征鼙。

〔**逍遥乐**〕端的是名传万世,看了他四海无双,不枉了寰中第一。狄青将玉勒兜,宝镫踢。兽壶中顺手扯金钲,凤翎箭水磨端的直。弓弯神背,更压着李广养由基。

〔**么**〕箭着时支楞楞撇了画戟,扑簌簌零了豹尾。我见他翻身落地马空回。弯弓插箭觑了一会,将一顶紫冠来撞碎,我见他三思台吞满画桃皮。

〔**么**〕史牙恰枪使迎,狄将军刀去的疾。我子见迎枪着刀杆足律律火光飞。见枪来躲过刀去劈。则见连肩带臂,恰便似锦毛彪扑倒赤狻猊。

〔**么**〕狄将军前面行,史牙恰后面随。他两个不曾答话便相持,恰便似六丁神撞着个霹雳鬼。天生下是本对,寰中少有世间稀。

〔**尾**〕你与我即便去,莫迎敌,得便宜则恐怕落便宜。他每都响珊珊笑将金镫踢,喜孜孜还营威势,打一面皂雕旗,齐和凯歌回。

校勘

〔**集贤宾**〕发喊 《摘艳》作发喊声

〔**逍遥乐**〕寰中第一 《摘艳》逍遥乐章至此止以下作醋葫芦　神背疑当作神臂

〔**么一**〕《摘艳》以此章与以下各么篇俱作醋葫芦　紫冠 《摘艳》作紫金冠

〔**尾**〕齐和 《摘艳》作齐贺

苦水按：《太和正音谱》所录古今无名氏杂剧一百一十本中有《刀劈史鸦霞》一种。初不详其本事。后偶阅某小报剧评，谓高阳昆弋班之《箭射史鸦霞》，系演狄青事。知《正音谱》所录之《刀劈史鸦霞》亦定是狄青事也。此商调集贤宾一套，《雍熙乐府》与《词林摘艳》俱收之，兹依《雍熙》录而校以《摘艳》，字句差异，尚不甚多。惟《雍熙》之逍遥乐章，《摘艳》自"狄青将玉勒兜宝镫踢"起，定为醋葫芦，而只以起首"端的是"三句为逍遥乐。兹以《正音谱》及《北词广正谱》考之，《摘艳》是也。盖当时歌者于逍遥乐只歌起首三句，以下便删去，直接醋葫芦，《雍熙》编者未加详察，亦遂合为一章；又以以下三章，俱定为逍遥乐之么篇，大谬，大谬。北曲中固无此种格式之逍遥乐也。余以为曲中之狄将军，即狄青。而史牙恰即史鸦霞，以外国人名，译音署字，初无定规，一如华盛顿之或作瓦欣吞，牛顿之或作奈端耳。故余即断定此套为《刀劈史鸦霞》剧中之一折。惟词意不甚连贯，且元剧中集贤宾一套，未有如是之简单者。恐逍遥乐章以外，删节尚多。而曲中所谓小河西者，亦未悉为何人。余未见昆弋班所演之《箭射史鸦霞》，不知其中亦有所谓小河西者否。此套马隅卿《录鬼簿新校注》未箸录，赵景深《元人杂剧辑逸》亦未收。二十六年十月三十日苦水记于故都东城之习堇庵。

望思台 无名氏

〔**商调集贤宾**〕殿头官恰才传宣敕,俺老臣入宫闱。不曾歇一时半刻,连宣到两次三回。俺这里鞠躬躬象简当胸,宽绰绰紫袍簇地。按下俺这纱幞头,更将这玉束带整齐,登辇辂直叩丹墀。不听的静鞭三下响,那里也文武两班齐?

〔**逍遥乐**〕又不在长朝殿内,朝阳宫里,多管在望思台上坐地,每日家子是哭哭啼啼。你不合信谗言父子相离,可不道事要所思,免劳后悔。他并不知我暗藏着苗裔。我今日举荐储君,怕甚么泄漏了天机。

〔**梧叶儿**〕君王悦,达著这圣主机,咱正是白发故人稀。遥望见盘龙椅,怎敢道免拜礼?谁敢失了尊卑?我这里舞蹈扬尘三叩毕,老微臣拜舞罢,山呼万岁。

〔**金菊香**〕见如今毁将兵器为农器,不动征旗挂酒旗。省刑罚,薄税敛,贼盗息,路不拾遗。普天下四海乐雍熙。

〔**醋葫芦**〕那老儿他道是女配了夫,儿娶了妻。则他那有钱有物有东西;则他那亲儿亲女都来这里庆八十。那老儿欢天喜地,倚仗他有官有禄有承袭。

〔**幺**〕老微臣有官呵,袭与谁?有家私,谁做主意?无挨无靠无亲戚。泪淹淹尽将袍袖湿,不由我啼天哭地,双眸中雨泪似扒堆。

〔金菊香〕老微臣身死靠着谁?谁是我拖麻拽布的?做了个秦不收,魏不管,忠孝鬼。若到寒食,谁与我烧一陌纸钱灰?

〔村里迓鼓〕饿的我黑干憔悴,早难道饱食、饱食终日。深山内胡寻乱吃。他每都咽树皮,也无那珍羞百味。渴饮涧水,饥餐榆树,采蕨薇。也不是圣主孙,君王嗣,也不是太子妃,也做得过首阳山伯夷叔齐。

〔元和令〕小储君腹内饥,委实的捱不得。将一个李延年剐割的血淋漓,与储君胡乱吃。李延年剐皮割肉代粮食,做的个损别人,安自己。

〔上马娇〕怎当那肚里饥,又无那身上衣。天也,做三口儿苦相随。正寒天腊月在深山内,冻的似痴,捱不过这天气。

〔游四门〕则他那扑头扑面雪花飞,冻损了病身体。竭天竭地寒风起,常好是命将危。几口儿悲含恨有谁知?

〔胜葫芦〕阁不住扑籁籁腮边泪珠垂,三口儿痛伤悲。埋怨俺尊君忒下的:教别人断送了苗裔,教别人欺瞒了尊位,教别人倾陷了汉华夷。

〔后庭花〕信江充歹见识,送东宫三不归,有国难投奔,做了个不著坟墓鬼。那厮用心机把君王瞒昧,道东宫生歹意,行魇昧,图反背,逐他在外壁。你朝中情俸给,思量起这泼贼,拨弄杀汉武帝。

〔柳叶儿〕我王却道甚养军千日,谁承望泄了天机?实走了话,便索传宣敕,把那贼亲问罪,出宫闱,拿将这万剐凌迟。

〔尾声〕今日将社稷扶圣明主，赛尧年正好捧金杯，稳坐著盘龙兀金飞凤椅。他正是君臣庆会，辅佐着山河日月衮龙衣。

校勘

〔集贤宾〕宣敕《摘艳》作圣敕　俺老臣《摘艳》作宣老汉　束带疑当作带束　辇辂《摘艳》辂作路

〔逍遥乐〕所思《摘艳》作前思　他并不知我《摘艳》作并不知伊　储君《摘艳》作皇孙

〔梧叶儿〕《摘艳》此章前半词句，与此大异：

都堂内，台省里，都一般法清正，理盐梅。普天下黎民乐、黎民乐，罢了战敌。我这里跪在丹墀，舞蹈扬尘三叩头，老微臣可便拜舞罢，急忙山呼万岁。

〔金菊香〕前《摘艳》无此章

〔村里迓鼓〕《摘艳》此章词句较胜：

饥饿的黑干憔悴，早难道饱食终日。深山内胡寻乱吃。啃树皮似珍羞百味。饿的荒，饮涧水，食榆叶，采蕨薇。皇帝孙，君王嗣，太子妃，都做了首阳山伯夷叔齐。

〔元和令〕将一个李延年剐割的血淋漓《摘艳》作李延年割肉血淋漓　做的个《摘艳》作怎做的

〔游四门〕常好是《摘艳》作太子　几口儿悲含恨《摘艳》作含悲恨

〔胜葫芦〕断送《摘艳》作请　欺瞒了尊位《摘艳》作做了皇嗣　倾陷《摘艳》作情受

〔后庭花〕《雍熙》无此章依《摘艳》补

〔柳叶儿〕《雍熙》无此章依《摘艳》补
〔尾声〕《摘艳》无此章

苦水按：此商调集贤宾一套，《雍熙乐府》与《词林摘艳》俱收录。《摘艳》无题，《雍熙》题《忠臣辅国》。余初读之，即断为谱汉代"巫蛊"事。《前汉书》卷六十三《戾太子传》曰："上怜太子无辜，乃作思子宫，为归来望思之台于湖，天下闻而悲之。"今套中逍遥乐章有云："又不在长朝殿内，朝阳宫里，多管在思台上坐地。"《太和正音谱》著录古今无名氏杂剧一百一十本中，有《望思台》，则此套定是《望思台》中之一折。惟首章所谓"老微臣"者，不悉为何人，亦遂不能断定为何人所唱。《汉书》谓车千秋上书讼太子之冤，余初颇疑此老微臣即车千秋。然《汉书》车传谓车有子顺，嗣侯，官至云中太守。而此套之醋葫芦么篇章曰："老微臣有官呵，袭与谁？有家私，谁做主意？"金菊香章又曰："老微臣身死靠着谁？谁是我拖麻拽布的？"则此老微臣者固无子，似又非车千秋也。至其元和令章则曰："小储君腹内肌，委实地捱不得。李延年割肉血淋漓，与东宫胡乱吃。这的是剐皮割肉代粮食。怎做得损别人，安自己？"（据《摘艳》）似戾太子避难时，李延年曾割肉以食太子；而此割肉，似自动的出于延年之情愿，而非被动的由于他人之剐割。《汉书》卷九十三《佞幸传》谓延年"坐法腐刑，给事狗监中"。固应无子。则此老微

250

臣者,其即李延年乎?延年列传佞幸,此套所言,颇为忠荩;然小说戏剧中人物事迹,未必即与正史相吻合。亦犹皮簧戏《法门寺》中之刘瑾,《忠孝全》中之王振,其为人亦殊磊落光明,不同于正史中之穷凶极恶也。惟醋葫芦章中所谓"那老儿他道是女配了夫,儿娶了妻,则他那有钱有物有东西",此"老儿"又不识为何人,其即主动巫蛊事件之江充耶?全剧既佚,又鲜旁证,只有阙疑以俟他日新材料之发现而已。此套《录鬼簿新校注》于《望思台》目下未注录,《元剧辑佚》亦未收。余依《摘艳》以校《雍熙》,则《雍熙》较《摘艳》多出金菊香及尾声二章。顾《摘艳》之《后庭花》及《柳叶儿》二章,亦为《雍熙》所未有。而所谓尾声者,似当据《北词广正谱》作随调煞也。商调与仙吕,笛色俱可用小工,故两调之曲可以互借。惟此套自村里迓鼓起,借用仙吕至七调之多,则现存元剧联套所不多见耳。十一月二日苦水记于习䓕庵中。

女学士三劝后姚婆 无名氏

〔**越调斗鹌鹑**〕想当初无盐安齐,虞姬送楚;贾氏诛龙,杨香跨虎;食麦贤妻,采桑烈女;举案的是孟光,退军的是义姑;捧印的三娘,坠楼的是绿珠。

〔**紫花儿序**〕上等女完全忠孝,中等女成就贤达,下等女败坏了风俗。为些个美甘甘茶饭,打眼的衣服,枉图;辱父母,择公婆,拣丈夫。奸猾女妇,将这座大院深宅,生扭做柳陌花衢。

〔**小桃红**〕见他粉憔胭悴淡妆梳,却早博落了能治家私的贤达妇。往日相逢敬亲故,有谁知?往常问一句,应三句,那能言快语,似喷珠噀玉。令日个做了个没口的闷葫芦。

〔**鬼三台**〕你休啼哭,休言语。这的是神天对付。你安自己,损别人,可知道奴婢忿怒,你待教大儿亡,小儿请俸禄。小儿还债负。送了他两个王祥,那里发付你这三移的孟母!

〔**调笑令**〕若说俺上祖,尽为儒,辈辈无官士大夫。看太公家教萧何律,大学小学和论语。三房头是有几个女,我活六十岁,几曾见纸休书?

〔**秃厮儿**〕他待要凭河暴虎,再休想似水如鱼。自家所为,暗咈;从小儿也会读文书,嗟吁!

〔**圣药王**〕将着丈夫画的手模,似三贞九烈美人图。我不读,你自读,是你那辱门败户大招伏,也不是你的护身符。

〔**麻郎儿**〕贤愚怎并居,水火不同炉。俺这里不是你住处。那里将你发付?

〔**庆元真**〕状元堂内母亲毒,授官厅上故人疏,碧桃花底凤凰孤。荒疏,有去处,青山望你的儿夫。

〔**尾声**〕枉着你子母每牵挂着亲肠肚,省可里啼啼哭哭。要见你娇养的寿山儿,则你学那抱石投江的浣沙女。

苦水按:此套见《雍熙乐府》卷十三,《词林摘艳》未收。《雍熙》未注题,余初见,即以为决是杂剧而非散曲。元人套数如高祖还乡,咏苏卿之类,词中固亦有本事而非单纯之抒情。然人物姓名,俱详细写出,使读者见之可知为何人何事。剧曲则以屡有宾白之故,剧中人物之姓名时或略而不详。《雍熙》《摘艳》二书,俱以散曲为主体,每录剧曲,摈宾白而不录,又或不注作者,不录剧名,故只读曲文,往往令人忘其为杂剧。此套尾声章中虽有寿山儿一词,似是人名,而普通流布之小说中亦未经见,殊难推知其本事。然细绎词意,多责劝继母之语。《续录鬼簿》"诸公传奇失载名氏"目中,有《后姚婆》一种,注"贤奶娘单教前妻子,女学士三劝后姚婆"。姚婆或作尧婆,继母也,元曲中常见之。此套其即《后姚婆》之一折乎?本事不详,旁证复阙,收录待考。十一月六日苦水记于习堇庵。

月下老定世间配偶 刘 兑

第一折

〔**仙吕点绛唇**〕花信风微，燕泥雨霁，韶光丽。暖日迟迟，酝酿出游春意。

〔**混江龙**〕艳阳天气，遍园林无处不芳菲。柳条袅娜，杏锦离披；翠草和烟雏燕语，碧桃凝露彩鸾栖；芍药粉铅华浅试，海棠丝绛腊低垂；翠槛暖香含豆蔻，画栏暗香喷荼蘼；小径嵌金钱石竹，矮屏攒锦带玫瑰。花扑扑一片锦模糊，暖溶溶三月春光媚。芳尘滚滚，香雾霏霏。

〔**油葫芦**〕四十里红香锦绣围，风日美。香车宝马趁晴晖，雕轮轻碾莎茵细，玉鞭乱拂杨花坠。恰转过甃花砖万字阶，早来到步金沙十里堤。立东风似觉非人世，却疑是乘彩凤下瑶池。

〔**天下乐**〕十二楼台拥翠微，高低、帘半垂。一处处启纱窗，列银屏锦绣帏。花香度斗草亭，柳阴笼拾翠溪，有丹青难下笔。

〔**那吒令**〕蝴蝶儿对飞过葡萄架西，游蜂儿竞起落蔷薇径里，黄莺儿乱啼在樱桃树底。鸳鸯戏绿水滨，鹦鹉语金笼内，一声声似殢娇痴。

〔**鹊踏枝**〕锦香堆,翠红围,才过了元夜花朝,又早是禁烟寒食。看如此风光景致,尽游人乐意忘归。

〔**寄生草**〕泛曲水兰舟漾,簇香风彩仗移。锦标收看罢秋千戏,翠鬟迎齐奏笙歌沸,玳筵开准备鸾凤配。夜长抃向月中归,春深莫惜花前醉。

〔**么**〕小队按霓裳舞,新腔歌金缕低。随花傍柳春明媚,调丝品竹仙音沸,烹龙炮凤珍羞备。瑶台飞下玉天仙,蓬壶幻出风流地。

〔**后庭花**〕酒痕香手帕儿湿,花枝重鬏髻儿低。酒醉后情偏热,花深处眼欲迷。觑吴姬风流佳丽:粉酥胸,白雪肌;黛烟描,新月眉;宝钗横,云鬟堆;柳腰纤,玉一围;启朱唇,皓齿齐;荡湘裙,莲步移。

〔**青歌儿**〕呀,娇靥笑,秋波、秋波生媚。安排着雨云、雨云情意。翠袖香温手共携。画阁兰闺,绣枕罗帏,琴瑟相宜,鸾凤于飞,是一对美满好夫妻风流配。

〔**赚尾**〕赏花时,寻芳意,问甚千金一刻。纵有游丝百尺飞,碧天边难系春晖。到明日,绿暗红稀,不忍听空林叫的子规。常则是被流莺唤起,更做到殢红妆不睡,大古是惜花人爱月夜眠迟。

第二折

〔**正宫端正好**〕青霭霭柳阴浓,轻拂拂荷香荡;小红亭、嫩绿池塘。水晶帘动波纹漾,高卷起金钩上。

〔**滚绣球**〕翠云屏,青琐窗;紫藤席,白象床;罩湘烟、碧纱鸳帐;梦初回、浴罢兰汤。出绣房,过画堂,罗扇轻、晚风清爽,汗珠消、玉骨生凉。松涛细煮团龙茗,花雾浓薰睡鸭香:别是个风光。

〔**倘秀才**〕蝉鬓䰃,斜簪凤凰;粉脸淡,轻匀海棠;翠点眉心半额黄。缕金香串饼,云锦藕丝裳,添了些晚妆。

〔**滚绣球**〕步盈盈罗袜凉,动珊珊琼珮响,翠阴中倚阑凝望:浸楼台云影天光;小壶天风月场,万花丛鸳鹭乡;彩霞深,绿云摇飏;颤巍巍羽盖云幢;蕊珠宫里神仙侣;天女机头云锦章:景物无双。

〔**倘秀才**〕绿槐荫低低粉墙;碧梧覆阴阴井床;葵萼倾心捧日光;萱开黄鹄嘴,榴蹙绛纱囊:正红稠绿攘。

〔**赛鸿秋**〕露滋花,花含露,珍珠轻缀在霞绡上。絮沾苔,苔铺絮,粉锦碎点在绒毡上。柳藏莺,莺穿柳,绿丝乱拂在金梭上;藻擎鱼,鱼翻藻,锦书双捧在银盘上;白鸥下碧波,雪片飞江上。竹吟风,风筛竹,玉箫声在青鸾上。

〔**脱布衫**〕蜜房瓜旋剖甘霜。银丝脍细缕新姜。玉碗调冰壶蔗浆。荷筒注碧香春酿。

〔**小梁州**〕玳瑁筵前白昼长,锦片似排场。凤箫鼍鼓间笙簧;瑶筝上,翠竹雁成行。

〔**么篇**〕雪儿对舞云娥唱,按梨园一派宫商。醉眼狂,欢情畅,余音嘹喨,齐和采莲腔。

〔醉太平〕倚双鬟艳妆，拂两袖天香，掉歌惊散锦鸳鸯。小娇娃荡桨，泛沧浪，溯流光，小小兰舟漾。挂空苍，破昏黄，皎皎银蟾上。送斜阳，酿新凉，渺渺彩云长。醉归来未央。

〔尾声〕宝猊瑞霭浮珠晃，画烛纱笼照翠廊，凤髻堆云珊枕凉，更箭浮莲玉漏长，受用足青春富贵郎，可喜煞风流窈窕娘。彩索香囊，角黍蒲觞，准备下明日端阳再欢赏。

第三折

〔黄钟醉花阴〕玉宇金风送残暑，半霎儿轻云细雨。秋意满庭除，珊枕纱幮，顿觉凉如许。

〔喜迁莺〕欲试绣罗襦，唤小玉爇龙涎，薰翠缕。睡红生玉，映菱花秋水芙蕖。妆梳，点兰膏，匀凤酥，百宝光含络臂珠。整珮琚，步云阶缥缈，对秋景欢娱。

〔出队子〕绿窗朱户，弄新晴晓日初。合欢床铺苫翠氍毹，连珠幄缨联珠珞籔，一似蓬岛仙家碧玉壶。

〔幺篇〕园林景物，写秋光作画图。芙蓉傍水锦千株，丹桂迎风香万斛，掩映着杨柳梧桐深密处。

〔幺篇〕紫微香露，染霞绡，攒细粟。凤仙开，九苞秋暖锦毛舒；玉簪绽，六出花含檀韵吐；又早见乱撒金钱篱下菊。

〔幺篇〕淡烟浓雾，看山光乍有无。咿哑哑宾鸿出塞远相呼；啾唧唧社燕辞巢娇对语；滴溜溜红叶儿随风零乱舞。

〔刮地风〕一弄儿秋声不断续，直乃是万籁笙竽。一年好景休虚负。渐看那柳败荷枯。画屏般碧云红树，锦机似彩鸳白鹭。爽气浮，日影疏，送长天落霞孤鹜。扫纤尘，静太虚，见冰轮飞出云衢；剔团圞碾破银河路，放寒光照九区。

〔四门子〕上南楼似入清虚府，卷珠帘遥望舒。列玳筵，倒玉壶，箫声似彩鸾双凤雏。丫鬟拥娇艳姝，摆列着清歌妙舞。

〔古水仙子〕泡金波，泛醅醑，直吃到斗柄横斜桂影疏。画烛高烧，玉山低趄，拚着个沉醉花前红袖扶。问嫦娥今夜何如？愿天长地久为眷属。这的是人间天上团圞处，尽今生欢爱永无虞。

〔寨儿令〕煞强如、煞强如广寒宫一世幽居，常则是舞罢霓裳镜鸾孤，珊枕剩，翠衾余，空自把青春误。

〔挂金索〕光烁烁灯月交辉，素魄流香雾。娇滴滴粉黛成行，清影涵琼树。立停停罗袜生凉，疑是凌波步。舞飘飘罗袂乘风，恍然飞仙去。

〔尾声〕不觉凉生桂花露，犹兀自醉眼模糊，共倚著玉阑十二曲。

第四折

〔双调新水令〕翠帘深护小房栊，滴溜溜玉钩低控。驼绒毡斗帐，龟甲锦屏风。春意融融，梅梢上暗香动。

〔乔牌儿〕琐窗疏影横，倒挂绿么凤。梨云一片罗浮梦，夜深沈，寒漏永。

〔滴滴金〕琼树生花，玉龙脱甲，银河剪冻，瑞雪舞回风。碧落无尘，淡月窥檐，彤云接栋，白茫茫贝阙珠宫。

〔折桂令〕锦排场赏尽春工，二八仙鬟，十六歌童，花底藏阄，樽前赌令，席上投琼；娇滴滴争妍竞宠，喜孜孜依翠偎红；走斝飞觥，换羽移宫，妙舞清讴，慢拨轻笼。

〔水仙子〕麝煤香霭绣芙蓉；凤蜡光摇金蟠蛛；象床春暖花胡洞。粉胭香，珠翠丛；彩云深，罗绮重重。宝篆龙涎细，金炉兽炭红，暖溶溶和气春风。

〔雁儿落〕银筝秋雁横，玉管雏莺弄；花明翡翠翘，酒满玻璃瓮。

〔得胜令〕彩袖捧金钟，罗帕衬春葱。橙嫩经霜剖，茶香带雪烹。欢浓，醉后情犹重。筵终，更深乐未穷。

〔沽美酒〕转秋波一笑中，透灵犀两情通。灯下端详可意种，似嫦娥出月宫，如神女下巫峰。

〔太平令〕歌鬓鬈，金钗飞凤；舞裙惁，翠缕盘龙；粉汗湿，铅华娇莹；舌尖吐，丁香微送。看臂中、紧封、守宫，是一对雏鸾娇凤。

〔川拨棹〕喜相逢，喜相逢可喜种。柳困花慵，玉暖酥融，那一会风流受用：颤巍巍宝髻松，困腾腾秋水横，曲弯弯眉黛浓。

〔七弟兄〕醉烘、玉容、晕微红，尢花殢玉欢情纵。都疑身在睡魂中，蕊珠宫里游仙梦。

〔梅花酒〕恰收拾云雨踪，没乱煞见惯司空。禁鼓铜龙，檐马丁东，邻鸡唱，画角终；玉莲漏，咽铜龙；银河烬，落金虫；纱窗外，晓光笼。

〔收江南〕呀，辘轳声在粉墙东，鸦啼金井下梧桐。春娇满眼未醒恹，将一段幽欢密宠，等闲惊觉惜匆匆。

〔鸳鸯煞〕才欢恰入梅花咏，风光又到椒花颂。妆点新春，断送残冬。行乐莫相违，良辰不易逢。腊雪夜来消，春意明朝动。只几日东风楼外翠如拥。

校勘

第一折

〔仙吕点绛唇〕丽《摘艳》作媚

〔混江龙〕燕语《摘艳》作燕舞　彩鸾《摘艳》作彩云　栏暗《摘艳》暗作晴　一片《摘艳》作一簇　春光《摘艳》作春明

〔油葫芦〕红香《摘艳》作红乡　风日美《摘艳》作真个是　金沙《摘艳》作金梭　似觉非人世《摘艳》作思却非尘世　彩凤《摘艳》作丹凤

〔天下乐〕锦绣《摘艳》锦作开

〔鹊踏枝〕乐意《摘艳》意作以

〔寄生草〕舟漾《摘艳》作舟近　翠鬟《摘艳》作翠环　齐奏《摘艳》作缓步　凤配《摘艳》配作会

〔么〕腔歌《摘艳》歌作换　缕低《摘艳》低作依　春明《摘艳》作春情　音沸《摘艳》沸作配　飞下《摘艳》作舞下　幻出《摘艳》作拥出

〔**后庭花**〕酒醉《摘艳》无醉字　深处《摘艳》无处字　云鬟《摘艳》作云乱

〔**青歌儿**〕雨云雨云情意《摘艳》作雨情雨情云意　美满好夫妻风流配《摘艳》作美姻缘好夫妻成就了鸳鸯会

〔**赚尾**〕《北词广正谱》作赚煞赚尾是另一体　赏花《摘艳》上有休孤负　寻芳《摘艳》上有勿蹉跎　问甚《摘艳》作莫惜　不忍《摘艳》无不字　叫的《摘艳》无的字　大古是《摘艳》作这的是

第二折

〔**正宫端正好**〕卷起《摘艳》作卷在

〔**滚绣球**〕湘烟《摘艳》作湘裀　罗扇《摘艳》作扇罗

〔**倘秀才**〕轻匀《摘艳》作重匀

〔**滚绣球**〕霞深《摘艳》作霞收　天女《摘艳》作织锦　云锦章《摘艳》作窈窕娘　景物无双《摘艳》作淡抹浓妆

〔**倘秀才**〕低低粉墙《摘艳》作深深院墙　碧梧覆阴阴井床《摘艳》作金井畔低低小房　倾心捧《摘艳》作捧心向

〔**赛鸿秋**〕碎点《摘艳》作碎剪　藻擎鱼鱼翻藻《摘艳》作藻惊鱼鱼惊藻　声在《摘艳》作声断

〔**脱布衫**〕蜜房瓜旋剖《摘艳》作白莲藕味美

〔**小梁州**〕白昼《摘艳》作春昼

〔**么篇**〕《摘艳》无此二字

〔**醉太平**〕《摘艳》此章词句与此小异：

倚雕栏艳装，拂两袖天香，猛然惊散锦鸳鸯，俊娇娃荡桨，清波小小兰舟漾，空苍隐隐银蟾见，夕阳纱渺彩云长。

〔**尾声**〕《摘艳》作"货郎儿尾"：

纽结丁香，扣锁鸳鸯，端的是占断了风流窈窕娘。

第三折

〔**喜迁莺**〕欲试绣罗襦唤小玉爇龙涎薰翠缕《摘艳》以此十四字作醉花阴尾

〔**么篇一**〕杨柳《摘艳》无此二字

〔**么篇二**〕九苞秋暖锦毛舒《摘艳》作似锦模糊　玉簪绽六出花含檀韵吐《摘艳》作丹桂花含香半吐

〔**么篇三**〕乍有无《摘艳》作如画图　咿哑哑《摘艳》作呀呀的　啾唧唧《摘艳》无此三字　辞巢《摘艳》作寻巢

〔**刮地风**〕一弄《正音谱》上有疏剌剌三字，《广正谱》同　不断《摘艳》作斯断　影疏《正音谱》疏作哺《广正谱》同　剔团圞碾破银河路放寒光照九区《正音谱》移此二句作下四门子头

〔**四门子**〕玉壶《正音谱》玉作翠　箫声《正音谱》作玉箫声　彩鸾《正音谱》作彩云《摘艳》作彩凤　丫鬟拥娇艳姝《正音谱》作引小鬟拥艳姝

〔**古水仙子**〕横斜桂影《广正谱》作栏杆转绮

〔**挂金索**〕恍然《摘艳》作恍若

第四折

〔**双调新水令**〕低控《摘艳》作双控

〔**乔牌儿**〕绿么《摘艳》么作毛

〔**滴滴金**〕生花《摘艳》作生光

〔**折桂令**〕赏尽《摘艳》作赏玩

〔**水仙子**〕霭绣《摘艳》绣作散

〔**雁儿落**〕酒满《摘艳》作酒散

〔**太平令**〕臂中紧封守宫《摘艳》作臂钏封守宫

〔川拨棹〕可喜《摘艳》作可意

〔七弟兄〕睡魂《摘艳》作醉魂

〔梅花酒〕收拾《摘艳》作便似 铜龙《摘艳》作凭敲 莲漏《摘艳》作漏滴 银河《摘艳》作银荷 金虫《摘艳》作火虫 光笼《摘艳》于此下有碧天边日初融叠句

〔鸳鸯煞〕才欢恰《摘艳》作共欢娱 青山《摘艳》作上误

苦水按：《续录鬼簿》曰："刘东生名兑，作《月下老定世间配偶》四套，极为骈丽，传诵人口。"而未列所作剧目。马隅卿《新校注》据《太和正音谱》补《月下老世间配偶》及《娇红记》二种。《世间配偶》下复注："有《词林摘艳》选正宫端正好套，双调新水令套；《北词广正谱》选仙吕调二句，黄钟调二首。"郑西谛《〈词林摘艳〉里的剧本及散曲作家考》曰："《月下老问世间配偶》一剧，《太和正音谱》也著录之。今未见传本。但《摘艳》收至三折之多，已所缺无几了。一为点绛唇（花信风微），一为端正好（青霭霭柳阴浓），一为新水令（翠帘深护小房栊）。"郑氏所录，较之马氏，多出仙吕一套。惟不识二氏何以俱逸去黄钟（玉宇金风送残暑）一套。此套《词林摘艳》亦收之。其中刮地风及古水仙子二章俱见《北词广正谱》，注明刘东生撰《世间配偶》剧。《正音谱》亦收刮地风及四门子二章，惟不注刘东生杂剧而注"刘东生散套"耳。郑氏又曰："邵曾祺的《元明剧辑逸》所辑凡四折，均据《雍熙乐府》，已全。"（邵君此书未刊）此四套《雍熙》与《摘艳》均收之，不必专据《雍熙》也。《雍熙》于仙吕套署题曰春景，正宫套曰夏景，黄钟套曰秋景，双调套曰冬景，《摘艳》只于双调套注"《月下老问世间配偶》杂剧第四折，皇明刘东生"，其余三套，均未署题。惟据《广正谱》赚煞变格"声"条曰："近亭轩或仄，到明日作去。"下注"刘东生《世间配偶》剧"。今此"花信风微"仙吕套之赚尾章正有"到明日"三字，则此套之属《世间配偶》，殆无可疑。黄钟一套，亦有《谱》录二章可证。至正宫一套，马氏郑氏俱认为此剧之一折，想系依原刊本之《摘艳》耳。今依《雍熙》全录四套，而校以《摘艳》及二《谱》。《正音谱》著录刘氏杂剧，只有二种，《娇红记》既由东土重返中华，《世间配偶》之曲文四折亦由碎锦，成为完幅。较之元人作品泰半散佚而不可见者，刘氏亦云幸已。然细绎四套词意，春夏秋冬，依序排列，皆为抒情写景，毫无本事，自来剧曲，未有如此作法。意者宾白之中，尚有穿插科诨；删白存曲之后，遂致如此耶？《续录鬼簿》只云"四套"而不云杂剧，又未录目。《正音谱》录目矣，而黄钟宫之二章又只注散套。则此四套之为杂剧抑为散曲，亦尚未可定也。廿六年十一月十日苦水识于旧京东城之习堇庵。

复按：马氏所谓有《广正谱》仙吕调二句者，当作一句。谱若曰《西厢记》赚煞中近亭轩之轩字可仄，如《世间配偶》剧赚煞中到明日之日字也。苦水又志。

〔附录〕王妙妙死哭秦少游 鲍天祐

〔**正宫端正好**〕支楞的断了冰弦,击玎的分开鸾镜,扑冬的井坠银瓶,滴溜的半窗明月影,兀的不又感起心头病。

〔**滚绣球**〕每日家愁没乱心不宁,睡不着,梦又惊。乍离别怎捱那凄凉光景?想多才必定是飘零。虽然他无定准,难道他无志诚。既无情呵,可怎生频捎书把咱来钦敬?既有情呵,可怎生过三冬不见回程?我这里恹恹瘦损销磨了这闷。他那里紧紧相缠教我怎不动情?这些时鱼雁无凭。

〔**倘秀才**〕每夜家愁闷到三更四更,长吁道千声万声。似这般枕冷灯昏好着我睡不成。一个冷落在临川县,一个寂寞在豫章城,他两个一般病症。

〔**滚绣球**〕染霜毫湿墨浓,端溪砚秋水倾,拂花笺巧叠成个方胜。不由人雨泪盈盈。我比那题桥的无定准,驾车的无信行。两般儿不当不正。纸和笔包藏着两字关情:展开纸呵,怎禁那目边点水淹难尽,我援起笔,恰使似门里挑心写不成,将斑管来高擎。

〔**赛鸿秋**〕行时思,坐时想,闲时论;怕人知,嗔人讲,嫌人问。图他些恬,爱他些俏,贪他些俊;因此上耽着惊,受着怕,怀揣着闷。风流人可憎,可意堪人敬,怕不我口儿里强,身子儿揞,心儿里顺。

〔脱布衫〕这箫吹起来闲闷闲萦,引的人来无绪无情。再谁敢道凭栏倚楼,再谁敢道放怀遣兴。

〔小梁州〕这箫他引凤勾鸾感起旧情,又不比月夜闻筝。则俺这忧愁哀怨不堪听,是一曲阳关令,吹彻断肠声。

〔么篇〕朣胧皓月如悬镜,入帘栊照得伤情。我愁闻这角声韵频,越感起心头病。则我这影儿孤另,因此上嫌杀月儿明。

校勘

〔正宫端正好〕击玎的《摘艳》作珐玎珰

〔滚绣球〕销磨了这冈《摘艳》作添愁冈 教我怎不动情《摘艳》作割不断情

〔倘秀才〕灯昏好着我睡不成《摘艳》作衾寒梦不成 他两个《摘艳》作两下里

《摘艳》于此章下,尚有二章,为《雍熙》所无。

〔滚绣球〕偎著呵,咱便温;撇著呵,咱便冷。俺两个同生死,一言为定;休学那不坚牢纸做的汤瓶。害相思如病酒,看看的脱了形。执迷著徒(疑当作俊)郎君飘零水性。两般儿劳意劳形:因他旧恨添新恨,待道无情却有情,忘不了海誓山盟。

〔倘秀才〕怕的是更长漏永,愁的是衾寒枕冷,恨的是罗带同心结未成。题心事,诉离情,把文房强整。

〔滚绣球〕湿墨《摘艳》湿作麞 端溪砚《摘艳》作润端溪 不由人至不

当不正《摘艳》无此四句　淹难《摘艳》淹作言

〔**赛鸿秋**〕恬《摘艳》作甜　揞《摘艳》作掔

〔**小梁州**〕忧愁《摘艳》作离人　是一曲《摘艳》作吹的是

〔**么篇**〕《摘艳》无此两字　朣胧《摘艳》作云笼　入帘栊照得伤情《摘艳》作上纱窗照咱离情　我愁闻这角声韵《摘艳》作愁的是皎洁蟾　则我这影儿《摘艳》作照的人影

苦水按：天一阁明钞本《录鬼簿》曰："鲍吉甫，名天祐，杭州人。"马氏《新校注》于天祐所作剧目《秦少游》下注："有《词林摘艳》选双调新水令套；《北词广正谱》选双调一首，正宫调一首。"新水令（似一江春水向东流）套，正宫煞尾（金杯空冷落了尊前兴）章，赵景深《元人杂剧辑逸》已收。郑振铎《〈词林摘艳〉里的剧本及散曲作家考》曰："鲍吉甫名天祐，《摘艳》收他的杂剧《王妙妙死哭秦少游》的二折，一为新水令'似一江春水向东流'，一为端正好'支愣的断了冰弦'。元人杂剧辑逸失收后者，仅据《北词广正谱》录存煞尾一曲而已。"端正好套，《重刊增益词林摘艳》及《雍熙乐府》俱收之。《摘艳》无题，《雍熙》则署《月下吹箫诉别》，而《谱》所录煞尾一章，虽与此套为一韵，而两书所收此套中俱无之，仅至小梁州么篇而止。不知西谛何据定此套为《秦少游》剧之一折，岂原刊本《词林摘艳》已注明此套为《秦少游》剧，而小梁州么篇之后即接煞尾耶？未见原书，不敢臆断，姑依郑氏之说，假定为鲍剧。又今春余曾为此二宫煞尾一章作一小文，登诸燕大国文学会《文学年报》，兹亦节录：

金杯空冷落了尊前兴，锦瑟闲生疏了弦上声。便今宵待怎生？乍离别，不惯经，分外春寒被儿冷。

右一章是正宫之煞尾曲，《北词广正谱》收之，注："杂剧，鲍吉甫撰《秦少游》。"近人赵景深氏《元人杂剧辑逸》据录以为鲍剧某一折中之一章。然《广正谱》以此章为正宫煞尾第二格，其第一格则为：

团团黄串焚金鼎，夜夜浓薰暖翠屏。偏今宵是怎生？乍离别，不惯经，睡不安，坐不宁；分外春寒被儿冷。

下注："套数，马昂夫撰小庭幽。"余初读此二曲，觉其字句不无雷同，颇疑是一曲。然一注鲍剧，一注马套，疑不能明。因检《雍熙乐府》，则小庭幽套赫然在。其中煞尾一曲，正与《谱》所录同，只少"乍离别不惯经"而已。至《谱》录之煞尾第二格中"金杯空"二句，亦见于是套之三错煞尾中，惟"弦上声"做"月下声"耳。《词林摘艳》亦收之，"锦瑟闲"则作"锦瑟弦"。

《雍熙》与《摘艳》此套俱无作者主名。而套中之三错煞及煞尾，《广正谱》俱收之，又俱注马昂夫撰套数，决不当谓为鲍剧。《录鬼簿》中，鲍为"方今已亡名公才人"，马为

"方今名公",则两人并世;若有作,不应互相抄袭。然《广正谱》所录之正宫煞尾第二格(注鲍剧者),首二句与马套三错煞之首二句同;末三句又与马套煞尾之末数语同。谓为偶然,则不当如此之巧合也。《录鬼簿》谓马昂夫有乐府(散曲)而无传奇(杂剧)。意者鲍氏作剧时,遂径袭用马氏套曲中之词句乎?

二十六年十一月十三日脱稿

(刊于一九三七年《燕京学报》第二十二期,另有《燕京学报》单行本)

看《小五义》
——不登堂看书札记之一

私意尝欲分书为三类。一为读的书,凡具有庄严性,深刻性,即所谓硬性的书籍,或本非硬性,而读者却以之为学术研究的对象属之。其次为唸(用"念"字不得,非加"口"旁不可)的书,凡只须朗诵而不必了解其意义的书籍,如村塾中学童所唸的"三""百""千""万",和尚所哗诵的经咒之类,属之。其三则为看的书,凡只用眼睛去看,而不必一定研究其意义,朗诵其文字的书籍,属之。前二者,此刻不想谈,因为我既不想成为学者,而且已经不是村塾中的学童,也并未变作一个和尚。现在只谈一谈看书。

先说看。这看字正如俗语所谓看小说的看,所以只用眼睛,既不必下死工夫去研究,也无须乎高声朗诵。忘记了是厨川白村还是鹤见祐辅——方才查了半日,急得汗出如浆,也不曾查出,干脆不查了,曾说过读书有悠然见南山式的读法。我现在所说的看书的看,也正是见南山的见,虽然看字与见字压根儿语义并不一样。然而倘若说看书是姑以遣日的无聊消遣,却又断断乎不可。这看书正如吃点心,喝清茶,乃是生活中的真正享受。所以不是被逼迫着非读不可,也并无有功利之心,想在书里面榨取些什么物事。我时常以为倘不是老于读书,善于读书的人,就很不容易会看书。

但我虽然如上云云的说了,我自己的看书却又并不然。我读书的时候极少,信不信由你:有许多朋友说我用功,即是常常读书,实在是过奖,我每次听见了,总不免惶恐而且惭愧。至于看书的时候之不多,则正一如我的读书。况且如我其人,怕也根本不会看书,因为心浮气粗,很少能悠然见南山似的"心清如水,物来毕照"。不过我多少年来养成了一种不良的习惯:不拘昼眠夕寐,就枕之后必须看书方能入睡。假若说我也看书,怕也只是如此而已,与前所云云未免大异其趣了。

在沦陷之先,有许多年临睡时所看的书真是三教九流,古今中外无所不有,亦无所不可。有时得到一部新书,常常这样想:"现在先不要看,留着睡觉的时候再看吧。"沦陷之后,失眠病加剧,便不成了。不看书绝对睡不了,看书也往往照旧失眠。经过相当的日期和痛苦,我觉察出来了。艰深的书不能看,新得的书不能看,太有意趣的书不能看,还有,便是太无意趣的书也不能看。这么一来,可苦了。非看书不成,到底应当看些什么书才能请得困神附体呢?又经过相当的日期和痛苦,才知道只有看小时候曾经看过的旧小说。于是我的床头便

看《小五义》

总有《水浒》,《说岳全传》,《七侠五义》,《聊斋志异》,《阅微草堂笔记》之类的书籍。以备我周而复始地看。看这类书,主旨是招请困神,不求了解,所以无须乎研读;不求记忆,所以无须乎朗诵。虽说是看,却又并非享受。但因为翻来覆去地阅看,也许是悠然见南山吧,也颇看出了一点什么来。现在就先谈一谈《小五义》。为什么呢?也没有为什么。只是想先谈一谈它。

胡适之先生在他的《中国五十年来之文学》(?)里,似乎只提及《七侠五义》,且引了一段智化盗冠时化妆作工的原文,而并未说到《小五义》。鲁迅先生的《中国小说史略》里,曾正式提及此书。并且说:"序虽云二书(小五义和续小五义)皆石玉昆旧本,而较之上部(案:此指七侠五义),则中部荒率实甚,入下又稍细,因疑草创或出一人。润色则由众手,其伎俩有工拙,故正续遂差异也。"《小五义》是否出于石玉昆之手,现在我还不想谈。但是小说史略还录了一段《小五义》的原文,是徐庆和展昭君山被擒后的事。鲁迅先生举出这一段的用意,先不必商量;我个人却以为《小五义》中写徐三爷,有几处确是精神。文笔既好,徐庆的为人亦可爱。如其陷君山被困在鬼眼川时,寨主钟雄差喽兵请他到大寨赴宴。他正倒剪着两臂满山乱跑,听喽兵说寨主请他吃酒,便问:"请了展护卫(昭)没有?倘若他没去,我可不去。"喽兵骗他说:"去了。"他要喽兵给他松绑,而且说不松绑他也不去。喽兵说:

"……我们寨主派出来请你来了,没有吩咐解绑不解绑。我若……私自解开,我们寨主一有气说:'你什么东西,怎么配与三老爷解绑?'我也担不了罪名了,于你脸上,也不好看。暂受一时之屈,见我们寨主,下位亲解其缚,可不体面吗?"徐庆说:"有理,有理。"

及至蒋平来救他,他首先问:"展老爷你救了没有?"蒋爷一想:"喽兵都能冤他,难道我就不会哄他么?"便说:"我先救展护卫,后来救你。"三爷说:"可别冤我。……人家是我把他蛊惑来的。一同坠坑中被捉,先救我出去,对不起人家。"诸如此类,抄不胜抄;总之,凡是写徐庆的处所皆有可观。徐三爷的卤莽,单纯,爽快和憨厚固使读者如闻其声,如见其人,而尤其使我佩服的是作者使用素朴的活的语言的本领。我自己也曾写过一两篇小说,也曾试验着这样做,然而说也惭愧,我是输给《小五义》的作者了。

话又说回来了,虽然本书作者曾说"正续小五义二百余回,尽是徐良的事多",我总以为写徐良不如写徐庆写得好。自然也有着许多无理取闹,即是所谓起哄的处所,如徐庆首次会见儿子的师父魏真的时候,便说:

"见过家信,我也知道小子与道爷学本领。听说小子与你一样,一点也不差。你也一点儿没藏私。好小子,真有你的,难得你们都一个样。"

然而此等处却是一般平话小说的通病。即雅驯如燕北闲人的《儿女英雄传》亦且尚未能免。至如《彭公案》《施公案》《永庆升平》之类，则更下一等，还作不到《小五义》的地步。

窃尝谓作小说行文方面有二难：一为故事组织，一为人物的创造。而人物的创造尤为重要，同时也更较不易。假如在此一方面得到某一种程度的成功，则虽在故事的组织上稍差，也满可以得到读者的赞赏。《水浒传》之所以高踞于旧小说的王座者即在于此。最近有人在《华北日报》的文学版上写文，开端便说："莎士比亚的剧中人物，最有趣味最能引人讨论的，除了哈姆雷特之外，大概就要算是福斯泰夫了。"说得"于我心有戚戚焉"。但假如有人问我："你以为哪一个更有趣味些，哈姆雷特还是福斯泰夫？"如是云云，自然也有关于我个人的学识与天性。但我总觉得莎士比亚当创造福斯泰夫这个人物时，较之创造哈姆雷特时更为自在些，自然些，用了中国旧日论文的话头，即是更较有左右逢其源之妙些。哈姆雷特诚然是深刻、复杂，或者说伟大。但莎士比亚笔下的福斯泰夫虽然是个坏蛋，却创造得天真而且可爱。石玉昆（？）《小五义》里面的穿山鼠也正是如此。他使我时常想到《论语》的一句话："鲁无君子者，斯焉取斯。"

当然，这不过是异中取同而已，我并非说《小五义》相当于莎士比亚的戏剧，而徐三爷即等于福斯泰夫。读者亦决不会以文害辞，以辞害志的。倘若严格地研讨起来，则不但石玉昆

《小五义》里的徐庆不能和莎士比亚戏剧里的福斯泰夫相提并论,恐怕任何中国旧小说里的任何人物都不能与之相比的。缘故是中国旧小说的作者所创造的人物倘不是模糊、混沌,使人看不清楚其面貌,便是单纯而一面倒:即是说好的永远好,几如美玉之无瑕;坏的也只是坏,更无丝毫之可取。其实又不独莎士比亚的戏剧里面的人物而已,许许多多西洋小说家笔下所创造出来的人物都是有着复杂的,矛盾的个性;而这复杂与矛盾却又调和了成为那人物的人性的。便是方才上文所提到高踞于旧小说的王座的《水浒传》,读了也还不免觉得其中人物有偏于单纯之感,不像西洋小说中人物那么聪明而时愚蠢,正直而时自私,大方而时小气,而且 Vice-versa。这如果不是因为作者的体验、观察和想象有高下深浅之分,便是中国人的民族性压根儿就是单纯,或者喜爱单纯。

不过徐庆还不能算《小五义》作者创造出来的人物,因为《七侠五义》里已有徐庆其人了,而且其个性便即如此,纵然《小五义》里写得更生动,更清楚些。《小五义》里的"小五义",写得都不甚高明:白芸生有如能活动的纸扎人儿,韩天锦太傻;徐良不大方;卢珍失之"瘟";艾虎失之"土"。其它更不在话下。然而有一个人却写得颇好玩——这好玩两字我顶不喜欢,无论是说话或作文都不爱用,然而于此我只好用这两个字,我想不出再好一些的词儿来了。我说的是第八十六回纪神行无影谷云飞的出现。白芸生失踪了,艾虎在小酒馆里,从一个醉鬼刘光华口中探听出芸生是被困在一个叫作云翠庵的尼姑庙里。他正想走出酒馆，却见一个人，衣服极其褴褛，像貌也极其猥琐，倒骑一匹黑驴进来了。

　　……瞧他这个下驴各别：倒骑着一扶驴，嘤的一声，就下来了。艾虎那么快的眼睛，直没瞧见他怎么下的驴。可也不拴着，他说话是南方的口音，说："唔呀，站住！"驴就四足牢扎。他就进了屋子要酒。过卖……拿过两壶酒来，问道："这驴不拴上么？要跑了呢？"回答说："唔呀，除非你安著心偷。"……见他把酒拿起，一口就是一壶。……喝了两壶，又要了两壶，就是吃了一块豆腐块。他叫过卖算帐……他又拦住说："我算出来了。……一共十八个钱，明天带来罢。"过卖说："今天怎么都是这个事呢？全是一个老钱没有，就敢喝酒。"这个骑驴的恼着说："教你记上，你不记上，驴丢了，赔我驴罢！"……过卖说："我明白你这个意思了。我们这酒钱不要了，管包你也不要驴了罢？"那人说："敢情那样好。要不我们两便了罢。"

这之间，艾虎过来解围说：

　　"酒钱我候了，这个驴怎么着呢？"那人说："我这个驴，不怕的，丢不了。我是出来骗点酒喝，那驴到人家有牲口的地方，槽头上骗点草吃就得了。"只见他一捏嘴，一声胡哨……那驴连窜带迸回来了。过卖说："难道你怎么排练来着。"就见他一抱拳,并不道个谢字,也并不问名姓,说了声"再见",……已经上驴去,在驴上骑着呢。……这回这个驴可是骑正了。过卖成心要笑他,说:"你骑倒哩。"那人道:"皆因我多贪了两壶酒,我醉了。……"艾虎见他又把双腿往上一起,在半悬空中打了一个旋风,仿佛是摔那个一字转环(换?)岔相似,好身法!好快当!就把身子转过去了,仍是倒骑着驴。那驴也真快。艾虎追下去,出了鱼鳞镇西口,路北有座庙,见那个骑驴的下了驴在门口那里自言自语的,瞧着山门上头说:"这就是云翠庵。"艾虎心中一动:"原来云翠庵就在这里。"见那人拉着驴往庙后去了,艾虎遂即瞧了瞧庙门,也就跟到后边来了。到了庙后,有一片小树林。过这一个小树林,正北是一个大苇塘。找那个人,可就踪迹不见了。艾虎……直到苇塘边上,……看见小驴蹄的印了。……离着苇子越近,地势越陷,驴蹄子印越看得真。……一件怪事,这个驴蹄子印就到苇塘边上,再往里找,一个印也没有了;往回去的印也没有了,往别处去的印也没有。

这个倒骑驴的便是神行无影谷云飞。在我十岁以前初次读《小五义》的时节,我就觉得写得好;尤妙在前部《小五义》中,谷云飞只在八十六、八十九及九十回中略一渲染,以后再也不提,我至今仍以为大似神龙之见首不见尾。此在他书或不足为奇，以评话小说的《小五义》而能有之，则不得不谓之为难能可贵。我在前面抄录第八十六回中记谷云飞出现的原文，虽然竭力剪裁，求其简短，仍然用去了两页原稿纸，而字数也还在一千以上，就因为我不能再多所割爱了。《三侠五义》或《大五义》，经过曲园老人的润色，而成为《七侠五义》，较之《小五义》当然雅驯得多。然而像写出谷云飞这么一个人的想像力，或即名之为创造力吧，在《七侠五义》中也没有，自然这也不能与莎翁或其他西洋名小说家的人物创造相比，但无论如何，不可不谓之为有创造力，因为他至少也创造出一个新鲜生动的神行无影来；而且作者所用的是多么朴素的活的语言啊！

我的"看小五义"至此已辞意俱尽，大可搁笔。但我还要抄小说史略论《三侠五义》的话，借作《小五义》的总评。我之所以要如此作者，既不是要用鲁迅翁的金字招牌来壮小号的门面，也谈不到借他人之杯酒，浇胸中之块垒，不过是三家村中村学究作八股的路子，觉得不这样收煞不住而已：

《三侠五义》为市井细民写心，乃似较有《水浒》余韵，然亦仅其外貌而非精神。时去明亡已久远，说书之地又为北京，其先又屡平内乱，游民辄以从军得功名，亦甚动野人歆羡，故凡侠义小说中之英雄，在民间每极粗豪，大有绿林结习，而终必为一大僚隶卒，供使令奔走以为宠荣，此盖非心悦诚服，乐为臣仆之时不办也。然当时于此等书，则以为"善人必获福报，恶人总有祸临，邪者定遭凶殃，正者终逢吉庇，报应分明，昭彰不爽，使读者有拍案称快之乐，无废书长叹之时……"（《三侠五义》及《永庆升平》序）云。——《中国小说史略》，页三五三至三五四。

三十七年七月二十一日写讫

附记：写完之后便去吃午饭，吃完之后便又去睡午觉，醒来又将此稿从头至尾细阅一过，发现尚有两点忘记提及。其一是《小五义》于一回之开端往往先说一段小故事，颇有古讲史评话之遗风，这是当时其他的"侠义小说及公案"之所未有。其二是一回之前多有一首诗或词，这《七侠五义》与《续小五义》也都没有。而这一首诗或词则又多是作书者所自作以咏一回中之事迹的，如第四十四回"假害怕哄信雷英，伏薰香捉拿彭启"之开端，诗曰："不知何处问原因，破阵须寻摆阵人；捉虎先来探虎穴，降龙且去觅龙津。五行消息深深秘，八卦机缄簇簇新。终属薰香为奥妙，拿他当作愚蠢身。"又如第一百二十四回"众豪杰坠落铜网阵，黑妖狐涉险冲霄楼"开端之西江月词的前半阙有云："弹指几朝几代，到头谁弱谁强？人间战斗迭兴亡，直似弈棋模样。"这诗与词当然说不到怎样高明，但也还不至于像绿野仙踪上面所说的"哥罐"。但作者有时也抄录前人之作，最妙的是居然有李义山的一首律诗（二月二日江上行），和一首绝句（人欲天从竟不疑）。二诗与小说的事迹毫不相干，不知何以竟被采用，列于一回之开端；但至少我们可以知道《小五义》的作者或润色者是读过李义山诗的。

同日下午又记

（写于一九四八年七月，刊于同年之《华北日报·文学副刊》）

看《说岳全传》

——不登堂看书札记之二

"雨之类只是下。"这是一位日本作家在他的小说里所写出的一句话。每逢霖雨不晴的天气,我总要念诵它一两遍。这半个月以来,北京市正在"雨之类只是下"了。屋里的方砖墁地早已有如泼过水;木器着地的部分,譬如说床脚和桌腿吧,就潮湿了一寸多了;一双旧鞋扔在床下,几日未穿,也长得通身白毛。"物犹如此,人何以堪?"何况我早已长着风湿病,于是腿脚腰臂也就终朝每日在酸疼。幸而学校里放了暑假,可以不用出门了。最近一位朋友从上海回来,向我背诵尹默师的两句诗,道是"无事不愁雨,有钱常买花"。我想假如应用到我身上,这两句须改为"无事也愁雨,有钱常买烟"才得。因为天一下雨,有事出门,在我固然是痛苦,没事在家,筋骨也仍然是酸疼。这"烟"自然指的是纸烟,但如依旧诗里借对的例子来说,"烟"同"雨"不正也是工对吗?

筋骨酸疼是病,没有什么可骄傲的。在家无事,闷坐斗室,可也感到无聊吗?酸疼急切无药可医,我看过不少的中医和西医，服过许多的中药和西药，此外还加之以烤电及日光浴，总也不能大好，好在不是死在眼前的病，且随他去。至于无聊之说却不能成立，因为为人为己，应该作的事，以畏难和偷懒之故，积压了许多而且许久了，有事不作，却向大家诉说无聊，真乃岂有此理！别的不说，即如应许下朋友的文章，就有一年半载交不了卷的。现下雨天无事，正好清理这一笔旧债。老实说，我写不登堂看书札记的动机，"如此只如此"而已。况且稿费到手，还可以买纸烟吸，一举两得，真如《西游记》孙大圣所云"既照顾了郎中，又医得眼好"了。那么，为什么先写看《小五义》的呢？

这个问题在前篇也曾提出，然而并没有具体的答复。现在可以如此说：在用了"引车卖浆"者之流的语言所写的，而且只供"引车卖浆"者之流所阅读的小说里面，《小五义》确是一部非凡的书。无论其结构是怎样的松懈，意境是怎样的不高，只看他全书一百二十回之中，很少涉及于妖异、神仙之处：就这一点，纵然燕北闲人摇头晃脑自以为他写《儿女英雄传》用的是龙门笔法，较之《小五义》的作者，已经不免相形见绌，何况等而下之的什么"公案"之流？不过第七十四回曾记朱起龙的鬼魂向邓知县诉冤，在一百二十四回中，此处真乃白璧微瑕：若说"大德不逾闲，小德出入可也"，则不免太为《小五义》占地步，然而书中的这一段鬼话，乃用之于"生发"，而不是用之于"补救"——即是所谓"戏不够，神仙凑"，我们大可以抬手放过而不必吹毛求疵了。

《说岳全传》就不行了。

《说岳》一开头便是"我佛如来"和"陈抟老祖"纠缠了一个不清,于是大鹏是岳飞,女土蝠是秦桧的老婆王氏,而金兀朮是赤须龙转世,万俟卨是一个王八精降生云。结果是冤冤相报,因果分明。我且不说作书的是如何地不高明。这是如何的缺乏创造性,这是如何地没有趣啊!这个趣字却不必一定解作义趣或兴趣,我的意思乃是生趣。塞万提斯所创造的吉诃德先生,有人以之与莎士比亚的哈姆雷特相比,说:后者是徘徊不前,而前者乃是勇猛精进;这两种人类的共同不变的模型,将与人类共垂永久。立论诚然不差,陈义却未免过高。我则以为塞万提斯的《吉诃德先生》一书,不光是吉诃德一人,所有作者所创造的任何人物,大大小小,男男女女,没有一个不是生趣盎然。只此,塞万提斯与此书已俱足以不朽了。我不解我国的旧小说家何以老利用报应、因果的公式而不感到厌烦;若说这样便可以证明国人之富于惰性,也就是不长进,没出息,虽亦不无理由,却也不免深文周内。但小说家在此种情形之下所创造出来的人物之恹恹无生气,是毫无疑义的。换句话说,即是凡侧重于因果报应的小说,书中的人物十分之九皆无甚可观。自然也有例外,譬如不周生(蒲松龄的笔名)的《醒世因缘》,其写悍妇与懦夫颇有绘声绘色之妙。不过例外终竟是例外,非所论于《说岳全传》。

《说岳》在旧日是归在演义之类的小说,勉强说,即是历史小说(Historical story)吧。因为其中人物泰半见于正史,其中事迹亦多少有点儿史的根据，不比《小五义》里的多数皆不见经传。《说岳》的后部一小半写岳雷扫北而结之以"虎骑龙背，笑死牛皋，气死兀朮"，自是胡说八道，即其前部的一大半，如以近代的历史小说的定义绳之，毫无是处。按历史小说的作法，纵使其人物事迹并不见于正史，而其人物的行动与思想及生活习惯等必须切合于这一部小说的时代。司格特的《撒格逊英雄略（I vannoe）》及弗罗贝尔的《萨郎波（Salammbo）》便是最显著的例。作这类小说，作者于下笔之前，必须先下过一番历史底考据的工夫，因此，所以也有人嘲笑之以为"教授小说"。中国的历史演义虽未必汗牛充栋，确也为数匪尠；其中偏于臆造者多成为齐东野人之语，而守绳墨者亦不过贼德之乡愿。前者例如《隋唐》；后者例如《列国》。如果以近代历史小说的作法称量之，尽属不合。但演义多出于"讲史"与说书人之手，倒不可拿这种"义法"去批评他们。倘若真地一定那样作，则未免把演义之类看得过高……而且对着夏虫语冰，自己也失之于迂阔了。就此带住。

然而我还不能带住。

小说在今日是与诗歌和戏剧各列为文艺上的三鼎甲之一的了。其在旧日，将他认为是茶余饭后的消遣品者，尚是高看他一步，道学先生还视之为坏人心术，甚至以为诲淫诲盗，而禁止其子弟之阅读。其实不拘好的或坏的，第一流的或未入流的小说，都自具有其严肃的历史性的。有心的读者可以在书中发现作者有意或无意地所反映出来的时代精神。这时代精神则是比着中国一般人所公认为正史者还要严肃。我并非指的可以补正史之阙，可以匡正史之谬的野史和笔记之类，乃是说凡是小说，他所反映出来的时代精神皆即是史而已。如果这与正史有差别，即在于正史的历史性是纵的，而小说的则是横的。而且小说的史底正确性较之正史亦有过之而无不及。例如《镜花缘》，其中事迹是假托发生于唐代武后之时，其人物除极少数几个之外，皆不见于正史，认真地讲起来，自然当不起"历史小说"这名称的。纵然有人说此书的作者李汝珍是尊重女权，提倡女子教育，也不过让一些小姐们去练习文章诗赋，去中举会进士；而且作者虽然在书中有一段反对女子缠足的鸿论，然而他所创造出来的这一百位才女也依然不是"大脚板儿"——书中自有明文，此际亦不暇举例。这些小姐们之所以必须应举与缠足，不也就真确地严肃地反映出李汝珍的时代，即所谓历史性么？

再如《儿女英雄传》里的安公子，本是汉军旗世家，文康不使其中状元放八府巡按，自然是文家避熟的手法，然而毕竟也点了探花，放了学台，兼了观风整俗使了，这不但是五十步笑百步，而且是换汤不换药。又这位安少老爷虽然是旗下，娶的两位夫人却是汉人，真乃一之为甚，岂可再乎？作者也是在旗的，却于书中大书一笔曰："两个人的脚合起来，营造尺还不够一尺有零"；又自释之曰："上古原不缠足。自中古以后，也就相沿既久了，一时改了，转不及本来面目好看。"铁山先生自负通文,我也不敢以《儿女英雄传》和引车卖浆者之流的评话家与说书人的小说相比。不过于此我想要和他起个哄:好看与否不提;什么叫作"本来面目"呀?裹得了脚板丫子叫作"本来""面目"么?这点探花与娶两位小脚太太不也正反映出《儿女英雄传》的作者之时代——即历史性来了么?

我再跑一辔野马。我在当年学文的时候(说也好笑,仿佛我现在并不学文似地;我只是说近来外务颇多,不能专心学文了),弗兰士(Agatole France)的《Thais》曾与我以极深刻的印象,而且这印象至今仍未磨灭。原因即在其行文之佳妙,作者除了保持法国文人的明净的美德之外,尽有许多诗底描写,于此也来不及细谈。最使我佩服的是全书有十分之九写古代修道士之言谈、行动和思想,写得有来历,有根据,而又生动,又深刻,读之使人发思古之幽情,然而作者却又并非要写一部宗教的历史小说,如显克维支(Sienkiewicz)的《你往何处去?(Quo radis?)》似地,虽然使初读者于未读完时不免作如是想;待到全书将完,也就是所谓"图穷而匕首现"吧,突然表明主旨,遂使通篇变色:我时常想,甚么时候,我也能写出这样的一部书呢?这真是题外的文章,赶快带住。如今且说弗兰士的《苔依斯》既不是历史小说,却并非没有历史性:从艰苦的清修一变而为灵肉的斗争,这也就表示作者是现代的人,有着现代的思想,这不正自有其历史性么?倘若异中取同,这岂不正如李汝珍和文康无论如何有思想,脑子里总不免是取科甲，裹小脚么？自然，弗兰士与李汝珍、文康不同：因为前者是有意的抒写，而后二人则是无心的流露。但毕竟可得一个结论：历史小说的历史性，小说的事迹代表之，非历史小说，也可以说凡是小说的历史性，则有关于作者的个人。

野马跑得太远了，现在决意带住来说说《说岳全传》了。演义的《说岳全传》诚然无当于现代所谓之历史小说。但亦自不无其历史性的，教忠教孝，福善祸淫，前世来生，报应不爽，在过去的君主专制政体之下，这岂不又是百分之九十以上的人们的共同思想吗？不是历史，又是什么？我再补充几句话，也就是说自己为自己加一番注释：我之所谓小说中的历史性，即是说我们在读小说时，可以看出书中的人物或作者在某一个时代有着怎样的思想——内在的行动，怎样的行动——外在的思想，不拘那小说写得是好是坏。无论那作品如何不成东西，倘若用了读史的精神去看它，也还是有一读的价值的。旧日的将小说看作了茶余饭后之品乃是读者自身的堕落，而认为坏人心术及诲淫诲盗者乃是神经不健全。所以为了学文，自然要选择第一流的作品去读；倘使为了研究学术，便是坏到不成东西的小说也要细细地翻阅的。据我自己的经验，则前者乐而后者苦，而这苦乃不亚如古代圣王神农氏之尝百草。至于二者之严肃性则又一个半斤，一个八两，不容有轩轾于其间的。

严肃，严肃，我这"不登堂札记"写着，写着，虽不见得即"成为非常的气势"，也未免于"像煞有介事"，势须改弦更张了。且说《说岳》一书，即在我就枕阅读的小说里面，也仍然算作不行的之类，甚至看了不能入睡。最大的原因则在于作者创造出来的人物，几乎无一可取。所有的武将们只将武器乱耍一阵，饶他们力敌万人，有什么看头儿。而岳爷虽是书中主脑人物，也并没有一点生气。作者的想像力真乃贫乏得可怜。牛皋总该生动些了吧，然而不必以之去比《水浒传》里的李二哥，便是《小五义》里的徐三爷也较之牛将军奕奕有神。到了下半部里牛皋的儿子牛通简直是个野猫，不可以人齿。更可气——我不说可笑，因为我实在不能笑——的是六十七回"赵王府莽汉闹新房"是抄的《水浒传》里的"花和尚大闹桃花村"，第六十八回"绑牛通智取尽南关"则又抄"花和尚单打二龙山"；而抄得又是那样蹩脚。作者也许觉得这只小牛的性情有与鲁大师相同的地方，或者要把牛通写成了鲁智深，姑且俱不必管，只是如此的抄法，简直是金人瑞氏批评《续西厢记》的话："咬人矢橛，不是好狗"了。不行，不行，第三个不行！我不爱看《说岳》，只有别的书，如大小五义之类，翻来覆去地看得遍数太多了的时候，才饥不择食似地拿它来救救急。

抛开了人物创造不说，倘若再善善从长，书中有一段文字颇可取，但说也奇怪，这段文字却又并非说"岳"。那是写韩世忠的夫人梁红玉的擂鼓战金山：

> 那兀朮到了三更，……驾着五百号战船，望焦山大营进发。……梁夫人早已准备炮架弓弩，远者炮打，近者箭

射……不许呐喊。……兀朮在后边船上……忽听一声炮响，箭如雨发，又有轰天大炮打来。……慌忙下令转船，从斜刺里往北而来。怎禁得梁夫人在高桅之上，看得分明，即将战鼓敲起……号旗上挂起灯球：兀朮向北，也向北；兀朮向南，也向南。韩元帅……率领游兵照着号旗截杀。看看天色已明，韩尚德从东杀上，韩彦直从西杀来，三面夹攻，兀朮那里招架得住？……这一阵只杀得兀朮上天无路，入地无门，只得败回黄天荡去了。那梁夫人在桅顶上……把那战鼓敲得不绝声的响；险些儿使坏了细腰玉软风流臂，喜透了香汗春融窈窕心！至今《宋史》上一笔写着："韩世忠大败兀朮于金山，妻梁氏自击桴鼓。"

《说岳全传》全书八十回，只此一段尚有可观。也许有人以为无甚"了得"，便是我自己也不能说这段文字的意境是如何的高明。但是我也如同鹤见祐辅似的将书分为"读的文章与听的文字"的。鹤见氏的主旨是在讲文章家与雄辩家之不同；他不是说"诉于耳的人，易为音律所拘，诉于目者，又易偏于思想"云云（《思想·山水·人物》，见《鲁迅全集》第十三册），今亦不暇细论。不过讲史、评话和说书正是诉于耳的东西，勉强地说来，就算它是听的文字吧。因为是"诉于耳"的，是"听的"，所以讲史、评话和说书的文字必须作到讲者易于上口，听者觉得悦耳。又为了要达到此目的。所以其文字最好能利用素朴的生动的活的语言，其次，便是要字句整饬，

看《说岳全传》

音节和谐，假如夸大地说来，要作到类似乎所谓散文诗的地步。那么，前面所抄的一段擂鼓战金山，怕也是说书的文字之正宗，正未可知哩。

但是全书里就只此一段，再也没有了，难道《说岳全传》的作者误打误撞地写了出来的吗？鲁迅先生的《中国小说史略》上说：

> 有《宋武穆王演义》，熊大本编，有《岳王传演义》，金应鳌编，又有《精忠全传》，邹元标编，皆记宋岳飞功绩及冤狱；后有《说岳全传》，则就其事而演之。

前三书，我都不曾见过，作者之中，我只知道邹元标是明代人，熊大本和金应鳌大概也是，好在不是作考据文字，现在也都不去查考了。至于《说岳全传》的作者，便是鲁迅翁也并未举出，浅学如我，当然更无从说起；但《说岳》之出于前三书之后，却是毫无可疑。那么，《说岳》的作者曾抄过《水浒传》，则擂鼓战金山的一段，焉知不是抄自前三书中的或一部。倘真个如此，则《说岳全传》的作者，除了前文所说的于无意中流露出历史性以外，任么也不曾写出，依着我这国文教员评阅国文卷子的办法，于是，就预备给他鸡子吃。

卅七年七月二十九日写讫

（刊于一九四八年《华北日报·文学副刊》）

小说家之鲁迅

(一九四七年在中法大学文史学会讲演稿)

阳历年才过了不几日,中法文史学会便要我举行一次讲演。我本不善于说话,而讲演则尤其怕;加之考试阅卷之余,精力亦觉不济。况且虽说过了年,鲁迅先生说得好:旧历年底毕竟最像年底,寓中颇有些琐事,所以当时便推说过了旧年再说吧。转眼旧历年就来到而且过去了,丝毫没有准备。待到上星期三到中法上课,文史学会又来催了,可不好说过了旧历的灯节再说;于是就定规在今天。

然而接着就要讲题目了。好吧,就谈一谈鲁迅先生的小说。心想二十几年常常念《呐喊》与《彷徨》,到时好像不必准备,也不愁无话可说。然而说定之后,归来一想,觉得这个题目太大了,我的学识也还不够,那就是说:我还不配来谈鲁迅先生的小说。不过戏码既然定了,既不好临时改戏,又不好回戏,于是只好硬了头皮来唱一次了。我想:我既没有什么"新鲜的""真个的"可说,诸君听了之后,一定要失望的。"戏,出出是好的,可惜被孩子们唱坏了。"一位戏班教师的话。

鲁迅,在学术与文艺上说起来,同时是思想家,文学家,艺术家,考据学家,史学家,诗人又是小说家,集许多"家"于一身,简直无以名之,也许就是博学而无所成名,与大而化之之为圣吧。在这一点上看来,在中国可以说是空前,而且假如我们后人不努力,一定要成为绝后的。这,鲁迅先生并不希望其如此。我个人也并不希望其如此,但又时时恐怕其如此的。话落到书题,现在我所要同诸位一谈的,乃是小说家的鲁迅(Lu Xun as a Novelist)。

为节省自己的精力,也就是所谓偷懒,并节省诸位的时间,我将《朝华夕拾》与《故事新编》除外,而单举《呐喊》和《彷徨》。鲁迅先生之成为小说家,这两部书便已足够而且有余。在两部书中,先生表现出除了成为一个小说家思想家而外,同时是诗人。我所要谈的特别是后一点。而这一点,许是先生的作风特别成熟之故,在《彷徨》中表现得尤其显而易见。在表现先生人生哲学的《孤独者》《伤逝》里,在处处流露出伤感气氛的《在酒楼上》《祝福》里,那诗味的浓厚自不必说;即在《肥皂》《兄弟》以及其他所谓讽刺小说里面,也还是举不胜举。诸位知道:讽刺文章是最难写成为诗底的。

《肥皂》里的主人翁四铭先生的下意识的弱点被四铭太太觉察出,被女儿明喊出"咯支咯支,不要脸……"之后,"他来回的踱,一不小心,母鸡和小鸡又唧唧足足的叫了起来……。经过许多时,堂屋里的灯移到卧室里去了。他看见一地月光,仿佛满铺了无缝的白纱,玉盘似的月亮现在白云间,看不出一点缺。他很有些悲伤,似乎也像孝女一样,成了'无告之民',孤苦零丁了。"且不要说那鸡声和月色,和四铭之孤苦零丁是如何地有诗意,只看"堂屋里的灯移到卧室里去了"一句简单的话,那静穆,那纤细,唐宋以后的旧诗人就掂尽了平平仄仄,仄仄平平,也还描写不出。

《兄弟》一篇中,沛君在医生诊断出他的弟弟是出疹子而非伤寒之后,心是平静下去了,于是"院子里满是月色,白得如银;'在白帝城'的邻人已经睡觉了,一切都很幽静。只有桌上的闹钟愉快而平匀地札札地作响;虽然听到病人的呼吸,却是很调和"。调和吗?是的。鲁迅先生明明地写出了。但那月色的如银,闹钟的作响,早已将那调和表现得十足。如果说诗——无论什么样的诗,其最高的境界也总是调和,先生的这描写不也就是最好的诗吗?

又如在《高老夫子》一篇中的写打麻雀牌,"万籁无声,只有打出来的牌拍在紫檀桌面上的声音,在初夜的寂静中清彻地作响"。打牌虽然是国技,我自己当年也颇喜欢,但总是一件不足以自豪的事情,有先生的这一描绘,真是盐车之马,得伯乐一顾而增价了。然而以上所举,也还是旧诗的境界,也就是我在讲堂上所说的中国诗的传统的精神。

是诗,而又非旧诗的境界,也就是打破了中国诗的传统的精神,是《幸福的家庭》中的主人公,在理想回到现实,幻想归于幻灭之后,那是先之以劈柴的川流不息地到了床下,继之以白菜的堆成A字地出现于背后书架的旁边之后了,也就是五五二十五,九九八十一,主人公将稿纸揉了几揉,展开来拭了孩子的眼泪和鼻涕之后了,他想要定一定神,回转头,闭了眼睛,息了杂念,平心静气地坐着——静不得的,一静,于是乎诗来了:眼前浮出一朵扁圆的乌花,橙黄心,从左眼的左角漂到右,消失了;接着一朵明绿花,墨绿色的心;接着一座六株的白菜堆,屹然地向他叠成一个很大的A字。这是象征,是神秘,而又是写实的诗。总之,已经不得再是旧诗的境界,而又的的确确地是诗,毫无可疑。

还有,真个是举不胜举。我尝以为中国的诗人不能也不会或者根本就不想写夏天。这恐怕是神经衰弱,受不得那威胁和压迫的缘故吧,此刻也不暇细讲。然而鲁迅先生在他的《示众》里写了夏天了,而且是沙漠似的大城的夏天:"火焰焰的太阳虽然还未直照,但路上的沙土仿佛已是闪烁地生光;酷热满和在空气里面,到处发挥着盛夏的威力。……但是,自然也有例外的。远处隐隐有两个铜盏相击的声音,使人忆起酸梅汤,依稀感到凉意,可是那懒懒地单调的金属音的间作,却使那寂静更其深远了。"但是描写却还并非先生的绝调。下面还有:"热的包子咧!刚出屉的……"十一二岁的胖孩子,细着眼睛,歪了嘴在路旁的店门前叫喊。声音已经嘶嗄了,还带些睡意，如给夏天的长日以催眠。他旁边的破桌子上，就有二、三十个馒头包子，毫无热气，冷冷地坐着。这是夏天，这是北平城里的夏天，这也就是整个儿的北平的象征；（小说写于一九二五年，就算他是民国十四年时的北平的象征吧。）而且这不但是小说的描写，而是诗的表现。孩子要胖，胖的孩子的眼睛要细，嘴要歪。这是夏天。唉唉，还有二、三十个馒头包子冷冷地在夏天里坐着……这是……这是什么呢？象征！诗的象征！

就带住吧。先生的小说里面，到处吹着诗的风，弥漫着诗的气息，真是陆机《文赋》中所谓"彼琼敷与玉藻，若中原之有菽"。（穆柯寨中焦赞所谓降龙木在穆柯山前后，拿小棍拨拉拨拉，到处皆是。）诸公不必听我胡说，最好是"归而求之"，那下面就是"有余师"。然而我还不能带住。鲁迅先生有的是一颗诗的心：爱不得，所以憎；热烈不得，所以冷酷；生活不得，所以寂寞；死不得，所以仍旧在"呐喊"。也就是《西游记》中孙大圣说的"哭不得了，所以笑也"。

忘记是什么人批评怎样的一个作家的话了，此刻懒怠去查书——其实呢，我是时时刻刻都懒怠去查书的。那是这样意思的一句话："抱了一颗无所不爱而又不得所爱的心。"鲁迅先生也正是如此。即使退一步讲，也还是厨川白村氏所谓"惟其爱得极，所以憎得也深"。《阿Q正传》是先生的不朽之作，说是先生震动全世界的作品也无不可的，所以有日文翻译本，有英文翻译本，有俄文法文翻译本。我时常说每一个中国人或者说全人类都应该站在《阿Q正传》这一面孽镜台前照一照自己的嘴脸，神气，思想，灵魂，看一看有没有阿Q的气息和成分，夫然后有则改之，无则加勉，然后中国人或者说全世界的人才有进步，才不至于灭亡。方才我说鲁迅先生是这样那样的家，但我还忘记说先生是医学家。是的，先生是医学家，他诊断明白了中国人的病入膏肓的症候，《阿Q正传》是一张伟大的脉案。先生是怎样的深恶痛绝而且诅咒这讳疾忌医，自取灭亡的病夫啊！《阿Q正传》中的阿Q是典型人物；并且正传中所有的人物无一不是阿Q式。小D，王胡，赵太爷，赵白眼，赵司晨，邹七嫂，吴妈，酒店主人……无一不是。真是聚而为一，集中于阿Q；散而为无数，分播为全传中的任何人物。不过众矢之的当然是阿Q。然而先生写着这一篇讽刺，不，应该说是诅咒的小说，也还禁不住诗心之流露的。

  显而易见的是《阿Q正传》的第五章《生计问题》。阿Q为了要求食而走出了未庄了。"村外多是水田，满眼是新秋的嫩绿，夹着几个圆形的活动的黑点，便是耕田的农夫。"接着他走到静修庵的墙外了。"粉墙突出在新绿里。"阿Q终于跳到墙里面了："里面真是郁郁葱葱"，"靠西墙是竹丛；下面许多笋……还有油菜早经结子，芥菜已将开花，小白菜也很老了。"这是诗，而且是素诗，英文所谓"NaKed poetry"。是那一般掂平仄，讲格调，看花饮酒，吟风弄月的诗人不能，或者压根儿就不曾想，或者想也写不出来的诗。

然而为了写阿Q也值得浪费先生的诗笔吗？阿Q也配放在这样诗的美丽的环境里吗？上文交代过：先生对阿Q是深恶而痛绝之的。然而先生竟将这样的一个人物安置在那样的一个境界里。这是先生的不自爱惜自己的笔墨吗？怕也未必，而且绝对不是的。先生的诗才不必说，方才说过先生是有着一颗诗的心的。抱定了这样的诗心，具有那样的诗才，先生是无处不，无时不流露出诗的作风来的。所以写阿Q也用诗笔，而阿Q也被放在诗的美丽的环境里了。契诃夫有一篇《可爱的人》，用意是讽刺与表露女性的弱点的。然而篇中的女主人公是写得那么有诗意，有温情，不独是软弱得可怜，简直是伟大得可爱可敬了。托尔斯泰的批评说有时我们想要把某人扶起，反而将他撞倒；契诃夫是想要将那篇中的女主人公撞倒的，反而将她扶起了。伟大的托尔斯泰啊！真是与契诃夫相赏于牝牡骊黄之外了。然而这也不在话下。我所要请大家注意的，是：鲁迅先生是想将那位阿Q撞倒，而且置之死地，使之万劫不能翻身的，但是先生在这一段里，虽不曾将阿Q完全扶起，至少也把他寄放在可爱的处所里了。

一个伟大的艺术家必是一个大诗人大文人。而一个大诗人大文人也必是一个大艺术家。因此，他们都特别注意自己的作品的完整——我说完整，为了避免"美"这一个笼统而又滥用得化石了的字眼。复次，他们的天才，心境，力量，技术，无一不是有余裕的。日本的夏目漱石的作品，是号称为有余裕的文学的。那完全是另一回事，与我毫不相干。先此声明，以防误会。我之所谓有余裕，质言之，即是宽绰有余，创作的时候，不至于力竭声嘶得勉强完卷的。为了注意到作品的完整而又有余裕的原故，在必要的部分之外，常常有些多余的附加。而这附加就使那作品更为艺术化，更为有诗意。据说唐代的吴道子所画的《地狱变相》，是神来之笔。假使真地有地狱，有许多人——应说是灵魂——在那里面受着刀山，剑树，碓捣，磨研的刑罚，我想我们如果稍有人心，无论如何是不能站在一旁去欣赏的。不过等到大艺术家画了出来之后，无论怎样地逼真，无论怎样的惊心动魄，我们是可以当作艺术品而任情地去欣赏了。艺术的真与事实的真在这里遂不能合而为一。其理由当然并不简单。但我想"多余的附加"是一定有关系的。再如旧小说中的《水浒传》，其中的人物是强盗，事迹则是杀人放火，我也常常注意到必要的部分之外的多余的附加。譬如血溅鸳鸯楼这一场，武松右手提刀，左手楂开五指摸上楼来，却见"三五枝灯烛辉煌，一两处月光射入"。智取无为军这一回，宋江领了弟兄们过江去杀黄文炳的举家满门，在船上时，作书的却写道："此时正是七月尽天气，夜凉风静，月白江清，水影山光，上下一碧。"我想这和鲁迅先生之写阿Q求食，而把他安置在诗的环境里，是一鼻孔出气的。然而现在的小说家就少有人能注意及此了。

鲁迅先生是有着东方高尔基之徽号的。在高尔基的作品里，我也发现了不少诗的描写。像《秋夜》之写雨；《马尔华及凯尔卡》之写海；《奥洛夫夫妇》之写郊野；《一个人的诞生》之写山，写草原。我以为高尔基之写大自然之美是近代少有人及得的名手。那原因是在于其他诗人文人的写大自然，多少总有点先从书篇中得来了印象，然后再加以实际的印证；于是他们创作时，也就往往不免坠落在前人的窠臼里。好一点的还能参加上作者自己的联想，想象，幻想。二三流以下，便只成为粗制滥造的翻印与仿造了。高尔基呢？则在少年流浪的时节完全生存于大自然里面，他的身心是直接的而非间接的与自然发生了关系的。所以他对大自然的描写多是生动，新鲜，而且有生命。在这一点上，我总疑惑我们鲁迅先生——东方的高尔基，较之也有逊色的。高尔基与鲁迅都是读破万卷书的。但我可不可以这样说呢？高尔基是先生活，后读书。而东方的这位高尔基则是先读书，后生活的。如果诸位嫌我武断，我可以改作鲁迅是读书与生活并行的。至少我可以说：高尔基的书斋外的生活是较之鲁迅先生多得多。

鲁迅先生在幼年时的确与贫苦奋斗过，这当然并非书斋以内的生活。这，我们可以在《朝华夕拾》以及其他零星的自传式的文章里看得出来的。先生受过压迫，束缚；高尔基也受过，而且超过了先生的。然而，又是然而，我今天用得然而太多了，然而不用又转不过来，那么就再然而一回——然而高尔基逃出来过,自然,逃出来之后,饥寒的压迫与束缚当然会更有增而无减的,不过精神的桎梏就被大自然完全给脱掉——这也就是一切诗人文人爱好大自然的一个原因;倘不如此,则这位诗人文人就根本不会了解自然,欣赏自然,同化于自然,更谈不到对大自然的诗的描写与表现的。鲁迅先生却一向不曾逃出来过。这是先生的幸呢?不幸呢?总之,在这里,先生与高尔基大异其趣的。幸与不幸都非我此刻要谈的主题了。

先生是太也深爱人生了。爱人生,这又是中外古今的大诗人大文人的共同之点。先生爱人生,是将人生抓住了不撒手,刁住了不撒嘴的。先生说过他讨厌中国仙人饮着啤酒汽水似的琼浆玉液,吃着五香牛肉干似的龙肝凤髓那种生活的。逃吗?他根本就不想。真是姜桂之性,老而愈辣。为了这,先生是步步为营,变成了战士,扎硬寨,打死仗,直至于死的。所以先生与高尔基比较起来,那气象之阔大,表现之自然,是不可相提并论的;然而那意志之坚强,先生较之高尔基是有过之,无不及。英雄造时势,时势亦造英雄。中国的时势,是将先生造成那么样的一个英雄了。就在描写表现大自然而具有诗的美这一点上,高尔基是自由一点;而先生就显得非常之冷峭与谨严。这也并非无缘无故(偶然),而且不得不然(必然)的。我并未曾读过高尔基全集,因此,也就不敢斗胆去批评他的整个儿的作风。但只就我零零碎碎地见到的他的小说而论,我总觉得那作品有时好像是一片草地;或者说得伟大一点,像是一座天然的森林，如《水浒传》上所说，好一座猛恶林子。而鲁迅先生的好的作品则简直使人觉得好像一座经过整理了的园林。像《彷徨》里的《伤逝》一篇，结构之谨严，字句之锤炼，即是在极细微的地方，作者也不曾轻轻放过；于是读者觉得其无懈可击，即使在旧的诗词的短篇作品里也很少看到的。这样的小说我以为，当然是我以为，高尔基无论如何写不出。我如此说，既非抬高鲁迅之身份，也并未贬低高尔基之声价：我是取了纯客观的态度来说明这事实，这现象的。

但两位高尔基——东方的与西方的——对于大自然的诗的表现与描写，在动机上，在方法上，在作风上，也许大异其趣，而在其作品中有着诗的表现与描写这事实，则是共同的。也就是他们两位的作品中"在必要的部份"之外都有着"多余的附加"。并且他们的作品中的"多余的附加"，虽然那么有诗意，那么富于艺术性，我总觉得那"多余"几几乎成为过剩，严格地讲起来，几几乎成为不必要。这需要好好地说明一下。我的意思是说：小说是人生的表现，无论是什么派，传奇，写实，自然，新传奇，新写实，其前题总是表现人生。在其中，大自然的诗的描写与表现，虽然有时可以增加文章美，而在帮助表现小说中人物的情感，思想，甚至于行为的时候，纵然不是完全无用，也总有偏于静的方面的嫌疑。而人生呢？可完全是动的。因此，那静的描写与表现也就不免减低了小说中人物的动力，并且冲淡了小说中的人生的色彩。前面所举的

《水浒传》的两节,就是犯了这毛病;再如莫泊桑的《人心》(Notre boeur)虽是在心理分析上得到了成功,因为太偏于思索,而只是一篇不成其为小说的小说。附带声明:我并不是说小说中不应当表现思想;但是那思想须以行为、动作来表现的。鲁迅先生的《阿Q正传》第五章生计问题,写阿Q因求食而走出未庄之后,那些诗的写法,据我的愚见,也就几几乎成为过剩,几几乎成为不必要了。《论语》上说:"质胜文则野,文胜质则史。"史不史倒还在其次,而鲁迅先生于此不免有"文胜质"的嫌疑的。高尔基的小说,也有此病。恕我不举例了。而现在我国的许多小说家,却是"质胜文则野"。

说着说着,我自己打了自己的嘴巴了,而且是两个。

其一、我说鲁迅先生爱人生,但既是爱人生,为什么又有许多对于大自然的多余,应该说过剩或不必要的描写呢?这两种现象,在先生的小说中,都是无可遮掩的事实。同时也是先生的矛盾。那就是说:既爱人生,就不应该对大自然有着那么多的过剩与不必要的描写;然而居然有。这,我以为是先生的旧文人的习气还未洗刷净尽的缘故。他是中国人,又读过许多旧诗人的作品,并且那么富于诗才,所以写小说的时候不知不觉自然而然地流露出来了。

其二、我说小说是人生的表现,而对于大自然的诗的描写与表现又妨害着小说的故事的发展,人物的动力,那么,在小说中,诗的描写与表现要得,要不得呢?于此,我更有说。在小说中，诗的描写与表现是必要的，然而却不是对于大自然。是要将那人生与动力一齐诗化了，而加以诗的描写与表现，无需乎藉了大自然的帮忙与陪衬的。上文曾举过《水浒》，但那两段，却不能算作《水浒》艺术表现的最高的境界。鲁智深三拳打死了镇关西之后，"回到下处，急急卷了些衣服盘缠细软银两，但是旧衣粗重都弃了，提了一条齐眉短棒，奔出南门，一道烟走了"。林冲在沧州听李小二说高太尉差陆虞侯前来不利于他之后，买了"把解腕尖刀带在身上，前街后巷，一地里去寻。……次日天明起来，……带了刀又去沧州城里城外，小街夹巷，团团地寻了三日"。宋公明得知何涛来到郓城捉拿晁天王之后，先稳住了何涛，便去"槽上鞁了马，牵出后门外去，袖了鞭子，慌忙的跳上马，慢慢地离了县治；出得东门，打上两鞭，那马泼喇喇的望东溪村摔将去；没半个时辰早到晁盖庄上。"以上三段以及诸如此类的文笔才是《水浒传》作者绝活。也就是说：这才是小说中的诗的描写与表现；因为他将人物的动力完全诗化了，而一点不借大自然的帮忙与陪衬。上文还举过鲁迅先生的《示众》，说他写夏天写得好；但那前半段还无甚了得——用《水浒传》中一个名词，到了后半段，"胖孩子，细了眼睛，歪着脖子，裂了嘴，在喊热的包子……"那才是先生的绝活。再有《伤逝》中的涓生与子君，在与生活奋斗到生离死别的前前后后，那也都是诗笔。理由同上，恕不一一说明。

然而，又是然而，鲁迅先生不独写自然，便是写人生，也有偏于静的倾向之嫌疑。若单就这一点而论，先生的文笔，还有逊于《水浒》。我说：只就这一点。但是有什么法子呢？先生的《呐喊》与《彷徨》是着手于一九一八，而断笔于一九二五——那是民国七年到十四年之间，其时全中国到处是弥漫着暮气，死气与尸气的，虽是五四运动已经发生了。先生在《呐喊》自序上明明地写着："这寂寞又一天一天的长大起来，如大毒蛇，缠住我的灵魂了。"序是一九二二年，即民国十一年所写的。先生虽然愤慨，而自己又看见自己"就是我决不是一个振臂一呼应者云集的英雄"了。那周围的暮气、死气与尸气，与他自心的寂寞与悲哀，就逼迫着先生在创作中流露出静的气氛了。我们还能对先生有什么不满与抱怨吗？

我尝说：世人永不会以"人"待人，如果他不把你当作天神，便把你看成一个不知什么名儿的玩意儿，或者简直不是玩意儿。如果不是什么事都不认为你能作，便是什么事你都应当能作。小人之于人求备，《论语》上的话。不错，鲁迅是这样那样的家，是天才，是伟大的作家，然而归根彻底，先生也是人，而且是中国人。在作品中流露着静的气氛，我们对于先生还是担待了吧。然而，我再用一回然而，以先生的躬自厚而薄责于人的精神，先生是无须乎我们的担待的。至少，先生是有自知之明的，他自己也觉察到这一点。先生翻译过日本有岛武郎的《与幼小者》，收在《现代日本小说集》里。先生对那一篇的批评，此刻已经记忆不清，还是懒怠去查书。但大意，我约略记得：是说有岛那篇诚然好；终总不免有些伤感，凄怆；先生还希望将来的作家是前进的，并且是愉快的，也就是没有那一些伤感与凄怆。这不明明地是先生的"夫子自道"吗？后死者不得辞其责，这又是一句很有意义的成语。诸位都知道。

我说得这么乱，但说来说去，毕竟也逼出一个结论来。

小说中的诗的成份必须要多；岂独小说而已哉？人生、人世、事事物物，必须有了诗意，人类的生活才越加丰富而有意义。如今书归正传，还是说小说。小说中的诗的成份，也还得分个三六九等。写一篇小说而没有诗意，是没有成其为小说的理由的。这且不必去说它。小说中写大自然，虽然写成诗了，如果与小说中人物生活无关，活动无关，也算不得成功。在小说中将大自然写成诗了，并且藉以帮助表现人物的思想、情感、甚至于行动时，也还不是最上乘。小说是要诗化了人物的动作，而且所有的动作、生活，也必然都是诗，无论那生活与动作是丑恶的，或美丽的。作到这一步，避免着前两项，我们才能在鲁迅先生园地之外开辟新园地，我们才对得起鲁迅先生，而鲁迅先生也不白到人间来一蹚。而且我敢担保先生的在天之灵是无日无夜地盼望着我们这些后死者如此去作的。否则虽然天天崇拜鲁迅，赞美鲁迅，纪念鲁迅，甚至将鲁迅供起来，天天去三炷香，九叩首，先生也还是死不瞑目的。我的话说到这里，就算结束了吧。不过我还要加上几句淡话。

我本想说了上面那些废话之后,再谈一谈文体家的鲁迅和古典派作者鲁迅的。(Lu Xun as a classicist, Lu Xun as a stylist)精力实在来不及,学识也还不够。而时间也相当长了,于是说完上一段,就凑坡下驴了。

有劳诸位久坐,抱歉之至。

(写于一九四七年一月末至二月一日,
刊于《文献》总第十一辑〈一九八二年〉)

《彷徨》与《离骚》

鲁迅先生的第二部小说集《彷徨》采用了《离骚》中的八句作为题辞。这八句是：

朝发轫于苍梧兮，夕余至乎县圃；欲少留此灵琐兮，日忽忽其将暮。

吾令羲和弭节兮，望崦嵫而勿迫；路漫漫其修远兮，吾将上下而求索。

现在把这八句分析一下。

苍梧，传说是舜墓所在之地，在今湖南。县圃，神话中说在昆仑山上，是神仙所居。灵琐是神宫的代词。前四句大意是：早晨从舜墓出发，傍晚到达昆仑，自己虽然想在神宫略作休息，然而天色眼看就要入夜了（诗人的意思是说，昆仑神宫并非他的目的地，所以不愿在此停留，并且担心天晚了，不能再踏上前进的道路）。

羲和是神话中的日御，白天赶着"日车"西去，早晨再把它从东方推上来。崦嵫，山名，传说是日落之处。后四句大意是：我要教羲和慢慢地赶着"日车"，不要匆匆忙忙地落进山里去；我所要走的路是漫长的，我要上天下地去追求哩。

总和八句的意思有三点：

① 不停留；

② 要前进；

③ 要追求（"求索"）。

最要紧的是第三点：追求（"求索"）。

这里，我们要问：大诗人所追求的是什么呢？从《离骚》全篇看来，屈原所追求的是：正直的、可与共事（特别在政治上）的人物；清明的、可以有所作为（至少不至于受迫害）的社会环境。这样，他就可以忧国忧民，进而救国救民，而实现自己的理想，也就是"抱负"了。

"求索"成功了没有呢？没有。结果是大诗人的身投汨罗。不过这已是"后话"。

鲁迅先生为什么选中了《离骚》的这八句作为《彷徨》的题辞的呢？先生自己曾经答复了这一问题。

一九三二年，先生自序《自选集》，曾说到从一九一八年起，发表在《新青年》上的小说（后来都编进《呐喊》），"这些确可以算作那时的'革命文学'"。又说："这些也可以说，是'遵命文学'。不过我所遵奉的，是那时革命的前驱者的命令，……""后来《新青年》的团体散掉了，有的高升，有的退隐，有的前进，我……依然在沙漠中走来走去，……得到较整齐的材料，还是作短篇小说，只因为成了游勇，布不成阵了，所以技术虽然比先前好一些，思路也似乎较无拘束，而战斗的意气却冷得不少。新的战友在那里呢？我想，这是很不好的。于是集印了这时期的十一篇作品，谓之《彷徨》，愿以后不再这模样。"

这一段文字之下，先生紧接着便引用了两句《离骚》，也就是《彷徨》题辞的最末两句：

路漫漫其修远兮，吾将上下而求索。

在这前一年，先生曾写过《题彷徨》的小诗，更精炼概括地写出那一时期的心情：

寂寞新文苑，平安旧战场。

两间余一卒，荷戟独彷徨。

人在彷徨之际，有怀疑，也有苦闷，这很痛苦；然而要紧的还是，彷徨既耽误了前进，又减少了战斗的锐气。先生清楚地意识到"这是很不好的"，而且"愿以后不再这模样"，所以引用《离骚》八句作为《彷徨》的题辞。但是鲁迅先生即使在彷徨之际，在怀疑和苦闷之中，也不曾忘掉揭露旧社会的黑暗，更不曾为黑暗的势力所屈服，更不用说，先生永远也不会向反动派投降了。我们知道，结集在《彷徨》里的十一篇小说俱写成于一九二四和一九二五两年之内。我们也知道，这两年间，中国军阀在外国帝国主义支持下，发动了多次混战；每次动员兵力一二十万、二三十万乃至三四十万，人民日益陷入于水深火热之中。同时，先生所居住的北京也正在反动的乌云笼罩之下。军阀统治自不必说，文化界和文艺界亦日趋于黑暗和没落:《新青年》停刊了,"敷衍,偷生,献媚,弄权,自私,然而能够假借大义,窃取美名"(鲁迅:《十四年的"读经"》,见《华盖集》)的"正人君子之流"正像疯狗或"吧儿狗"一般地狂吠;而其攻击的矛头又多集中于先生之身。就在这样的环境里,先生也还是立马阵头,"举起了投枪",奋勇作战。我们不能片面地只看见先生那时彷徨,而忽略了这一点。毛泽东同志说:"鲁迅是在文化战线上,代表全民族的大多数,向着敌人冲锋陷阵的最正确、最勇敢、最坚决、最忠实、最热忱的空前的民族英雄。"(《新民主主义论》)这是对鲁迅所下的天公地道的评语,没有半点溢美之词。

是的,在"漫漫其修远"的道路上,要前进,要"求索",这是鲁迅同乎屈原的。但先生的"求索",正如古语所说的"求而得之",西洋谚语所说的"寻求的,就找到"。这是不同乎屈原的。先生找到了。他从一个进化论者成为一个阶级论者;从一个民主革命"闯将",成为一个无产阶级战士。这一点,先生和屈原有着天壤之别。我们不说有幸、有不幸。这是因为两代人所处的历史阶段有所不同。先生生存的时代,在国际,已经有了苏联的十月革命;在国内,已经有了中国共产党。

先生自己说得很明白。一九三四年在《答国际文学社问》里他曾说:"先前,旧社会的腐败,我是觉到了的,我希望着新的社会的起来,但不知道这'新的'该是什么;而且也不知道'新的'起来以后,是否一定就好。待到十月革命后,我才知道这'新的'社会的创造者是无产阶级,……苏联的存在和成功,使我确切的相信无产阶级社会一定要出现,不但完全扫除了怀疑,而且增加许多勇气了。"

这是鲁迅先生所走过的"漫漫其修远"的路;这是鲁迅先生的"求索"。这也正是一切旧知识分子所应该走的路和应该致力的"求索"。可惋惜的是,先生死得早了一些,不曾看见全国解放,以及建国以来党和毛泽东同志领导着六亿人民所作的社会主义建设。我们现在较之先生,则是"近水楼台先得月"。我们除了跟着党走,听党的话以外,还能有其它别的什么路和其他别的什么"求索"吗?

完了,以下的一段是附记。

这篇小文实在"卑之无甚高论"。现在谈谈写文的动机。最近因为客观需要,我把搁置了十年的《离骚》重新读了一遍。我觉得大诗人这篇古今以来篇幅最长的抒情诗,在风格方面,缥缈得好像一片云海(所以后人于诗、赋之外,另立"骚体");因而在结构方面,也就使得读者不容易看出文势的运动及其发展的规律。这在初学,尤其感到如此。因此,我联想到《彷徨》上用作题辞的那八句。抛开它们与这部小说集及其作者有其精神相通的处所,而单体会这八句,我觉得它们确实表现出了屈原的不畏险阻,一心追求正义和真理的精神面貌。屈原之所以为伟大诗人者以此;《离骚》之所以为不朽诗篇者也正以此。我们要认识屈原,要了解《离骚》,不妨从这八句着眼、着手。同时，在全篇中，我们也不妨以这八句为中心，为枢纽。因为这以前，除了开头的序家世、写抱负以外，俱是述说君主之昏暗、小人之作恶、自己终不变节屈服；总之，多属于古典现实主义的手法。这以下，则是"求女"、占卜、降神、以至"升皇"（"皇"是天）；总之，多属于古典浪漫主义的手法。假如以上假设可以算是这次重读《离骚》的小小收获的话，也还多亏了鲁迅先生给我的启发，我以前是见不及此，虽然早就知道《彷徨》有那么八句题辞。我本想写文说明以上那些观点，但又因为才学习了党的文件，而鲁迅先生的精神又吸引着我，于是越写越不由我自己，结果是鲁迅先生及其《彷徨》成为主题，我的原意反而怎么也写不进去了。附记在后面，算是画蛇添足吧。

（写于一九五九年；刊于《新港》一九六一年九、十月合刊）

《文心雕龙·夸饰篇》后记

王充和刘勰论艺术夸张

在我国古代,首先注意到文学创作中的夸张问题的,是东汉的王充。他的杰作《论衡》八十五篇中的《语增》《儒增》和《艺增》三篇,就谈到了这个问题。所谓"增"即是我们现在说的夸张。"语"是史书或传说。"儒"指儒家的书。"艺"并不是文艺,而是六艺,即六经。

《论衡》并不是一部讲文艺理论的书,其中充满了朴素的唯物论的见解和论断。作者提出了夸张的问题,却不是从文艺创作上来谈的。老实说,他很不满意这"增"。因为依他看来,——"增"就失去真,便不足信了。他在"语增"篇说:"天下之事,不可增损。考察前后,效验自判。"这种观点,在《艺增》篇里就说得更明显。

王充这种实事求是的精神是无可非难的。不过就文艺的创作来说,照他这么一说,艺术夸张就连根拔掉,无从说起了。

以后,到了魏晋,在曹丕《论文》和陆机的《文赋》里,都不曾提到艺术夸张的问题。

首先正式提出文学创作上的夸张问题的是刘勰《文心雕龙》里面的《夸饰》篇。他提出这一问题,是因为六朝末期的文风日趋浮华,毫无内容,几乎是为了夸饰而夸饰,使得刘勰触目惊心,不得不提出这一问题,以矫正弊习。

在这篇文章里,作者首先承认夸张是文学创作常常遇见的现象,他说:"文辞所被(及),夸饰恒存(常有)。"(引文括弧内的文字,是本文作者所加的注解,下同)这点就说明刘勰对于夸张,抱了肯定的态度。

其次,他举《诗经》和《书经》为例,断说:"事必宜广(夸),文亦过(饰)焉";"辞虽已甚,其义无害(妨)";"并意深褒赞,故义成矫饰"。这样,他就不独肯定了"诗""书"里面夸张的词句,还承认这类词藻是后人创作时夸张的准则。

刘勰对《楚辞》夸张方面,似乎没有什么不满,对于汉赋的作家,却是毫不客气。汉代第一位辞赋大作家司马相如,就得到了"诡(不正)滥(过度)愈甚"的评语。扬雄是"理无不验(考究),饰尤未穷(到家)"。到了张衡,就是"义暌剌也(事与理不合)"。

总之,刘勰认为汉赋作家及其作品的夸张过火了,不合理,也就是不可以效仿。

后来,他说到他的近代和同时的作家在艺术上的夸张是越来越凶了。他们互相鼓励，互相标榜，每逢创作，一意夸张。刘勰对这种情况说得虽颇为含蓄委婉，但也十分辞严义正。他批评扬、马之夸张为"甚泰"（加工得过分），又说："夸过其理，则名实两乖。"（夸大得不合理，文辞与事实也就两相矛盾了）这就说尽了无节制的艺术夸张的害处。

夸张是文学创作上的普遍现象，是一种作者常用的表现手段，而过度地夸张，又会损害文学创作，那么，夸张的标准应该怎样建立呢？刘勰在"夸饰"篇的结尾作了这样的断语和结论："若能酌《诗》《书》之旷旨，剪扬、马之甚泰，使夸而有节，饰而不诬，亦可谓之懿也。"（若能够采取经典著作的手法，排斥司马相如、扬雄一般汉赋作家的过分的夸大，夸张得有分寸，粉饰得不违反事物的本质，这就可以算作好了。）

《夸饰》篇虽有不详尽的地方，对艺术夸张还缺欠作进一步的分析，但是我们对一个一千五百年以前的文艺理论家，不能要求他的态度再严肃，论断再公允了。

把刘勰的《夸饰》同王充的《艺增》比较一下，显而易见，有两点不同：一、对于夸张，王充取否定的态度，刘勰却是肯定的。二、王充就读者的效果而言，他说："誉人不增其美，则闻者不快其意，毁人不益其恶，则听者不惬于心。"刘勰就夸张的动机而言，他说："并意深褒赞，故义成矫饰。"关于第一点，没有讨论的必要。关于第二点，刘勰和王充似乎相反，实则相成；有了前者的动机，才有后者所说的效果。说得再清楚一点，就是：正是为了要誉人增美，使闻者快意，毁人增恶，使听者惬心，才能够"并意深褒赞，故义成矫饰"（存心要把一个人说得更好一点，所以就用艺术夸张的手法）。倘使作者的情感和感觉不真实，不深刻，纵使誉人增其美，闻者也不会快其意；纵使毁人益其恶，听者也不会惬于心的。这不尽是语言技巧的问题。

刘知幾的"望表而知里"

初唐的刘知幾（约六六一——七二一年）是一位史学家，同时又有很深的文学修养。在他的史学名著《史通》里面，许多篇触及修辞和创作方法。《史通》的第二十一篇是《浮词》，它的内容有关于艺术夸张。

刘知幾在这一篇里说："至于本事之外，时寄抑扬（时时带着褒贬），此乃得失禀于片言，是非由于一句。"这样论史，就很近于刘勰《夸饰》篇的论文："并意深褒赞，故义成矫饰。"而刘知幾说得更圆全些，因为刘勰只提到了"褒"，而忘记了"贬"。

刘知幾在作上面那一结论以前，曾举了史书上的几个例子。其中一个是《史记·酷吏列传》写郅都说：匈奴人都怕郅都，扎个草人说是郅都，用箭来射，也射不中。刘知幾认为这是《史记》的夸张地方。但是，他认为史家可以这样写。他不像王充那样死板地求真。

他也反对滥用"浮词"(夸张)。他说:"但近代作者,溺于烦富(芜杂冗长),则有发言失中,加字不快(不快在这里是有病的意思),遂令后之览者,难以取信。"这就很近于"夸饰"篇内说的"夸而有节,饰而不诬"的论调。当然,刘知幾是就反面来说的。他甚至毫不客气地说:"奢言无限,何其厚颜!"而这"奢言无限"的根源,他以为是由于"心挟爱憎;词多出没"(出是过其实,没是不及其实)。

他已肯定作家可以"抑扬",这里却又否定"爱憎",看来似乎有些矛盾。不过,他的意思只是说:作家不能正确地分析事物的本质,只凭着个人感情去爱憎是要不得的;这样写出文章来必定会"词多出没"。所以,他在下文又说:"斯皆鉴裁非远(批判的能力不强),知识不周,而轻弄笔端,肆情高下(随意褒贬)……取惑无知(迷惑无识见的人),见嗤有识(被有识见的人所讥笑)。"

然而,刘知幾最精辟的议论却在《史通》第二十二篇《叙事》里。他在这一篇里,也举了不少例子,这里只提出两个来:

其一,《左传》记,宋万在杀了宋君闵公以后,逃到陈国。陈国的人将他灌醉了,用犀牛皮把他裹起来,又用绳索绑好,送回宋国。路上,宋万酒醒了,极力挣扎。等到到了宋国,宋万"手足皆见"。这里的"见",即"现"字,露出来的意思。宋万在犀牛皮紧裹、绳索捆绑之下,却挣扎得"手足皆见",

足见其勇。这是左丘明的夸张。

其二，也出于《左传》。楚王有一次出兵打仗，正赶上冬天，巫臣劝告楚王说：兵士们都在挨冻，你如果到军队里巡视一下，拊（拍拍兵士们的肩或背）而勉之，三军之士，皆如挟纩（兵士们就暖和得如带上丝绵一样）了。

刘知幾以为"手足皆见"和"皆如挟纩"夸张得好。他的解释是："斯皆言近而旨远，辞浅而义深。……使夫读者望表而知里，扪毛而辨骨；睹一事于句中，反三隅于字外。"这几句话，把"手足皆见""皆如挟纩"解释得有多么好！而且说尽了艺术夸张的功能和目的。王充和刘勰都不如他说得这么形象，这么动人。

艺术夸张，正应该做到像刘知幾说的，让读者望表见里，即是从现象看到本质，反三隅于字外，即是由此及彼。这样的艺术夸张是合乎马克思列宁主义认识论的。

艺术夸张和生活的真实

文学的语言出于群众的语言。没有人民的语言，就决不可能有文学的语言。在分析、研究艺术夸张以前，先看一看群众口语中使用夸张的技巧和艺术，很有必要。

群众的口语是常有夸张的。说一个人笨，就说"笨得像条牛"。听的人通过了"牛"这一形象，得出了那一个人的笨的概念和形象。当然，听的人不会当真把这一个人当成是"牛"。

在我的家乡（河北省南部），说某人老是卖弄聪明，其实并不聪明的时候，就说："天底下数了猴儿精，就数着他精了。"这可以说是艺术夸张。"数了猴儿精，就数着他精"，这句话的涵意是：这个"他"，是多么浅薄而不自觉；同时又体现出说话的人对这个"他"是如何地轻蔑。这不就是"完全合乎规律的必然的"艺术夸张吗？

文学的语言是从群众口语的基础上生长、发展起来的。群众为了表情达意，口头上已经长久地、普遍地使用夸张，那么，作家在创作时为了达到一定的目的而使用夸张，也自然是合理的，有根据的。

艺术夸张是为了更美更善地体现生活的真实，揭示生活的本质。上文说到的"笨得像条牛"，就能鲜明地刻划出一个人的笨的真实的形象。"数了猴儿精，就数着他精"就能有力、深刻地暴露出"他"的性格缺点的本质，这种夸张，既是生活的真实，又是艺术的真实。

现在再举大诗人杜甫的两句诗为例。

平常说马日行千里，已是夸张。杜甫在他的《房兵曹胡马》诗里却说："所向无空阔，真堪托死生。""空阔"是空间距离的意思。人们知道，从起点到终点的空间距离总是消灭不了的，杜甫却说"无"。人们读了他的诗，也只觉得马走如飞，并不考究这句诗是否合乎科学真实。正如果戈理写了"很少的鸟儿能够飞得到河的中流"一样，谁也不会责备他歪曲了第聂伯河河面的真正宽度。在这里，杜甫和果戈理运用了艺术夸张的技巧，发挥了艺术夸张的力量，就加深了读者的印象。

鲁迅先生的《阿Q正传》里，说到把总逮捕阿Q的时节，曾有这么一段叙述：

> 那时恰是暗夜，一队兵，一队团丁，一队警察，五个侦探，悄悄地到了未庄，乘昏暗围住土谷祠，正对门架好机关枪；……悬了二十千的赏，才有两个团丁冒了险，逾垣进去，里应外合，一拥而入，……

记得曾有人批评鲁迅先生这样写，是过甚其辞。且不说说那样话的人如何地不懂艺术夸张是怎么回事，那位把总可不像他，知道要捕捉的对象（胆敢抢劫"举人老爷"家的"土匪"）就是又瘦又乏的阿Q啊！而且昏庸老朽的小官僚如把总这种人，不独懦弱无能，还是神经衰弱。没有一队队的兵、团丁、警察和侦察，架着机关枪，他就不敢凑近土谷祠的边儿，更不用说是对阿Q的面儿了。因此，鲁迅先生这样描写，正好是深刻地揭露了那些小官僚外强中干的本质。这怎能说是过甚其辞，只能说是巧妙的艺术夸张。

艺术夸张在其极严格极正确的意义上来说，是现实主义文艺创作的必不可少的手段，也是现实主义作家常常使用的手法。

我们中国人最富于现实感和幽默感，所以在日常口语中和文艺创作中，常常运用艺术夸张；便是先秦的哲学家在其哲学著作中，为了体现哲学思想，也每每不肯放过艺术夸张。

一个作家善于向人民群众的口语、古典现实主义作家和同代作家的作品中，学习艺术夸张的手段和手法，才能更好地完成社会主义现实主义的文艺创作使命。

当然，艺术夸张在文艺创作上，是有其最严密的限度的，就像《夸饰》篇中说到的："夸而有节，饰而不诬。"

家常烹饪，在做鱼时，除了必要的佐料以外，还要加一点辣子，加一点糖，提一提鱼肉本身的鲜味。这糖和辣子少不得，少了，鲜味便提不出来；也多不得，多了，鲜味便被破坏了。毕竟加多少才好，这要看做鱼的人的手艺和是哪一种鱼，或是哪一种作法（如红烧还是清蒸），有时要多加一点，有时要少加一点，既没有刻板的公式，也不是可以乱来的。

艺术夸张对文艺创作来说，也恰恰如此。

（写于一九五九年，刊于《河北日报》一九五九年六月七日、十四日、二十一日）

《文心雕龙·夸饰篇》后记

揣籥录

（一）小引

揣籥录何？苏东坡《日喻》曰："生而瞽者不识日。……或告之曰：'日之光如烛。'扪烛而得其形，他日，揣籥以为日也。"此则揣籥之由来。至于苦水所以用此二字，则意谓今兹所录，有如瞽者之于日，一误于扪烛，再误于揣籥，简直满不是那么回子事。其始既不止于毫厘相差，则其结果也不仅天地悬隔而已。

然而终于有此录者，《世间解》月刊行将出版，中行道兄要我写一篇关于禅的文字，这真使我不胜其惶恐之至。不错，十余年来，我确乎读过几部禅宗的语录，也看过一两部佛经。不过这读这看，一如陶公渊明之读书不求甚解，则其了解之程度，亦复可想而知。然则随便翻翻，以遣有涯之生乎？即又不然。苦水虽非姚江学派笃信知行合一之说，而平生亦颇注意于行其所知，以为倘知而不能行，则其所知即成为身外之物，其未得也患得之，其既得也患失之。于此，我将仿孟子"万钟于我何加焉"之语，而曰"多知于我何加焉"？反不如安分随缘，信步行去，虽作不到浩浩落落，海阔天空，亦庶几乎简简单单，心安梦稳也。我之于经与语录不求甚解的原故，倒不尽在乎震其艰深，知难而退。而是因为现在所知之一星半点已经不能见诸实行，那么，将来所知虽多，亦奚以为乎？譬如《心经》所云"无罣碍故，无有恐怖，远离颠倒梦想，究竟涅槃"，究竟涅槃且置，试问如何能作到远离梦想去？如何能作到无恐怖去，无罣碍去？若说苦水现下实际工夫业已达到此等境界，岂非大言不惭，自欺而又欺人？若说以此四句经作为题目，令苦水作一篇文字，则苦水自信即使不能说得天花乱坠，三五千字的论文卷子是可以拿得出手去的。若当其欣于所遇，暂得于己，便是万儿八千字，亦复何难？且不说依经说教，三世佛冤，亦且不说错下一转语，五百世堕野狐身；试问腊月三十日到来时，阎罗老子面前吃铁棒时，便将这三五千，甚至于万儿八千字去抵敌的么？笑话，笑话！哀哉，哀哉！古德的嘴尚只堪挂在墙上，则苦水的笔岂不应该扔在臭茅厕里也哉。

不过苦水虽不敢自命为文人，而半生学文，习焉成性。于读语录时，颇悟得为文之法。（即于读经，亦复如此，罪过，罪过。）洪觉范的《石门文字禅》，无甚了得，于文于禅，两无所当，不必援以为例。湛堂准和尚总不愧为一代宗匠，而他于读孔明《出师表》，却悟得作文章。其所作《水磨记》有云："……故有以破麦也，即为其硙。欲变米也，即为其碾。

欲取面也,即为其罗。欲去糠也,即为其扇。而规模法则总有关捩;消息既通,皆不拨而自转。以其水也,一波才动,前波后波,波波应而无尽。以其碓也,一轮才举,大轮小轮,轮轮运而无穷。……"准公此文,意在藉物明心,依境说禅,所可断言。然而文者见之为文,其所云"波波应而无尽"与夫"轮轮运而无穷"者,则又岂不是活泼泼地绝妙文心,有如雪堂行和尚所谓"虚而灵,寂而妙,如水上胡卢子相似,荡荡地无拘无绊,捘着便动,捺着便转"者耶?古来文人当其创作时文心能达到此种境界者,恐怕纪事只有盲左,说理只有蒙庄。此外,便是太史公之雄健,王仲任之坚实,仍不免尚隔一尘。话又说回来,难道苦水学文工夫已到达此等境界么?那又当然是不,不,一点也不。然则今兹所录,去禅固远,离文亦并不近,跛脚法师,说得行不得,此处正好断章取义,借用"啼得血流无用处,不如缄口度残春"那两句也。然而古德有言:"行取说不得底;说取行不得底。"夫行取说不得底,真乃高高山头立,深深水底行;自家的工夫与见地亦俱不能到此,如今且将这话撂开一边。至于说取行不得底,且不可认作雷声大,雨点小;说大话,使小钱;若是如此,所谓错认驴鞍桥作阿爷下颏,孤负他古人不浅。所以者何?说取行不得底者,乃是学人提心在口,念兹在兹,鞭策自己勇猛精进的一种手段。不见夫汤之《盘铭》乎:"苟日新,又日新,日日新。"者位圣人作此铭时,只是个自勉,倘若已经作到此种地步,还要此铭作甚？这正是说取行不得底一个证见。说到这里，苦水此录，自然应无，却亦正不害其有。

郑板桥自题其家书曰："有些好处，大家看看；如无好处，糊窗糊壁，覆瓿覆盎而已。"至于明眼大师，棘手作家，毒喝痛棒，苦水则又无不欢喜承当也。

以上小引竟。

三十六年六月下旬于倦驼庵

（二）第二月

何谓第二月？

《楞严经》云："如第二月，非是月影。"夫第二月并月影亦不是，则其于月也何有？然而有人注曰："人以手捏目望月遂成二轮，取其捏出者为第二月。……第二月虽非真月，然离真月，亦无第二月之可见。"苦水具足凡夫，一本小九九歌，念了许多时候，还只说九九是八十三，知道甚底是禅？如今惹火烧身，自救不了，被中行道兄一把抓住，迫教每期《世间解》都要有一篇胡说，而且不许曳白出场。因念昔时古德上堂，未曾说法，先道"山僧今日事不获已"。苦水今日既非古德，不便以此藉口。曾记得有一位先辈，常常写文章发表于各种刊物上，他表明他自己的态度，辄曰"伏侍天下看官"。苦水即又不尔。苏子瞻谪居黄州之日，有客来访，往往强之说鬼，辞以不能，则曰："姑妄言之。"以今比昔，中行大似东坡，而苦水则是被强以说鬼之客耳。既曰妄言，必非真知。坡老达人，听亦不信。不过今日所说，毕竟非鬼，乃第二月。第二月并非月影，何干真月？然不有真月，此第二月亦无由生。是故于此亦复可说：此第二月不离真月。

甚么叫作禅？

苦水今日自设此问，不必扬眉瞬目，不必拈槌竖拂，不必并却咽喉唇舌，只许病鸟栖芦，困鱼止泺，要如三家村中塾师教书，先从《百家姓》中第一句"赵钱孙李"说起。禅之一词乃简称，全称当云禅那，据说是巴利语"羌哈那"的音译，而梵语则为Dhyana，意译则曰"思惟修"。《大智论》曰："诸禅定功德，总是思惟修也。禅者，秦谓思惟。"其在《圆觉经》疏说，则曰："梵语禅那，此言静虑。静即定；虑即慧也。"其在《六祖法宝坛经》，禅或单举，则曰："内见自性不动，名为禅。"然又双举禅定，曰："外离相为禅；内不乱为定。外若著相，内心即乱；外若离相，心即不乱。"复又谆谆告诫曰："善知识！外离相即禅；内不乱即定。"准前二说，禅是思惟，亦即定慧；思与定慧是一非二。准《坛经》说，外不着相，内心不乱，禅之与定，亦复为一。《经》云"内见自性不动"者何？其曰内见，即外离相；自性不动，即心不乱，亦复是定。六祖于此虽不言慧，决非无视。其意若谓：定自生慧，定亦即慧。是故《坛经》又云"大众勿迷，言定慧别。定慧一体不是二。定是慧体，慧是定用。即慧之时定在慧；即定之时慧在定"也。复次，禅是静虑，学人勿疑既已是静，如何云虑？若已是虑，云何成静？欲决此疑，一准《坛经》定慧体用。

《大智度论》说，《圆觉经》疏说，如今且置。若夫六祖为人倜傥磊落，壁立千仞，更何待言。神秀说菩提是树，明镜是台，六祖便说菩提非树，明镜非台。卧轮说有伎俩，能断百思想，六祖便说无伎俩，不断百思想。或云风动，或云幡动，六祖便说非风非幡，直是心动。真乃络笼不肯住，呼唤不回头，放出自家圆光，遮天盖地。及至说禅，简则曰内见自性不动，不过是六个大字。繁则曰外离相，内不乱，也仍然不过是六个大字。直捷也甚直捷，明白也甚明白，只是有甚奇特？总只为老婆心切，深恐怕后来儿孙听话不明，传事不真，所以长话儿与他一个短说，深话儿与他一个浅说，竖说一番是六个字，横说一番恰恰又是六个字。今世学人要会甚么叫作禅么，如此只如此。奇特原也无甚奇特，只是学人如何得会悟去，如何得履践去，如何得相应去，如何得不向这两说十二个大字下死却去？到这里，无意气时添意气，不风流处也风流，这无奇特恰又不妨是甚奇特。要会这甚奇特么？三岁孩儿也不妨道得。

以上所说，皆是贫道捏目所见之第二月。顶门具眼底人听者乱道作么？且认取第一月去。

附记

《圆觉经》载，威德菩萨请佛为说"一切方便渐次，并修行人共有几种"？佛告威德：诸修行人循性差别当有三种方便。

一者,奢摩他,此云止。二者,三摩钵提,此云观。三者,"若诸菩萨悟净圆觉,以净觉心,不取幻化及诸静相;了知身心皆为罣碍;无知觉明,不依诸碍,永得超过碍无碍境,受用世界及与身心相在尘域,如器中锽,声出于外,烦恼涅槃不用留碍……此方便者名为禅那。"其在偈中,复约说曰:"禅那唯寂灭,如彼器中锽。"碍与无碍且置之,学人且细细会取器中锽是个甚底?为在器中?为在器外?为二俱在?为俱不在?为有为无?为实为虚?为向为背?若于此会得,参禅有分。虽然傍教说禅,宗门大忌,不见道离经一字,即成魔说。

三十六年七月上旬于倦驼庵

(三) 第二月之二

白杨顺病中示众云:"久病未尝推木枕,人来多是问如何。山僧据问随缘对,窗外黄鹂口更多。众中作者试为山僧指出病源,七尺之躯什么处受病?"众下语皆不契。自代:抚掌一下,口作呕吐声;又云:"好个木枕子。"

苦水今日缘何拈此一则公案?只因比来秋阴不散,霖雨间作,牵动旧疾:筋骨酸疼,要背作楚,饮食不香甘,睡眠不安稳;明知地火水风,因缘和合,暂时凑泊,不可认为己有,无奈哑子吃黄连,实实有说不出来的苦。到此生计困穷之际,不免要向他人通融一勺半合,周济自家饿肚。所以行住坐卧,总要念诵一句半句。于是白杨顺和尚遮一则公案,不由地便泛上心头，吐出舌尖，如今且一直滚到笔下来也。

不过白杨这位阇黎忒煞作意作态，又是抚掌，又是呕吐，又硬拉他木枕子作个垫背，有什么了期？苦水当日若在场，便直向他说道："呜呼哀哉，伏维尚飨。"纵然不契白杨意，谅他久病之余，未必然仍有气力乱棒向苦水头上打来。何以故？若是身病，则自有四大承当，干你白杨底事？若是心病，则心病还须心药医，又将病源问他别人作么？病了许多时候，尚不肯休去歇去，开两片嘴唇皮，人前乱道，苦水直想将他活埋却了，说道是"哀哉""尚飨"，还是客气语也。

那么，白杨全无个落处么？

不然，不然。这抚掌，这呕吐，以及木枕子，也还是个第二月。

所以者何？倘无第一月，自然无第二月，前已说过。然而揑目见第二月者，倘若说向别人的时节，其形态亦必去第一月不远——或者说简直是一般无二。有心人听过之后，细心体认，定可以识得第一月。如其不然，便是将第一月指示给他，也仍然是千里万里。然则何以不直说第一月，而偏要说第二月，遮岂非舍近求远？则曰：不是不说第一月，只是第一月没得可说。又怕说了之后，学人只记得说月底语言，不肯自家下一番死工夫去寻觅，去体认第一月去。而且即使学人在听说第一月之后，竟能寻觅得，体认得，怕也仍有不切实处，不见道从门入者终非家珍，总不如无师自通之为得。古德云："生也不道，死也不道。"又曰："我若向你说，你以后骂我去也。"

问：何如并第二月亦不说？

苦水曰：苦也，苦也！西天二十八代，东土六祖以及历代大师更无一个不为者个问题所苦。他们更无一个不想并第二月亦不说，其奈会下学法弟子除却一半个上根上智，其余中下之流，专一向言语边寻觅，所以不得不降格俯就，向舌尖唇边透露些子消息，者个又是哑子吃黄连实实有说不出来的苦。不见当年长老须菩提问佛："善男子，善女人发阿耨多罗三藐三菩提心，云何应住？云何降伏其心？"当时释迦慈悲怜悯，金口许说：及至说来说去，九九归一，却道："若人言如来有所说法，即为谤佛。"又曰："说法者，无法可说，是名说法。"夫既是无法可说，还说个甚底？然而三百余会，一大藏教，岂非尽是我佛金口所说底法乎？儒家的孟夫子说得好："予岂好辩哉？予不得已也！"

苦也，苦也。释迦出世，要为普天下众生解缠去缚，断却烦恼，而自家却深深地陷在这一个烦恼海中，譬如老象溺泥，不能自出，岂不悲哉！佛不入地狱，谁入地狱：其斯之谓欤？后来赵州和尚上堂，大声疾呼，道是"佛是烦恼，烦恼是佛"。僧问："未审佛是谁家烦恼？"师曰："与一切人烦恼。"曰："如何免得？"师曰："用免作么！"赵州这老汉见得明，说得出，"用免作么"四个大字不特是斩钉截铁，而且简直是"将此深心奉尘刹，是则名为报佛恩"也已。其故即在于赵州和尚了解我佛不说第二月而又不能不说底苦处。

复次，又不见马祖升堂，众才集，百丈海禅师出，卷却席。祖便下座。夫大众才集，便即卷席，吾人难道好说百丈海是蛮作，更无一语，当时下座，吾人难道好说马大师是疲软？须知马祖当日升堂，欲说不能，不说不可，正是陷落在烦恼海中；百丈卷席，正是一片慈孝之心，知恩报恩。所以大师无言下座，恰似老莱子斑衣戏彩，老人点头。你若认作百丈海是当仁不让于师，或者狮子身中虫，还吃狮子肉，早已是唤钟作瓮了也。不过百丈这一着子也还是马祖教底。不是"卷席"的前一日还有一则"野鸭子"公案，百丈曾被马祖扭得鼻头痛不彻而哀哀大哭么？苦水敢说昨日马祖倘不扭得百丈鼻痛，百丈今日也无从施展遮卷席的手段。好笑好笑！马大师于此，大似勾贼破家，引狼入室。然而天下的真正慈父，还有一个不希望自家儿子聪明伶俐，强爷胜祖底么？所以马祖归方丈，百丈随至之后，祖问："我适来未曾说话，汝为甚卷却席？"丈曰："昨日被和尚扭得鼻头痛。"祖曰："汝昨日向甚处留心？"丈曰："今日鼻头又不痛也。"祖曰："汝深明昨日事。"不说第一月，仍说第二月；从此第二月，彼此共赏第一月：父慈子孝，自然家运兴隆。

写到者里，反回去自己检阅一番：一篇小文，开端由白杨顺病中示众说起，将世尊，须菩提长者，马大师，百丈海，赵州和尚一齐拉入浑水，真是何苦？苦水有嘴说旁人，没嘴说自己，带了一身病痛，自救不了，拈一管破笔，直写得手酸臂疼，真乃一场话靶，总被他第二月牵扯住，自身没有快刀斩乱麻底手段，所以一说不已，至于再说。写到者里，苦水作贼人心虚，生怕有人问：你上来所说第二月乃是自家捏目所见，如今又说历代祖师所说亦是第二月，难道你所见底和祖师所说底同是一个第二月么？苦水于此，只有遍体流汗，满面惭惶：那里，那里？决不，决不。两篇小文，适逢其会，所立题目，同此假名，如何可以混为一谈？虽然失检有罪，闻说自首可以减等，是不？到者里，得好休时便好休。然而画蛇还要添足在：

僧问法眼："如何是第二月？"

眼曰："森罗万象。"

问："如何是第一月？"

眼曰："万象森罗。"

今日举此话头，当作忏悔，得么？而且预先约下：下期倘若仍然乱铳，决不再说第二月，虽然所说仍是第二月而非第一月。

三十六年九月上旬于倦驼庵

（四）不可说

五代时的长乐老冯道使人读《老子》，卧而听之。其人开卷，以第一句中"道"字触犯相公讳，乃读曰："不可说可不可说，非常不可说。"

闻此一则故事，当无不觉得好笑者。据说长乐老当时自家亦不禁为之辗然也。然而若把这个与州官名登,以避讳故,遂将放灯三日改为放火三日者视同一例,则不可。所以者何?后者只是谬误得可发一笑,此外并无意义。前者则是俗谚所谓,歪打正着,缘此谬误,翻成正确;还不止于点石成金,化腐臭为神奇已也。夫《老子》曰"道可道,非常道"者,其意岂不是说:道而可以言说,便非经常不变之道。细按下去,此小吏所说岂不正得老子之意?无心人讲话,最怕有心人听,却又正要有心人去听。不然者,即使我佛出世,作狮子吼,发海潮音,宣说微妙至上第一义谛,天雨四华,地摇六动,倘教无心人听去,如果不是大雨淋虾蟆,只管翻白眼,也成为鸭子听雷,莫名其妙。不见当年轮扁对齐桓公自述其斫轮之妙技而终之曰:

  ……得之于手而应于心,口不能言,有数存焉于其间。臣不能以喻臣之子;臣之子亦不能受之于臣。是以行年七十而老斫轮。

遮位老扁并非倚老卖老,大言不惭;实是地道的一位斫轮大匠。且夫所谓得于手而应于心者,何耶?轮扁亦曾自言之,曰:"徐则甘而不固,疾则苦而不入。"如即就斫轮起一番葛藤,则遮两句岂不即是斫轮的第一月?若说老扁不会,他何以能失口道出?若说他会,他何以又说口不能言,而且并他的亲儿子亦复不能受之?至亲莫如父子,难道他的绝技还不肯传之于其子么?须知老扁虽然行年七十而老斫轮,绝技终属小技;所以抖擞屎肠,尚能道出两句。然而遮两句纵使是斫轮底第一月，于其亲儿，也仍旧是东风之吹马耳，没得丝毫用处。学艺虽不能说即同学道，传技虽不能说即同传法；不过于此总有些微近似，却断断乎不可否认。技与艺尚且如此，则道与法更当如何？不然者，皇帝底传国玉玺而已，瞎子手中底一条明杖棍而已，于道于法复何有哉！

轮扁斫轮是庄子的寓言，而庄子《南华》又是教外之书，如今且将遮葛藤桩子放倒，省得葫芦蔓缠到黄瓜架上，纠纷不清。记得当年苦水东西乱跑时，东峦大师曾一再相劝去看《维摩诘经》。大概东峦尔时见到苦水病骨支离，尘心不净，所以大发慈悲，指示入处。苦水感激盛意，此后时时讽诵是经。若说维摩诘遮位西天居士，倒也真个非同小可：平时既已"深殖善本"，又以"饶益众生"方便之故，现身有疾，及至上自国王，下至王子官属前来问疾之时，居士且为之说法：

　　诸仁者，是身无常，无强，无力，无坚：速朽之法，不可信也。

以儒门家法论之，自是毫无怨尤，矜平躁释；以佛法论之，更是以智慧剑，断烦恼网，以是因缘，方便说法也。不意他竟自念："寝疾于床，世尊大慈，宁不垂愍。"苦水于此，几欲失笑：元来此位长者，依然是个孩子，一有些病儿疼儿，便想一头倒在娘怀里，还说甚底以饶益众生方便之故，现身有疾？果然，世尊大明，即知其意；世尊大慈，俯如所请，当命弟子行诣问疾。又谁知自舍利弗起，直至长者子善德，一群老古椎个个俱是中看不中吃，以前既曾向维摩手里纳过败阙，如今更是败将不足言勇，俱云："不任诣彼问疾。"遮也难怪，吾辈今日试看经中所载维摩与遮一堆菩萨往来酬答底话语，也真是出人头地，正如圜悟批评五祖演和尚的话："他大段会说。……分明是个老大虫"也。

如今且说佛会下乃有文殊师利菩萨，虽然明知"彼上人者，难为酬对"，仍然自告奋勇："承佛金旨，诣彼问疾。"蛇无头而不行，于是"诸菩萨，大弟子，释梵，四天王咸作是念：二大士……共谈，必说妙法"，于是围绕文殊，蜂拥而去。果也不虚此行，一部大经至今流传；而且当时即蒙佛印可："是经名为维摩诘所说，亦名不可思议解脱法门。"据说罗什法师四位高弟，生，肇，融，叡，共助什师翻译此经，至不可思议品，一齐搁笔。何况苦水钝根，于此经义，能全解会？但却也有小小意见，今日不免提出共学人商量。即如维摩诘问："诸仁者，云何菩萨入不二法门？"当时会中自法自在菩萨说起，最末，文殊乃曰：

> 如我意者，于一切法，无言，无说，无示，无识，离诸问答，是为入不二法门。

于是文殊又问维摩："仁者当说何等是菩萨入不二法门？"时维摩诘默然无言。文殊叹曰：

> 善哉，善哉！乃至无有文字语言，是真入不二法门。

此一则公案至今流传，道是：语底是文殊，默底是维摩。遮语，遮默，岂不俱是所以显示此不二法门？今日先不必分，语底是，抑默底是；姑且打成两截，先论维摩之默，继论文殊之语。

夫维摩居士于是之前，固已曾以法战争服舍利弗等一十四位菩萨及五百大弟子者也；而且及至问疾，又复宣说圣谛妙义，成为此经；则其智慧辩才，直欲齐肩释迦文佛，真成只有天在上，更无山与齐了也。何独至于文殊菩萨反口问及"何等是菩萨入不二法门"之时，遂乃默然更无一语？"言者不知，知者不言"乎？"莫道无语，其声如雷"乎？抑是失张失智，作意作态乎？出家儿是大丈夫，禅宗门下一等是顶门具眼，知有佛向上事，却并圣谛亦不为；达摩也是狢獠胡，于此维摩一个老冻脓，那得不细拶严拷去！

复次，文殊之"无言无说……"，于入不二法门，是得不得？如得，万事全休；若也不得，文殊还成其为文殊么？维摩默然之后，文殊失口赞叹，实乃虚怀若谷，见善如不及：遮个正是文殊之所以为文殊也。你且莫漫说维摩底默是第一义，第一月；而文殊底语则是第二义，第二月。试问：默然之前，倘无文殊之说，默然之后，倘无文殊之解，则维摩的默将落在什么处？假如将此云何入不二法门一问去问一个聋子哑子，聋子哑子也正默然，难道便将此聋子哑子与文殊等量齐观？须知文殊师利菩萨摩诃萨乃说那不可说底，以言语显那不可言语底，以此之故，老婆心切，遂不免有落草之谈，致使维摩诘长者占却上风：

吾辈后人对于文殊且不得孤负。更须知文殊之赞是佛法中事，若在宗门下，于维摩默然之后，直须大喝一声，对他道："情知你是道不得！"管教遮老病夫登时气绝身死，寿终正寝；即不然者，也使他面红耳热，恨无地缝可钻。说到者里，苦水于此两大士，忒煞抬一个，搦一个。倘若铁面无私，言出法随：文殊维摩，狼狈为奸，于今赃证俱全，正好一串拴来，同坑埋却。

不可说可不可说，非常不可说。

悲莫悲兮生离别；苦莫苦于不得已。说甚祖祢不了，殃及儿孙？还是自救不了，坠坑落堑。马鸣菩萨《大乘起信论》曰：

言说之极，因言遣言。

好笑，好笑！事不获已，不能无言，言了之后，又须遣去，大似狐掊狐埋，古德有言："矢上加尖"：是之云矣。及至后来云门大师示众，却又说：

佛法也大有，只是舌头短。

又是一场好笑：遮老汉分明自纳败阙了也。直饶他是云门一宗开山祖师，直饶有人说"云门气宇如王"，苦水若在场，劈脊便棒，且棒且问：

广长舌耶？广长舌耶！

看官且道：广长舌长若干？舌头短又短多少？倘若有底答道"广长舌即舌头短，舌头短即广长舌"，苦水将摆手。倘若有底答道"广长舌也并无长，舌头短也并非短"，苦水将摇头。倘

若答"广长舌忒煞短,舌头短忒煞长了也",苦水于是掷笔而起,呵呵大笑曰:

"你得,你得!"

何以故?只因为苦水此刻正不得也。

十月朔一日于倦驼庵

(五)不是不是

中秋重九俱已来临,而又过去,天地肃杀,草木黄落,已是淮南子所谓"长年悲"的时候了。文人诗人,遮些日来,饮酒,持螯,赏菊,登高,插茱萸,看红叶……正在闲里偷忙,静中取闹。遮都不干苦水底事。苦水却别有一套,则是每年此时的照例文章,其名曰伤风,作烧,头重,骨疼,而又加之以咳嗽。其实年年如此,毫不新鲜,今年满可以不须如此,然而仍然必得如此。有趣自然不见得。痛苦么?一个人如果常常生病,便不免习而安焉,是一位外国文人的话:病久了,药的滋味也觉得是可留恋的了。何况古德曾谓"病中正好着力"乎?

有一位大师,大约亦是伤风之余,上堂却说:"维摩病,说尽道理;山僧病,咳嗽不已。说尽道理,咳嗽不已;咳嗽不已,说尽道理。"苦水如今素咳嗽行乎咳嗽,一并无言可说,无理可申,只管咳嗽不已。然而昨夜中行道兄亲自送到《世间解》第四期,而且叮嘱说:"《揣籥录》的第五篇也该著手了。"苦水应之曰:"唯,唯。"遮唯唯并不是敷衍语,应酬语,却是佛家底不打诳语。自交了第四篇的卷子，我便已拟定了第五篇的题目，即是现在写在篇前的四个大字：不是不是。待到一过月半，早已想好大意，准备写出。其所以必得候到《世间解》第四期出版，中行道兄叮嘱之后的今日方才下手者，亦只是忙于咳嗽之故，特此声明：并无禅机。

在第四卷卷首编辑室杂记中，有曰："苦水先生说禅，最初也许是逼上梁山。继而写过两次，禅机时动，就欲罢不能了。"我不曾问，但想来这一定是中行道兄底手笔。苦水心事，被道兄一眼觑破，一口道出了也。记得胜利之后，第一次通默师书，自道八年以来为学次第，其中一段说到了自己的学禅，有曰："学道之念虽切，而工夫不纯，未敢自信，关于禅学述作，至今并无只字。则以未到大彻大悟，文字表现无宁稍后。"我时时觉得学道固须自证自悟，然在自修期间，更须自知；自知尤须知惭愧。此所谓知惭愧，即是知耻，有羞恶心。《佛遗教经》曰：

> 惭耻之服，于诸庄严最为第一。惭如铁钩，能制人非法。……若离惭耻，则失诸功德。有愧之人则有善法；若无愧者，与诸禽兽无相异也。

嗟乎，世尊说法与人，慈悲悱恻，一如慈母之语爱子矣。苦水博地凡夫，尚在道念不坚，还说甚道眼不明？但是惭耻之服，却时时不敢卸却，生怕落入驴胎马腹里去。所以四个月前中行道兄到小庵来相嘱谈禅的时节，一再推辞。这推辞一非高抬身分，二非故作客气，三非有意刁难，一言以蔽之曰：自知其学识不足，不敢出手而已。然而终于有作者，却不过情面尚在其次，大旨一如黄金台故事，"请自隗始"；于谚亦有之，曰："抛砖引玉。"

不过写虽写了，惭愧之心固在，时时刻刻，兢兢业业，生怕见笑方家。试看往古来今，凡有说禅底，那个不是气压诸方，孩抚时辈，一朝权在手，便把令来行，即使释迦出世，弥勒下生，几曾看到眼里，放在心上？谁个又如苦水一再声明自己是个凡夫？编辑室杂记又曰："现在由于欲罢不能，果然，就写长了。"赃证现在，《揣籥录》确是一篇长似一篇，只是不见得即如中行道兄所说底禅机时动。作贼心虚，再来一番自首：也只是个说得口滑，写得手熟。孟子曰："羞恶之心，人皆有之。"其论牛山之木，则曰："……斧斤伐之，可以为美乎？是其日夜之所息，雨露之所润，非无萌蘖之生焉；牛羊又从而牧之，是以若彼濯濯也。"其论良心之放失，则又曰："其旦昼之所为，有梏亡之矣。梏之反覆，则其夜气不足以存；夜气不足以存，则其违禽兽不远矣。"这与前面所举《遗教经》一段虽不能说如出一辙，却不能不说是依稀仿佛。苦水尝想，一个惯于说谎底人，当其初次撒谎时，即使并无内疚，也不免有点儿不自然；及其日积月累，久而久之，习与性成，自然开口便是谎，沛然若决江河，莫之能御了也。若再触类而长之，则凡一切失节丧德，及夫不悟谓悟，不证谓证，大言不惭，自欺欺人，皆可准知。苦水底《揣籥录》所以一篇长似一篇者，亦若是焉则已矣。

所以假如有人问苦水："你如今写底《揣籥录》便即是禅么？"苦水将不加思索，立即否认，曰："不是，不是！"

看官道苦水这两个"不是"只是一句谦辞么？实犯实供，谦在什么处？但假如放过苦水，高处着眼，则历代祖师，一千七百则公案，以及汗牛充栋底诸家语录，那怕他一句中具三玄门，一门中具三要，说向上，说向下，分宾主，夺人境，直得锦簇花团，龙飞凤舞，正眼观来，也只堪还他一个"不是，不是"！极而言之，岂独达摩是甚狢獠胡，古德尚说"一大藏教是拭疮疣纸"，世尊也好"一棒打杀，与狗子吃"，那里讨得一个"是"来？所以黄檗大师谆谆告嘱："呜呼！劝你兄弟家，趁色力康健时，讨取个分晓处，不被人瞒底一段大事。"又曰："不被天下老和尚舌头瞒。"假若听他们道了，看他们说了，只管道是了又是，更何处讨取这一段不被人瞒底大事也？看官看见苦水如是说，莫又道苦水受了黄檗大师底瞒么？一任，一任。

写到这里，纵然不见得入虎穴，得虎子，下龙潭，探龙珠，也是一棒将老虎打死，辞意俱尽，正好放下手中笔，不须再泼第二杓恶水。一则恐怕有孤中行道兄嫌短的雅意，二则手下尽管不写，口里也是咳嗽，左右是左右，索性尘羹馊饭一起端来，搜寻古人闲言剩语，另行葛藤一番——

揣籥录

僧问石霜:"如何是祖师西来意?"师乃咬齿示之。僧不会,后问九峰曰:"先师咬齿意旨如何?"峰曰:"我宁可截舌,不犯国讳。"又问云盖。盖曰:"我与先师有甚么冤仇?"

石霜这老汉被人将一顶没量大底帽子压在头上,直得努牙劙齿,且莫批评他更无半点儿闪展腾挪;苦水却敬爱他不发风,不作怪,是十足的一位老实头本分衲僧。于此若再说"无言无说",便犯了作文大忌,曰"犯上"。不说也罢。而且我现下意也不在乎此。至于那僧更不见长进,泛泛一问亦尚可,及至被人咬齿相示之后,竟落得个"不会",但也不值得我每失惊打怪。妙在又将咬齿意旨一问九峰,再问云盖,夫"西来意"尚未破除,如今又添上一个"咬齿意",枷上添枷,镣上加镣,几时是出头之日?又焉知问了九峰与云盖之后,不再加上一个"截舌意"和一个"甚冤仇意"耶?不会,会取,不会,罢了:除此二途,参学更于甚处着力?而这僧只管问了又问,驴年去?但苦水也还爱他不自欺的老实;同时又觉得同坑无异土,这僧虽是不会,毕竟不愧为石霜门下。不过我意仍不在乎此。

若夫道虔(九峰)志元(云盖)这两个不即溜汉,虽是石霜传法弟子,而且开堂说法,出世为人,一个"截舌不犯讳",一个"与师无冤仇",真乃龙生龙,凤生凤,耗子生儿只会打洞,元来只将先师底咬齿一嘴刁住更不放松。"无改于父之道可谓孝",则不无;若是光宗耀祖,改换门庭,直饶他转世投胎，再来修行，也未梦见在。好男不吃祖爷饭，好女不穿嫁妆衣。说甚九峰？一峰也不见；说甚云盖？只是个镬盖。石霜咬齿原无不可，谁想到直将道虔与志元齐齐咬杀了也。要会这咬杀么？只为他两个汉不会道个"不是，不是"！

不见马祖闻大梅住山，乃令僧问："和尚见马大师，得个甚么，便住此山？"师曰："大师向我道'即心是佛'，我便向这里住。"僧曰："大师近日佛法又别。"师曰："作么生？"曰："又道：'非心非佛。'"师曰："这老汉惑乱人未有了日。任他非心非佛，我只管即心即佛！"其僧回，举似马祖。祖曰："梅子熟也！"且夫大梅当年初参马祖，便问："如何是佛？"想见他不但有个佛字横在胸中，而且大有向外寻求之意。马祖答以"即心是佛"。正使他回心内向，照见本来，所谓"旋汝倒闻机，返闻，闻自性"。大梅当时大悟，又正是直下承当，无委曲相。然而倘使那僧说过马祖佛法又别之后，大梅不能别下一转语，遮梅子也还是一个生梅子。看他听了即心是佛，言下大悟，先还他马祖一个"是"。任他非心非佛，我只管即心即佛，再还他马祖一个"不是"。能照能用，有为有为，方消得马大师助喜："梅子熟也。"不过饶他梅子透顶熟，也还是流酸溅齿牙，不成其为甜瓜澈蒂甜。不见他南泉普愿禅师曾说："江西马祖说即心即佛；王老师不恁么道。不是心，不是佛，不是物。"直还他马祖三个"不是"，更无一个"是"。龙得水时添意气，虎逢山势长威狞。马祖入室弟子一百三十九人，各为一方宗主,转化无穷,而大师却单单以"独超物外"许南泉,争怪得他?而且南泉门下赵州和尚闻得南泉怎么道了之后,当即礼拜而出,看他孝子贤孙,绳绳相继,好不欣羡煞人也!

到者里,再重复一遍:苦水具足凡夫,晓得甚底是禅,说去说来,写来写去,触不着向上关捩子,谈不到末后一句子,理之当然,无足怪者。虽不能瞎却天下人眼睛,想早已笑掉大方家底牙齿。若是初学发心。有志参禅之士,想要向《揣籥录》中摸索一线路径,管包你是向鸡蛋里找骨头,求之愈勤,去之转远。然而苦水之所以腼颜说之又说,写了还写,也还有个小小落处。他们得底人,即是到家的人,所谈底俱是屋里事。苦水是未得底人,纵然乱道,所道底或是途中事,到家的人自然用他不著,但也许有一句半句可供打包行脚者之参考。今日拈出"不是,不是"来,正是个此物此志也。

即如"如何是祖师西来意?"这一问,有底答:"坐久成劳";有底答:"一寸龟毛重九斤"……有底答:"待洞水逆流,即向汝道。"真是举不胜举。而赵州和尚所答"庭前柏树子"一句,更是流传宇宙,震铄古今;然而石火电光,如何凑泊?他们到家的人,屋里说话,途中人作么生明得?阿汝不是天纵生知,试问如何承当?且莫听得古德怎么道了,便即颟顸地,笼统地道一个"是",倘然如此,孤负佛祖,亵渎先圣,入地狱如箭射,更不须说承言者丧,滞句者迷也。时其不会。

不妨疑着：这疑当然不是个"是"，却又不见得是个"不是"。但如果你肯疑，疑来疑去，也不见得不生出"不是"来。大疑，大悟；小疑，小悟。学佛要信；参禅须疑。你只管不疑去，坐在无事甲里，何日是悟日耶？山是山，水是水，牙齿一具牙，耳朵两片皮，师姑元是女人作，以及诸如此类的话头，倘不先疑着一番，倘不向这疑下身死气绝一番，饶你至心信着，开口道着，苦水也仍然还你个"不是，不是"！

虽然不曾说尽道理，却照旧咳嗽不已。挽糠使水，攀藤附葛，这番所写，较之已往四篇又长了些。禅机动了么？

——不是，不是！

十一月上旬于倦驼庵

（六）无

北平节令最是准确，"大雪"到了，真个就下了一场雪。若说天道无为，何以有一场雪？若说行乎其不得不行，想见老天亦自有他底不得已处。"深冬雪后，风景凄清"，尚在其次。至于天寒岁莫，苦水纵然道力不坚，亦还不至于百无聊赖。惟念屈子《离骚》有曰："日月忽其不淹兮，春与秋其代序。惟草木之零落兮；恐美人之迟莫。"多少人对下两句低回赞美；依苦水看来，倒是前两句说得最恳切：直得懦夫起立，败子回头。有如黄檗大师所说："不知光阴能有几何，一息不回，便是来生。"或者要说：苦水你错了也。屈子作文，黄檗讲道，如何能混为一谈？岂非茄子地差到黄瓜地里？则将应之曰：文之与道初非两致，道心文心岂分二途？庄子尚说"盗亦有道"，何况于文？又不见佛说"一切法皆是佛法"，又曰："是法平等，无有高下乎？"此说甚长，付在来日。

记得初写《揣籥录》时，正在夏日。转眼不觉半年；而今拥炉向火，多病之躯依然枯木倚寒岩，三冬无暖气。看看《世间解》月刊第六期又将付印，势须搜索枯肠，拼凑他三两千字。写在文前的题目的一个"无"字原本也是交了上期文稿之后所预定好了的；不知何以此刻只是写不下去，一如腕中有鬼似地。难道心思脑力也被滴水滴冻的天气给冻结了不成？相传有一位学士，素不信佛，拟作"无佛论"，夜深犹在对灯构思。其妻问："相公何不就寝？"学士答以拟作无佛论。妻曰："既无矣，论个甚底？"学士于言下大悟。无佛论当然不复著笔。又有一位老宿上堂云："我在老师会中得个末后句，不免将来布施大众。"良久，云："不与万法为侣者是什么人？待汝一口吸尽西江水，即向汝道。"便下座。大慧禅师见之，后来上堂却云："山僧即不然。我在老师会中得个末后句，不免举似大众。"便下座。有条攀条，有例攀例。苦水此际亦颇思抄袭那位学士和大慧禅师的旧作，只将写着这"无"字题目的空白稿纸送与中行道兄，着他照样登出，而且留着三两千字的空白。假使真地如是作了，既非偷懒，亦非取巧，更非弄喧；倒老老实实地有一二分衲僧气息。所以者何？题目既是个"无"，还说个写个甚的？假如有的说，有的写，这"无"早已是"有"而非"无"了也。西国有一文士劝人沉默，下笔不能自休，写成了一部大书，至今传以为笑，正是绝好的一个前车之鉴。不过真地将有目无文的稿纸送去，先不必问中行道兄肯不肯就如法炮制；而苦水此时先就觉得不好意思，于此愈见苦水之说得行不得，还说什么"有诸真实"，"无委曲相"？还谈得什么禅？

以上所说，虽非教中的第一义，却是苦水的第一义，到此正好断手。看官至多也只应看到者里，以下所说，俱是闲言中底闲言，剩语中底剩语，看官尽可不看。倘若看了，惹得气恼，莫谓苦水预先不曾下得警告也。于此忽又想起一则公案，不免举似诸公。

有一位古德上堂说：

> 十字街头起一间茅厕，只是不许人屙。

其后又有一位大师上堂，拈举之后，却说：

> 是你先屙了，更教阿谁屙？！

苦水今日献丑了也；好在也并不是自今日始，诸公莫道苦水无耻。

考教中大小二乘，俱析为"空""有"二宗。以空对有，而不以无。我于梵文一个字母亦不识得，想来"空"字较近原文，而"无"字较远乎？不然，便是古德译经时，特别回避遮个"无"字，以免有混于道家所立之"无"也。然而经中却少不得遮"无"字。即如尽人皆知的《心经》，其中就说：

> 空中无色，无受，想，行，识；无眼，耳，鼻，舌，身，意；无色，声，香，味，触，法；无眼界，乃至无意识界；无无明，亦无无明尽；乃至无老死，亦无老死尽；无苦，集，灭，道；无智亦无得。

一连串下了十三个"无"字，而其中省掉底与"无明"之"无"尚不与焉。至于《涅槃经》中，佛为须跋陀说实相，自"善男子，无相之相为实相"以下——直写经文么？不但费事，而且有文抄公之嫌。查数么？上面一段《心经》已是半日没弄清楚，这一大段怕不得一两日方能数完？总之，是累累然如贯珠的一大串"无"字。若再翻他经，更举不胜举。是故于此可说经中不废"无"字。

然而《心经》众"无"之上，有一句曰："是诸法空相。"是故此众"无"者，所以成"空"；假如不"无"，此"空"不就。此"空相"是第一义实：既非虚空，亦非顽空。是故《涅槃经》中乃云"无相之相为实相"也。或有问曰：老子曾谓"损之又损"，与此"空""无"，颇相当不？应曰：不然。方寸之木，日去其半，万世不灭；损之又损，只成削减，不得"空""无"。复次，老氏之意在"无不为"。佛教意在由"无"立"空"，即"空"即"实"。是故老氏意主功用；佛说空相与夫实相乃为道体：二家之义区以别矣。

以上略说佛教之"无"，以下续明禅宗之"无"。仍拈公

案以便举扬:

> 僧问赵州:"狗子还有佛性也无?"
>
> 州曰:"无。"

同时黄檗大师亦曾拈举此一则公案,却说:"但去二六时中看个'无'字,昼参,夜参。行,住,坐,卧,著衣,吃饭处,屙屎,放尿处,心心相顾,猛著精彩,守个'无'字。日久月深,打成一片,忽然心花顿发,悟佛祖之机;便不被天下老和尚瞒,便会开大口。达摩西来,无风起浪;世尊拈花,一场败阙。到者里,说甚么阎罗老子?千圣尚不奈你何!"黄檗者老汉于此,鼓粥饭气,将赵州和尚底一个"无"字举扬得如天普盖,似地普擎。难道他是向赵州关下递下降书降表了么?倘若说是,不独孤负黄檗,亦且不认识赵州。如今即先说赵州。

遥想赵州当日四十年除二时粥饭外,更无杂用心处:一何其用心之专耶?年登八十,尚著草鞋行脚;既被云居质问:"老老大大,何不觅个住处?"又著他茱萸呵责"老老大大,住处也不知!"又何其用力之勤耶?及至出世为人,直销得雪峰存禅师烧香礼拜,赞作"古佛"。再看他示众则曰:"把一枝草为丈六金身用;把丈六金身为一枝草用。"接人则曰:"汝被十二时辰使;老僧使得十二时辰。"两卷语录真乃言言锦绣,字字珠玑;且莫说他光明磊落,直须看他老实,质直始得。但遮老汉有时却答话只同儿戏:即如僧问:"学人有疑时,如何?"师曰:"大宜,小宜?"曰:"大疑。"师曰:"大宜东北角;小宜僧堂后。"若斯之类,几同家常。总为他见得真实,悟得明白,所以掉臂游行,得大自在也。又如前面所举僧问:"狗子有佛性也无?"师答曰:"无。"其后又有人如此问,师却答曰"有"。两答不同,然而更无人说他信口开合。倘说有无正同,一如佛说空相之与实相,苦水于此又成谤教说禅,罪过非轻。此刻不暇细细分疏,学人且各自疑着去。如今再说黄檗。

前面所举狗子无佛性话,黄檗只举到"无"字为止。其实下面还有两句:

僧曰"蠢动含灵皆有佛性,狗子因甚却无?"

州曰:"为伊业识在。"

黄檗太阿在手,杀活擒纵,一任己意;于是断章取义,单只举到"无"字,下二语更不照顾。不但此也,他也并不理会"无"字上面那一问,将狗子有无佛性的问题一脚踢开,只抓住一个"无"字撒下了天罗地网。方便善巧,时节因缘,兼而有之,说甚么向他赵州关下竖降旗,纳降表?于是黄檗口里的"无"字,虽然从赵州处偷取将来,却完全成为黄檗所有,而赵州无分:大似大盗手下,失主亦不敢前来认赃。作家哉!作家哉!

不过吾辈今日如不辜负断际大师,且须参究他所说的"日久月深,打成一片,忽然心花顿开"一句子。日久月深,打成一片：则固然已。学人且道顿开的心花，是怎的一种颜色，怎的一种样范？是红，是白？是大，是小？且不可见他前人恁般道了，亦便稗贩去，学语去，一如婴武，吉了似地轻易地便将此"心花顿开"四个大字挂在唇吻边也。假若不到此心花顿开的境地，且信去，且疑去，且悟去，总而言之：且"无"去！遮个暂时抛开，黄檗的遮"无"字当然不同老庄之"无"，学人且道：遮与经中之"无"，相去多少？苦水适来已曾乱铳过了也，道是经中众无乃所以成空相，即实相，亦即道体。黄檗所举扬之"无"，亦复如然么？决不，决不。遮只是个"无"，更非别有。发脚自"无"，努力以"无"，结果成"无"。澈头澈尾是个"无"也。有谁怀疑苦水如此说么？苦水胳臂今日虽然疼痛，且喜并未断折；既然不能将空白稿纸送上，一不作，二不休，秃笔残墨，且继续写将下去。

依俗眼看来，历代宗师纵非无法与人，亦是胸有城府，深藏若谷，仿佛悭吝性成，收得至宝，不肯出以示人。苦水于此一不说在智不增，在愚不减；二不说不道无禅，只是无师。只说此事别人为你著手脚不得。譬如吃饭，别人可能为得一丝毫力么？即使嚼饭相哺，也要你自家肯咽，咽了能消。且不可说如今科学发达，可以注射维他命 X 了；即是注射，也须你身上自有生机始得；否则向死尸身上注射，问他可能吸取？黄檗上堂，亟劝兄弟家不被人瞒。赵州上堂，大叫"一从见老僧后，更不是别人，只是个主人公"。遮不被人瞒，遮主人公，只是要你自己作得饭了自己来吃。亦不必再向我佛口里讨取"说法者无法可说"那一句子也。

复次，依俗眼看来，天下之学莫难于学禅，以为他全无巴鼻，不可捉摸。苦水于此一不说天下无难事，只怕有心人；二不说易，易！百草头上祖师意。只说你不肯"无"将去。不见他古人学书，却于屋漏痕，公孙大娘舞剑器处悟得笔法。我问你：那屋漏痕，舞剑器处可是有字的所在么？尽大地是药，得却病来不肯服用；尽大地是门，有得脚来不肯走进。只管道难之又难，试问易了又待如何？说什么作家宗师，便是佛出也救你不得。大师出世为人，无一不怕祖灯灭绝，丧我儿孙，那个不是用尽吃奶力气来拈举提唱？黄檗更是婆婆妈妈气十足，生怕学人无从着力，单只提出一个"无"字来，可谓简便已极。你且信去，疑去，悟去，"无"去，管他心花甚颜色，甚样范？时节若至，其理自彰。管他空相，实相？古人不是并"圣谛亦不为"来耶？不可一如攒钱放债的人只管打着算盘计算将来连本带利收回若干钱来。倘然如是，岂独参禅不得，并作人复亦不得。

不过说到极处，连此"无"字也不消看得！大慧曾道："你但灰却心念来看。灰来灰去，蓦然冷灰里一粒豆爆在炉外，便是没事人也。"但遮"没事人"也还不成。何以故？——

"直饶万里无云，青天也须吃棒！"

附录：论老氏之"无"

华夏古哲之善于言无者，其惟老聃乎？

其论无之用，则曰："三十辐，共一毂，当其无，有车之用。埏埴以为器，当其无，有器之用。凿户牖以为室，当其无，有室之用。故有之以为利；无之以为用。"老子虽不否认"有"之利，而以为"有"之用则在于"无"；假如无"无"，"有"亦无所"用"之。故又曰："为学日益，为道日损；损之又损，以至于无为：无为而无不为。"老氏意在治天下，故不主无所为。但"为"必基于"无为"，"无为"可以"无不为"；反言之，有"为"即不能"无不为"，亦不足以治天下。此老氏之政治哲学，亦即其人生艺术，后世虽尊之为道教之祖，而老子固非宗教家也。及至唐代，则又追谥为玄元皇帝，虽不免滑稽，但细按之，固亦不无真切处也。

其在两汉，黄老并称；然世代缅远，书籍残阙，黄帝之义谛，或多出之传闻与夫假托，既难征实，无由较考已。迨至六代，则又老庄兼举。庄子之书流传至今，人人得而读之。吾尝取蒙叟之说，证以老氏之义，觉二家实有差别，较之孟轲之去孔圣为更远。夫老氏之言"无"，其意在于"无为"，"无为而无不为"，则意在于"无为"者，即在于"无不为"；则于是"无为"为用而非的。庄子之言"无"，其意在于"无用"，"无用"即"用"，于是"无用"乃成为终竟之的矣。故惠子

揣籥录

谓庄子曰"子言无用",而庄子答之曰:"知无用而始可与言用矣。夫天地非不广且大也,人之所用,容足耳。然则厕足而垫之致黄泉,人尚有用乎?"其有寓言,亦显斯义。是故山木以不材长年,无用也;白龟以中卜见杀,有用也。若此之类,庄子书中,更仆难数。反观老聃,则曰:"天下之至柔,驰骋天下之至坚;无有入无间:吾是以知无为之有益。"其言之浑厚者,则"我无为而民自化;我好静而民自正;我无事而民自富;我无欲而民自朴"。(附注:上一句主,下三句宾。)其言之显刻者,则"将欲歙之,必固张之;将欲弱之,必固强之;将欲废之,必固兴之;将欲夺之,必固与之"。(附注:上三句宾,下一句主。)若此之类,老子书中,亦更仆难数。是乃有人谓老氏为自私,自利,为奸巧,阴谋者矣。然自私,自利者害他,而老子有三宝,其首为"慈"。奸巧,阴谋者妨人,而老子曰:"圣人亦不伤民。"则世之以自私,自利,奸巧,阴谋目老子者,何不于吾前所云政治哲学与夫生活艺术者而一细究之耶?苟其究之而与予心有同然,则于吾前所云玄元皇帝之尊号亦不无真切处者,将亦不复致疑也耶?

庄子记庖丁自述其解牛之技曰:"……彼节者有间,而刀刃者无厚。"此固大似乎老氏所谓"无有入无间"之言矣。然而继之曰:"以无厚入有间,恢恢乎其于游刃必有余地。"则一何其安闲耶?又曰:"每至于族,吾见其难为。怵然为戒,视为止,行为迟,动刀甚微。"此又大似乎老氏所谓"圣人犹难,故终无难"之言矣。然而又继之曰:"謋然已解,如土委地,提刀而立,为之四顾,为之踌躇满志——善刀而藏之。"则又一何其自在耶?吾每读老氏之书,辄觉其戒慎恐惧,庄子不如是也。吾每读庄子之书,辄觉其放浪姿肆,老氏即又不如是也。所以者何?曰:老氏以"无"为用;而庄子则用"无"也。庄子之意,只在"无为";而老氏则意在于"无不为"也。斯则老庄之大较也。

然老氏言"无",其对有"有",故曰:"有无相生。"又其言"无",其终在"无为",故曰:"损之又损,以至于无为。"则其所谓"无"者固非绝对矣。

三十六年十二月中旬于倦驼庵

小 记

吾为此"无"字小文,初拟厘为上,中,下三篇。上篇论老氏之"无",中篇下篇分论教宗之"无"。文体则上用文言,中仿译经,下仍语录。及写上篇时,运思涩滞,下笔拙迟,屡思阁置,交稿期迫,未能自已,遂乃勉强成幅。吾生性疏阔而躁急,每不能入微而守静。比者寒流潜袭,冬意更深,病骨支离,精神疲敝。加以北陆南躔,日晷浸短,俗务牵萦,少有余暇,稍一周旋,便已黄昏。晚夕灯下不能构思,十载以来,渐成惯习。况复电力不继,须藉灯烛,微光如磷,倦目生花。凡此种种皆属叵耐,偓儴之余,思致益窘。陆氏《文赋》所谓

"意不称物，文不逮意"者，而今乃识之矣。于是改弦易辙，不复区分，仍复沿用语录体裁随手挥洒。曩时计划乃归乌有。顾上篇已成，不忍摧毁，过而存之，则今之附录是也。然私意亦非全为家有敝帚，享之千金。兹更略言，就正有道。溯禅之一词，本出佛说；然只以之作学佛之阶梯，而非为道之终竟。及夫达摩西来，大鉴受衣，江西南岳既江汉以同流，一花五叶亦岳宗而分峙。呵佛骂祖，直指单传，意气如云，目光如炬，风靡天下，奔走世人者，自唐及清，且千有余岁焉。大似赋出于诗，本属附庸，后来离立乃成大国也已。粤在魏晋，"玄风独扇，为学穷于柱下，博物止乎七篇"。然隐侯斯言实不尽确。则以尔时北抵河朔，南至江左，朝野上下，佛教盛行；智者体其般若菩提，愚者仰其因果报应；玄学只及于上流，而大教兼被于民间也。于是朝士喜游林下，道流亦多友文人，玄风教义，遂互相影响。教义之渐于玄风者今姑置之。玄风之染及教义者，蓄积既深，发扬益烈，迨至有唐，大阐宗风。然则禅宗虽出于佛教，而非教义所能尽包，即谓为华夏所独创，亦何不可之有？吾十余年来研读经籍，时有斯感，每拟操觚著为专论。学识既苦谫陋，生活亦病扰攘，迟迟至今，未克著手。聊于小记露其绪端。是则不能不有冀于并世贤达赐以是正，后来学人续与钻研者矣。自写《揣籥录》以来，迄今六篇。而此"无"字一首费时十余日，为前此所未有。纵使篇幅之较长，究异禅机之时动；正文即不类于珉貂，"录""记"亦适成为狗尾。人或见谅,心终内惭。月攘邻鸡者有言曰:"以待来年,然后正之。"

三十六年岁不尽一十有二日倦驼庵苦水又识

(七)老僧好杀

拙录今兹已写至第七篇,真所谓"始愿固不及此,今及此岂非天乎"?天者何?因缘是已。在去年六月,即在写《揣籥录》底小引之前,苦水岂但没有写《揣籥录》之意,而且亦决并没有写任何形式底谈禅文字之心;此无他,见地既未明白,胆力亦未坚刚而已。《世间解》月刊要出版了,中行道兄来相邀了,见地与胆力依然,而机缘却已成熟,于是写之又写,遂乃至于七写矣。

本刊第七期之与看官相见,正值中华民国三十又七年之开始。往昔大师于结夏要上堂,解夏亦要上堂;开炉要上堂;冬至、除夕亦要上堂;至于新年新岁,更不必说。即如投子禅师于故岁已去,新岁到来接人之际,亦不免要说:"元正启祚,万物咸新。"投子禅师向来被推为"以无畏之辩,随问随答,啐啄同时"者也。者一句循例随俗之语却用得甚是奇特,所谓真正吉祥文字者是。万物倘不咸新,元正还启得甚么祚?只嫌他忒煞狷洁自好,一字不肯多说,未免干爆爆地。宋代的真净禅师住洞山时,岁旦上堂,却滔滔地说:

去年贫未是贫;今年贫始是贫。去年贫,犹有卓锥之地;今年贫,锥也无。香严与么道,奇特甚奇特;要且只知其贫,不知其富。洞山即不然。去年富未是富;今年富始是富。去年富,唯有一领黑黪布裰衫;今年富,添得一条百衲山水袈裟。岁朝抖擞呈禅众,实谓风流出当家……。

看他抖擞风流,固自非凡。怪不得五祖演和尚见他语录,乃赞云"此是大智慧人"也。夫香严之"锥也无"话,道流拈举,众口传扬,更无一人道个不字;只有真净老子还他颜色,道他只知其贫,不知其富,不妨是好手手中呈好手,红心心裏中红心。但据苦水看来,香严之贫,大似一个富翁家有万顷良田,怀揣照夜明珠,特意著得百结鹑衣向人前哭穷;真净之富,大似一个贫儿忽然掘得窖藏黄金忍不住心头欢喜,身上作烧,逢人纵不卖弄,也要露些马脚。两位老汉于此俱未免有欠本色。苦水今日虽然遇着新年新岁,也不哭穷,也不诈富,运一只病胳臂,拈一管破毛锥,左说右说,横写竖写,说什么寻常茶饭,随缘过活,正是故我依然,了无长进。只是世人新春见面,尚道恭喜发财,苦水遇节遇令一句子且作么生道?——诸公虽不曾向苦水乞醮,苦水却仍须向他东邻西舍一面乞求,一面布施。

清代有一位俞仲华,立意要与宋官家争气,要与"施耐庵"较力,作了一部《荡寇志》,又名《结水浒》。其书末之结子中有四句曰:"天遣魔君杀不平;不平人杀不平人。不平又杀不平者，杀尽不平方太平。"无论《荡寇志》遮一部书如何地不满人意，上举四句却不无可取；苦水尤其爱他有些儿禅宗气息。且莫说苦水老老大大，大年初一，举了许多"杀"字，连忌讳也不知。试看结尾不是有"太平"二字么？遮还要吉祥到那里去也？不见当年赵州和尚——又是赵州和尚——与官人游园次，兔见乃惊走。官人遂问："和尚是大善知识，兔见为甚么走？"师曰：

老僧好杀！

苦水于此敢说：无论饱参以及初学，更没一个疑惑，既是大善知识，为什么却又好杀？也没一个来问既是好杀，出家人慈悲何在？只是苦水却要问：赵州既是好杀，却杀些个甚底？莫是杀那兔子么？那可应了佛眼和尚底话："讨甚兔子"了也。笑话，笑话！倘若说遮杀即是"境杀心则凡，心杀境则圣"底下一句中的杀境，那也成为墙头草随风倒，而且倒向一边，大不似衲僧话语。且道毕竟杀个甚底？临济大师早已下了注脚了也：

道流，你欲得如法见解，但莫受人惑。向里向外，逢着便杀：逢佛杀佛，逢祖杀祖，逢罗汉杀罗汉，逢父母杀父母，逢亲眷杀亲眷，始得解脱，不为物拘，透脱自在。

阿耶耶！遮位祖师爷尽法无民，自佛祖罗汉以至父母亲眷无一不杀，恁般杀法，直须杀光了天下人也未见得住手在。想他当日在黄檗会下三载之久，碌碌庸庸，了不见有甚出息。多亏睦州巨眼识英雄于风尘之际，先劝临济去问，后劝黄檗去接。果也一株大树覆荫天下人。及至临济有一把茅盖头，晚参示众，夸下海口，直说："山僧见处便与释迦无别。"（注："释迦"，《五灯会元》作"祖佛"；此从《古尊宿语录》。）遂使后来衲僧十个有双五淹杀在他家齑瓮里。然则睦州老儿之流毒一何其酷烈耶？云门要将世尊打杀，而陈蒲鞋却强替他临济出头：学人且道那一个修福？那一个作孽？不过遮一篇陈帐先揭开去。

且说临济三度问，三度被打，三度不领深旨：朽木不可雕也。千不合，万不该，黄檗却指教去高安滩头参见大愚。大愚遮位多口阿师，又千不合，万不该为画龙点睛，以致临济如虎生翼，飞而食肉，大动杀机，当时即在大愚肋下筑了三拳。大愚不道罪有应得，却思嫁祸于人，道是"汝师黄檗，非干我事"。临济归来之后，史有明文：曾经两度掌击黄檗。看官当知遮两掌在黄檗吃得无所谓冤枉。且道后之两度掌对前之三顿棒是报恩？是报仇？又是一篇陈账，再揭过去。不过学人若要理会前面所举临济杀佛祖乃至亲眷底来源，却且不妨参考这两篇儿陈账去！

复次，僧问曹山寂禅师："国内按剑者是谁？"师曰："曹山。"曰："拟杀何人？"师曰："一切总杀。"曰："忽遇本生父母，又作么生？"师曰："拣甚么？"曰："争奈自己何？"师曰："谁奈我何？"曰："何不自杀？"师曰："无下手处。"遮一段问答底前半，据苦水看来，与上来所举临济一段话语无甚差别。只是后半那僧有心陷阵，遂致曹山立意出奇。然而"谁奈我何"一句子不妨是艺高人胆大，"无下手处"一句子却未免龙头而蛇尾。倘使是苦水，于那僧问了"何不自杀"之后，便向伊道："你倒便宜！"那僧若再不会，苦水将不惜口孽，向伊如是说："老僧头在。"良以衲僧家横按莫邪，倒提三尺，生杀之权操诸自己，为甚倒怪人何不自杀？倘是个汉，说甚切玉吹毛，杀人如草不闻声？不是寸铁也可以杀人么？说甚寸铁，一喝也如金刚王宝剑！你如是一员战将，狭路相逢，老僧性命在你手里。不然者，莫怪老僧头在项上，苟全性命于乱世也。苦水今日为曹山出气，可勉强充得过一笔新账么？也不消算得！

夫曹山者，乃洞山嫡子；而曹洞一宗之做工夫则又以细密见推于世者也。此与临济门下之痛快，固自稍异其趣。且放过一边。宋代底宗杲禅师则是临济儿孙中杰出底一位——而且我总以为是临济一宗，最末后底一位"大"师。他自东京变乱中脱身往省其师圜悟于云居。第二日，悟即举之为座元，而且特地为此上堂曰："鹘儿未出窝，已有摩霄志；虎子未绝乳，已有食牛气：况复羽翼成，况复爪牙备。奋迅即惊群，八面清风起……"云云。圜悟固有知人之明，杲上座确也不负此举。及至冬至秉拂，昭觉元出众问曰："眉间挂剑时如何？"杲曰："血溅梵天。"圜悟于座下以手约住，曰："住，住！问得极好，答得更奇。"看他三人,可谓有其父必有其子,有其子又必有其父。所以者何?"眉间挂剑",杀气已显;"血溅梵天",杀机大作。到此之际,辞意俱尽;再如有语,反成蛇足。圜悟以手约住:赞道问好答奇,又所谓正是时也。父父子子,将老祖底杀法运用得如此精当老练,真不愧为临济门下儿孙,较之曹山之龙头蛇尾,反成后来居上也已。

自赵州以来,临济而后,衲僧门下,杀气成习,有曰"佛来也杀,魔来也杀"者,有曰"凡圣皆杀"者,几如马上皇帝之统帅雄兵猛将扫荡群寇,又如诸葛之入蜀,治乱国须用严刑矣。他人无论,临济较之赵州行辈稍晚,其亦或受赵州之影响耶?又州乡籍曹州郝乡,济乡籍为曹州南华,无乃地域乡风,传统受性有自然共同者耶?州示寂于唐昭宗乾宁四年(公元八九七),世寿百有二十岁。济示寂于唐懿宗咸通八年(公元八六七),则早于州者三十年;惟世寿僧腊两无可考,难资较证。今姑以世系为准,定"好杀"一机起于赵州。(注:南泉愿与百丈海同师马祖。南泉出赵州;百丈出黄檗;而黄檗则临济之师也。故赵州为南岳下三世,临济为南岳下四世。)

向于《揣籥录》第三篇中曾说百丈卷席的手段是马祖教底。那么,赵州之"好杀",看似新鲜,实非杜撰,而正是南泉教底。不见南泉会下东西两堂争猫儿,师遇之,白众曰:"道得即救却猫儿;道不得,即斩却也。"众无对。师便斩之。赵州自外归,师举前语示之。州乃脱履安头上而出。师曰:

"子若在，即救得猫儿也。"记得苦水早年初读语录，见此一则公案，直得毛发卓竖。然则南泉之于猫儿真个斩却，而赵州之于兔子则不过说了一声而已。虽然如是，看他闻得王老师怎么举了之后，当即脱履安头上而出，而南泉却许他能救得猫儿：可知他是会得王老师之意。那么，赵州之好杀，不是南泉教底，又是那个先生教底？然而苦水如是云云，亦不过说的向来祖师接人示众爱用此机而已，并非即谓为弟子者一定须要死在先师言句里：此意于拙录底前几篇中屡有发挥，兹不复絮。学人且道南泉之斩猫与赵州之好杀是同，是别？倘若明得，说甚猫儿兔子？佛也不奈你何。倘若明不得，小心提防被他猫儿兔子咬杀，佛出也救你不得！

今夫天下之水有流水，有止水，有咸水，有淡水，有寒泉，有温泉，所含矿质有多有少，比重有大有小，若是其不同也。然而除去遮些流，止，咸，淡，寒，温，多，少，大，小，必同归于轻二养。苟不如是，那便一定非水。苦水今日一不暇分疏"教外"是否一定有个"别传"，二不暇分疏"傍教说禅"与"言不干典"，仍就"杀"之一字继续葛藤。说到遮"杀"字，正如同天下之水不独异派同源，万流归海，而且除去流止乃至大小之分，同为一水，正不止宗门为尔，教义亦复如然。谨案教中说有三种精进：一者披甲精进，二者摄善精进，三者利乐精进。摄善、利乐两精进且置，如何披甲精进？《四十二章经》有云："佛言：夫为道者譬如一人与万人战，挂铠出门，意或怯弱，或半路而退，或格斗而死，或得胜而还。沙门学道，当坚持其心，精进勇锐，不畏前境。"《遗教经》有云："譬如著铠入阵则无所畏。"且不说遮挂铠，著铠即是披甲，只遮"与万人战"，"著铠入阵"，岂非即是要杀？

或曰："苦水你忒煞断章取义了也。即如上举《四十二章经》一段，那下面尚有'破灭众魔而得道果'；《遗教经》两句底上面尚有'虽入五欲贼中，不为所害'：为何不举？世尊纵使好杀，亦是有区别杀，所杀者为魔为欲，不似祖师门下一味好杀，乃无区别杀，所杀者乃佛乃祖。如今混为一谈，苦水你错了也！"于此，苦水若大喝一声，说道"我只举到遮里"！说甚门庭严峻，使人疑著，而且也太不客气，失却新年恭喜底态度。不嫌絮聒，且葛藤下去：

上来所举四十二章与遗教二经底两节亦且揭过去。依苦水看来，号称大雄，备具无畏底世尊亦还是无所不杀。佛之于祖，能既相同，所亦无别。即如"心生种种法生"一句子，尽人皆知，有谁不说？然而《金刚经》曰："过去心不可得，现在心不可得，未来心不可得"：心于何有？所言一切法者即非一切法：法于何在？其在《遗教经》，佛于娑罗双树间将入涅槃之际，且谆谆付嘱："心之可畏，甚于毒蛇，恶兽，怨贼；大火越逸，未足喻也。"夫心既较蛇，兽，贼，火尤为可畏，不杀何待？你不杀他，他便杀了你也。宋代有一位黄龙禅师自号曰死心，其亦有会于世尊此言也欤？有底人嫌学者偷心不死，其实岂只偷心而已哉？说什么方法唯心，一切心俱须一并杀却，一并死却方得也。莫又见苦水如此说，即道苦水杜撰么？不见我佛曾说"实无有法发阿耨多罗三藐三菩提心者"来耶？复次，即如小文开端所举"因缘"一词，于宗于教，亦俱是说得口臭，听得耳茧，一若一座推不倒底须弥山，一条喝不尽的西江水。然而世尊当年在室罗筏城为阿难说："世间诸因缘相非第一义。"又曰："精觉妙明，非因，非缘；亦非自然，非不自然；无非不非，无是非是；离一切相，即一切法。"吃姜还是老底辣，又道是老将出马，一个顶俩，说到杀法利害，自然仍数释迦文佛：此则两足尊之所以为天上天下唯我独尊也耶？饶他南泉斩猫，赵州好杀，乃至历代大师之杀气弥漫，也还是西游记上所载孙大圣一觔斗十万八千里，未曾跳出佛爷底手心去在。

佛言："吾法念无念念，行无行行，言无言言，修无修修。"如不杀去，无念之念如何念？无行之行如何行？无言之言如何言？无修之修又如何修？

古德亦言："此是选佛场，心空及第归。"如不杀去，心又怎生空得？

倘有人问："会了，杀？杀了，会？"

苦水亦将良久……乃云："会了，杀？杀了，会。"

虽说杀尽不平方太平，毕竟仍是满纸杀气；此亦正如虽说新年到来，毕竟仍是数九寒天。好在屈指算去，从今日起，立

揣籥录

春相距也不过一月有零——

明年更有新条在,恼乱春风卒未休。

三十七年一月二日脱稿

(八)兔子与鲤鱼

僧问新兴严阳尊者:"如何是佛?"

师曰:"土块。"

曰:"如何是法?"

师曰:"地动也。"

曰:"如何是僧?"

师曰:"吃粥吃饭。"

严阳尊者是赵州和尚传法弟子,纵然不见得能如念大师之"把一枝草为丈六金身用,把丈六金身为一枝草用",而看此一段佛法僧三宝底往来酬答,即便是意境稍狭,手段略小,但也已不止于有子之言似夫子,而且简直是颜渊之学圣人,具体而微。怪不得后来妙喜老人赞曰:"似遮般法门,恰如儿戏相似。入得遮般法门,方安乐得人";又曰:"瘥病不假驴驼药。若是对病与药,篱根下拾得一茎草,便可疗病,说什么朱砂,附子,人参。白术?"但是妙喜虽然满口称赞,而其平时为人,却总是"眉间挂剑,血溅梵天"底手段,没有恁般安闲暇豫,从容自在底气象。妙喜且置。即如遮般法门,实是非可容易入得。闻之者既往往视作儿戏,而学之者又每每流为恶口。倘不是小处见大，熟处有生，见地十分透澈，工夫十分娴熟，去遮般法门大远在！然则妙喜老人底知而不用，或竟是会而不用，正是鲁男子之学柳下惠，亦殊未可知也。不过怕也只有赵州门下始有遮般法门。赵州无论已。即如法眼问觉铁嘴曰："承闻赵州有'庭前柏树子'话，是否？"觉曰："无。"眼曰："往来皆谓僧问如何是祖师西来意，州曰：'庭前柏树子。'上座何得言无？"觉曰："先师实无此语，莫谤先师好！"又如僧问多福："如何是多福一丛竹？"福曰："一茎两茎斜。"曰："学人不会。"福曰："三茎四茎曲。"又如有居士谓西睦曰："和尚便是一头驴。"睦曰："老僧被汝骑。"觉铁嘴，多福，西睦与前所举之严阳尊者皆亲见赵州和尚者也，其接人下语俱可谓不坠家风也已。慨夫宗门之中，祖师而下，施棒行喝既成家常，拈槌竖拂亦不新鲜。于是进前退后，辊木球，弄师子，乃至打圆相，作女人拜，种种怪相，流转仿效，创始者既是猪八戒啃沙锅片，只管自己脆生，不顾别人牙碜；模袭者亦东施效颦，更不自知其丑。佛有三十二相，尚说无相不相；出乖养丑之谓何？又有一种不肖儿孙，坐却曲录床子，开两片嘴唇皮，务要惊奇立异，直如醉汉呓语，甚或开眼溺床，如清代苃溪之流，真乃可恨，可慨，可叹，可悲。妙喜老人当年亦曾说："今时人只解顺颠倒，不解顺正理。如何是佛？云'即心是佛'，却以为寻常。及至问如何是佛，云'灯笼缘壁上天台'，便道是奇特。岂不是顺颠倒？"诚有味乎其言之也。又如僧问赵州：

"如何是玄中玄？"州曰："汝玄来多少时耶？"曰："玄之久矣。"州曰："阇黎若不遇老僧，几被玄杀。"哀哉，哀哉！末法中底衲子有几个不是缠縢担簏的客作，坐床面壁的死汉！更有几个不是钻故纸，记话头，琢磨新鲜言句的糊涂桶，一如三家村中秀才之抱高头讲章揣摩场屋中帖括制艺的文章！然则宗风之坠地，又岂无因而致然哉？看他赵州父子不捏怪，不出奇，又不坐在无事甲里；执着平常心是道；于芥子中现须弥山，于一粒沙中现大千世界；信知赵州古佛之赞为非谬也。

纵笔至此，犹未落题，大似"书券三纸，不见驴字"。如今亦不必玩甚么搭桥过渡的花着，直下就先说兔子：

今夫兔子之为物，固以无能与胆小著名者也。在我的故乡就流传着一个故事：古时候兔子终日提心吊胆地生活得不耐烦了，于是聚族而议曰："如此生活，终朝每日毫无乐趣，还不如去自杀吧。"大家也都觉得缩短了生命，就结果了痛苦，当时全场一致通过遮提议。又议定了自杀的方法是投水。一些兔子成群搭伙，缕缕行行地到河边去了。方到河边，不少的青蛙慌忙得扑通扑通地跳下水去。就有一只兔子说："我看咱们不必自杀了，还有怕咱们的哩。"于是兔子们虽然并不骄傲，却也心满意足地回去了。他们的种族就一直繁殖到现在。除掉遮个故事而外，还流行着许多谚语与遮小动物有关，而且对他俱含有不敬之意。此刻不暇一一举似。即在典册中，也看不出兔子有甚光彩。《毛诗》曰："跃跃毚兔，遇犬获之。"《国语》

曰："见兔而顾犬。"仿佛开天辟地以来，他就遇着致命的强敌：犬。而他除掉逃命外，就别无其他的抵御的方法。古诗云"茕茕狡兔，东走西顾"，抑何其可怜相也！倘若说兔子还有可夸耀的处所，怕只有兵法所云"守如处女，出如脱兔"了。然而以上所说俱是世谛，其在宗门中却另有一种看法。即如洞山与密师伯行次，见草中窜出兔儿，密曰："俊哉！大似白衣拜相。"山曰："老老大大，作恁般话语！"密曰："子又作么生？"山曰："积代簪缨，暂时落魄。"夫密师伯之"白衣拜相"一句子诚可谓之为兔子出气，较之"守如处女，出如脱兔"，更上层楼。难道密公与兔子有甚姻亲交谊，为之作一篇翻案文字？抑或只是路见不平，拔刀相助？须知此语虽不见得即是遮天盖地，却底底确确自密公胸襟中流出，是因兔子而发；说出之后，却与兔子丝毫无干，水米无交。说甚翻案文字？何来拔刀相助？假若有人说："苦水如是说，乃是扭曲作直，指鹿为马。"苦水于此有一个譬喻在：古人见屋漏痕而悟得用笔之法，是载在简册流传众口的一则故事。屋漏痕并非字，何来笔法？古人所见而悟得笔法者，你道真个便是屋漏痕么？苟其如是，何以有成千累万的人看见过屋漏痕却并不觉得与笔法有任何干系？假如再有一个学书底，听得古人有此一则公案，于是尽废临池之工，二六时中只看屋漏痕，那岂非如同参学人听说灵云见桃花而悟道，遂乃日日煮桃花作饭吃；听说茶陵吃𨁏有省，遂乃天天摔跟头？天下宁有恁般的笨汉乎？然而千真万确,古人却又明明于屋漏痕悟得用笔之法。学人于此若能会得,便也会得密公见了草中窜出的兔子而说底那一句"白衣拜相"之是兔乎,亦即非兔子。岂惟屋漏痕之于书法,岂惟兔子之于白衣拜相为然哉?且如西天东土历代佛祖,那个不有言句示人?难道吾辈后人看了听了之后,便即囫囵吞去,整个儿屙出么?黄檗大师道:"那有树上天生底木杓?你也须自去作个转变始得。"古往今来有多少人只将佛祖言句当作天生底木杓。"杜撰禅和"一语乃是宗门中一句骂人底话头,须知更无一位大师不是杜撰。不然者,世尊拈花,迦叶微笑;文殊问法,维摩默然;微笑与默然:谁又不能?是故见漏痕而悟笔法,漏痕正所以为漏痕,即非漏痕;见兔子而曰拜相,兔子正所以为兔子,亦即非兔子。葛藤至是,真乃老大败阙。但亦自不妨。则以苦水本不会禅,败阙正其本分。可惜者糟跶了《世间解》杂志底许多篇幅,读者倘再认真读去,此种八十岁老婆婆似地絮絮叨叨地说教又糟跶了诸公许多宝贵的时间和精神耳。而且截至此刻,尚余洞山之"积代簪缨暂时落魄"一句未说。有人该担心苦水不将一直如此絮聒下去耶?苦水于此,一不敢说"止止不须说,我法妙难思",二不敢说"一点水墨,两处成龙",然而却会长话儿短说一着子,密公洞山下语虽自各异,恰是水出一源,学人会得则一齐会得,不会则全盘不会。是以苦水一说便是全说。倘若说洞山力争上流,其意若曰:大修行底人,佛眼觑不见,千圣亦不识,这只兔子露相了也，有甚俊？俊个甚底？遮般说法不但成为义学沙门底话语，而且轻量天下士，其罪过较之絮聒更加一等。且休去。

上来说兔子竟，下文续说鲤鱼：

说起鲤鱼的家世，较之兔子可冠冕堂皇得不能同日而语。《毛诗》曰："岂其食鱼，必河之鲤？"尚是正话儿反说。到了后人诗中之"门前九曲黄河水，千点桃花尺半鱼"，那鱼自然是"河之鲤"，就令在家肉食底人不禁为之自咂其舌。假使他再能跃过龙门，由雷火烧掉了尾巴，可就成了喷云吐雾，为霖为雨底夭矫变化底龙，更加了不起。其在唐朝，皇帝老儿且与之通谱联宗，认作真正本家，又诏禁天下臣民捕食鲤鱼，犯者有罪云。若彼兔子即有三窟，宁能与之校量夫阀阅之高低哉？然而以上所说亦俱是世谛，其在宗门中仍旧另有一种看法。不见奉先深禅师同明和尚到淮河，见人牵网，有鱼从网透出。师曰："明兄，俊哉！一似个衲僧相似。"明曰："虽然如此，争如当初不撞入网罗好？"师曰："明兄，你欠悟在！"明至夜中方省。如今先就明兄说起。此位明兄想来即是与深公共同嗣法云门底清凉智明禅师。当年江南李主请他上堂的时节，小长老问："凡有言句尽落方便；不落方便，请师速道。"明曰："国主在此，不敢无礼。"下语如此，可见又是一位老实头本分衲僧。怪不得他听了深公恁般说了，却道"不撞入网罗好"。去"俊"之一字直不知其若干由旬也。即使所谓"明兄"，并非即此智明，然既称为"师兄"，决定与深公同隶云门大师门下。

不过虽然如此,而且虽然他于听说"欠悟之后而中夜方省",也还是枉见作家。所以者何?参禅人既须无委曲相,又须当机立断。兔起鹘落,稍纵即逝;当时欠悟,中夜方省,纵非刻舟求剑,已是驷不及舌了也。至如深公见鱼透网,恁般下语,虽不能如云门之"高古",却颇有是真名士自风流底意态。苦水有时觉得遮比古人答"透网金鳞以何为食"底"牢笼不肯住,呼唤不回头"底那二语还好。然而苦水钝根,记得初阅《灯录》至于此处,倒是多亏明师兄那一问,方才有金篦刮目之快。故于明师兄颇有些子感谢之意。天下不乏凤惠饱参,自然无须乎此。倘若有底来问:"深公此语较之云门底'东海鲤鱼打一棒,雨似盆倾',则诚何如?"苦水将应之曰:云门是作家为人底手段;深禅师则自述学者自得底境界:妙旨宏深,出语高古,自然推他云门老子;若论气象朗畅,见地明白,深公亦自不无可取。此固不必以师弟之分定高下之别也。至于"雨似盆倾"与"从网透出"之与鲤鱼无干,正如"白衣拜相"与"暂时落魄"之与兔子。既可准知,不必复述。于此设再有人致疑,谓"《灯录》只云'有鱼从网透出',未曾明说是鲤,今兹苦水何所见而一口咬定是鲤而非他鱼"?此则本可不复置辩,正好任天下学人自去疑着;或竟不疑,亦自简当。然而苦水本身既非大师,短说小文亦异语录,何必作意留此漏逗?倘然大喝一声,说道:"我道是鲤鱼,一定是鲤鱼!"如此不但有失和气,亦且有伤雅道。索性来一个"公自注"。记得先君子当日自道幼年捕鱼底经验，谓网之将出水而未出水也，其跃起数尺，翻身落水，瞥然而逝者，或网目稍有破朽陈旧，能横身裂损之而出者，皆鲤鱼也。若其他鱼，则竟东钻一头，西摆一尾，其终也亦随网而上而已耳。准此，故知深禅师所见透网而出之鱼决定是鲤而非其他。苦水记此似属蛇足，然而此不独博物君子之所容或不弃，参学之士其亦或藉之而了然于透网金鳞之决非凡品也耶？虽然，即非鲤鱼，亦自何碍？深公所见便即是鲤，下语之后，于鲤鱼乎何有！

以上说鲤鱼竟。

至是而苦水亦几将兔子与鲤鱼遮个截搭题东一片西一片地写完卷矣。不过遮终究不是个"无情搭"。不见密公与深公两人所下之语虽然一个对兔子而一个对鲤鱼，然开口却俱是一"俊"字。遮个"俊"字亦殊不必定依字书解作材过千人抑或万人；私意倒觉得他与《尚书》"克明俊德"底"俊"字之训高，有点儿相近。再引申之，则鹤立鸡群之意是。出家是大丈夫事，衲僧门下更须有鹤立鸡群的精神，方不至走入披毛戴角队里。云门大师道："若未有个人头处，遇着本色咬猪狗手脚，不惜性命，入泥入水相为，有可咬嚼，眨上眉毛，高挂钵囊，拗折拄杖，十年二十年办取彻头，莫愁不成办。直是今生不得彻头，来生亦不失人身。……"苦水却道：说甚来生不失人身？假如你具有此鹤立鸡群底精神，即使遇不着本色咬猪狗手段……无可咬嚼，即使不能得个彻头，直是今生亦不失却人身。彼气息奄奄，筋力茶敝，局促如辕下驹者之流，不须等待来生，直是今生早已失却人身了也！说甚来生三生，要不失掉人身直须从此生办起。苟无今生，何处更有来生三生？是故此一"俊"字正是孔夫子所取底狂狷，孟子所谓使"贪夫廉，懦夫有立志"底伯夷柳下惠之风；宋儒所说"我虽不识一个字，也要堂堂地作一个人"，亦复正是此个道理。学者于此说甚成佛作祖，大澈大悟，留得青山在，不怕没柴烧，且自好好保持人身去在。看官且道苦水如是说与云门老汉是同是别。遮个姑且缓办。不见当年尼妙道禅师上堂，问答罢，乃曰："问话且止！直饶有倾湫之辩，倒岳之机，衲僧门下，一点用不着。且佛未出世时，一事全无；我祖西来，便有许多建立，至今累及儿孙。山僧于人天众前，无风起浪；语默该不尽底，弥亘大方；言诠说不及处，遍周沙界；通身是眼，觌面当机，电卷星驰，如何凑泊？有时一喝，生杀全威；有时一喝，佛祖莫辨；有时一喝，八面受敌；有时一喝，自救不了……"又不见当年尼妙总禅师上堂道："……山僧今日与此界他方，乃佛乃祖，山河大地，草木丛林，现前四众，各转大法轮，交光相罗，如宝丝网。若一草一木不转法轮，则不得名为转大法轮。所以道：于一毫端现宝王刹，坐微尘里转大法轮；乘时于其中间作无量无边广大佛事，周遍法界：一为无量，无量为一；小中现大，大中现小；不动步，游弥勒楼阁；不返闻，入观音普门；情与无情，性相平等。不是神通妙用，亦非法尔如然。于此俩偈分明，皇恩佛恩一时报足。且道如何是报恩一句？——天高群象正；海阔百川朝。"看此两位比丘尼出言吐气直赛过草中窜出底兔子，网中透出的鲤鱼，一何其俊耶！总师并且亲口道出俩偈分明四个大字，令人真有几个男儿是丈夫之感。或者要说："苦水，你且慢葛藤。试问遮个'俊'字何以与禅人有如是密切关系？"对此一问，苦水将远打周遭先从禅字说起。禅之一字，今日一不必说西天我佛，二不必说教外别传，三不必说东土历代祖师，苦水先自杜撰一番。禅者何？创造是。禅者何？象征是。何以谓之创造？试看作家为人，纵然千言万语，比及要紧关头，无一个不是戛然而止，一任学人自己疑去悟去，死去活去。"恁么也不得，不恁么也不得，恁么不恁么总不得"，无论已；甚者要"驱耕夫之牛，夺饥人之食"，诸如此类，更仆难数，罄竹难书。其意只要学人自己创造去也。其在学人，既不许稗贩师说，又不许向句下死去。甚者昨夕所说方蒙印可，今晨重述又遭痛棒。大师爱说："见过于师，方堪传授；见与师齐，减师半德。"初学发心更须具有"丈夫自有冲天志，不向如来行处行"底意态。无非要作一个上下古今不可无一，不可有二底人物。遮不可无一，不可有二，岂不又要学人创造去，不许有丝毫因袭模仿去？此则创造之说。何以谓之象征？祖师开口无一句一字不是包八荒而铄四天，决不是字句所能限。所以者何？象征也。是故棒不可作棒会，骂不可作骂会，一喝亦且不可作一喝会。遗貌取神，正复大类屈子

《离骚》之美人香草，若其言近而指远，语短而心长，且又过之。大雄说法有权有实，遮权亦即象征。且莫说实便了，权作么？若说权所以显实，或者说权即是实，亦不但是头上安头，而且是梦中说梦。何以故？天下事理到得细中之细，真中之真底境界，尽属言语道尽。而灵山会上，祖师门下又有非说不可底苦处，于是乃有所谓权。权之一字，固是假名，然而实之一字又何尝不是？所以者何？一切名相皆非真故，但有言说都无实义故。是以权之与实，一个半斤，一个八两，正如华岱之对峙，江汉之分流。世尊当日有此二种方便。若认作权是显实，即实，已复大错；若再谓为藏头露尾，炫俗骇世，更是厚诬先圣：地狱之设正为此辈。此则象征之说。然而苦水如是说了，学人却又万不可认创造与象征为两事。须知象征亦复即是创造。彼诗人者尚道第一个以花比美人底是天才，第二个怎么说底即是钝汉。何得大事而不如然？是故说法虽曰薪火流布，心灯递传，而于下语，佛佛不同，祖祖各异。则亦以其为是创作故，非模拟故，非剿袭故。于此或说象征统于创造，亦无不可。夫禅之为创造，为象征，既如上说矣；若二者之有关于"俊"之一字抑又何耶？则以既俊矣，自然不肯作奴。既不作奴，自然便肯创造。既能创造，则象征随之矣。理至简易，无烦多言。看官莫见苦水如是说，又即谓之杜撰。世尊有言曰："如此良马，见鞭影而行。"俊之义也夫。

复次，秀圆通因雪下曾说："雪下有三种僧：上等底僧堂中坐禅;中等磨墨点笔作雪诗;下等围炉说食。"秀大师此语显有臧否人物之意。苦水今日亦说僧有三种,却只是说明而并非月旦;故亦不复区为等次。一者恬憺枯寂;一者坚苦卓绝;一者倜傥分明。恬憺枯寂者,如湛堂准禅师领徒弘法之后,仍不易在众时。晨兴,后架取小杓汤洗面,复用濯足。才放参罢方丈,行者人力便如路人;扫地煎茶皆躬为之。又如小说所载"削发辞亲净六尘,自家且了自家身;仁民利物非吾事,自有周公孔圣人"之类。坚苦卓绝者,如千里寻访,海北天南,跋山涉水;单丁住山,刀耕火种,捣松和糜。又如立死限,结死关,攀古木,立悬崖;凡为法忘躯,断臂截头,皆属之。至若浮山远,天衣怀之往参叶县省和尚,正值雪寒,省则诃骂驱逐,甚至以水泼旦过,衣服皆湿。他僧皆怒而去。远、怀并叠敷具整衣仍坐旦过中。省到,诃曰:"你更不去,我打你!"远曰:"某二人数千里特来参和尚禅,岂以一杓水泼之便去?若打杀也不去。"若斯之类,尚在所弗论。倜傥分明者,俊是已;前已数四敷衍,不再复说。凡此三者,参学衲子或兼或偏,要不能全无。申言之,则恬憺者本分;坚苦者有守;而倜傥者有为;既有关于根器,亦大系乎师承。倘或有人强迫苦水,使评优劣,则苦水将援引旧案,抄录前说,其意非在委过于人,只图省却另起炉灶。白云祥禅师曰:"但向街头市尾,屠儿魁刽,地狱镬汤处会取。若恁么会得,堪与人天为师。若向衲僧门下,天地悬隔。更有一般底,只向长连床上作好人去。汝道此两般人那个有长处?"当年道吾、云岩两人在药山会下,一日侍立次,药山指按山上枯荣二树问道吾曰:"枯者是? 荣者是?"吾曰:"荣者是。"山曰:"灼然一切处光明灿烂去。"又问云岩:"枯者是? 荣者是?"岩曰:"枯者是。"山曰:"灼然一切处放教枯淡去。"高沙弥忽至,山曰:"枯者是? 荣者是?"弥曰:"枯者从他枯;荣者从他荣。"山顾道吾,云岩曰:"不是,不是!"苦水乱铣,值什么? 诸公且去细细体会上举两则公案着。然而遮偶傥,即是遮俊,亦须是学人实到怎么田地始得。孟子曰:"有伊尹之志则可;无伊尹之志则篡也。"如何是可? 如何是篡? 且不可轻易放过! 即如云门要打杀世尊喂狗,丹霞曾烧取木佛取暖;此两大师底言行,虽不能说只是一个偶傥,只是一个俊,不过苦水若说此是遮偶傥,遮俊底发扬光大,看官想不至于谓苦水为证龟成鳖也乎? 但是《水浒传》中鲁大师酒醉之后,打倒金刚而哈哈大笑,则又何如? 又笔记中记一僧作诗曰:"狗肉锅中犹未熟,伽蓝再取一尊来。"则又何如? 如此说去,未免刻划无盐,唐突西施,赶快打住! 且如古人曾设一问曰:"万丈悬崖,千寻乔木,将你手脚绳捆索绑了,却教口衔树枝,凭空吊起。此际忽然有人来问你佛法,你还道得么?"古人此问,苦口婆心,切实为人,吾辈万不可草草,固已;然又不可只向奇特处认取。苦水此时急于结束此文,亦不暇细细分疏。却于此问下又设得两问:即如尔时你若怕口一张开,身便坠落,更不作声,一个臭皮囊悬空恰与一个吊死鬼相似，倜傥在什么处？俊在什么处？又假如你不惜身命，勉强开口，那么，语声未绝，四体着地，且不必说气绝身死，也不必说发昏章第十一，我只问你：皮破血流，恰与一个烂柿子一般，何处又见得倜傥，又见得俊耶？风力所转，终归幻灭。玄沙备尚说："昭昭灵灵亦非真实，只是向五蕴身田里作主宰。"学人且道遮俊得如何保任去？莫见苦水如此说，于遮俊字又有些疑著么？有多少俊字从古人口里迸出来，典册具在，且自去检看；苦水此刻腕臂欲折，亦不复一一举似。倘若懒去检书，只去疑着，亦自大佳！

至是苦水便好阁笔吃茶去也——

有个好事多口底忽然出来问道："且慢。遮倜傥，遮俊，以及那兔子，那鲤鱼，俱有下落；请问开端底赵州家风一段作何交代？"

苦水听了，手忙脚乱，不禁叫道：

"呀！一事最奇君听取：新年过了又新年。"

卅七年二月九日，即旧丁亥之十二月三十日

附记

拙录至是已有八篇。卤莽灭裂，怪诞支离，无待诸公之不肯，亦已自知其无当。至于兹篇殆尤甚焉。始写之，终印之者，敝帚自珍，文债见迫，固已。去斯二者，则为笔者自信语出至诚，虽其行文或似戏论。平居思维，以为宗教哲理，陈义愈高，析理愈细，即索解愈难，去人愈远；而其自身亦由是而孤立，而衰颓，而澌灭矣。太白诗云："君平既弃世，世亦弃君平。"引申别解，实得吾心。大教之来东土，迄今已数千年。渐染传流，宏深悠久。民间生活，口头习语，随时随地皆可证知。然而愚者只信轮回，学人多修净土。至于微言与大义，殆犹河汉而无极。教中龙象，得见者已讶为景星卿云；教外士夫，深通者几等于龟毛兔角。初祖西来，禅宗崛起，直指本心，不立文字，其曲弥高，其和弥寡。历代祖师，继阐此事，结茅住山，施棒行喝，虽云心苦，其奈知稀。什师偈曰："哀鸾孤桐上，清音澈九天。"识者既多谓其可悲，则吾前所引"弃世"与"世弃"者，学人亦当知其匪妄。又作家指示，宗匠语言多属到家而非在途，俱为细大而鲜平易。此于初学，更叹望洋。虽然，吾为此言，非谓宗门教义俱当浅近鄙俚。但行远自迩，登高自卑，古之明训，今之恒言。高处着眼，低处着手，既利为人，复适为己。且教义推行，宗风阐述，必有赖于教外，方普及于人间，离众脱俗即可贵，悲天悯人之谓何？此又义理所皆同，非复禅宗所独尔者矣。文既脱稿，复有欲言，聊为兹记，兼作自剖。饱参初学或共有取焉耳。

同日苦水自记于旧京前海之后，后海之前

（九）从取舍说到悲智（上）

"旧历年底毕竟最像年底。"糖瓜年糕既罗列以堆积；灶君财神亦奔走而后先；看看腊月三十日到来，更是人仰马翻，手忙脚乱。较之阳历过年时，一则热闹喧嚣，一则枯寂冷淡。参学之士且道孰是孰非，孰正孰邪？山中无历日，寒尽不知年，则忒煞孤傲。你过你的年，我过我的年，则忒煞固执。试问毕究如何底是？苦水俗人却管不得许多闲事，另有一些俗务纷至沓来，排解不开，分疏不下。虽然人境结庐，门无车马，难说吸风餐露，不忧盐酱。上期一篇小文即于如是情况下勉强交卷，后顾前瞻，失枝脱节，见笑见原，一任看官。若乃《法华经》云"一切治生产业皆与实相不相违背"；《维摩诘经》云"不断淫怒痴，亦不与俱；不坏于身而随一相；不灭痴爱，而起解脱"，以及赵州和尚所说之"佛是烦恼，烦恼是佛"；又如古人训徒或多流俗鄙事；学人求法乃至请为净头：若斯之类，说是具大神通，得大自在也得；说是事理圆融也得；说是知行合一也得；说是无入而不自得也得；说是终日吃饭，未曾咬着一粒米，终日着衣，未曾挂一缕丝也得；说是无事人也得：总之，到此境地，方为打成一片。假若有人援引《春秋》责备贤者之义，以此责备苦水，苦水实无辞以对。然而你也须晓得苦水亦尚未成为贤者，虽然时时刻刻不敢不勉；你且慢责备着。假若苦水自谓佛祖如是，我亦如是，那岂非又是以前曾说过底不知惭愧？苦水纵使无耻，也终竟有个分寸，有个限度，万万不至于此。

假若再有人问：宗门常举"狮子嚬呻，香象渡河"，便是"龙得水时添意气，虎逢山势长威狞"两句，亦是口头话语，而且你于第五期演说南泉三个"不是"的时节,亦曾用过;上来何以俱不提倡,却只说他出草底兔子,透网底鲤鱼?遮一问直使苦水张口结舌,面红耳热。然而苦水于写上期那篇小文之时,却确实曾经想到狮、虎、龙、象来;而且本想于小文结尾附带说及,藉作收煞。结尾之所以不曾说及,则以旧历年关底到来,琐事如毛,急于阁笔之故。但如此说去,虽非遁辞,亦还不是主因。主因维何?苦水十余年来,身染痼疾,求医寻方,百计不愈。平居自念,未尝不愧身非龙象,不能担荷大法,八载沦陷,坠落胡尘,虽求道念切,而闭门造车,既未遇大师赐与针剂,亦未得益友共同砥砺。及至《世间解》出版,说甚时节因缘?只是阴差阳错。出一期献一次丑,看官且道苦水面皮厚多少。遮个亦且莫商量。且道苦水有一丝毫狮、虎、龙、象底气息么?倘若道无,你争怪得苦水不说?倘若道有而苦水如今偏不说,是你错,是苦水错?古人曰:"少年一段风流事,只许佳人独自知。"又曰:"频呼小玉元无事,只要檀郎认得声。"是则是,只嫌他忒煞自得,忒煞矜贵。苦水当年读西洋小说,记得有一篇写一女性发现所爱男子之弱点,决将弃舍的时节,却大加责斥,至于声泪俱下。那男子坦然地说道:"你在初以为我是一位英雄而爱我,现在发现了我是一个庸人而恨我。但我压根儿就是庸人而非英雄,那么,遮是你底不对还是我底不对?"尔时,苦水读至此节,直得分开八片顶阳骨,倾下一瓢冰雪水,为之食不知味,寝不安席者累日夜。看官!

面赤不如语直；且不可说他无憀无赖，自暴自弃也。"智不及处，切忌道着；道着则头角生"；且置。"佛门第一不打诳语"；再且置。便是不学道底俗人难道可以随意说谎么？我有一位朋友，一日在家晨起自用薙刀刮脸。他的小侄子忽然走来向他说道："叔父，你又薙嘴哩么？"此语至今尚在友朋间传以为笑。然而若使苦水去谈狮，虎，龙，象，则其可笑恐怕更甚于这位世兄之谓"刮脸"之为"薙嘴"。而且岂但其可笑更甚而已？怕其真实还有不及处哩。所以者何？他道刮脸是薙嘴，细按之，元本无甚可笑也。夫以薙刀去发谓之曰薙头，则以薙刀去胡须岂不正可谓之曰薙嘴乎？以薙刀去胡须不妨看作真实相，至于或曰刮脸，或曰薙嘴，则俱是假名，何必刮脸之为是，而薙嘴之为非？须知他是真确地看见了去胡须这实相，且又未受传统底束缚，因袭底限制，自出心裁，运用字汇，而喊出薙嘴一词，正是他底创作：有甚可笑？狮、虎、龙、象原自不无。只是苦水尚未见到狮、虎、龙、象底实相，冒然写去说去，结果只有走上盲人揣籥底路上去，较之摸象更惨，则以摸象者虽不能得象之全体，尚能得其一部分，若揣籥则其去太阳也远矣。夫如是，还有胆量去笑那位世兄乎哉？

复此，苦水之所以拈举此兔儿之出草与鲤鱼之透网，尚有二义在。其一、此在初学为入道之门，修道之基。古人云："直趋无上菩提，一切是非莫管。"倘不具有这"出草"与"透网"的气象，如何得到"直趣"与"莫管"去耶？其二、自大鉴再传而后，宗门中诸大师，饶他每实参实悟，坐曲录床，称善知识，向千峰顶上，坐断天下人舌头，饶他棒如雨点，喝似奔雷，门庭险峻绝攀缘，机锋迅速难酬对，若依苦水看来，十个倒有九个多少有兔儿出草，鲤鱼透网底模样。苦水如是见，如是写，看官如能见信，大好，大好。倘不见信，苦水却仍旧要写下去，何以故？苦水底嘴虽然挂在墙上，笔却依然拿在手里也。其大师中底少数亦颇有不如此者。然而遮不如此底之中，其工夫实在者有些干爆爆地，纵然熟饭热茶，总带着些儿土气息，泥滋味。平庸者则又水漉漉地，纵然专心至致志，适成为新妇子，老婆禅。前者既不得人心，后者亦不异人意。反不如兔子出草与鲤鱼透网之尚有些儿超以象外也。当年圜悟之贬剥密印长老也，其言曰："四年前见他恁地。乃至来金山升座，也只恁地。打一个回合了，又打一个回合，只管无收煞，如何为得人？恰如载一车宝剑相似，将一柄出了，又将一柄出，只要搬尽。若是本分手段，拈得一柄便杀人去，那里只管将出来弄？"学人可能辨得出密印长老是土气息，泥滋味，抑是新妇子，老婆禅么？总之，此"打回合"，"无收煞"，"搬"剑，"弄"剑，去兔儿底出草和鲤鱼底透网大远在。洞山当年尚被人谓之为"好佛只是无光"。若密印长老者，怕连"好佛"也作不到，木雕泥塑，灰头土面，还说什么光之有无？问：兔出草与鱼透网在宗门下何以如此之重要乎？苦水于此将别有说。夫学人之做工夫，不可死于句下，夫人而知之矣。尤不可上他机境。古人曰:"如何谓之机境?佛谓之机境,法谓之机境。"夫佛与法犹是机境,犹不可上,何况一切名相、语言、文字乎?遮不死于句下,遮不上他机境,自然非可容易作到,一不许颟顸,二不许莽卤,三不许劳动知见情解。倘若日日夜夜,战战兢兢,二六时中,戒慎恐惧,只怕死于句下,上他机境,不独是著败絮行荆棘林中,全无半点自由自在;而且早已是死于句下,上他机境了也。但假如能有出草和透网底倜傥分明底精神,则遮不死于句下,不上他机境,却亦正复不难。若再能薰习精进,发扬光大,便是千圣亦不识,佛祖无奈何,世尊初生,喊出"天上天下,唯我独尊",是此一番作用;云门要将世尊一棒打杀喂狗也是此一番作用;世尊四十九年,说一大藏教,是此一番作用;德山说十二分教是鬼神簿,拭疮疣纸,也正是此一番作用也。还说什么死于句下,上他机境?

然而说着说着,不觉已是惹火烧身;如果有一位刻舟求剑之士,听得苦水如是举扬,便死死地向兔子鲤鱼队里寻讨,那又早是死于句下,上他机境了也。苦水生于穷乡僻壤,弱冠之年始见到一部《金刚经》,取而读之,则见有所谓"众生非众生","说法者无法可说","实无众生得灭度者","乃至无有少法可得",诸如此类,虽不曾惊怖其言犹河汉而无极,也觉得大似猪八戒之吃人参果。如今眨眼便已三十余年,工夫纵使略进,依然博地凡夫,不过已经稍稍明了世尊底苦衷。然则苦水所说底兔子与鲤鱼,亦正非兔子与鲤鱼;而且压根儿也就不曾有兔子与鲤鱼耳。佛且置，法且置，教意祖意亦俱且置。窃谓凡一切为学，必须具有两种精神：一曰取，二曰舍。而且取了舍，舍了取。舍舍取取，如滚珠然；取取舍舍，如循环然。现在先说取。你必须取，方能担荷；方能进去。不见夫世人乎？只想脱卸，只想逃避，说甚么道法？说甚么义学？说甚么责任与义务？只一个"人"字，你问他可敢正眼儿觑着么？试看古人：断臂立雪无论已。便是跋山涉水，草衣木食，长连床上坐如铁橛，万仞峰头结得死关，难道俱是无所为么？若其并非无所为，则其有取也可知。如今再说舍。此亦不必说释迦老子弃万乘之尊而入雪山。孔夫子不云乎？"士志于道而耻恶衣恶食者，未足与议也。"又曰："士而怀居，不足以为士矣。"便是孟子舆氏所谓"志士不忘在沟壑；勇士不忘丧其元"：不也俱都是舍么？至于世人之不能取，已如上来所云尔矣。其实他又何尝有一毛头、一毫端之能舍耶？凡其所有，无一不视等性命，爱似头目。小之，则上床认得妻和子，下床认得一双鞋，一文钱尚且穿在肋骨上面。大之，则恨不得极天下之有，占敌国之富；于是始而有损于人，有利于己者无不为之；继之，无利于己而有损于人者亦无不为之；终焉即稍有妨于己而大有害于人者亦无不为之。于此而使之有舍，不等于与虎谋皮也哉？但是苦水如是说，已经大似落入世谛，并义学沙门亦算不得，岂惟不似宗门中说话而已乎？如今亦不必说什么"善巧方便"，"能近取譬"以自为解嘲。凤凰飞上梧桐树，一任旁人说短长。

若夫为学之有取夫取与舍则又何耶？

夫为学之必有所取，此义之显，殆等于说吃饱了之便即不饿，故亦不复详为诠释。学既有取，取必有得。若于所得，拳拳服膺，守而弗失，虽非自画，终难大成。若是小成，纵非无成，究属不成。昔者孔子自述其为学之次第曰："十有五而志于学；三十而立；四十而不惑；五十而知天命；六十而耳顺；七十而从心所欲，不逾矩。"四十以前姑且不说。看他五十时便舍却不惑而取知天命；六十时又舍却知命而取耳顺；及至七十，知命与耳顺一齐舍却而取得从心所欲，不逾矩了。此是何等底自强不息，日进不已！真乃儒门千古为学底楷则也。孔子之寿亦不幸而止于七十有三而已耳。假使而八十焉，九十焉，且百岁焉，则必不停止于此从心不逾矩而将别有所取，可断断言也。学者勿谓孔子至五十而舍不惑而取知天命，即不不惑。苟其为是言，便又是死于句下。何以故？凡人之为学，其工夫到处，自然成一境界。遮个正是皇天不负苦心人。但倘若于此境界，心满意足，自谓到家，便是亲手作得了棺材，将自己盛装入殓，结果只有准备著抬埋。又凡拳拳而守者，即使已到得一种境界，而其工夫必是仍未臻于纯熟之域。若使左右逢源，无入而不自得，自然日用而不知，自然无需乎拳拳，无需乎守。你每天吃饭，可曾留心到右手五指是怎样地舞弄着两根筷子么？当你夹起鱼肉菜蔬送到口内时，你可曾觉得光荣而傲骄么？当菜饭备好，坐到案前之际，使筷，夹菜，送入口中，直是无意到自然而然。且道是记得，是忘却？是有知，是无知？可怜世人知得会得一星半点，便复满心傲矜，人前卖弄，甚且若将终身焉，此与坭井之蛙有甚差别？不见当年世尊在耆阇崛山中为大庄严菩萨及八万菩萨摩诃萨说《无量义经》而曰："种种说法，以方便力；四十余年未显真实。"又曰："水虽俱洗，而井非池，池非江河，溪渠非海。如如来世雄于法自在，所说诸法亦复如是。初、中、后说皆能洗除众生烦恼；而初非中，而中非后。初、中、后说，文词虽一而义各异。"夫佛自起树王，入鹿野苑，初转法轮，便已度得阿若憍陈如，至是为大庄严说无量义，乃曰"四十余年未显真实"，抑又何耶？为复是执谦之辞？为复即是如实说？如谓是谦辞，则须先于谦辞检校一番。谦辞者何？自知其未可，自觉其不足之辞，皆发于至诚而无伪：若然，则非谦也，正如实说也。若其语谦而志满，貌谦而神骄，则说谎而已，谦于何有？如来世雄，明星悟道，出世说法，何来未可？何来不足？若夫说谎，宁有我佛而说谎哉？又如世尊自谓初中后说，其义各异，此又何耶？世尊难道亦不惜以今日之我与昨日之我战么？"君子于其言无所苟而已矣。"世尊难道会三口两舌么？孔子曾曰："君子道者三，我无能焉，仁者不忧，智者不惑，勇者不惧。"学人且道孔子是能不能？若说他不能，则不成其为孔子；若说他能，他何以又自曰无能？子贡曰："夫子自道也。"于此会得，自然也就会得世尊底"未显真实"。又如蘧伯玉行年五十而知四十九年之非。难道这位蘧公五十以前底言行全无是处么？难道蘧公于五十画一个区分线，前后成为两截人么？于此会得，自然也就会得世尊底初，中，后说，其义各异——。

写到这里，略一检点，所言也不高，也不深，也不玄，也不妙，只是有些啰唆，有些缠夹。不过吾意在说取与舍，故而牵扯到释迦文佛，盖谓此位黄面老子虽然无相不相，不相无相，也还是不得不起动着取与舍。可有人不相信苦水如此说么？苦水今日索性葛藤到底。夫舍有取无，佛祖之所同然。然"无"了亦非究竟，因为立"无"成有，所以又必须连"无"也舍，于是乎无"无"。不过无"无"了仍非究竟，"无无"亦有也，又必须并"无无"而舍之。无"无无"了也还要舍下去。苏髯公说得好："转而相之，容有既乎？"也就成了数学中底无限。舍有取空亦可准知。苦水如是说，纵非戏论，亦几成为诡辩矣。然其在宗门，亦曰："大悟十八遍，小悟无其数。"也正是这取与舍在那里作用着。其实所谓十八遍者，正不必拘泥，不必十八，亦何必止于十八？是以古人又说"如人学射，久久方中"也。倘说：竟如是其烦耶？这又是请现成饭吃，寻取天生木杓用底见解了也。倘说"空灭灭已，寂灭为乐"，到得涅槃，岂尚有事乎取舍？苦水于此问并不否定。实则岂惟教义云尔？即如德山鉴禅师一被其弟子岩头夥谓为"于唱教门中，犹较些子"；再被其谓为"未会末后句在"；然而德山上堂，也还能说出"遮里无祖无佛；达磨是老臊胡；释迦老子是干屎橛；文殊普贤是担屎汉；等觉妙觉是破执凡夫；菩提涅槃是系驴橛；十二分教是鬼神簿，拭疮疣纸；四果、三贤、初心、十地是守古冢鬼，自救不了"。见地至此，亦岂容有取与舍？乃至"一悟永悟，一得永得"；以及"桶底脱"，"无事人"……，亦宁或有一星星一点点底取与舍于其中间耶？苦水自家昏沉散乱，沉沦生死海中，纵然未悟未得，亦岂敢厚诬古人，对之道不道无？赵州和尚曾引《三祖信心铭》曰："至道无难，唯嫌拣择。"你且莫以此问我。倘问，我便问你：此一句子是会拣择底人所说，还是不会拣择底人所说？你且不可学他赵州老汉拿"田库奴！甚么处是拣择！"来喝我。倘喝，我便问你：你是赵州么？法眼大师亦曾说："取舍之心成巧伪。"更是明明推倒取舍。你且莫又以此问我。我问你：你我之中可有一个是法服么？想来你我俱不能说"我是"。二俱不是，为什么又搬出法眼底话头共作商量？古人谓，譬如卖柴人担，一条扁担立在十字街头，却问中书堂今日商量个甚底。苦水却并不以为遮卖柴人可笑，只觉得其意虽可嘉，而其愚不可及也。你也须实到怎么田地始得，且不可仗恃话头熟，记性好，趁取口快乱说。即如大师问僧："大德如否？"曰："如。"师又问："木石如否？"曰："如。"师曰："大德与木石何别？"僧无语。我问你：木石一无拣择，二无取舍，木石也还合道么？若于此下得一转语，苦水此文你尽可以不看。若看了而气恼，你是有取舍抑是无取舍？又若下不得一转语，则苦水正不妨写下去。赵州与法眼所言者为道，故无拣择，弃取舍。苦水所言者为做工夫；任凭遮两位堂头老汉恁地说，苦水只管取舍。观自在菩萨不也是行深般若波罗蜜多而照见五蕴皆空乎？三世诸佛不也是依般若波罗蜜多而得阿耨多罗三藐三菩提乎？苦水鸡肋，不足以当尊拳；尊驾且打倒观自在与三世诸佛去者。

卅七年二月中旬于倦驼庵

（十）从取舍说到悲智（下）

以上论取与舍，拉杂写来，字数已超过预算。文辞拖沓，义理肤浅，于此正好收煞，然已自知其为时过晚，若把写得底抹去，则又不能割爱。于此可见苦水之能说不能行，即于行文，尚未克作到舍之一字也。至于取舍之有关乎兔儿出草，鲤鱼透网者何？则以为学之士，苟能偶觉分明，自然要提即提，要放即放；要行即行，要住即住；遇寒即寒，遇热即热；饥来吃饭，困来打眠；自然能取能舍。到得工夫纯熟，方取方舍；即舍即取；非不取舍，亦非舍取；非无舍取，亦非有舍取。如是方可谓之到家人，无事人，还说什么终日吃饭，未尝咬着一粒米；终日着衣，未尝挂一缕丝；说什么"运粪入"，"运粪出"？说什么百川归于大海，大海投于一滴？直是沩山所谓"事理不二，即如如佛"了也。不过我又要说：工夫与见地也须实到怎么田地始无走作。不然者,便是"开门七件不离他:柴米油盐酱醋茶。我也管他娘不得,后门溜去看梅花"底意态,甚底名士,直是个无赖贼:还有甚底取舍之可谈?

复次,祖师门下,虽要人脚跟点地,却绝对不许人有立脚处。所以此事既不在两头,亦不在中间。即如香岩一颂:"去年贫,未是贫;今年贫,始是贫。去年贫,犹有卓锥之地;今年贫;锥也无。"原是流传众口底话头。然在当时,仰山尚不肯他,而谓之曰:"如来禅,许师弟会;祖师禅,未梦见在!"仰山之所以如此苦口,就因为担心他遮位贤师弟立定脚在"锥也无"三个大字上也。至于不许有立脚处底原故,却不必完全同于羚羊挂角。因为既不是怕人觑破,也不是怕人跟踪。遮只是自家屋里事,与别人无半点干涉。上篇说过禅是创造。如有一点立脚处,便即减少一分创造力。如死钉在立脚处,那便是方才所谓"亲手作得了棺材,将自己盛装入殓,结果只有准备着抬埋"。昔日南塔诵禅师自临济归谒仰山。山曰:"汝来作甚么?"诵曰:"礼觐和尚。"山曰:"还见和尚么?"诵曰:"见。"山曰:"和尚何似驴?"诵曰:"某甲见和尚亦不似佛。"山曰:"若不似佛,似个甚么?"诵曰:"若有所似,与驴何别?"山大惊曰:"凡圣两忘,情尽体露,吾以此验人二十年,无决了者。子保任之。"看他父子二人,父不知其子恶,子不言其父之过;父为子隐,子为父隐;慈孝则有之矣。苦水时时却嫌他两个忒煞自屎不觉臭。但如不以人废言,则南塔之"若有所似与驴无别",与仰山之"凡圣两忘,情尽体露",正是苦水前面所提倡底无立脚处。再引申之,也复即是取与舍底极致也。宗门中公案如此类之可以作为苦水底注脚者正不知其凡几。初学发心之士若能搜寻触磕,当有不胜其"若中原之有菽"之感也。

唯是出草、透网即所谓偶傥分明,当其发展至于崇高,运用及于纯熟,其在大师自己,固是高高山头立,深深水底行;岂特目送飞鸿,眼铄四天,吾辈后人于此争怪得他。然而其于为人,则横按莫耶,全行正令,乃至夺饥人之食,驱耕夫之牛;若其"你有拄杖子,我与你拄杖子,你无拄杖子,我夺却你拄杖子"者,手段尚属客气者也。大慧禅师曾说:"须是从头与他拈却到无气味处,泊在平地上。从上来作家宗师能为人,惟睦州见你有坐地处,便划却;从头只是划将去。"(注:睦州即陈尊宿,又称陈蒲鞋,与临济同出黄檗门下。)又说:"恰如将个琉璃瓶子来,护惜如什么,我一见便为你打破。你又将得摩尼珠来,我又夺了。见你恁地乘,我又和你两手截了。"遮两则话语说得最是明显。岂惟睦州?岂惟大慧?历代大师几无不如此,只是运用得略有大小、轻重之别。若说手段苦辣,原自不无;置之死地而后生,用心亦自不差,而且遮也正是宗门大师一贯底作风。不过老吏断狱,严酷少恩,尽法无民,是之云矣。孔子曰:"如得其情,则哀矜而勿喜。"宗门大师底为人,得其情则固然已,若说他喜,亦未免深文周内;然而却绝对地不见他有哀矜。"棒头如雨点,打出玉麒麟",固是宗门中底佳话。然此吃棒底人即使原非麒麟,也须根本是玉方得。不然者,大师纵然神通广大,手眼通天,倘将棒去打一块泥土,可能打出玉麒麟来么?且又不可说;此事在智不增,在愚不减。智不增,愚不减者,在元来,在最后则然耳。从元来至最后底中间遮一段过程,将若之何,所以宗门于此又不得不讲根器。倘若单是智不增,愚不减便得,还讲他根器作么?门庭设施既已如彼,后来艰难,如何攀援?固当不能不生"仰之弥高,钻之弥坚,瞻之在前,忽焉在后"之悲。望洋、自画者无论已,饶"君自此远矣",有多少人从此竟"至崖而返"也!即如马祖门下,会众何止数千万人,而其入室弟子亦不过一百三十有九。此百三十九人中杰出者亦不过百丈、南泉辈数人耳。什师偈曰:"哀鸾孤桐上,清音彻九天。"虽其高彻于九天,而不克普遍于阎浮;什师既自哀,吾亦为什师哀;且又不仅为"什师"哀,为什师"哀"也。

抑更有进者。大师自己既然倜傥了复倜傥,分明了还要分明,而且连立脚处也没有,其接人也用"划",又是"从头划将去",其自为也又何尝不尔?倘为人用"划","从头划将去",而其自为则拖泥带水,岂非躬自薄而厚责于人,尚得成为大师么?你莫又要驳苦水,以为他们得底人一得永得,悟底人一悟永悟,何事于"划"而且"从头地划"耶?不见赵州扫地次,僧问:"和尚是大善知识,为甚么扫地?"州曰:"尘从外来。"曰："既是清净伽蓝,为甚么有尘?"州曰："又一点也!"你当赵州老子是同那僧斗口么?遮扫地岂非即是划么?苦水如是说,亦自知其为义学而少衲僧气息;好在苦水原是俗人,今日所谈压根儿就不是禅,即如是说了,或可减等发落耳。然而历来衲子于呈说自家所悟得底之后,大师与他印可了,证明了,甚且助喜了,也往往敦嘱其"善为护持","善自保任"。看官且不得捉苦水底败阙,说:"你上来不是说日用而不知,无需乎拳拳与守么?"好在遮护持,遮保任乃是古人所说底,苦水今日大可不必代人受过。然而我道遮"护持",遮"保任",也还是"划","从头划"。所以者何?倘其不然,即是"运粪入"与有立脚处了也。便大不似悟底人与得底人底行径了也。遮且不谈,且说划来划去,结果直得道穷凡圣,体露真常,从而接人示众便常用没意智一着子,或可谓之为无情说法。傅大士有颂曰："空手把锄头,步行骑水牛。人从桥上过,桥流水不流。"自古及今,丛林传诵。便是"瓦砾说法,炽然灼然",以及"如何是道?干屎橛"之类,参学衲子谁个不晓?便是赵州当年也曾如此接人。如僧问："承闻和尚亲见南泉,是否?"州曰："镇州出大萝卜头。"僧问："万法归一,一归何处?"州曰："老僧在青州作得一领布衫重七斤。"说甚么妄想卜度,知见情解?到遮里,便是菩提,涅槃,真如,佛性,亦"尽是体贴衣服,亦名烦恼实际理地,甚么处着"?然而赵州虽然坚苦卓绝,本质终是一位老实人,故其下语用布衫，用萝卜，一何其质朴耶？及至云门老汉出世，运用得更其倜傥，更其俊爽。如僧问："如何是诸佛出身处？"门曰："东山水上行。"僧问："如何是透法身句？"门曰："北斗里藏身。"以及"火焰为三世诸佛说法，三世诸佛立地听"，"拈灯笼向佛殿里，将三门来灯笼上"之类，皆是倜傥分明到倜傥分明以上。要说此事划一不二，不能别有，云门与赵州两位老汉正复从同。但如只就下语看来，其体虽一，其用则别。世谓"云门气宇如王"，当即以是而言。若夫赵州虽然可与八大龙王斗富，而较之王者，则总不免楞头楞脑，有些儿土财主气，遮个且留与学人自去理会。学人若于此不被人谩，则于石女生儿，泥牛入海，峰头浪起，海底尘飞，乃至火里蝍蟟吞大虫，眼里瞳人吹叫子，日午打三更，面南看北斗等等句子，庶几不至有无可咬嚼之感。总之，不可以识识，不可以智知。是故南泉曰："拟向即乖。"又自诠释之曰："不属知，不属不知。知是妄觉；不知是无记。"说以上诸语是南泉此话底证明亦可；说南泉此话是以上诸语底注脚亦得也。

又自达摩西来之后，乃有教外别传之说。遮"教外别传"四个字，宗门下甚自矜贵。他人无论，即如元朝底中峰本，其为人亦不失为识好丑底有志之士，在其《山房夜话》中虽承认《法华》《金刚》《圆觉》《楞严》诸经以至诸论为"以文字显总持"，然仍谓"将大乘经论相似之语记忆在心，古所谓依他作解，障自悟门；又以金屑入眼为喻。宜深思之，勿自惑也"。

甚且谓"经教文字不同达摩所指之理"。历代宗师虽往往与学徒商量祖意教意是同是别，虽不主张钻故纸，阅经卷，而其旗帜之鲜明当少有超过中峰者；看他直说经教文字不同达摩所直指，便可知也。苦水于此假如喝他中峰者：佛法是什么，说有说无，说同说别！即未免擅作威福。且举一则公案者。昔年泗州大圣被人问何姓，便云姓何，又问住何国，便云住何国。后来冯楫居士与乌龙长老话次，龙云："大圣本不姓何，亦非何国人。"楫笑曰："大圣决定姓何，住何国。"迄不能决，乃致书于大慧乞断。慧曰："有六十棒，将三十棒打大圣不合道姓何；三十打济川（注：冯楫字）不合道大圣决定姓何。若是乌龙长老，教自领出去。"此个教外别传，依上例，若道有，吃三十棒有分；若道无，吃三十棒亦有分也。不过吃棒也算不得甚么大事，遮六十棒苦水今日一客不烦二主，一齐承当去也。依苦水看来，离经一字，即成魔说，如何能有个别传？此是说无。先领却三十。然而上文所说底没意智一着子与无情说法却实实为宗门所独擅，只此一家，并无分号。"传"与非"传"且置之，却千真万真地是个"别"，你翻遍一大藏教，管包不能发现一丝头。此是说有。再吃却三十。六十棒领讫。看官且道无情棒子，有情皮肉，苦水今日着甚死急？

综合上文所言，那不许人有立脚处，那划，那从头底划，那没意智一着子，那无情说法，总而言之，偈侻分明到偈侻分明以上底那偈侻分明，在其自为，不妨本分，然而却使初入丛林之子如何承当得去，真所谓蚊子上铁牛，全无下嘴处了也。当日明太祖见王保儿酒醉免冠露顶，发无几茎，笑谓之曰："保儿，你发秃如是耶？"王曰："臣犹嫌其多，恨不尽髡之。"历代大师已经作到上所云云了，使学人已经无可咬嚼了，尚复如王保儿之嫌其发多而未尽髡，于是良久了又良久，无语下座了又无语下座，大众才集了便一时赶散，又一直打下法堂去，喝了又喝，棒了又棒，犹自嫌其多事而曰："我若一向举扬宗乘，法堂前草深一丈。"曰："隔江望见资福刹竿，脚跟下好与三十棒；况过江来？"苦水则谓遮一群老汉纵然尽力施为，却也并非杜撰，依然是孙猴子十万八千里底斤斗云未曾跳出佛爷爷底手心去在。《圆觉经》曰："一切菩萨及末世众生应当远离一切幻化虚妄境界。由坚执远离心故，心如幻者，亦复远离，远离为幻，亦复远离；离远离幻，亦复远离；得无所离，即除诸幻。"《楞严经》曰："纵灭一切见闻觉知，内守幽闲犹为法尘分别影事。"又同经，佛为阿难开示"意、法、意界，本非因缘，非自然性"时，再三宣说"但有言说都无实义"。若再证之他经，将更累楮而不能尽。然则所有宗师亦奉行，充其量不过发扬佛旨而已耳，亦复岂能别有？临济大师说："若约山僧见处，便与释迦无别。"正是如实说，如法说也。然而祖之与佛究有些子不同处：仍即是上来所说之无情与无哀矜。《灯录》载邓隐峰推车次，马祖展脚在路上坐，峰曰："请师收足。"祖曰："已展不缩。"峰曰："已进不退。"乃推车碾损祖脚。祖归法堂执斧子曰："适来碾损老僧脚底出来！"峰便出于祖前引颈。祖乃置斧。苦水最初见到遮一则公案底时节，以为强将手下无弱兵，可喜，可喜。后来觉得狮子身中虫，还吃狮子肉，可敬，可敬。如今则认为当仁不让师，也得，也得；然而临机不识爷，何必，何必。看官中不乏善知识，见苦水如此说，莫又说苦水底工夫是颠倒了做得否？说即一任说，苦水决不置一辞。但是马大师被碾损底脚，你可修治得么？你若下得一转语使得马大师不至伤筋动骨，苦水吃棒有分。若能一转语使得马大师健步如飞，苦水性命在你手里，打杀何妨。

马祖且休，邓隐峰且休，苦水更不在话下。相传玄奘法师在西天见一东土扇子而病。（一说是法显大师事，莫理会。）后来有一僧闻之赞叹曰："好一个多情底和尚！"苦水每逢上堂时其拈举遮一则公案，辄谓学人曰："病底大是；赞叹底也具眼。"所以者何？倘奘师在异国见了故土底扇子而不能病，亦决不能为了大法而经过千山万水吃尽万苦千辛到西天去也。少不了又有人说玄奘是法师，与宗门下无交涉。苦水半月以来，为此小文直得腰臂欲折，此刻何暇再为奘师出席辩护？《遗教经》记大雄氏于娑罗双树间将入涅槃，为诸弟子略说法要，有曰："汝等比丘若欲脱诸苦恼，当观知足。……不知足者常为五欲所牵，为知足者之所怜悯。"又"世尊欲令此诸大众皆得坚固，以大悲心复为众说"云云。看此金口所说，金经所记，遮"怜悯"，遮"大悲心"，岂能与宗门之无哀矜者相提并论？

有谁敢说世尊如是亦复正同"人之将死，其言也善；鸟之将死，其鸣也哀"么？看遮黄面老子三百余会中每逢弟子迷误不解之际，辄曰："深可怜悯。"宗门大师可有此种话头么？又如宗师顺世，或坐脱，或立化，或大吼，或覆船，或右胁吉祥，或一足垂下；若邓隐峰之倒立而化，亭亭然其依顺体；若"大禅佛"之积薪郊原，执炬自登，以笠置顶后作圆光相，手执挂杖作降魔杵势，立终于红焰中；若斯之类，或安详，或出奇，或神通，或捏怪，举不胜举。若其有偈颂流传，亦只是显现其倜傥分明，了不见其有所谓大悲心；换言之，即只是表露他自己，不顾及别人；或有训徒告众，谆谆付属，也仍然一本平日险峻底作风，更无半点世尊涅槃时底慈祥。肇法师临刑时说偈曰："四大元无主，五阴本来空；将头临白刃，犹似斩春风。"肇公既非禅宗，而且又系被难，似未便与以上所举底为一谈。然而夸大地说他遮四句偈语恰如一个模子被后来许多衲僧于圆寂顷变化使用著，却亦未尝不可。玄沙备曰："肇法师临死犹寱语。"呜呼，岂特肇法师而已哉！遮临死犹寱语底原因也还在于上来所说底兔子鲤鱼乃至无情说法。一言以蔽之，禅宗门下不曾有着如来世雄底一句子：

"悲智双修"。

中峰本曰："密宗、春也。天台、贤首、慈恩等宗，夏也。南山律宗，秋也。少林单传之宗，冬也。"春夏秋抛开，遮个冬字下得有来头，有斤两，有分寸。少林一枝既占却了一个冬字，然则冱寒凝闭之余，智即不无，悲则不有，悲智双修则断断乎一脚趓开。是不为也，非不能也。夫阴阳惨舒，寒暑代序，四时成岁，万物化生，他家单独行得一个冬令，冬之为言：终也。学人且道：可不有些儿偏枯也耶？又，苦水此文上下两篇，累累赘赘，絮絮叨叨，当与无当搁在一边，学人且道：苦水是为世尊出气？抑为宗门张目？

倘有人说："请苦水道。"

苦水今日手插鱼篮，避不得鲤，不惜口孽，再露端倪，谛听，谛听。

树树皆秋色，山山惟落晖。牧童驱犊返，猎马带禽归。

不免有人说："苦水！遮底是秋！"

苦水至是负痛裹创，矢尽弓折，猪八戒败阵，倒搭一耙，那么——

采菊东篱下悠然见南山山气日夕佳飞鸟相与还鐅！

又是秋也！Aurevoir！

三十七年二月二十七日于倦驼庵

（十一）南无阿弥陀佛

北平有句谚语，道是"骑著马找马"。其意若曰：眼下遮不甚满意底事由先将就作著，然后再去寻找更好底事由。在我底故乡，也有这么一句话，恰恰也正是遮五个字，而其意义则满不是那么回子事。盖北平人遮一句子，是进可以战，退可以守;引申之,则寿陵学步,虽然不似邯郸,也还不至于失其故步也。若夫故乡此语,则是道在迩而求诸远之义,大类宗门大师常说底骑驴觅驴焉。抛开平谚不谈,如若单单拈举乡谚,或是说骑驴觅驴,就譬喻言之,不独听之耳熟,见之眼惯,便是自己也正复未能免此。倘若照直解释,即训故上之所谓"如字"解,却是耳所未闻,目所未睹;世上岂有如此胡涂桶:偌大一匹马或一头驴,骑在胯下,浑不自觉,而反张皇四顾地去寻觅耶?顾天地之大,无奇不有,奇外出奇,意想不到,而且奇外无奇,只是寻常:据我所知,就真有骑着驴丢掉了驴底。我有一位好耍钱底朋友,有一次他在他底朋友家里耍了一夜钱,骑了一头毛驴回自己家去。那驴子让他来骑也忒小,而他底身法让那驴子来驮也忒大:他骑在驴上必须时时跻起些腿来,才不致两脚擦地。他有些困,被三二月间底阳光一晒,和风一吹,不由得前仰后合,东摇西摆地打盹。就遮样,走着,走着,走进了一条道沟。于此我必须加以注释:道沟也者,一条道路比着平地低下去有几尺深,一到大雨时行底季节,它就往往成了类似乎河之流底东西;所以遮道沟很像山涧了。我遮朋友走着,走着,走进了一条道沟——遮道沟又颇狭窄,他于睡意朦胧中不知怎地一来,两脚便登着沟底两旁,略一使劲,一欠身,两脚踏实,朦胧中觉得自家不那么"仰","合","摇","摆"了,心想:"遮可睡罢!"又不知经过了几多时候,他睁眼低头一看,胯下空空,驴子走失了。遮个岂不是骑驴丢驴么？倘说遮只是偶然，那么，天下尽有许多不可无一，不可有二底事情，只如多少人见过桃花，却单是灵云悟道，多少人读《金刚经》，却单是六祖听了"应无所住而生其心"而大悟去，你也只认作偶然么？

倘若依世法论之，说是"孤文单证"，其说不圆，则苦水尚有第二勺恶水在。是我底一位长亲，大概也是熬夜耍钱之后，骑在驴子背上，也像我那位朋友似地"仰"，"合"，"摇"，"摆"，他在朦胧底下意识中，只恨不能稳睡。行行重行行，忽然对面又有人骑着驴来了，他合着眼，当然不理会，那胯下的驴子就自动地左左右右地躲闪；一来，二来，我遮老长亲便从驴背上跌下来，还大翻了一个身，于是脊背着地，他心里想："可得稳睡一下子了。"待到睁眼看时，驴早跑远了。遮岂不又是骑驴丢驴的第二个例证么？夫驴其小焉者也，便是马，亦复有丢之者矣。《诗经·邶风·击鼓》篇之第三章曰："爰居爰处，爰丧其马，于以求之，于林之下。"此一章先不必管他毛传，郑笺，倒是朱子集传说得直截了当。集传之言曰："于是居，于是处，于是丧其马：见其失伍离次，无斗志也。"夫《击鼓》一篇，本写"踊跃用兵"之事，乃其士卒竟至丢掉了战马，便使并非骑在胯下而丢掉了底，其士卒亦当复成为何等之士卒也耶？而且曰"于以求之，于林之下"，则其求马之心并不切实，又可想而知也。所以者何？马本善走，深山旷野，是处可到，于何见得必在林下，且于是而求之？在有马之时，不知怎地一来，遂致爰丧其马。及至丧马之后，骤然于以求之，也并非志在必得。敷敷衍衍，悠悠忽忽，神不守舍，职是之谓。不见当年懒安老汉在沩山会下，躬耕助道，比及沩山顺世，众请住持，上堂却说："安在沩山三十来年，吃沩山饭，屙沩山屎，不学沩山禅。"难道遮老汉除了拽耙扶锄，春耘秋获以外，任事不作，百么不会？他自己说来说去，自行泄漏，元来：

> 只看一头水牯牛！若落路入草，便把鼻孔拽转来。才犯人苗稼，即鞭打。调伏既久，可怜生受人言语！如今变作个露地白牛，常在面前，终日露迥迥地，趁亦不去。

懒安毕竟不懒，终朝每日专心致志，只在看牛，更不敢丝毫放松。倘使其骑驴，定然不会胯下走失；倘使其从军，亦决不至于爰丧其马也。然而懒安之名毕竟不虚，看来看去，看到究竟，一头水牯牛，既不驾车，亦不负重，更不去拖犁拉耙，却只终日露迥迥地，常在面前，趁亦不去。记得他当日初见百丈，礼而问曰："学人欲求识佛，何者即是？"丈曰："大似骑牛觅牛。"安曰："识得后如何？"丈曰："如人骑牛至家。"安曰："未审始终如何保任。"丈曰："如牧牛人执杖视之，不令犯人苗稼。"安自兹领旨，更不驰求。于今一不必说百丈忒煞老婆心切，开口便为学人点破，更不怕教坏人家男女；二不必说懒安先头既不能无师自通，后来又不能离师自立，毕生作个牧牛汉，有甚出豁？且就咬文嚼字上起一番葛藤。原来骑马找马，骑驴觅驴之外，尚有百丈底骑牛觅牛一句子，真乃传不传有幸不幸，竟会不曾时时被人提掇拈举，然则马也，驴也，牛也，殆三而一，一而三者耶？假如说苦水如是说，未免望文生义，苦水则将别置一问：诸君且道：懒安之看牛与胯下丢驴相去多少？孰得，孰失？

有底人见了苦水此问，或将觉得好笑：以为苦水纵未证龟成鳖，早已唤钟作瓮，牧牛底与丢驴底如何能混为一谈？止止不须说，不笑不足以为道。夫笑苦水者岂不以为苦水是非不明，皂白不分，况且苦水于前文中已说丧马（注：丧马等于丢驴）者是神不守舍，而牧牛者则是专心致志，如今反问孰得，孰失，一何其颠顸之至于如是也！然而有说焉。西洋有一位文人曾经说过："没有'否'（NO）底语言，是没有力量底语言。"此语颇有味。因为一种语言中，倘若没有了"否"，则使只剩下"是"；而只有"是"底语言则只有因袭和保守，而更不会有革新与创造了。而且那位西洋文人底遮一句子，在宗门中，恰恰亦用得着。马祖先说即心即佛，只是个"是"；后说非心非佛，恰是个"否"。"踏杀天下人"，争怪得他？南泉出世，一切不管，却说"不是心，不是佛，不是物"；一口气三个"否"，更不曾有一个"是"。"独超物外"；信有之矣。便是云门要将释迦老子一棒打杀与狗子吃，虽然敢说敢讲，有胆有识，近于自"是"，其骨子里却有一个"否"在那里作用著。"气宇如王"，诚然，诚然。至于德山说："达摩是老臊胡；

释迦老子是干屎橛;文殊、普贤是担屎汉;等觉、妙觉是破执凡夫;菩提、涅槃是系驴橛;十二分教是鬼神簿、拭疮疣纸;四果、三贤、初心、十地是守古冢鬼。"纵然一连串下了七个"是",其骨子里却正是七个"否"。"一条脊梁骨,硬似铁,拗不折",不差不差。此义,苦水于拙录第五篇"不是,不是"中,已略敷衍,兹不再三。只看他向来祖师于万仞峰头,登高一呼,千尺海底,自在游行,别底俱不必说,此是何等"力量"。大安一付懒骨头,纵然叫出"在沩山三十年,吃沩山饭,屙沩山屎,不学沩山禅",像煞一条汉子;然而自从于百丈老师手里领来一头水牯牛之后,兢兢业业,守而弗失,即使不失为孝子,到底也还是个乏货。乏者何?北地俗谚无力量之意也。庄周在其《骈拇》篇曾有言曰:

> 臧与谷二人相与放羊,而俱亡其羊。问臧奚事?则挟策读书。问谷奚事?则博塞以游。二人者,事业不同,其于亡羊,均也。

准此,胯下丢驴、林中求马,固失之矣;三十年只看水牯牛,而且使之成为露地白牛者,亦未见其为得也。

写至此处,看官中也许有人出问苦水:"看你上来所写几篇中,似亦颇注意于为学之次第及方法;今兹懒安看一头水牯牛,看来看去,直看成了一个露地白牛,此岂非懒安为学之次第及方法?而谓之不得,然则必若之何乃可谓之得耶?"苦水于此问一不拒绝,二不答复,却拟先问:此位懒安是否宗门下儿孙？据《灯录》，大安者，马祖亲孙，百丈嫡子，其为宗门儿孙，夫何待言？苦水所大惑不解者，乃在其竟如此做工夫。若说心不走作，工不唐捐，苦水纵不肯他，即亦不能否认。只是恁般用工，饶他是马祖，百丈底亲孙和嫡子，也并不十分像个宗门下儿孙。苟得如此，则何如去念"南无阿弥陀佛"之更较直截而了当，简单而省事？《阿弥陀经》曰：

> 若有善男子，善女人，闻说阿弥陀佛，执持名号，若一日，若二日，若三日，若四日，若五日，若六日，若七日，一心不乱。其人临命终时，阿弥陀佛与诸圣众现在其前。是人终时心不颠倒，即得往生阿弥陀佛极乐国土。

世尊说法，方便多门；而此弥陀一经，净土一宗，尤其最最方便。所以者何？为其最最省事故。彼看牛者虽然功深养到以后，可以使其趁亦不去，然当其在半路途中，还须拽转鼻孔，恐其落路入草，又须时时鞭打，防其犯人苗稼，一何其不惮烦？若说看牛与念佛正复一般，通是一心不乱；何必念佛之定是，而看牛之必非？然而大慈世尊已经分明指与平川路了，何必不念佛而定去看牛？隔河跳井，懒安之谓也夫！有个性急底，不免于此挺身出来，大喊一声："错也，错也！念佛底是与阿弥陀佛为奴，而看牛底乃是与露地白牛作主：苦水于主奴之间尚擘划不清，可煞浑沌！"苦水闻之，既不言喝，更不瞎棒，只有哑然大笑。大安遮一头水牯牛乃是从百丈处偷来底，原本不属于他自己。物属于己,己为物主;赃不属贼,贼难主赃。饶他将沩水牯牛改头换面,变作了露地白牛,追本穷源,也还算不得大安所有,一个"主"字从何说起?倘说此乃子承父业,不得谓之偷来,即亦不能说是贼赃,那么,好男不吃祖爷饭,好女不穿嫁妆衣耶?如是葛藤,终落世谛。苦水于此将别有说:怕它落路入草,即须拽转鼻孔,怕它犯人苗稼,还须时时鞭打:大安忒煞"奴"了也。世谚有"牧猪奴"一辞,若大安则十足地是一个看牛奴也,"主"于何有?他自道三十年吃沩山饭,屙沩山屎,不学沩山禅,纵算他不失为有守,毕竟算不得有为。奴与非奴姑置之,他虽不肯沩山,而沩山终于独自建立门庭;他虽自肯,却终于毕生在百丈门下看牛。可怜,可怜!宗门下儿孙如此作工夫,则何不索性去二六时中常念"南无阿弥陀佛"也?

然而"怎么也不得,不怎么也不得,怎么不怎么总不得",是故奴不得,主也不得。断崖钦当日曾问高峰曰:"日间浩浩时还作得主么?"峰曰:"作得主。"又问:"睡梦中作得主么?"峰曰:"作得主。"复问:"正睡着时,无梦无想,无见无闻,主在什么处?"峰无语,从此奋志入临安龙须山中,自誓曰:"拼一生做个痴呆汉,决要遮一著子明白!"一住五载,一夕闻同宿推枕落地,方得大彻。看他古人于一个"主"字,直得如此判命,苦水具足凡夫,尚复有何话可说?然而葛藤桩子也还不能即时放倒。同宿推枕落地,于"主"何干?高峰闻之而大彻，彻个甚底？难道仍旧是"作得主"么？遮且莫理会。试问：即使作得主了，又是谁作主？不错，赵州和尚曾绝叫出"只是个主人公"一句子，你且慢囫囵承当者，你晓得此主人公又是伊谁么？依世法论，或可道是个"我"，但在佛法，绝对不成。四大本空，五蕴非有，"我"向何处著？《大智度论》卷十九曰："多观无我。"又同书第二十二卷论"佛法印有三种"时，再三说："一切法无我。"更不必说《金刚经》中佛说底"无我相"也。"我"尚不有，法何作"主"？复次、试问：此主人公又是与谁作主？倘不是与一切为主，便终非主。倘说是与一切为主，苦水于此一不用"和合假"、"无自性"云等义来破"一切"之有；二不强人所难，着你去拾瓦砾作黄金，搅长河为酪酥；我只问你饿了可能作得主不吃饭么？我再让步一次，承认你与一切为主，然而与一切为主，岂不正等于与一切为奴？斯威夫特（Swift）说："主人较之奴仆更不自由。"又如家长可以算作一家之主了罢，但他须得负责一家的生计，正是与一家作马，作牛，任重行远；而且，稍有不敷，轻则室人交谪，重则众叛亲离，主不得了也。然则家"主"岂不即是家"奴"乎？准此，与一切为主，亦是与一切为奴。巧者劳而拙者逸，彼道家实最悉此义。若说我与自己为主，此则等于 Egoist（唯我论者）所说："I am my own God"（我是我自己底上帝），十足地邪见和魔说也。只有将其送入精神病院，预备一间小屋，一任去闭了门作皇帝——随您尊意，

揣篇录

作上帝亦无不可也。由是观之，奴固不成，主亦不得，遮葛藤桩子更无商量之余地，势非推倒不可！

不见他古人曾说："'此事'如涂毒鼓，闻之者丧身失命；如大火聚，近之者焦头烂额。"夫如是，则曰主曰奴，二俱不是。壮志冲霄，豪气凌云之士于此试挺身起来道一句看。假如有人问苦水："你敢道么？"苦水早知有此一问，幸而预前准备下了。记得有人作赵州答狗子有佛性语颂曰："家家有块遮羞布，放下便能当雨露。却笑当年老赵州，脱却布衫顶却裤。"苦水虽然穷家生活，不周不备，遮羞布却大有在。性急底不免要说："不必张智，速道，速道！"苦水良久，乃云：

"你着甚死急？你听我道：南无阿弥陀佛。"

三十七年十月一日于倦驼庵

后记

有人作布袋和尚赞曰："行也布袋，坐也布袋，放下布袋，何等自在！"苦水自从本年二月秒放下了《揣籥录》遮一条破布袋，眨眼不觉半载有余，其自在可知也。不意上月中旬中行道兄驾临小庵，道是《世间解》继续出版，《揣籥录》第十一篇务须早早着手。听说之后，即不似秀才之遇见岁考，也有如懒驴之牵上磨道，其不自在又可知也。记得去年一再与道兄约下，拙录要写他十二篇：与朋友交，言而有信，更不必说佛门不打诳语；于是只好将遮一条破布袋重新掮起。题自是早已拟好了底,但是待到执笔面对稿纸,却苦于文思不来。此亦无怪其然:六个多月以来,看杂书,写杂文,忙杂务,"自恣"过甚,殆十余年来所未有。则其临文而无话可说,无理可申,势之所必至矣。但又不能不写,于是硬着头皮去写,搜索枯肠去写,大约每日只能写到一两百字罢。福不双至,祸不单行,有如本刊上期编辑室杂记所言"上课的钟声响了",虽然如是,课余却仍旧去写。说也可怜,一七日间,却写了不满三页稿纸,计其字数也不过千把。但总可以慰情聊胜无了。又不料从头自看一过,发觉此三页纸,千把字简直要不得,倘若不曳白出场,势必须从头另写;遮之间,上课的钟声越响越紧,交稿的日限越来越近,心想:莫管它!一狠二狠,终于弃去旧稿,另起炉灶;但其中有一段,至今未能割爱,现在就抄录下来:"……小庵位于古城底前海之后,后海之前,海边有着不少底杨柳。记得刘同人记白石庄之柳树曰'春黄浅而芽,绿浅而眉,深而眼,春老絮而白,夏丝迢迢以风,阴隆隆以日,秋叶黄而落,而坠条当当,而霜叶鸣于柯'云云,就不啻为庵旁海畔底柳树写照。苦水于拙录第十篇交卷时,杨柳尚是黄浅而未芽,于今第十一篇开头,虽未到得黄落、坠条与霜叶,然而屈指计之,个月期程,便是霜降,想来黄落云云会当不远。此尚就今岁言之。算来住庵于此瞬将十稔,一年之中每日经行,刘同人氏所言,种种是见不见?如说不见,如何不见?待说见,又是怎地见法?'树犹如此,人何以堪'乎?惶恐,惶恐!'对境心数起,菩提作么长'乎? 不敢,不敢! 待说'心物一如',则正如庄子所说'不知周之梦为胡蝶欤,胡蝶之梦为周欤'? 如今将转苦水为杨柳与? 抑将转杨柳为苦水也? ……"如是写去,亦似要得;终于弃去者何? 则以下笔之先,本拟自行检举,说自家半年以来,不能收其放心,大类丢驴和丧马了;如今被它柳树绕住,绕来绕去,书券三纸,不见驴字,如之何其可? 是故一狠二狠,终于另写。另写之始,心中忐忑:此番如再失败,真乃片甲不归。不知是绝后再苏,抑是置之死地而后生,也居然写下去了,虽其不能如瓶之泻水也如故。写着,写着,大约是写到大安禅师正看他底水牯牛底时节罢,病来了。屋漏偏遭连夜雨,船倾更遇打头风! 病是旧病,即第五篇中所说底"其名曰伤风,作烧,头重,骨疼,而又加之以咳嗽"。不过今年来得早些个,因为中秋虽已过去,重九尚未来临也。今秋天气和暖,又少凄风苦雨,此际大可不必伤风了,还是伤了风,说什么也不成。还好,我再来一个"莫管它",依旧写,居然完了卷。但是行文之际,有许多想到底话,因为偷懒,俱行删节,不曾写出:遮样若就节约看官底眼力言之,或恐正是有功无过。不过任凭我无论怎地删节了许多想到底话,却删节不了我底咳嗽;咳嗽着写,写着咳嗽,现在后记也要写完了,仍旧是咳嗽不已。鼓山当日上堂,曾说:"鼓山门下,不得咳嗽。"有僧咳嗽一声,山问:"作什么?"其僧曰:"伤风。"山曰:"伤风即得。"依苦水看,鼓山老汉不独嘴甜心苦,笑中有刀,而且脑后见腮,吾辈切记:莫与往来。

只是苦水自身如今也在咳嗽，诸公倘问："作什么？"苦水也答："伤风。"诸公且莫再道："伤风即得。"所以者何？

同日又记，仍于倦驼庵中

（十二）末后句

鲁迅先生的《阿Q正传》大约民十顷发表于《北京晨报》之副刊。而副刊的编者则是孙伏园。后来，鲁迅追纪当时的情形曰："那时伏园虽然没有现在这么胖，然而已经笑嘻嘻地颇善于催稿子了。"看其语气，颇若有憾于孙公者然。《正传》尚没有登完，这之间，孙公不知为了什么事而告假回南了。代理编辑的一位某公，史无明文，其胖与瘦虽不可得而知，我想定是不那么笑嘻嘻地善于催稿子，于是鲁迅就将阿Q枪决了，而《正传》也就以"大团圆"收场。鲁迅于此曾说：倘若伏园不离开北京（那时当然还没有"北平"遮个名称），他一定不让阿Q被正法。现在，我们感谢孙公之善于催稿，同时，我们也致憾于其告假，以致阿Q竟在《正传》之第九章绑上了法场；如其不然，阿Q底寿命一定更为长些，而《正传》也将有第十章或第十七章了。然而过去底事终竟是过去底事，说什么也挽救不回来，正如人死之不可复生。如今且说苦水之写《揣籥录》，自其开端之"小引"，一直到现在写着底"末后句"，没有一篇不曾受过中行道兄之督促，就是道兄自己也曾说苦水之写此录是"逼上了梁山"。于此我必须声明：中行道兄永远瘦,过去是,现在是,而且将来也永远一定是,虽然苦水并不懂得麻衣相法。在编辑底中途,道兄积劳成疾,还生了一次不轻底病:肺炎。记得我去看他底时节,虽已十愈八九,但他仍须躺在床上和我说法,看其面貌较之平时也并不算瘦;其时我想道兄大概平时早已瘦到不能再瘦底程度了罢。至于道兄之善于催稿子则决不弱于孙公伏园,即使苦水并非鲁迅,而且他也并不笑嘻嘻。他底面貌永远是那么静穆,语音永远是那么平和,总而言之,一句话:他永远不着急,不起火。遮常使我想:道兄真不愧为有道之士也。而其静穆底面貌与其平和底语音却有一种"逼人力",即是说:他让你写稿子,你便不能不写,不好意思不写;即使是挤(鲁迅所谓挤牛奶之挤)也罢。多谢道兄:以苦水之无恒与无学,拙录竟托了谈禅之名出现于佛学月刊底《世间解》上,得与天下看官相见;而且一年有半底期限之中,竟写出了十有二篇。不过"多谢"云者,自苦水个人方面言之则然耳。在本刊第七期"老僧好杀"一文中,苦水曾拈举陈蒲鞋先撺掇临济老祖去问,后劝说黄檗大师去接底一则公案,且曰:"云门要将世尊打杀,而陈蒲鞋却强替他临济出头:学人且道那一个修福?那一个造孽?"苦水有嘴说旁人,难道没嘴说自己?苦水之写此录,正所谓自作孽,不可活。看官且道道兄之善于催稿,且催得苦水直写了"一打"恶札:修福与?抑造孽耶?若说此乃道兄与苦水底胶葛,不必起动天下看官,那么,苦水此际已下了鲁迅先生枪毙阿Q

底决心，立誓拙录于此第十二篇断手，平谚曰：沙锅子捣蒜，一锤子买卖，我不必再拉拢主顾，我也不怕道兄多心，就请道兄于编辑室中自责招状！

闲话揭开，且说"末后句"遮一个题目乃是去年此际所早已拟定。说起去年此际，如果不是苦水最专心学道底时期，至少也可以说是苦水最高兴说禅底时期。那高兴底程度真乃不下于"食于羹，寝于墙"云。自从本年二月阁笔以后，学道之心即不无，说禅之兴乃大减。上期一篇"南无阿弥陀佛"已是笔墨无灵，于今草此一篇"末后句"，更是言说道断。月前，中行道兄怕我临期交不出稿去，曾嘱早早下手，尔时亦曾写得三页稿纸，现在拆了东墙补西墙，就整个儿移植于下面，其文曰：

伸开稿纸，标上题目，自念饥驱病缠之余，拙录居然写到第十有二篇，于今也不必再说什么始愿固不及此，今及此岂非天乎之类底馊话，只是觉得强弩之末，尚且不穿鲁缟，何况苦水之压根儿并非硬弓，现在又复力尽者乎？古德尝言：事不获已。苦水一向不敢援以自护，然而此刻除此四字，更无其他理由可以说明此第十二篇之非写不可。然则其所以不获已者虽不同，而其不获已则无异。吾尝谓不获已于世谛中可分为二种：其一为外在底逼迫，其二则为内心底需要。如以教义言之，前者近于"因缘"，而后者则颇似"心生"。古人之不获已，理当别有；若苦水之不获已，实兼上举二者。虽然，吾所欲言，前十一篇已具言之，今兹尚复何言？惟自写此录以还，时有所感，十一篇中或不暇言及；或言之而不能详且尽者亦往往而有，于此正不妨补言之，申言之：——

其一，苦水虽写此录，实不会禅；此意于第五篇"不是，不是"中说得最为明显，其言曰："凡有说禅底，那个不是气压诸方，孩抚时辈，……谁个又如苦水一再声明自己是个凡夫？"又曰："苦水具足凡夫，晓得甚底是禅？说去说来，写来写去，触不着向上关捩子，谈不到末后一句，理之当然，无足怪者。……初学发心，有志参禅之士想要向《揣籥录》中摸索一线路径，管包你是向鸡蛋里找骨头，求之愈勤，去之转远。"此类话头，在其他各篇，亦时有之，想来早在看官鉴察之中。切莫道俱是谦词。何以故？若苦水实会而偏说不会，则是诳语，不得谓之谦。若苦水实实不会，如此说了，正是实话实说，实犯实供，谦从何来？若谓苦水此录乃依禅而起，亦自不无，或谓为因缘生法，已是勉强，若其去禅之远，殆不知若干由旬也。明眼大师一笑置之，亦固其所。佛门广大，何所不容？醉汉呓语亦是寻常。如见之而气恼，毒喝痛棒，请勿吝惜。

其二，自拙录问世以来，各地大德或来书鼓励奖掖。苦水凡夫，满怀俗情，得此宁不欢喜。然自视缺然，又未尝不觉得惭惶。而此所谓欢喜与惭惶也者，尚非初心之所在。盖写此录最大之动机与希望，乃在于得到大德之赐教。苦水为此言，亦非谓真理以辩论而愈显,自信所见之必不差,将以笔墨征服天下;而只是自觉十余年来闭门造车,几等井蛙,多病之躯加之以衣食之累,更无余暇余力出而参访寻求,今兹借本刊之园地,自陈浅见,倘蒙饱参不弃与以针札,以增益其所不能:此则苦水之大愿也。外此尚有奢愿二。一者,即向所谓"请自隗始"与夫"抛砖引玉"。二者,自清代有所谓"愚僧政策"以来,禅学几于中绝,苦水诚不敢自居于唱导统帅之列,然而负弩先驱,摇旗呐喊,假使因此而引起一般学人之注意与研究,则苦水虽以口孽,堕落泥犁,又或五百世作野狐身,亦岂惟在所弗计,抑且甘之如饴。顾愿力虽宏,智力至微,一念及此,中必如捣矣。

其三,禅宗虽溯源于达摩,实畅流于大鉴。《法宝坛经》流传天壤,迹其所言,不独鞭辟入里,亦且明白晓畅:几如香山之诗,老妪能解。几经蜕变,乃成玄言;后来儿孙,拈槌、竖拂、施棒、行喝,极之而辊球,而弄狮,而进前,而退后,而打圆相,而作女人拜,其心即不差,其迹似不可。苦水之为此录也,初意本拟出以简明平易之笔,故于第二篇"第二月"中曾有言曰:"要如三家村中塾师教书,先从《百家姓》中第一句赵钱孙李说起。"然自第四篇以下,渐不能保持其初心,苦水浅人,何来深语?说理无当,亦固其所。而其行文,亦已不免荡闲逾检,卤莽灭裂,如自文其陋,何异于欺人?况复言隐于荣华耶?中行尝告苦水:有人谓本刊文字以拙录为最难索解,闻此言未尝不内咎也。于此乃知深入者始能浅出;苦水于说禅之文字未能浅出,正以其学禅之工夫未能深入而已。

以上是一个月前所写。说"已"便"已",当下阁笔。不过倘有人问:"上所云云,即是苦水底末后句耶?"苦水将答曰:那里,那里。末后句者,不说则千言万语,说则半句也无。上所云云,当然不是半句也无,而且也并非千言万语,乌在其为末后句耶?有一位老宿上堂:"我在老师会中得个末后句,不免将来布施大众。"良久,乃云:"不与万法为侣者是什么人?待汝一口吸尽西江水,即向汝道。"便下座。妙喜见之,却说:"山僧即不然,我在老师会中得个末后句,不免举似大众。"便下座。苦水看来,那位老宿私通车马,嘴里大似官不容针。妙喜老人官不容针,意中却又正是私通车马。于此正好一案办理,同坑埋却!不见道:赵州八十尚行脚,只为胸中未悄然;及至归家无一事,方知虚费草鞋钱——如问苦水:"你自家的末后一句毕竟作么生?"于诗有之,曰:

"民亦劳止,汔可小康!"

三十七年十二月十日于后海之前

(第一至十一篇刊于一九四七至一九四八年佛学月刊《世间解》第一至十一期;其中第八、九、十三篇于一九四八年七月以《兔子与鲤鱼》为题出版单行本;最后一篇据手稿排印。)

佛典翻译文学选
——汉三国晋南北朝时期

引 言

中国在早只有原始信仰而无宗教。所谓宗教是从外国传来的。首先且影响最广大而悠久的是佛教。(道教虽然属于"国产",但它是佛教的仿制品,即是:比着佛教的规模而建立起来的。我国古代只有道家,并没有道教。)

佛教之来中国是有其历史和地理的条件的,这先不必去说它,我们不是在研究佛教史。现在只说一说它来到中国之后,发生的影响。这可以分三部分来讲:一、迷信;二、哲理;三、文学。

第一先说迷信。佛家因果之说,一方面是报应、轮回,另一方面是极乐世界的净土。这就使得旧封建社会中被剥削、被压迫、穷苦无告的人民大众最易于接受。但接受之后,不修今世修来世,于是乎不但不反抗、不斗争,而且无论处在怎样水深火热之中,但因为他们坚决相信那一张万劫不能兑现的空头支票,便也如同临近被屠的羔羊,一声也不叫唤了。这就说明了自汉而后,历代帝王、特别是那些号称"英明"之主为什么那么尊崇佛教。我们读历史,可曾看见过僧徒或佛教徒起义吗?(在这点上我开个玩笑,道教徒倒比佛教徒有反抗性,因为道教主教龙虎山张天师的始祖就是汉末农民起义"黄巾"的领袖张角。)这怕也是历代皇帝老儿之所以那么喜欢佛教的原因之一。自然他们还希望"承佛威力"得以江山万里，子孙万代；我们只看现在保留下来的庙宇，其匾额往往还带有"护国"的字样（那些统是官家立的）就明白了。释迦牟尼①是一个聪明人而且是一个心地善良的人，他当年在"西天"说教的动机未必如此，而且并不如此；然而他所建立的佛教流入东土以后，其结果却确凿如此。这可不是"阿弥陀佛"②的事儿。

至于中国的佛教徒到了后来，不服役，不纳税，甚至于结交官府，出入宫庭，而且有房产，有土地，有房客，有佃户，并且开设了当铺（美其名曰长生库），简直成为统治阶级、剥削阶级一种特殊阶层：这可大糟其糕。况且自唐代以后，建立了"僧录"（统辖僧徒的衙门），设置了僧官（以僧人充之），佛教完全屈服于政治势力之下，佛教徒谈不到什么"跳出三界外，不在五行中"了。不过这又是佛教史上的事儿了。

第二再说哲理。有史以来，没有一个创教主所说的教能像释迦所说的教之含有那么多的哲理（佛教徒名之曰"教义"）。甚至于可以说释迦自己所说的哲理简直推翻了他自己所立的宗教。这是一个大矛盾。其实，佛与其佛教几乎无处而不有矛盾。小乘与大乘矛盾；有宗与空宗矛盾；总而言之，知与信矛盾；般若（智慧）与"无智"矛盾。释迦说法三百余会，而他却说："若人言如来有所说法，即为谤佛""说法者无法可说，是名说法。"诸如此类，举不胜举。不过释迦在宗教中，不但是一个最大的唯心论哲学家，而且是一个最大的烦琐哲学家。同时，他极善于冥想，极富于辩才：因此，他又是一个最大的"思想游戏"家和宣传家。我们想用三言五语介绍他的哲学体系，绝对办不到。多了呢？我的学力来不及；时间也有限制：而且万万无此需要。我们又不是研究佛家哲学。现在只说一说它到中国来了以后，发生了何等影响。

现在对哲学一词所下的定义是：科学的抽象。这当然非所论于佛家哲学。我们假如来一个文字游戏，或者可以说它是抽象的科学。因为它的基础完全建立在幻想上，而释迦却又把所有他的幻想加之以分析、综合、归纳、演绎，使之有层次，有条理，直可以说是把它科学化了。所以尽管佛理的前提和结论都是那么荒唐、悖谬，而佛的思想方法却不失为可取；换言之，佛家哲学之可取，不在于其哲理，而在于其思想方法：有些——说的是"有些"，并不是全部——地方还是"带着自发的朴素的性质"底"古代辩证法"。（到了稍后出的《因明学》那就很类似乎三段论法的形式逻辑学了。）佛既掌握着这一工具，再加之以说故事，讲报应，佛教来到中国以后，其风靡一世是可想而知的。不过它的哲理却绝对不能为广大的、无文化的人民大众所接受。接受它的只有知识分子，即旧所谓文人。然而大部分的旧文人不但"四体不勤"，而且连脑筋都懒怠去动。加之魏、晋以后，清谈之风、老庄之学始终不衰。于是士大夫之流在佛理上所接受的倒不是它的邻近乎科学方法的思想方法，而是它的唯心论的结论：空。佛家之"空"混合了道家之"无"再出之以"谈名理",这就是佛家哲理在当时所发生的影响。中国的旧文人一千多年来那种高致、那种超然物外即脱离实际生活(吊儿郎当!)的意识形态都或多或少地、自觉地或不自觉地、直接地或间接地受了这影响。这可又是大糟而特糟的事儿。至于佛家的烦琐哲学到了唐代成为唯识学,自性圆明之说发展成为中国的禅宗,那可是"后话",尽可以"不提"。

其实我们在今日看来,佛家哲学的价值倒不尽在乎其"带着自发的朴素的性质"的"古代辩证法",和其形而上的"唯理"论以及其类似乎三段论法的形式逻辑的《因明学》,而在于其博大的、深厚的人道主义。

我们都知道佛教宗旨是慈悲。这慈与悲正是一回子事:存乎心者谓之慈;见于外者谓之悲。所以在释迦牟尼的许多尊号之中,其一就是大慈。而这"大慈"析说之,则是佛家的"普亲"(普遍的爱)观和"平等"观。《梵纲经》在食肉戒下说:"若佛子故食肉——一切肉不得食——断大慈悲种子,一切众生见而舍去。"又说:"一切男子是我父,一切女人是我母,我生生无不从之受生。故六道众生皆我父母。而杀而食者即杀我父母,亦杀我故身。一切地水是我先身;一切火风是我本体。"我们抛开轮回报应不谈,只看"一切男子是我父,一切女子是我母"这是何等博大的、深厚的人道主义!

必须知道释迦是公元前六百年以后的人(佛的生年今尚未考定,一说生于公元前五五七年,相当中国周灵王十五年,较孔子长六岁,寿八十三,一说八十)。在那时,佛已有这样的思想和见解,而且佛自己底确"如是说,如是行"。而两千五百年以后——好家伙!两千五百年,二十五个世纪呀!——的今日,还有一小撮人(这伙人,用了佛说,正是"断"尽了"慈悲种子"的一些家伙们)在那里尽力地叫嚣战争,制造战争,并且尽量地想法瞅机会好去使用细菌弹、原子弹、氢弹以毁灭人类。妙在他们还有时也说什么"民主""平等""和平"以及"人道主义"。以今比昔,相形之下,释迦真是一位了不起的教主了。

自然,以上的说法只是个"善善从长",我们对于佛家的慈悲这一教义,只能批判地接受,因为它太无原则了,太趋于极端了。(一切宗教家的思想,即使是好的,也总有着它的极端性。)譬如佛说一切男女皆我父母,这个"一切"先就有语病;在今天来说,这么一来,就将那一小撮人也包括在里面了,使不得的!

不过这样走极端的、无原则的佛家人道主义在中国倒不曾有多大影响。充其量,不过是僧徒们和受过"居士戒"的人们消极地不杀生、不食肉而已。推行最力的要算梁武帝(萧衍),因为他是一位皇帝,这就很容易使他说到哪里、作到哪里。然而其结果却殊不见佳:"身死,国灭,为天下笑"。至于他在被困台城的时节,要喝口蜜水也捞不着,那可真有点"惨"了。

第三说到文学。如果说第一、二两种影响是坏的,那么,这第三个影响则是好的。这恐怕须得好好地说一说,虽然我不见得能说得好。

佛家好说"因缘生法",这一名词颇有素朴的唯物论底意义。现在就利用它来说明佛典之影响中国文学。佛教和佛典便是"因",譬如种子。佛教和佛典来到中国之后,得到了上至统治阶级下至被统治阶级的"信受奉行",是结合了中国社会实际生活(物质生活、政治生活、文化生活)而发生作用的。这中国社会的实际生活对于作为"因"的佛教和佛典便是"缘",譬如气候、水份、土壤等等。无"因"不生;无"缘"不长。佛教和佛典之影响中国,恰恰如此。

首先是译经的文体。

宗教的推行和教典的流通是分不开的。佛典是梵文。要使它流通中国,尽人能读,势必译成汉语。于是自从佛教流传东土以来,译经便成为教中大师们一项严肃、重大的工作。说是严肃,因为一切经皆是佛说,要翻译,一定要本着释迦的意旨,不能有半点儿走作和歪曲。说是重大,因为光是"佛所说经"就有千来部。不过这都不关我们的事。现在只说大师们译经所用的文体。

翻经的因为要忠实于佛说,所以要采用直译法。但此一国的语法规律决不会尽符合于彼一国,所以翻经者有时也不免要采用意译法,即是说,文法虽然与梵文不同,而意义却仍然是原旨。同时,翻译佛书本来为的是宣传佛教;所以译笔决不可以太文,使其与大众绝缘。但又不能太俗,太俗了,便要为

"士大夫"所轻视，而不能抬高佛教同佛典在社会上的地位。综合了以上所说的这两个原则，即成为，兼用了直译和意译，而文辞则斟酌乎文言语体之间：这就构成了一千余年以来的译经的文体；这也就是佛经翻译的正宗文体；这也就是汉以后的一种新兴文体；这也就是中国语文第一次受到了外国语文的影响。

这一种译经体，后来文人在谈佛理的文字中，往往使用。最显而易见的是六朝梁家萧衍（武帝）父子们。不过这也只限于谈佛理的时候；其他的文字，他们还是使用当时风行的骈俪的文体。便是当时的大师们行文时所用的文体也不见得统是这种译经体。

佛典对中国文学最大的影响恐怕不专是文体的问题。这个，说来也颇话长。

佛所说经虽然汗牛充栋，大体分之，不出二类：其一是使人信，就是轮回报应；又其一是使人知，就是佛家的唯心论或形而上学。前者既如彼其"慌兮惚兮"，后者又如此其"玄之又玄"，这就使人很难于信，难于知。然而我们必须承认释迦牟尼是所有创教主中一位最大的天才。他有着极其丰富的生活经验，而又多才多艺，同时他又有着极其丰富的想像力和极大的辩才。就为了这原故，他在说法的时节，最喜用譬喻，最善于讲故事。就为了这原故，他在说法的时节，最善于把他所讲"慌兮惚兮"的事物和"玄之又玄"的道理具体化、形象化了，这就使人很易于信、易于知。附带说一句，释迦牟尼所说的，尽管我们绝对不能接受，而他这种说的技术（简直可以称之为艺术），却值得我们作或要作语文教师的去好好学习，因为它具有着极高的说服力。老实不客气地说，这也是我这次来讲佛典文学的主题之一，先此声明。

如今且说，佛是那样地善说故事：假如我们把所有佛经里面的故事，或大或小，或长或短，搜集在一起，那壮彩，那奇丽，我想从古代传流下来的故事书，就只有《天方夜谈》（《一千零一夜》）可以超过了它——然而《天方夜谈》决非一时、一地、一人之作，而所有佛经里面的故事可都是这位"释迦老子"一个人创造出来的。在这一点上，佛是真正值得我们的"合掌赞叹"的。小泉八云说：研究《圣经》（即《旧约》与《新约》）而专从宗教的观点去看，则对于其中"文学美"底认识，反而成为障碍。我想小泉氏这说法，我们拿来去看佛经，恐怕更为确切而适合一些。

佛经中这些故事与六朝的小说是有其密切的关系的。

胡适在他的《白话文学史》里说："《普曜经》《佛所行赞》《佛本行经》都是伟大的长篇故事，不用说了。《须赖经》一类便是小说体的作品。《维摩诘经》《思益梵天所问经》……都是半小说体，半戏剧体的作品。这种悬空结构的文学体裁都是古中国没有的。他们的输入，与后代弹词（案：当即指'诸宫调'）、平话、小说、戏剧的发达都有直接或间接的关系。佛经的散文与偈体夹杂并用，这也与后来的文学体裁有关系。"

胡氏这一段议论，大体上是正确的；我们倒未可以人废言。

我们很难断说六朝初期小说完全是模袭佛典中的说故事，可是也不能断说不受它的影响。《搜神记》和《续搜神记》中不独其故事之结构类似乎《旧杂譬喻经》，便是其文体，也十分相近。自然，这后一种情形也许是两《记》作者和翻经师行文都采用了当时口语的原故。到了六朝末期，有些小说简直是在那里宣传佛教——特别是轮回报应，其为受了佛典故事的影响，就不用提了（详见鲁迅先生《中国小说史略》第六篇）。后来的传奇、平话、章回小说以及笔记小说老是爱说某人是什么玩意儿脱生，某人是什么人转世，某人作了什么事，得了什么结果：那可完全是佛典中的那一套。但这又成了"后话"了。

谁也不能否认中国从古以来就有许多不朽的诗篇，《诗经》《楚辞》就是确证。但是我们只要略一研究我国诗底历史，便会感觉得纪事的长诗在我国实在不怎么发达。其原因颇不易于说明，而且在此也没有说明之必要。现在要说的是：佛典中是多么富于类似乎纪事诗的作品；而且它们是怎样地影响了中国文学。（在此，必须分说一下：这绝对不是说佛典未来中国以前，中国就没有纪事诗。）

我们必须承认佛之富有诗才，长于韵语。他于说法时，在说完一大段道理之后，往往撮其纲要，再来一段韵文，为的是使听的人便于记诵。（这类韵文便是所谓"偈颂"，本来是有韵的，翻经时，完全不叶韵，而只采用了中国诗的四言、五言、六言或七言的形式，成了无韵诗。）说理的偈在中国文学上的影响不太大，只有后来禅宗大师的"颂古"以及相传寒山、拾得和王梵志等人的诗是由此出，但已俱都是叶韵之作了。佛典中还有着许多纪事的偈语，怕就是唐代"变文"的起源；而"变文"则又是后来诸宫调、以及戏文、杂剧的前身。其影响倒是"非同小可"。不过这也是后话。

引言，意尽于此：以下是凡例和赘语：

所选出的这些篇，分为上、中、下三卷。上卷是说理之部；中卷是叙事之部；下卷是偈颂之部。重点放在中部，所以选得也比较多一些。所惜的是手头掌握的材料太少，病中又不能外出到大一些的图书馆里去查书。至于所选之未必精当，尤其引以为歉。

注：① 释迦牟尼：据丁福保氏《佛学小辞典》，释迦又名释迦文、释迦文尼。释迦，姓也。本为刹帝利种之一族，称曰瞿昙氏；后分族，称曰释迦氏。释迦，译作能，能为能力也。牟尼又作文尼，译作寂、仁……为离身、口、意三业诸过而静寂之义。《小辞典》又说：释迦牟尼者，印度迦毗罗城主净饭王之太子，名悉多（或翻悉达）。又据《辞源》及他书，释迦牟尼未出家时，有妃名耶输多罗，有子名罗睺罗。释迦牟尼成道之后，度其妃及其子皆出家。 ② 阿弥陀佛：参看下面选出的《阿弥陀经》及其后面的附注及案语。

上卷 说理之部

《四十二章经》选 后汉·迦叶摩腾、竺法兰译

佛言：人有众过而不自悔，顿息其心，罪来赴身，如水归海，渐成深广。若人有过，自解知非，改恶行善，罪自消灭，如病得汗，渐有痊损耳。（第五章）

佛言：恶人害贤者，犹仰天而唾，唾不污天，还从己堕；逆风飏尘，尘不至彼，还坌己身。贤不可毁；祸必灭己。（第八章）

案：金刻大藏经，此章为韵文（偈），文曰：

佛言：恶人害贤者，犹如仰天唾，唾不至天公，还从己身堕；逆风扬恶（尘），不能污上人。贤者不可毁，祸必降凶身。

佛言：睹人行道，助之欢喜，得福甚大。沙门①问曰：此福尽乎？佛言：譬如一炬之火，数千百人各以炬来，分取火去，熟食、去冥②，此炬如故；福亦如之。（第十章）

注：① 沙门：即桑门，即僧。　② 冥：黑暗。

佛言：夫为道者、譬如一人与万人战，挂铠出门，意或怯弱，或半路而退，或格斗而死；意若无惧，或得胜而还。沙门学道，应当坚持其心，精进勇锐，不畏前境，破灭众魔而得道果。（第卅三章）

案：胡适白话文学史说："《四十二章经》是一部编纂的书，不是翻译的书，故最古的经录不收此书。"梁启超疑此经为伪书，因为文体不似东汉。这一论断怕有错误。译经的文体是不能拿文人的文体来衡量的。汤用彤的《汉魏两晋南北朝佛教史》则根据汉末人文字中已采用此经，断说："后汉时已有此经，实无可疑。"摩腾、法兰两人生平亦无可考。（一说：《四十二章经》之译出在汉明帝永平十年、公元六十七年。）

《八大人觉经》选 后汉·安清译

第四觉知懈怠坠落；常行精进，破烦恼恶，摧伏四魔[①]，出阴界[②]狱。

注：① 四魔：一、烦恼魔；二、五阴（色、受、想、行、识）之魔；三、死魔；四、"自在天"魔，即害人差事之魔。　② 阴界：阴即五阴。界有十八：眼、耳、鼻、舌、身、意为六根内界；色、声、香、味、触、法为六尘外界；眼识、耳识、鼻识、舌识、身识、意识为六识中界。

第五觉悟愚痴生死。菩萨①常念：广学多闻；增长智慧；成就辩才；教化一切悉以大乐。

注：① 菩萨：全译为菩提萨埵，义译为觉有情，或曰大士，故观世音菩萨亦称观音大士。

第八觉知生死炽然，苦恼无量。发大乘①心，普济一切：愿代众生受无量苦，令诸众生毕竟大乐。

注：① 大乘：佛家最高之教义。

案：《八大人觉经》乃是杂采诸经、综合教理而成，类如现在所谓纲要、大纲一类之书。安清字世高，安息（古波斯帝国）国人，故以安为姓，于汉桓帝（公元一四七至一六七）时来中国，曾译经三十余部。

《维摩诘经》节选 姚秦·鸠摩罗什译

（文殊答维摩问"如来种"）

……于是维摩诘①问文殊师利②："何等为如来③种？"

文殊师利言："有身为种；无明④、有爱⑤为种；贪、恚、痴为种；四颠倒⑥为种；五盖⑦为种……一切烦恼皆是佛种。"

曰："何谓也？"

答曰："若见无为⑧入正位⑨者，不能复发阿耨多罗三藐三菩提心⑩。譬如高原陆地不生莲华；卑湿污泥乃生此华。如是，见无为法入正位者,终不复能生于佛法;烦恼泥中,乃有众生起佛法耳。又如植种于空,终不得生;粪壤之地,乃能滋茂。如是,入无为正位者,不生佛法,起于我见如须弥山⑪,犹能发于阿耨多罗三藐三菩提心生佛法矣。是故,一切烦恼为如来种。譬如不下巨海,不能得无价宝珠。如是,不入烦恼大海,则不能得一切智宝。"

尔时,大迦叶⑫叹言:"善哉!善哉!文殊师利快说⑬此语!诚如所言,尘劳⑭之俦为如来种。……"

注:① 维摩诘:中印度毗耶离国之居士(在家修佛法的人),简称维摩。 ② 文殊师利:佛弟子,菩萨简称文殊。 ③ 如来:佛号之一,常住而不变不改为如。乘真如之道,由因来果,而成正觉,即是如来。 ④ 无明:痴暗之心,一切烦恼皆属之。 ⑤ 爱:谓世俗之爱。 ⑥ 四颠倒:常、乐、我、静为佛家之四德;而"凡夫"每以无常为常,以苦为乐,以非我为我,以不净为净;是为四颠倒。 ⑦ 五盖:一、贪欲盖;二、瞋恚盖;三、睡眠盖;四、掉悔盖;五、疑法盖。"盖"是遮蔽之意,谓其能遮蔽本性,不生善法。 ⑧ 无为:正法。 ⑨ 正位:小乘之涅槃(不生不灭之境)。 ⑩ 阿耨多罗三藐三菩提:义译为无上正遍知。 ⑪ 须弥山:或说即今地理学上所谓喜马拉雅山。 ⑫ 大迦叶:佛弟子。 ⑬ 快说:说得好。 ⑭ 尘劳:即烦恼。

案:经多是佛说。或有非佛所说而经过佛之"印可"者。维摩诘经乃维摩诘居士说,故名《维摩诘所说经》。缘起是:维摩诘抱病,佛令其弟子文殊师利同其他弟子往问。相见之后，维摩与文殊关于佛理往覆问答，乃有此经。 鸠摩罗什（公元三四三？至四一三）龟兹国（今新疆库车县地）人。公元三八四（五）年间至凉州（今甘肃武威县），于公元四〇一年至长安。其时姚兴称帝，国号曰秦，故什师为姚秦人。什师居长安十余年，在此时期，国内国外、南方北方的大师多从之受法。同时，他译出的佛经共有三百余卷之多，其中流传最广的是《妙法莲华经》（法华经）《阿弥陀经》和《维摩诘经》。

《佛遗教经》选 姚秦·鸠摩罗什译

汝等比丘[①]，谄曲之心与道相违，是故宜应质直其心。当知谄曲但为欺诳；入道之人则无是处。是故汝等宜当端心，以质直为本。

汝等比丘，若勤精进，则事无难者。是故汝等当勤精进。譬如小水长流，则能穿石。若行者之心数数懈废，譬如钻火未热而息，虽欲得火，火难可得。是名精进。

汝等比丘，若有智慧，则无贪著。常自省察，不令有失。是则于我法中能得解脱。若不尔者，既非道人[②]，又非白衣[③]，无所名也。实智慧者，则是度老、病、死海坚牢船也；亦是无明，黑暗大明灯也；一切病者之良药也；伐烦恼树之利斧也。是故汝等当以闻、思、修慧[④]而自增益。若人有智慧之照，虽是肉眼，而是明见人也。是名智慧。

注：① 比丘：或译苾刍，即僧徒。　② 道人：出家修行佛法之人。　③ 白衣：在家俗人。　④ 闻、思、修慧：即闻慧、思慧、修慧之省文。

案：《佛遗教经》是佛临灭度（死）时最末所说的一部经，最为平实。

《大明咒经》　姚秦·鸠摩罗什译

观世音菩萨行深般若①波罗蜜多②时，照见五阴③空，度一切苦厄。舍利弗，色空故，无恼坏相；受空故，无受相；想空故，无知相；行空故，无作相；识空故，无觉相。何以故？舍利弗，非色异空，非空异色；色即是空，空即是色；受、想、行、识，亦复如是。舍利弗，是诸法空相：不生不灭，不垢不静，不增不减。是故空法非过去，非未来，非现在。是故空中无色，无受、想、行、识，无眼、耳、鼻、舌、身、意④，无色、声、香、味、触、法⑤，无眼界⑥、乃至无意识界、无无明、亦无无明尽，乃至无老死，亦无老死尽，无苦、集、灭、道⑦、无智亦无得。以无所得故，菩萨依般若波罗蜜故，心无罣碍。无罣碍故，无有恐怖，远离一切颠倒梦想苦恼，究竟涅槃。三世诸佛、依般若波罗蜜故，得阿耨多罗三藐三菩提。故知般若波罗蜜是大明咒，是无上明咒，是无等等明咒，能除一切苦，真实不虚。故说般若波罗蜜咒。即说咒曰：

竭帝竭帝。波罗竭帝。波罗僧竭帝。菩提僧波诃。⑧

注：① 般若：义译智慧。 ② 波罗蜜多：义译到彼岸。 ③ 五阴（一名五蕴、五荫）：即色、受、想、行、识。细分说之，凡一切有形有作之事物叫作色。凡身心所感叫做受。凡身、口、意之所造作叫做行。凡所思想叫做想。能了解、分析事物之心叫作识。 ④ 眼、耳、鼻、舌、身、意：统名六根。 ⑤ 色、声、香、味、触、法：由六根出，统名六尘。 ⑥ 界：差别之义，又有体性之义。譬如眼界，即是说眼的本体与其自性。余五类推。 ⑦ 苦、集、灭、道：统名四谛。细分说之，沉沦于"生死海"中叫作苦。诸苦俱集，叫作集。灭是涅槃。道是正道，即佛法。 ⑧ 咒语能生善法，去邪恶。佛经于咒，皆译音而不译义。

（附录）《心经》 唐·法成译

如是我闻：

一时薄伽梵①住五舍城②鹫峰山③中，与大苾刍众及诸菩萨摩诃萨④俱。尔时，世尊等入甚深明了三摩地⑤法之异门。复于尔时，观自在⑥菩萨摩诃萨，行深般若波罗蜜多时，观察照见五蕴体性悉皆是空。时具寿舍利子⑦承佛威力，白圣者观自在菩萨摩诃萨曰："若善男子欲修行甚深般若波罗蜜多者，复当云何修学？"作是语已，观自在菩萨摩诃萨答具寿舍利子言："若善男子及善女人欲修行甚深般若波罗蜜多者，彼应如是观察，五蕴体性皆空。色即是空，空即是色，色不异空，空不异色，如是，受、想、行、识亦复皆空。是故，舍利子，一切法空性，无相，无生，无灭，无垢，离垢，无减，无增。舍利子，是故尔时空性之中，无色，无受，无想，无行，亦无有识；无眼，无耳，无鼻，无舌，无身，无意；无色，无声，无香，无味，无触，无法，无眼界乃至无意识界；无无明亦无无明尽；乃至无老死亦无老死尽；无苦、集、灭、道，无智，无得，亦无不得。是故，舍利子，以无所得故，诸菩萨众依止般若波罗蜜多，心无障碍，无有恐怖，超过颠倒，究竟涅槃。三世一切诸佛亦皆依般若波罗蜜多故，证得无上正等菩提。舍利子是故当知：般若波罗蜜多大蜜咒者，是大明咒，是无上咒，是无等等咒，能除一切诸苦之咒，真实无倒。故知般若波罗蜜多是秘蜜咒。"即说般若波罗蜜多咒曰：

峨帝峨帝，波罗峨帝。波啰僧峨帝。菩提莎诃。

舍利子，菩萨摩诃萨应如是修学甚深般若波罗蜜多。尔时，世尊从彼定起，告圣者观自在菩萨摩诃萨曰："善哉，善哉！善男子如是，如是。如汝所说，彼当如是修学般若波罗蜜多，一切如来亦当随喜。"时薄伽梵说是语已，具寿舍利子，圣者观自在菩萨摩诃萨一切世间天人[⑧]、阿苏罗[⑨]、乾闼婆[⑩]等，闻佛所说，皆大欢喜，信受奉行。

注：① 薄伽梵：佛之另一尊号。　② 五舍城：在中印度、摩迦陀国。　③ 鹫峰山：即耆阇崛山，或译灵鹫山、鹫头山。其峰形如鹫鹰，故名。　④ 摩诃萨：义为大。菩萨摩诃萨，犹言大菩萨、大

士。 ⑤三摩地：或译三昧，义为禅定（静坐调息，澄心念法）。
⑥观自在：即观世音。 ⑦具寿舍利子：即舍利弗。 ⑧天人：神鬼，天上之人。 ⑨阿苏罗：或译阿修罗，修罗，义为恶神。
⑩乾闼婆：音乐之神。

案：什师所译《大明咒经》，于原文多有删节。至唐代，玄奘重译，文字与什译大同小异，亦非全本，而改名《心经》，流传最广，很少有人知道什译本了。现在附录唐代法成法师所译的全文，以资比较。《心经》虽然很短，且是观世音所说而不是佛所说，然而佛家理论体系差不多已尽具于此经。所以后人相传，有"心经是诸经之胆"这么一句话。尽管经中所说那种"不生不灭……"的"诸法空相"没有半点马列主义哲学的影儿，可是"般若波罗蜜多"由智慧到彼岸，即由智慧得觉悟，以及"心无罣碍"、"无有恐怖"，仍不失为相当的真理。其次佛在世日，虽然说了许多经，却没有写过一部书。佛灭度后，其大弟子等集体记录（由阿难主其事），所有一切佛经统是这么作成的。几乎所有的经在一开头，必有"如是我闻"一句，接着便是"一时佛在"什么地方，"与"什么人"俱"（在一处）；底下方是经文；而结尾必是说听法的人（或鬼神）"皆大欢喜，信受奉行"。为了使学人知道佛经的共同体制，这一附录似乎并非多余。

中卷　序事之部

《旧杂譬喻经》选 吴·康僧会译

（一）萨薄与孔雀王

昔无数世，有一商人，号曰萨薄，时适他国卖赍货；所止近在佛弟子家。佛弟子家时作大福，安施高座，众僧说法，讲论罪福、善恶由心，心、身、口所行，及四谛非常苦空之法。远道贾人时来寄听，心解信乐，便受五戒①，白优婆塞②。上座③以法劝乐之，言："善男子护身、口、心十善④具者，戒有五神，五戒有二十五神现世卫护，令无枉横；后世自致无为大道。"贾人闻法，重喜无量。后还本国，国中都无佛法，便欲宣化，恐无受者；以所受法教化父母、兄弟、妻子、及诸中外，皆便奉法。去贾人士千里有国，民多丰乐，宝物饶好。二国圯塞，绝不复通，百余年中。所以故，有阅叉⑤居其道中，得人便噉，前后无数，是故断绝无往来者。贾人自念："吾奉佛戒，如经所道，及有二十五神见助，不疑听。彼鬼唯一人耳，吾往伏之，必获也。"时有同贾五百余人，便语众人："吾有异力，能降伏鬼。汝等能行诣彼者不？及有大利。"众人自共议："二国不通，从来大久，若得达者，所得不訾。"便相可适,进道而去。来至中路,见鬼食处,人骸骨发狼籍满地。萨薄自念:"鬼神前后所可食人,今证验。现我死职当,恐此众人。"便语众辈:"汝等住此,吾欲独进。得胜鬼者,当还相迎。不得来者,知为遇害,便各还退,勿复进也。"于是独前。方行数里,逢见鬼来,正心念佛,志定不惧。鬼到,问曰:"卿是何人?"答曰:"吾是通道导师也。"鬼大笑曰:"汝闻我名不而欲通道?"萨薄曰:"知汝在此,故来相求,当与卿斗。若卿胜者,便可食我,若我得胜,通万姓道,益天下利矣。"鬼言:"谁应先下手乎"?贾人言:"吾来相求,故应先下手。"鬼听可之。以右手扠之,手入鬼腹,坚不可出。左手复扠,亦入。如是,两脚及头都入鬼中,不能复动。于是阅叉即以颂而问曰:

"手足及与头,五事虽绊羁,但当前就死,跳踉复何为?"
贾客偈答:

"手足及与头,五事虽被系,执心如金刚,终不为汝擘。"
鬼复说偈:

"吾为神中王,作鬼多力旋。前后噉汝辈,不可复称数。今汝死在近,何为复谰语?"
贾客偈答:

"是身为无常,吾早欲弃离。魔今适我愿,便持相布施。缘是得正觉,当成无上智。"
鬼说偈归依:

"志妙摩诃萨，三界⑥中希有；毕为度人师，德备将不久。愿以身自归，头面礼稽首。"

于是阅叉前受五戒，慈心众生，即为作礼，退入深山。萨薄还呼众人前进彼土。于是二国并知五戒、十善。降鬼，通道，乃识佛法至真无量，皆共奉戒，近然三尊，国致太平。后升天得道，乃五戒贤者直信之恩力也。

佛告诸比丘。时萨薄者，我身是，菩萨行尸波罗蜜⑦所度。如是过去无数劫⑧，尔时有孔雀王⑨，从五百妇孔雀相随，经历诸山，见青雀色大好，便舍五百妇追青雀。青雀但食甘露、好果。时国王夫人有疾，夜梦见孔雀王。寤则白王："王当重募求之。"王命射师有能得孔雀王来者，赐金百斤，妇以汝小女。诸射师分布诸山，见孔雀从一青雀，便以蜜麨⑩处处涂树。孔雀日日为青雀取食，如是玩习，人便以蜜麨涂己身。孔雀便取蜜麨，人则得之。语人："我以一山金相与，可舍我。"人言："王与我金并妇，足可自毕。"已便持白王。孔雀白大王："王重爱夫人，故相取。愿乞水来咒之，与夫人饮、澡浴。若不瘥者，相煞不晚。"王则与水令咒，授与夫人饮，病则除。宫中内外诸有百病，皆因此水悉得除愈。国王人民来取水者无央数⑪。孔雀白大王："宁可木系我足，自在往来湖水中方咒，令民远近自恣取水。"王言："大佳！"则引木入湖水中自极制方咒之。人民饮水，聋盲视听，跛伛皆伸。孔雀白大王："国中诸恶病悉得除愈。人民供养我如天神无异。终无去心。大王可解我足,使得飞,往来去入湖水中。暝⑫上此梁上宿。"王则令解之。如是数月,于梁上大笑。王问曰:"汝何等笑?"答曰:"我笑天下有三痴。一曰我痴;二曰猎师痴;三曰王痴。我与五百妇相随,舍追青雀,贪欲之意,为射猎者所得,是为我痴。射猎人,我与一山金不取,言王当与己妇并金,是射猎者痴。王得神医,王夫人、太子、国中人民诸有病者,悉得除愈,皆更端正。王既得神医而不牢持,反纵放之,是为王痴。"孔雀便飞去。

佛告舍利弗:时孔雀王者,我身是也。时国王,汝身是。时夫人者,今调达⑬妇是。时猎师者,调达是也。

注:① 五戒:一、不杀生;二、不偷盗;三、不邪淫;四、不妄语;五、不饮酒。 ② 优婆塞:犹言居士,信士,在家信佛之男子。 ③ 上座:首座说法之僧人。 ④ 十善:一、不杀生;二、不偷盗;三、不邪淫;四、不妄语;五、不两舌;六、不恶口;七、不绮语;八、不贪欲;九、不瞋恚;十、不邪见。 ⑤ 阅叉:即药叉,即夜叉。 ⑥ 三界:一、欲界,此界之众生皆喜乐饮食、邪淫、睡眠诸欲,故名;二、色界,此界所有物质生活皆极其美好、精妙,故名;三、无色界,居此界者但有受、想、行、识而无色,故名。 ⑦ 尸波罗蜜:即尸罗波罗蜜,由戒行到彼岸之意;六波罗蜜之一。 ⑧ 劫:全音译为劫波,极长之时。一千六百八十万年为一小劫。合二十小劫为一中劫。合四中劫为一大劫。 ⑨ 孔雀王:孔雀中之极大、极美、极灵异者。 ⑩ 麨:食物,略如今之炒面。 ⑪ 无央数:无穷数,多不可数。 ⑫ 暝:即"晚"字。 ⑬ 调达:人名,最恨佛法,曾拟致佛于死地。

(二) 五道人

昔有五道人①俱行道,逢雨雪,过一神寺中宿。舍中有鬼神形像,国人吏民所奉事者。四人言:"今夕大寒,可取是木人烧之用炊。"一人言:"此是人所事,不可取。"便置不破。此室中鬼常啖人,自相与语言:"正当啖彼一人,是一人畏我。余四人恶,不可犯。"其呵止不敢破像者夜闻鬼语,起呼伴:"何不取破此像用炊乎?"便取烧之。啖人鬼便奔走。

夫人学道,常当坚心意,不可怯弱,令鬼神得人便②也。

注:① 道人:学法人之通称。佛教初来中国,僧徒亦称道人。② 得人便:犹言占了人的便宜。

(三) 伊利沙

昔有四姓①名伊利沙,富无央数,悭贪不肯好衣食。时有贫老公与相近居,日日饮食鱼肉自恣,宾客不绝。四姓自念:"我财无数,反不如此老公!"便煞一鸡,炊一升白米,著车上,到无人处下车。适欲饭,天帝释②化作犬来,上下视之。请谓狗言:"汝若不能倒悬空中,我当与汝不?"狗便倒悬空中。四姓意大恐:何由有此!曰:"汝眼脱著地,我当与汝不!"狗两眼则脱落地。四姓便徙去。天帝化作四姓身体语言,乘车来还,勅:外人有诈称四姓,驱逐搥之。四姓晚还,门人骂詈令去。天帝尽取财物大布施。四姓亦不得归财物,为之发狂。天帝化作一人问:"汝何以愁?"曰:"我财物了尽。"天帝言:"夫有宝令人多忧,五家卒至无期,积财不食,不施,死为饿鬼,恒乏衣食;若脱为人,常堕下贱。汝不觉无常,富且悭贪不食,欲何望乎?"天帝为说四谛苦空非身。四姓意解欢喜。天帝则去。四姓得归,自悔前意,施给尽心,得道迹也。

注: ① 四姓:印度旧分四大姓,一、婆罗门,求法之人;二、刹帝利,王族;三、吠舍,商人;四、戍陀罗,农民及奴隶。此云四姓,殆人之泛称。"昔有四姓"犹言"昔有一人"。 ② 天帝释:忉利天(三十三天之一)之主,管领三十三天。

(四)象迹

昔有二人从师学道,俱去到他国,于道路见象迹。一人言:"此母象,怀雌子。象一目盲。象上有一妇人,怀女儿。"一人言:"尔何知?"曰:"以意思知也。汝不信者,前到当见之。"二人俱及象,悉如所言。至后,象与人俱生如是。一自念:"我与俱从师学,我独不见要。"后还白师:"我二人俱行,此人见一象迹,别若干要,而我不解。愿师重开讲,我不偏颇也。"师乃呼一人问:"何因知此?"答言:"是师所长道者也。我见象小便地,知是雌象。见其右足践地深,知怀雌也。见道边右面草不动,知右目盲。见象所止有小便,知是女人。见右足蹈地深,知怀女。我以纤密意思惟之耳。"师曰:"夫学当以意思惟,一密乃达之也。夫简略者不至,非师之过也。"

（五）祸母

昔有一国，五谷熟成，人民安宁，无有疾病，昼夜妓乐无忧也。王问群臣："我闻天下有祸，何类？"答曰："臣亦不见也。"王便使一臣至邻国求买之。天神则化作一人，于市中卖之，状类如猪，持铁锁系缚。臣问："此名何等？"答曰："祸母。"曰："卖几钱？"曰："千万。"臣便顾之，问曰："此何等食？"曰："日食一升针。"臣便家家发求针。如是，人民两两三三相逢求针。使至诸郡县扰乱，在所患毒无憀。臣白王："此祸母致使民乱，男女失业，欲煞弃之。"王言："大善！"便于城外，刺不入，斫不伤，椎不死，积薪烧之，身体赤如火，便走出。过里烧里，过市烧市，入城烧城。如是过国遂扰乱，人民饥饿。坐餍乐买祸所致也。

（六）鹦鹉

昔有鹦鹉飞集他山中，山中百鸟畜兽转相□□不相残害。鹦鹉自念："虽尔不可久也，当归尔。"便去。却后数月，大山失火，四面皆然。鹦鹉逢见，便入水以羽翅取水。飞上空中，以衣毛润水洒之，欲灭大火，如是往来，往来。天神言："咄！鹦鹉！汝何以痴？千里之火，宁为汝两翅水灭乎？"鹦鹉曰："我由不知而灭也。我曾客是山中，山中百鸟畜兽皆仁善，要为兄弟。我不忍见之耳。"天神感其至意，则雨灭火也。

(七) 梵志与四兽

昔有梵志年百二十,少小不妻娶,无淫泆之情;处深山无人之处,以茅为庐,蓬蒿为席,以水果蓏为食饮;不积财宝。国王聘之,不往。竟静处无为于山中数十余岁,日与禽兽相娱乐。有四兽:一名狐,二者猕猴,三者獭,四者兔。此四兽日于道人所听经说戒。如是积久食诸果蓏皆悉讫尽。后道人意欲使徙去。此四兽大愁忧不乐,共议言:"我曹各行求索,供养道人。"猕猴去至他山中,取甘果来,以上道人,愿止莫去。狐亦复行化作人求食,得一囊饭麨来以上道人,可给一月粮,愿止留。獭亦复入水,取大鱼来以上道人,给一月粮,愿莫去也。兔自思念:"我当用何等供养道人耶?"自念:"当持身供养耳。"便行取樵,以然火作炭,往白道人言:"今我为兔,最小薄能,请入火中作炙,以身上道人,可给一月粮。"兔便自投火中,火为不然。道人见兔,感其仁义,伤哀之,则自止留。佛言:时梵志者,提和竭佛是。是兔者,我身是。猕猴者,舍利弗是。狐者,阿难是。獭者,目犍连是也。

案:《旧杂譬喻经》乃选辑诸佛经里面的譬喻(故事)而成;正如《四十二章经》之杂采"佛言",《八大人觉经》之总括教义,并非梵文中即有此经。据《高僧传》,康僧会自天竺(印度)来中国,吴·赤乌十年(公元二二六)抵建业

（当时吴之京城，今之南京），译经当然在此后。他所译的经有十余部之多，在当时，要算一位大师。现在选了七章，分量未免过重。但在选时，也颇有斟酌。《譬喻经》的文体和故事，显而易见的和六朝志怪的小说有其血统上的关系，便是以后的传奇、话本和章回小说，在迷信方面，也受其影响。为了这，选了《萨薄与孔雀王》《伊利沙》《祸母》《梵志与四兽》。选了《象迹》，是为了其思想方法之富有逻辑性，选了《鹦鹉》，是为了让学人知道佛教中一部份积极、牺牲的精神。《五道人》本可以不选，但这怕是中国"鬼怕恶人"一句谚语的来源，所以也选进去了。当然，再引申说之，这一譬喻远含有"不畏强暴（恶势力）"的斗争的、反抗的精神。

《修行道地经》选 西晋·竺法护译

劝意品第九（节钞）

昔有一国王，选择一国明智之人以为辅臣。尔时国王设权方便无量之慧，选得一人，聪明博达，其志弘雅，威而不暴，名德具足。王欲试之，故以重罪加于此人，勅告臣吏盛满钵油而使擎之，从北门来，至于南门，去城二十里，园名调戏，令将到彼。设所持油堕一滴者，便级其头，不须启问。

尔时群臣受王重教，盛满钵油以与其人。其人两手擎之，甚大忧愁，则自念言：其油满器，城里人多，行路车马观者填道;……是器之油擎至七步尚不可诣,况有里数邪?

此人忧愦,心自怀惵。

其人心念:吾今定死,无复有疑也。设能擎钵使油不堕,到彼园所,尔乃活耳,当作专计:若见是非而不转移,唯念油钵,志不在余,然后度耳。

于是其人安步徐行。时诸臣兵及观众人无数百千,随而视之,如云兴起,围绕太山。……众人皆言,观此人衣形体举动定是死囚。斯之消息乃至其家;父母宗族皆共闻之,悉奔走来,到彼子所,号哭悲哀。其人专心,不顾二亲兄弟妻子及诸亲属,心在油钵,无他之念。

时一国人普来集会,观者扰攘,唤呼震动,驰至相逐,躄地复起,转相登蹋,间不相容。其人心端,不见众庶。

观者复言,有女人来,端正姝好,威仪光颜一国无双;如月盛满,星中独明;色如莲华,行于御道。……尔时其人一心擎钵,志不动转,亦不察观。

观者皆言,宁使今日见此女颜,终身不恨,胜于久存而不睹者也。彼时其人虽闻此语,专精擎钵,不听其言。

当尔之时,有大醉象,放逸奔走,入于御道……舌赤如血,其腹委地,口唇如垂;行步纵横,无所省录,人血涂体,独游无难,进退自在,犹若国王,遥视如山;暴鸣哮吼,譬如雷声;而擎其鼻,瞋恚忿怒……恐怖观者,令其驰散,破坏兵众,诸众奔逝。……

尔时街道市里坐肆诸买卖者，皆憷，收物，盖藏闭门，畏坏屋舍，人悉避走。

又杀象师，无有制御，瞋或转甚，踏杀道中象马，牛羊，猪犊之属；碎诸车乘，星散狼籍。

或有人见，怀振恐怖，不敢动摇。或有称怨，呼嗟泪下。或有迷惑，不能觉知；有未着衣，曳之而走；复有迷误，不识东西。或有驰走，如风吹云，不知所至也。……

彼时有人晓化象咒，……即举大声而诵神咒。……尔时彼象闻此正教，即捐自大，降伏其人，便顺本道，还至象厩，不犯众人，无所娆害。

其擎钵人不省象来，亦不觉还。所以者何？专心惧死，无他观念。

尔时观者扰攘驰散，东西走故，城中失火，烧诸宫殿，及诸宝舍，楼阁高台现妙巍巍，展转连及。譬如大山，无不见者。烟皆周遍，火尚尽彻。……

火烧城时，诸蜂皆出，放毒啮人。观者得痛，惊怪驰走。男女大小面色变恶，乱头衣解，宝饰脱落；为烟所薰，眼肿泪出，遥见火光，心怀怖慑，不知所凑，展转相呼。父子兄弟妻息奴婢，更相教言，"避火！离水！莫堕泥坑"！

尔时官兵悉来灭火，其人专精，一心擎钵，一滴不堕，不觉失火及与灭时。所以者何？秉心专意，无他念故。……

尔时其人擎满钵油，至彼园观，一滴不堕。诸臣兵吏悉还王宫,具为王说所更众难,而其人专心擎钵不动,不弃一滴,得至园观。

王闻其言,叹曰:"此人难及,人中之雄!……虽遇众难,其心不移。如是人者,无所不办。……"其王欢喜,立为大臣。……

心坚强者,志能如是,则以指爪坏雪山,以莲华根钻穿金山,以锯断须弥宝山。……有信精进,质直智慧,其心坚强,亦能吹山而使动摇,何况除媱怒痴也!……

案:《修行道地经》是一部演说佛教徒如何用工夫的佛典,然而也并不是"佛所说"经。通行本在卷首有一篇不知何人所作的序,开头便说:"造立《修行道地经》者,天竺沙门,厥名众护,出于'中国'圣兴之域,幼学大业洪要之典。"那么,这部经乃是印度一位名叫众护的和尚所造(作)的了。序中所谓"中国"即是天竺(印度)。佛书中常称天竺(佛降生地)为中国,而称其他的国土为"边地"。译经的竺法护原是月支(即月氏,古国名,月支族原居在甘肃西部)人,世居敦煌郡。何时来中国,不详,但据传记,在西晋武帝太始二年(公元二六六)他已在长安的白马寺译经了。在通行本《修行道地经》卷末,有一段题记,说他于太康五年(公元二八四)译出此经,当时"笔受"者(记录的人)有法乘、法宝以及李应荣等三十余人。于此可以推出凡是佛典而署名为外国大师译者,其实皆是口译,执笔的往往是中国人。

复次,劝意品原文太长了,不便于全选进来。现在所录,完全根据胡适白话文学史的"节抄",内中文字多所节删。原文于每一小段之后,便再总结一下,来一个颂(即偈)。即如于叙述国王立意要他所选中的那个人擎油从北门、出南门至调戏园一段之下,颂曰:

"假使其人到戏园,承吾之教不弃油,

 当敬其人如我身;中道弃油便级头。"

而那个人得知这个命令之后,"心自怀惧",于是也颂曰:

"睹人象马及车乘,大风吹水心如此。

 志怀怖懅惧不达;安能究竟了此事?"

如此等等,便已删掉了。佛典叙述故事于"长行"(即散文)之中,夹用偈颂(即韵文):便是后来话本及章回小说的"诗曰""有诗为证""有一首词儿道得好"的来源。

《阿弥陀①经》选 姚秦·鸠摩罗什译

宝树池莲分第三

舍利佛,彼土何故名为极乐?其国众生无有众苦,但受诸乐,故名极乐。又,舍利弗,极乐国土②七重栏楯、七重罗网,七重行树,皆是四宝③周币围绕。是故彼国名为极乐。又,舍利弗,极乐国土有七宝④池,八功德⑤水充满其中。池底纯以金沙布地。四边阶道,金、银、琉璃、玻璃合成。上有楼阁,亦以金、银、琉璃、玻璃、砗磲、赤珠、玛瑙而严饰之。池中莲华大如车轮，青色、青光，黄色、黄光，赤色、赤光，白色、白光，微妙香洁。舍利弗，极乐国土成就如是功德庄严。

注：① 阿弥陀：义译为无量寿。 ② 极乐国土：即净土。 ③ 四宝：即七宝中之前四宝。 ④ 七宝：即经文中所谓金、银……等。 ⑤ 八功德：一、甘，二、冷，三、软，四、轻，五、清净，六、不臭，七、饮时不损喉，八、饮已不伤肠。

案：《阿弥陀经》《修持正行分》说：

"若有善男子、善女人，闻说'阿弥陀佛'，执持名号，若一日，若二日，若三日，若四日，若五日，若六日，若七日，一心不乱，其人临命终时，'阿弥陀佛'现在其前。是人终时，心不颠倒，即得往生'阿弥陀佛'极乐国土。"

佛教中有一派"净土宗"即是专门如此修行：诵"阿弥陀经"，念"南无阿弥陀佛"。甚或经也不诵而只去念佛。因为它简便易行，而又可以消灾获福，所以很容易取得人民大众的信仰。旧日，人们往往于称心如愿的时候，情不自禁地喊一声"阿弥陀佛"（或再简称"弥陀佛"），就是这么一个来源。然而历代还有不少的文人信仰净土，如东晋的谢灵运，唐代的白居易都是这一"宗"。谢氏曾参加过慧远和尚的白莲社，而这社即是以念佛为其主旨的。白氏在他的《重玄寺石壁经碑文》里，开头便说："应念顺愿，愿生极乐土，莫疾于《阿弥陀经》。"后面又说：

"……白居易……乃舍俸钱三万,命工人杜宗敬按《阿弥陀》《无量寿》二经画西方世界(案即极乐世界)一部,……阿弥陀佛坐中央,观音、势至二大士侍左右,天人瞻仰,眷属围绕,楼台、伎乐、水、树、花、鸟、七宝严饰,五彩彰施,烂烂,煌煌,功德成就。弟子居易焚香稽首、跪于佛前,起慈悲心,发弘誓愿:愿此功德回施一切众生……。"

又如他的《念佛偈》说:

"……看经费眼力;作福畏奔波。何以度心、眼?一声'阿弥陀'。行也'阿弥陀',坐也'阿弥陀'。纵饶忙似箭,不废'阿弥陀'。……"

其信奉之笃,可以想见。此外,这样的文人尚所在多有,不胜枚举。若说佛典中信(愚民政策!)的部份,影响之大,收效之宏,恐怕无过于《阿弥陀经》了。

《百喻经》选 萧齐·求那毗地译

(一)人谓故屋有恶鬼喻

昔有故屋,人谓此室常有恶鬼,皆悉怖畏,不敢寝息。时有一人,自谓大胆,而作是言:"我欲入此室中寄卧一宿。"即入宿止。后有一人,自谓胆勇胜于前人,复闻傍人言此室中恒有恶鬼,即欲入中。排门将前,时先入者谓其是鬼,即复推门遮不听前;在后来者复谓有鬼,二人斗争,遂至天明。既相睹已,方知非鬼。一切世人亦复如是。因缘暂会，无有宰主，一一推析，谁是我者。然诸众生横计是非，发生争讼。如彼二人等无差别。

（二）效其祖先急速食喻

昔有一人，从北天竺至南天竺。住止既久，即聘其女共为夫妇。时妇为夫造设饮食，夫得急吞，不避其热。妇时怪之，语其夫言："此中无贼劫夺人者，有何急事。匆匆乃尔，不安徐食？"夫答妇言："有好密事，不得语汝。"妇闻其言，谓有异法，殷勤问之。良久乃答："我祖父已来，法常速食，我今效之，是故疾耳。"世间凡夫亦复如是。不达正理，不知善恶，作诸邪行不以为耻，而云我祖父已来作如是法，至死受行，终不舍离。如彼愚人习其速食以为好法。

案：今金陵刻经处刻本《百喻经》，其卷首引《出三藏记》曰："永明十年（公元四九二）九月十日，中天竺法师求那毗地出修多罗藏（即"三藏"中之经藏）十二部经中钞出譬喻，聚为一部：凡一百事，天竺僧伽斯法师集行大乘，为新学者撰说此经。"按着上句的意义来讲，此经是求那毗地从十二部经中辑译。按着下句，则此经是伽斯那所作——今本正如此署名。总之，这部经的性质正如同《旧杂譬喻经》，是借了故事，宣传教义，以引起"初学"的信心的。每段故事之末尾，必点出主题：这又大似乎伊索《寓言》了。

下卷　偈颂之部

《法句经》选 吴·维祇难、竺将炎合译

教学品（节钞）

若人寿百岁，邪学志不善，不如生一日，精进受正法。
觉能舍三恶，以药消众毒。健夫度生死，如蛇脱故皮。

多闻品（节钞）

事日为明故，事父为恩故，事君以力故，闻故事道人。
斫疮无过忧，射箭无过患，是壮莫能拔，唯从多闻除。
盲从是得眼，暗者从得烛，示导世间人，如目将无目。

言语品（节钞）

夫士之生，斧在口中。所以斩身，由其恶言。

明哲品（节钞）

弓工调角，水人调船，巧匠调木，智者调身。
譬如厚石，风不能移，智者意重，毁誉不倾。
譬如深渊，澄静清明，慧人闻道，心净欢然。

利养品（节钞）

宁噉烧石，吞饮镕铜；不以无戒，食人信施。

案：维祇难和竺将炎与译《旧杂譬喻经》的康僧会为同时人。《法句经》的卷首，有一篇不知谁作的序，说维祇难出自天竺，于黄武三年（公元二二四）来到武昌，并有"同道"名竺将炎。其译经当即在此时。如果说《四十二章经》《八大人觉经》选辑佛言，总括教义，《旧杂譬喻经》《百喻经》钞出故事，那么，《法句经》便是从各经中抽出了偈颂而集译成书的。于此可以看出：这种"纲要""入门"一类的佛典，在佛教初来中国时，确实曾起过作用，收过效果，所以一直也就流传下来了。

《佛本行经》选 刘宋·宝云译

大灭品第廿九（节钞）

佛适舍寿行，地六返震动①。空中有大炬，如劫尽②烧火。四方有大火，犹如阿修罗。烧天林树泽，名曰爱尽乐。暴雨震其尘，电光如吐焰，普世如大火，雷震甚可畏。卒暴尘、雾、风，折树、崩山岩；犹如劫尽风，所摧伤无限。白日无精光，星月暗不明，日月俱失光，譬如泥所涂。日月虽俱照，黮黙不精明：莫能识东西，昼夜不可知；世间冥所覆，江河皆逆流。佛坐侧双林③，忧感华零落。江河水皆热，犹如沸釜汤。双林为之萎，屈覆世尊身。五头大龙王，悲痛身放缓，或闷热视佛，啼哭眼皆赤。……爱重诸天神，悲感塞虚空，普为忧所扰，周悼大哀动。杂类之大声，遍满于世间。魔已得其愿，及恶兵属喜，舞调雷震鼓，种种放洪声，大叫传令言："吾主强敌亡；自今谁复能，越其境界者？"佛德树崩堕，如大象牙折，如高山岩摧，如大牛角脱。佛今舍身寿，世间诸天人，无所复归仰，失恃怙如是；如虚空无日，如国无仓藏，如华池被霜，众华皆摧伤。世尊舍躯命，寂潜于泥洹④，一切有形类，莫不失精荣。

注：① 地六返震动：即大地之六种震动：动、起、涌三者为形变；震、吼、击三者为声变。返，当是反覆之意。　② 劫尽：犹今言世界末日。　③ 双林：释迦牟尼临"灭度"时，坐于两株婆罗树间。④ 泥洹：即涅槃，即灭度。

案：《佛本行经》不知何人所作，乃是序述释迦牟尼一生事迹的一部叙事诗；较之马鸣菩萨所作的《佛所行赞经》更为壮丽。原文本是韵文，译本成了无韵诗，仅只采用了四言、五言、或七言句的形式，但仍然可以看出原作的诗底美。宝云（？—公元四六九）是刘宋时中国的一位大师，曾到过于阗和印度。《高僧传》上说他"华梵兼通，音训允正"。

现在所选的《大灭品》是五言体。此外还有好多地方用了四言，如《与众媒女游居品》："……六万媒女，围绕其侧。太子于中，如天帝释，于天浴池，与天女俱。于是皆乘，金银宝船，游戏池中，如天乘云。太子复乘，七宝之船，妃在其侧，俱共入池。色身金照，光各一丈，如日乘船。莫不惊愕，谓是日出；众华开张，明重光照，逾日天子。"

全经用七言的地方最少，只在《降魔品》里有一段。现在节抄几句作为示例："菩萨推尽生死源，察其起灭悉晓了。心更生念、重思维，老由何来、何从死？复生正念：缘生故，因老有病，从病、死。其有头者有头患，犹树已生必当堕。重思：本种所由有，觉：种种行受缘对。"

最后，佛典中之偈颂，一如其"长行"，可分为说理及叙事两类。因为这一种无韵诗的形式在中国文学上不曾发生什么影响（虽然到了赵宋也有人作偈模仿此体），所以并没有多选，只节抄了《法句经》和《佛本行经》：前者属于说理，而后者则为叙事。

结　语

说是"结语"倒也不必如现代语中所谓"总结"。

"引言"写出之后，因为课期迫促，仓猝付印。嗣后发现其中颇多遗漏，即是说，应该写进去的却不曾写进去。现在，这"结语"就是来打打补钉：如此而已。

下面所写的各段，有的是韩刚羽、高荫甫两位先生提出的意见，供给的材料；有的是我随时所想及。就只随手写去不再加以区分。

佛典旧分三藏，即一、经藏，音译修多罗藏；二、律藏，音译毗那耶藏；三、论藏，音译阿毗昙藏。经说"定"学；律说"戒"学；论说"慧"学。

所谓"戒"，即戒律戒行，说得通俗一点，即发下誓愿不作坏事，如"五戒"之类；若再推而广之，便成了佛教徒所说的"三千威仪，八百细行"，一举一动都有个规矩。所谓"定"，即是"无罣碍，无恐怖，远离颠倒梦想，究竟涅槃"；简言之，即是"一心不乱"。所谓"慧"，即是智慧；细说之，晓达无为之空理（佛理）叫作慧，所以佛智叫作"慧日"，而释迦牟尼又有慧日大圣尊之称号。

佛教徒的作工夫是由戒生定,由定生慧。求"道"之次第如此之合理,在宗教中,真可说是难能而可贵了。

现在所选的教材,可以说俱出于经藏。戒律于我们非佛教徒没关系,所以不曾选律藏。论藏,本来打算在《大智度论》和《大乘起信论》里选两节。斟酌了半天,觉得那种唯理论的教义太玄妙了,讲起来怕费事,而我的学力又太浅,恐怕越说越不得明白:所以终于也不曾选。

一种宗教,当其创教之始,其创教主对于当时的社会制度、生活习惯以及传统信仰一定有所不满,而思有所改革。这所谓改革,倒不必定说它是改良,因为真正的宗教的教义往往具有着极端性,所以对于其所不满的(否定的)事物的改革也是彻底的,甚至于可说是革命的。这在佛教,尤其如此。

在古印度人民间氏族的阶级划分得十分严。我们只看"四姓"这一名词,便可以知道。释迦牟尼这位大慈大悲的教主之所以提倡平等观和普亲观,也就是要消灭这阶级。然而纵使其动机和目标都是好的,而其忍辱、戒杀的"教行"在当时却仍然是使不得。(不管他是怎样地"众生无边、誓愿度"。)

列宁说"托尔斯泰的学说无疑是空想的"。(《列·尼·托尔斯泰和他的时代》,《列宁全集》第十七卷)释迦牟尼也正是如此。

不管释迦牟尼是怎样的一位天才,他可是不懂得只有通过了阶级斗争才可以促成阶级的消灭；而在阶级矛盾尖锐对立的时候，去提倡普亲、平等，不但太天真、太理想、太"一向情愿"，（羊与狼怎能谈普亲、平等！）而且其结果反使统治阶级更容易发挥其统治的威力，巩固其统治的地位。

又是列宁批评托尔斯泰的话：其学说"是反动的（这里"反动的"一词，是就这个词的最确切最深刻的含义用的）"。释迦牟尼的教义也正是如此。

这也不能十分怪罪释迦牟尼，因为他是两千五百年以前的人物。

佛典中文学的价值是二重的：佛书本身往往自有其文学的价值，此其一；译出之后，则又成为翻译文学，此其二。

翻译文学之影响倒不在于所谓"文人"的著作。它直接影响到小说；间接则到戏剧。这是我们研究我国文学史所不能忽略的。

我国在早无所谓"反切"（拼音）和"四声"（平、上、去、入），一直到六朝末期才有。这与译经也有关系。因为梵文是拼音的，而翻经有时要用音译，又因为要忠实于翻译工作的缘故，必须作到音译之正确：以此，四声和反切便生出来了。发展下去，到了唐朝，就成了有着卅六字母的"等韵"。

"引言"中曾说佛教给与中国的影响是迷信、哲理和文学。如此说实在不完备。我国古代的绘画、雕塑、建筑以及音乐（几乎是整个的艺术的全体）也受过佛教很大的影响。这也是我们应该晓得的，虽然这已经轶出佛典文学这一主题之外了。

综上所说，佛教来到中国，其影响倒也真正"非同小可"。治古代文学史、艺术史和哲学史的决不可以轻轻放过佛典。

索性跑到题外去，再说几句。

佛教不独在中国发生过很大的影响。在东南亚、东亚，如越南、高棉、寮国、缅甸、蒙古、朝鲜和日本，亦然。

爱伦堡在他的一篇文章《欧洲的命运》里面说："古希腊以它的遗产、伟大的艺术和人道主义的萌芽使它（欧洲各民族共同的命运）丰富起来。基督教是欧洲的共同的冲动和病症。"我打算把这位大作家的话应用到古印度佛教之在东南亚、东亚诸国。因为在这里，佛教是具有着类似乎古希腊与基督教之在欧洲的情形的，说的是它的智慧和它的宗教（在这一方面，佛教之在亚洲，是"病症"多于"冲动"的）。这也就是佛典在今日的价值。

在开头，我很高兴（于此不敢滥用"荣幸"）讲授佛典翻译文学。我不是佛教的信仰者；也不是佛学的研究者。而佛书却是爱读的，特别是在抗战后，解放前。而且我越读佛书，就越震惊于释迦牟尼的天才与其伟大的人格。自然，一直到现在，对于教义大部分还是搞不通。我不是说的佛典中"名相"之学。那个，我不会搞得通，而且也不想去搞通。

我所最不满意于释迦牟尼的是：他对于妇女那么深恶而痛绝。佛典中，那一套"不净观"的教义，老实不客气地说，我是最怕读。我说怕，这怕字是如字解。每一读，我就怕起来，怕得我"毛发植立"。也许就为了这，我就不能成为一个佛教徒。

话说远了。我只是说有一时期，我爱读过佛书（读得虽然不多）；我钦佩过释迦牟尼；而现在呢？我很高兴来讲佛典翻译文学。这高兴殆不下于"小孩子过新年，穿新鞋"。

大半生教书，在各地各校曾担任过种种不同的教科，我还不曾讲过佛典文学，虽然在堂上有时也曾征引个一句半句的。

这一次，用了古语来说，正是"破题儿第一遭"。这也是我稚气地高兴的原因之一。

然而天下事，作起来往往不像想起来那么简单。此刻还不曾上课，我已写出引言，选定教材，略加注解，而且结语也临近结束。在备课上说，差不多已是"功行圆满"。我的高兴可也差不多烟消云散，剩下的只有惶恐了。

不拘写稿、选材、加注，我越写下去，越感觉到自己对于佛学之无知。新的理论呢，我又那么有限：使我不能很好地掌握着去批判地接受佛典。

总而言之，讲授佛典翻译文学，我还不能胜任而愉快。即以自家的讲稿的文字而论，说理既不能深入，又不能浅出；行文既不能简炼，又不能流畅；这已经够泄气了。

不过环境条件俱已具备（这就是佛所谓因缘），我不能也不便于开小差，只好准备着硬着头皮去上课。

这就算是责任感吧，然而绝不是在开头时的高兴了。

五四年，国际劳动节日，初稿

（写于一九五四年。刊于《河北大学学报》一九八〇年第三期）